华南师范大学文学院
中国近代文学研究室 编

中国近代文学评林

8

陕西新华出版传媒集团
陕西人民出版社

图书在版编目(CIP)数据

中国近代文学评林／华南师范大学文学院，中国近代文学研究室编. -- 西安：陕西人民出版社，2021.3
ISBN 978-7-224-14019-4

Ⅰ.①中… Ⅱ.①华…②中… Ⅲ.①中国文学—近代文学－文学研究 Ⅳ.①I206.5

中国版本图书馆 CIP 数据核字（2021）第 037108 号

责任编辑： 关　宁
整体设计： 伲哲峰

中国近代文学评林

编　者	华南师范大学文学院　中国近代文学研究室
出版发行	陕西新华出版传媒集团　陕西人民出版社
	（西安北大街 147 号　邮编：710003）
印　刷	广东虎彩云印刷有限公司
开　本	787 毫米×1092 毫米　1/32
印　张	10.375 印张
字　数	248 千字
版　次	2021 年 3 月第 1 版
印　次	2021 年 3 月第 1 次印刷
书　号	ISBN 978-7-224-14019-4
定　价	58.00 元

如有印装质量问题，请与本社联系调换。电话：029—87205094

目 录

近百年来黄遵宪研究的回顾与期望 …………… 管　林（1）
一个学术史的回顾：中国近代文学研究的六个阶段
………………………………… 左鹏军（14）
从"春宴唱和"到"庚申修禊"
——清道咸间羊城文人雅集与群体建构 ……… 翁筱曼（45）
文学地理学视野下的晚清学海堂文学教学 ………… 翁筱曼（54）
梁启超的学术思想和柏格森的生命哲学 …………… 陈永标（65）
论饶锷国学方法论意识的自觉 …………………… 闵定庆（74）
晚清岭南文化传承的自觉与乡土认知的新变
——以《南海百咏》的晚清流播为论述中心 …… 翁筱曼（90）
甲午战争与近代诗风之创变 …………………… 左鹏军（111）
文体记忆与文化记忆的协奏
——梁修《花埭百花诗》用典艺术初探 ………… 闵定庆（139）

长歌当哭,悲慨激烈
　　——谈廖仲恺的诗词 …………………… 管　林(156)
论康白情的旧体诗 ………………… 管　林　管　华(166)
论诗绝句的集成与绝唱
　　——陈融《读岭南人诗绝句》的批评史和文体史意义
　　……………………………………………… 左鹏军(176)
中外文化交流与岭南近代散文风格之嬗变 ……… 谢飘云(206)
再论文化生态变迁与近代中国散文的新变 ……… 谢飘云(228)
近代骈文创作特征论 ……………………………… 谢飘云(252)
从张园助赈会看《自由谈》谐文和新闻的互文与对话
　　……………………………………………… 杜新艳(274)
小说与笑话的联姻：以吴趼人的小说为例 ……… 杜新艳(295)
探索王国维词学体系的另一个维度
　　——《词录》与王国维"为学三变"的文献学取向
　　……………………………………………… 闵定庆(310)

后记 ……………………………………………………… (327)

近百年来黄遵宪研究的回顾与期望

管 林

作为我国近代有着多方面成就,而且影响我国近代化进程的杰出人物黄遵宪(1848—1905),自20世纪以来,对他的介绍和研究,一直未停顿过,而且呈现越来越广泛、越来越深入的趋势。下面将黄遵宪研究分作三个阶段进行回顾。

一、20世纪初至20世纪中期的情况

1. 有两种黄诗笺注本问世

一是古直(1887—1959)的《黄公度先生诗笺》,1927年出版。其取舍取决于选者的好恶,选笺黄诗31题138首。钱仲联在《人境庐诗草笺注》"发凡"中曾举出古的《黄公度先生诗笺》有五大弊端:疏密详略,绝不一致;所笺事实,往往不合;所注典实,谬误甚多;强作解释,妄加武断。又认为"兹编力求翔实,其不如者,则付阙如"。二是钱仲联(1908—2003)的《人境庐诗草笺注》,1936年上海商务印书馆出版(按,此书后经两次修订而再版:1957年古典文学出版社版和1981年上海古籍出版社版。该书是迄今为止唯一的《人境庐诗草》全注本)。古直读后,写了一篇《跋》,认为"乡人(按,古直与黄遵宪均为嘉应州人)诗集全部有注者始此,信可贵矣"。接着指出十点不足:一曰破碎失义;二曰不寻根本;三曰似是而非;四曰妄改原文;五曰举偏遗全;六曰不知为

知;七曰不辨用韵;八曰承讹袭谬;九曰引书多误;十曰隐括失宜。

2. 有三种《年谱》发表

一是尤炳圻的《黄公度先生年谱初稿》,见民国十九年(1930)北平文化学社版《人境庐诗草》附录。二是钱仲联的《黄公度先生年谱》,见钱笺注本《人境庐诗草》卷首。三是金受申的《晚清平民诗家黄公度年谱》,见1938年《鲁东月刊》第1卷第5期至第6期。

3. 研究的文章多谈论黄的生平与著作

较重要的有黄遵楷的《先兄公度先生事实述略》,正先的《黄公度——戊戌维新运动的领袖》(载民国二十五年《逸经》第10期)、杨徽五的《黄公度先生补传》(载梅县《中山报》民国三十四年5月11日)、恩光的《黄公度先生及其著作》(载北京《益世报》民国十七年9月1日)、葛贤宁的《近代中国民族诗人黄公度》(载《新中华》2卷7期)。

4. 对黄诗的评价曾出现分歧和争议

对黄诗的评论是这一时期黄遵宪研究的重点。20世纪初,梁启超在《饮冰室诗话》中推崇黄遵宪是"近世诗人能熔铸新思想以入旧风格者",又称赞他的诗"独辟境界,卓然自立于二十世纪诗界中,群推为大家",他还对黄诗做了具体评论。随后,康有为写的《〈人境庐诗草〉序》,指出黄诗乃"上感国变,中伤种族,下哀民生,博以环球之游,浩渺恣肆,感激豪宕,情深而意远,益动于自然"。

20世纪20年代初,胡适发表《五十年来中国之文学》,首开文学史著作论述黄遵宪诗歌的先河。胡适虽然批评黄的《今别离》"实在平常的很,浅薄的很",批评他的《以莲菊桃杂供一瓶作歌》"并不算得好诗",从而与梁启超等人的看法发生分歧;但他从诗歌的通俗化与普及化的观点出发,既称赞黄遵宪接受故乡民间文学的熏陶而写下的《山歌》和《都踊歌》,又赞扬"以古文家抑扬变化之法",写出了"条理清楚,叙述分明"的《降将军歌》《度辽将军歌》《聂将军歌》《番客篇》《逐客篇》等。而胡先骕则从"旧学"或"国学"着眼,认为"黄之旧学根柢深,才气亦大,故其新体诗之价值,远在谭嗣同、梁启超诸人上"。但他却觉得"《人境庐诗》,在文学史上自有其价值,惟是否有永久性之价值,则尚属疑问耳"①。这又和梁启超、胡适对黄诗的评价发生了分歧。可见不同的学养和文化观对黄诗的评论,竟有如此的差异。30年代至40年代,学术界对黄诗的研究,还是称颂多而批评少,但对前人的观点也提出了不同的看法。如陈子展在《最近三十年中国文学史》中,以黄遵宪的诗论主张为标准,以其诗歌创作为依据,逐条逐项检查和剖析诗人,"是否(做到)不避方言俗语""用的新材料是否新材料——古人未有之物,未辟之境""是否用古文家伸缩离合之法做诗""是否用旧格律而不为旧格律所束缚""是否复古人比兴之体"。从立论与所举的例证看,与胡适所评相似。不同者,一是他认为胡适对《今别离》等用"新材料"写成的诗的批评"太苛刻"。他认为"这种古题新意的诗,好象旧罐装新酒,倘能保存新味,还不失为佳品"。二是他认为黄诗是"甲午、戊戌、庚子诸役,以及其间内政外交民生国计""惨痛时代政治社会的反映",这是"《人境庐诗》的真价值所在"。②陈子展还在1929年上海中华书局出版的《中国近代文学之变迁》一书中,对黄诗的特色做了分析。又如葛贤宁在《近代中国民族诗人黄公度》一文中,一方面以黄遵宪的《香港感怀》《逐客篇》《冯将军歌》《哀旅顺》《哭威海》《马关纪事》等为例,说明这些诗中"包藏着民族的苦患和艰难,不幸的血和

---

① 胡先骕:《评胡适〈五十年来中国之文学〉》,《学衡》1923年第18期。
② 陈子展:《最近三十年中国文学史》,太平洋书店1930年,第45—53页。

泪",认为这是《人境庐诗草》爱国思想的反映;另一方面还以黄遵宪的异域纪游诗为例,认为它们"雄伟瑰丽","为中国旧时代放一异彩,而开新文学之先河"。[①] 30年代,还有周作人在《逸经》上发表的《论黄公度的〈日本杂事诗〉》和《论人境庐诗草》二文,提供了一些有关黄作的资料,可供参阅。到40年代,有一篇署名质灵写的《论黄遵宪的新派诗》值得注意。该文发表在1945年5月出版的《国文月刊》第35期上。它将黄诗分为"性情之作""纪事之作""说理之作"与"绮艳之作",并按照每类诗的特点,将思想、诗体、诗法、诗论与所受的影响糅合在一起加以评析。论述深细,有参阅价值。

5. 这一时期,在日本也有研究黄诗的论文发表

如丰田穰的《论人境庐诗草》(载《中国文学月报》29期,昭和12[1937]8月出版),又如丰田穰、实藤惠秀的《论定本〈日本杂事诗〉》(载《中国文学》86期,昭和17[1942]8月出版)等。

要了解这一时期学术界对黄诗的评论,还可参阅钱仲联的《人境庐诗草笺注》附录"诗话"。

二、20世纪50—70年代的情况

1949年中华人民共和国成立,中国大陆出现欣欣向荣的气象,政治、经济、文化都发生了明显的变化,在意识形态领域内确立了马克思主义和毛泽东思想的指导地位。当时,大部分知识分子都开始学习马列主义,尝试用历史唯物主义和辩证法研究学术问题。文学研究领域的情况也是如此,并产生了一些科研成果。然而由于50年代初以后,思想文化领域的批判运动频繁,常使学术界困惑。特别是在1957年以后,马克思主义的历史辩证法和阶

[①] 葛贤宁:《近代中国民族诗人黄公度》,《新中华》1934年第7期。

级分析法在学术领域一统天下，到60年代中后期，实际上已对科学马克思主义做了错误的理解和阐释，而以政治运动作支点的学术批判运动，使学术逐渐丧失其独立品格。1966年6月，中国大陆开始的十年"文化大革命"期间，正常的学术研究处于停顿状态。

上述情况，自然也反映到黄遵宪的研究领域中来。

50年代，在中国大陆，有王瑶的《晚清诗人黄遵宪》(《人民文学》1951年4卷2期)，夏宇众的《〈人境庐诗草〉中的爱国诗歌》(《爱国主义与文学》文艺集刊第一册，北京师范大学出版部1951年9月出版)，吴剑青的《论旧民主主义革命时期的伟大诗人黄遵宪》(《华南师院学报1957年第2期》)，黄鸣歧的《黄遵宪诗歌中民歌风格》(《文史哲》1957年第6期)，李茂肃的《黄遵宪的爱国主义精神》(《光明日报》1959年11月8日)。以上论文，对黄遵宪及其诗歌，都做了正面的肯定，当然也指出了他的局限性与不足。王瑶的文章，以诗人的年龄和经历为经，按照历史的发展和时代的特点，列举黄的主要诗篇，纵横评论。认为从1865年起，黄"已初步地具有了民主主义思想，这比康有为、梁启超诸人都要早；而且四十年来，他的思想总是在不断地向前进步，这也是他超过康、梁的"所在，那些"反帝爱国的诗"是"他诗集中最重要的部分"。但王瑶指出：黄遵宪及其诗作也是有缺点的，这些缺点集中表现在"对事情的主张不够坚强，常常带有温和的妥协倾向"。1953年，王瑶又写了一篇《黄遵宪》，编在《祖国十二诗人》一书中。1955年，他还写了《谈晚清诗派》，仍强调指出，黄遵宪是晚清诗坛上以旧形式表现新内容，"而不致破坏诗的表现力量，使诗能够发生艺术的作用"[①]的代表人物。与此同时，在《武训传》讨论的影响下，一种以阶级出身和立场为标准来研究黄遵宪与其诗歌

---

① 王瑶：《谈晚清诗派》，《光明日报》1955年11月17日。

的论述骤然而起。如任访秋的《对于〈晚清诗人黄遵宪〉的意见》，就认为黄出身封建官僚家庭，在清廷任职四十年，决定了他"自始至终是封建官僚大地主的立场"，"是清王朝极其忠实的臣子和奴才"。从政治思想说，黄始终坚持君主立宪的改良主义。这种改良主义和洋务运动很接近。而且，它与兴中会比较显得落后和反动。任访秋还认为，由于其阶级立场所决定，他的那些爱国思想的作品，所爱的是清王朝统治下的中国，"还不是人民的中国"。黄谩骂太平天国、义和团的诗，反映了他的思想观点是与人民大众对立的。黄提出"我手写我口"的主张虽是正确的，但在创作上"并未真正实践了他的主张"①。由于此文是批评王瑶的《晚清诗人黄遵宪》的，所以王瑶作《答任访秋先生》，进行了反驳。王瑶指出，他与任的分歧，主要有四个方面：（1）黄不属于洋务派，而是改良派。兴中会自然比改良派进步，但它与改良派一样，也受"一身二任焉"的支配。而且"兴中会初创于檀香山，后来的活动方式也以运动秘密会党起义为主，国内一般影响还不大"。（2）黄所写诋毁太平天国的诗，都在1865年，"那时他才十八岁，还在塾中读书；而太平军首都南京已在前一年沦陷，革命失败已成定局，要求他在那时就认识到太平天国的革命性质，是不大可能的事情。""对于义和团，他也是不同情的。"原因有二：一是"他具有一些近代科学思想"，"不相信迷信神道可以成功"；二是"他不相信群众的力量"。但"也不能认为当时相信义和团的人（载漪、刚毅、徐桐）就是进步的。黄遵宪不相信义和团的方式和力量，并不等于说他不反帝"。（3）黄对光绪曾抱有幻想，但对"西太后为首的满清执政集团"是"不满意的"。（4）黄的文学主张与改良主义思想完全一致，并不矛盾。但这丝毫也不存在掩盖其软弱与妥协的不彻底

---

① 任访秋：《对于〈晚清诗人黄遵宪〉的意见》，《人民文学》1952年第1期。

的改良主义性质。王瑶重申，不论黄的思想与创作存在什么样的缺点，他仍不失为"晚清有代表性的诗人"①。

1957年7月，商务印书馆新加坡分馆出版了郑子瑜编著的《人境庐丛考》，这是50年代继麦若鹏的《黄遵宪传》（1957年上海古典文学出版社出版）之后黄遵宪研究的重要著作。

60年代初，有几篇较重要的研究黄诗的文章发表。如林焕平的《读〈人境庐诗草〉札记》（《广西日报》1961年10月4日），张仲浦的《黄遵宪诗的新意境和旧风格》（《杭州大学学报》1962年第1期），谭达先的《黄遵宪与梅县民歌》（《羊城晚报》1962年10月8日），《黄遵宪与客家情歌》（《南方日报》1962年11月16日）。这些文章都拓宽了对黄诗的研究。然而，随着1962年下半年，强调"千万不要忘记阶级斗争"之后，"左"倾思潮又逐渐膨胀，以阶级出身和阶级立场评判黄遵宪的文章，得以盛行。例如章培恒于1966年发表的《论黄遵宪的诗歌创作》中，一方面对梁启超以来研究黄遵宪及其诗歌的论著，称黄氏是"爱国主义"的、"现实主义"诗人，表示不满，说"这是对于改良主义反动文学的美化，是违反马克思主义的阶级分析和批判继承的原则的"。另一方面，他认为黄遵宪是"受有某些很微弱的资产阶级思想影响的地主阶级分子"。于是他以义和团爆发为界，将黄遵宪的诗分为前后期进行评述。他认为，黄前期的诗，虽"对封建文化的某些方面有所批判，对顽固派破坏戊戌变法有所谴责，对帝国主义的侵略和清政府在这种侵略面前的腐朽无能表现了某些不满之情，但基本倾向却是维护封建统治和敌视人民，并存在着直接攻击人民起义的作品"。其后期的诗，更是"反对人民群众的反帝斗争和资产阶级民主革命，鼓吹投靠帝国主义，保存清王朝的统治"。章还强调指出：

---

① 任访秋：《对于〈晚清诗人黄遵选〉的意见》，《人民文学》1952年第1期。

"美化我国近代的资产阶级改良主义文学,是一个相当普遍的现象","必须引起注意和加以纠正"。①

60年代中期至70年代中期,中国大陆由于处于"文化大革命"期间,报刊中未见到有长篇的评论黄遵宪的文章,但在港、台和国外,仍有不少人研究黄遵宪。如1968年日本早稻田出版了郑子瑜与实藤惠秀合编的《黄遵宪与日本友人笔谈遗稿》。1972年在香港出版了吴天任的《黄公度先生传稿》(香港中文大学出版),分九章,共660页,内容较全面,引用书籍较多,材料丰富。这一时期,在港、台和日本的刊物上,还发表了潮音的《黄公度及其新派诗》(《台湾新闻报》1966年9月1日),岛田虔次的《读黄遵宪与日本友人笔谈遗稿》(《大安》15卷第2期,昭和四十四年[1969]2月),今村与志雄的《黄遵宪的〈日本国志〉》(《言语》3卷8号,1974年8月大修馆书店出版),石原道博的《黄遵宪的〈日本国志〉和〈日本杂事诗〉》(茨城大学《文科学论集》七,昭和五十年[1975]),陈敬之的《黄遵宪》(《畅流》50卷8期,1974年12月出版),秀侠的《黄遵宪先生及其人境庐诗》(《广东文献》4卷4期,1974年12月出版),程光裕的《关于黄遵宪研究的新材料》(《广东文献》5卷4期,1976年3月出版),等等。在中国大陆,直到1976年10月"文化大革命"结束之后,黄遵宪研究才开始复苏。1978年、1979年两年,至少发表了8篇研究黄遵宪的文章。如榆杉的《黄遵宪诗歌的爱国主义精神》(《理论学习》1978年第3期),黄海章的《黄遵宪的诗歌理论和创作实践》(《学术研究》1978年第3期),汪向荣的《黄遵宪的日本杂事诗冢》(《人民日报》1978年8月24日),赵慎修的《黄遵宪行年辨》(《北京大学学报》1979年第3期),夏衍的《从"忠臣藏"想起黄遵宪》(《世界知识》1979年第4

---

① 《学术月刊》,1966年第4期。

期)、王芸生的《黄遵宪吟诗为日本担忧》(《世界知识》1979年第7期)、丘铸昌的《日本杂事诗简论》(《华中师院学报》1979年第4期)、《黄遵宪与中日文化交流》(《长江日报》1979年7月20日)。

综上所述，中国大陆20世纪50—70年代的黄遵宪研究，呈现马鞍形的发展趋势，而且从总体情况来看，受"左"倾思潮的影响较深，重思想轻艺术，重内容轻形式，往往以庸俗社会学观点来评论黄的生平与著作。

三、20世纪80年代以来的情况

这是黄遵宪研究的繁荣期。其繁荣情况主要表现在：

(一)有关黄遵宪的资料陆续发表，为全面深入研究黄遵宪提供了宝贵的第一手资料。1981年《文献》丛刊第七、八辑发表了钱仲联整理的《人境庐杂文钞》，1982年《中国哲学》第八辑发表了北京图书馆善本组整理的《黄遵宪致梁启超书》，1984年出版的《近代史资料》第55期发表了华南师大中文系近代文学研究室发现和整理的《上郑玉轩钦使文》。2002年，香港天马图书有限公司出版了嘉应学院黄遵宪研究所选编的《黄遵宪研究资料选编》(上、下两册)900多页，其中收入不少一般读者难以见到的历史资料、境外资料和稀见资料。

(二)出版了四本黄诗选注本、《日本杂事诗广注本》和《黄遵宪文集》。四本选注本，即钟贤培的《黄遵宪诗选》(广东人民出版社1985年出版)、刘世南的《黄遵宪诗选注》(上海古籍出版社1986年出版)、李小松的《黄遵宪诗选》(香港三联书店1987年出版)、曹旭的《黄遵宪诗选》(华东师大出版社1990年出版)。这些选注本，对喜爱黄遵宪诗歌的读者有一定的帮助。《黄遵宪日本杂事诗广注》由钟叔河辑注校点，1981年湖南人民出版社出版。该书从《日本国志》中采辑一部分内容，作为原注的扩大和补充，并对"原本""定本"中的错字，做了校改，是当今《日本杂事诗》中较好的一个本子。《黄遵宪文集》由郑海麟、张伟雄编校，于1991年由日本京都中文出版社出版，为黄遵宪研究提供了许多原始资料。

（三）出版了一批研究专著。如盛邦和的《黄遵宪史学研究》（1987年江苏古籍出版社出版），着重剖析黄遵宪史学思想的发展演变，有一定深度；郑海麟的《黄遵宪与近代中国》（1988年6月北京三联书店出版），全书共11章454页，是青年学者撰写的一部有较高水平的黄遵宪研究专著；张永芳的《黄遵宪研究》（《梅州文丛》第五辑之一，2001年12月出版），是作者撰写的有关黄遵宪研究的论文、资料汇编和诗文作品。全书分四辑：人境龙吟、黄学新论、黄著辑佚、慕黄诗文。张永芳还有《黄遵宪新论》（中国文联出版社、中国社会科学出版社2004年10月出版）。该书收录了作者新世纪以来有关黄遵宪研究的新文章和资料，既有学术性，也有文献性。此外，还有陈乃琛的《黄遵宪及其文学》（香港学津出版社1981年出版），张堂锜的《黄遵宪及其诗研究》（台湾文史哲出版社1991年出版。该书约18万字，共分六章：黄遵宪的生平与时代背景；黄遵宪的经世思想；黄遵宪的文学思想；黄遵宪诗的内涵论；黄遵宪诗的形式论；黄遵宪诗的风格论。书末有两个附录：黄遵宪文稿书札新编；黄遵宪诗歌题材分类统计表。可供研究者参阅）。

（四）发表了一大批研究论文。据粗略统计，大概有185篇以上（1980—1989年，130篇；1991—1999年，36篇；2000—2002年，19篇）。这些论文，除继续研究黄的思想、生平、著作外，还拓展了新的领域，如黄的历史观、妇女观、日本观、文学价值观、民俗观、黄遵宪与日本、黄遵宪与《红楼梦》、黄遵宪与华侨、黄遵宪与客家山歌、黄遵宪与民俗学、黄遵宪与湖南新政、黄遵宪与明治维新、黄遵宪与诗界革命、黄遵宪的美学纲领等。

这一时期的论文，数量之多是空前的，但其中有些文章，存在"炒冷饭"的现象，缺乏深度和新意。

（五）举办了四次较大规模的研究和纪念黄遵宪的活动。1982年3月5—9日，在广东梅州举行了"人境庐"修复落成剪彩典礼和黄遵宪研究学术交流会，有王瑶、梁养吾、黄友谋、吴三立、陈芦荻、廖苾光、廖子东、李育中等教授、专家70多人参加。1990年4月21日，在人民大会堂举行的"纪念中国近代史开端150周年弘扬中华文化座谈会"上，各界人士和专家学者畅谈了黄遵宪在文学、史学、美学等方面的成就和贡献，香港实业家姚美良创办了"纪念黄遵宪先生当代书画艺术国际展览"，在北京、广州、香港、厦门、新加坡及世界各地巡回展出。用艺术语言，生动、具体地再现了黄遵宪的思想，使人们感受到他的思想力量。这是一场很有创意的活动。1998年5月，由北京客家海外联谊会和北京大学中文系等单位，共同组织了"纪念黄遵宪诞辰150周年学术讨论会"。2001年8月5—8日，在北京大学举行了"黄遵宪与近代中日文化交流国际学术讨论会"，出席会议的有中、日、韩三国的专家学者。

（六）80—90年代出版的好几部中国近代文学史，都对黄遵宪做了很正面的评价，其中郭延礼的《中国近代文学发展史》（三卷本），设了专章，以"走向世界的诗人黄遵宪"为题，用79页的篇幅，从黄遵宪的生平和创作、文化思想和诗歌理论、诗歌创作、《日本杂事诗》、黄遵宪与民歌、黄诗的艺术特色等六个方面，做了较详细的评述。

通过上述粗略的回顾，我们可以得到如下几点认识：

1. 对黄遵宪的研究，不仅吸引了中国的学者，也有不少外国学者参与；不仅在中国大陆有人研究，在港、台也有学者参与。

2. 从总体上来看，近百年来，学术界对黄遵宪的研究从未间断过,当中只有1966年6月至1976年10月中国大陆"文化大革命"期间,没有研究黄遵宪的文章发表。

3. 从研究的广度来看,近百年来,前50年偏重黄的生平与诗作的研究,后50年逐步拓展到黄在其他方面成就的研究。

4. 近百年的黄遵宪研究,前50年有个小高潮,是在30年代,后50年的高潮是80年代。其中原因值得探讨。

为了进一步推进黄遵宪研究,本人提出四点期望:

1. 要在"新"和"深"两个字上面下功夫。要挖掘新材料,运用新方法,采取新角度,提出新观点。要了解和熟悉黄遵宪研究学术史,并在此基础上,深入探讨,提高研究质量。

2. 采取"阶段论"与"方面论"相结合的方法,更实事求是、更科学地评论黄遵宪及其著作。所谓"阶段论",就是将历史人物分为几个不同的阶段,结合该人所处的具体时间、地点、条件,逐段评论是非功过,这样就会更符合实际,更有科学性,更能服人。"方面论",即从横的方面看,历史人物往往有多重性。公众场合与私人交往,政治思想与学术观点,创作与学术的方方面面等都要兼顾到。用这样的方法评价黄遵宪,将会更全面。

3. 重新编注《黄遵宪诗选注》。自20世纪50年代以来,已出版了5种黄诗选注本,即1958年古典文学出版社出版的杨廷福选注的《黄遵宪诗选》,1985年广东人民出版社出版的钟贤培等选注的《黄遵宪诗选》,1986年上海古籍出版社出版的刘世南选注的《黄遵宪诗选注》,1987年香港三联书店香港分店出版的李小松选注的《黄遵宪诗注》,1990年上海华东师大出版社出版的曹旭选注的《黄遵宪诗选》。这些选注本,对推广黄遵宪诗使之普及都起了一定的作用。但这些选注本,有的对艺术特色注意不够,有的注释稍嫌粗疏,甚至有错漏,有的选录篇数过少,所以有必要重新选注黄诗。黄诗的新选注本,香港学者蒋英豪在20世纪90年代初，曾提出期望有像周汝昌选注的《杨万里选集》那样，雅俗共赏，处处体贴读者的黄诗新选注本出现。对黄诗的新选注本，他提出了12点具体要求(可参见蒋英豪《论九十年来人境庐诗草的注释》，载蒋著《传统与现代之间——中国近代文学论》，香港文德文化事业有限公司1991年出版)。拟参与选注者可参照。

4."学""商""官"三结合推进黄遵宪研究。"学"指学者，有志于研究黄遵宪的学者；"商"，指热心文化事业、关注黄遵宪研究的工商业家，希望他们多多解囊相助；"官"，指重视文化建设事业的有关官员，希望他们大力支持。

我深切期望，在黄遵宪170周年诞辰(即2018年)之前，黄遵宪研究能出现一个新的高潮。

(《商丘师范学院学报》2005年第4期)

一个学术史的回顾：
中国近代文学研究的六个阶段

左鹏军

由于中国近代文学研究对象、学术基础、学科属性以及学术经历等方面存在的某些特殊性，加上与之关系密切、联系深刻的中国人文社会科学研究状况、学术传统及其转换、政治文化环境、学术史经验的促进和制约，中国近代文学的某些基本概念、文学史观念、学术史经验等问题存在时有歧见、不甚明晰或堪可重新讨论认识之处。这种情况的存在本来极为正常，也可能是一种不能不如此、不期然而然的必然。但是，为了通过学术史的回顾反思以期准确认识和评估当下的研究状况，推进未来的学术进展和研究水平的提高，则有必要对中国近代文学研究的学术史经验进行认真的回顾反思，从中吸取有益的经验，总结应当记取的教训，以期切实对中国近代文学研究的持续建设发展、在新的水平上转换创新有所裨益。

一、"中国近代文学"的概念内涵与历史分期

（一）对"中国近代文学"概念的不同认识

20世纪50年代以来，中国历史学界曾对"中国近代史"有过不同的界定。大概在80年代以前通行的主要是1840—1919年，即从鸦片战争到五四运动；此后通行至今的是1840—1949年，即

从鸦片战争到中华人民共和国成立前（亦即中华民国时期）。这两种观点反映了中国大陆史学界对于中国近代史时限的基本理解。此外，中国台湾、中国香港及海外学者对"中国近代史"的认识也存在较大差异，但对中国大陆学术界的影响并不大。

中国近代文学作为一个学科门类或学术领域的合法性，主要是通过中国近代史、中国新文学史的着意建立和强势发展而比较顺利地得到确立的。就"中国近代文学"的概念内涵而言，早期关于中国近代史的时限规定对于中国近代文学界的影响不仅极为直接，而且相当深远，直至目前仍然如此。由于这种影响，中国文学史研究界对"中国近代文学史"也有不同的理解，对"中国近代文学史"的上限和下限的处理也就有所不同。20世纪50年代和80—90年代，都曾出现过关于中国近代文学史时间断限、内部分期问题的讨论。还是在中华人民共和国成立以前，就有研究者提出中国近代文学史的时间范围应当是1898—1919年，即起于戊戌变法而止于五四运动。① 新中国成立后，有研究者曾提出中国近代文学史的时间范围应当是1840—1949年，可称作"半殖民地半封建时期的中国文学"②。这显然是以毛泽东在《中国革命和中国共产党》《中国新民主主义论》等文章中关于中国近代是一个"半殖民半封建社会"的论断为主要根据的。在关于中国近代文学史时限的讨论中，还有人别出心裁地提出中国近代文学的范围应当是1821—1929年，即从道光元年龚自珍初登文坛开始到梁启超去世为止。③ 更有人提出中国古代文学结束于20世纪初，而中国现代

---

① 陈子展的《中国近代文学之变迁》（中华书局1929年版；上海书店1982年影印本）大致持此观点。
② 赵慎修：《旧民主主义革命时期文学思潮的变迁》，《中国社会科学》1984年第1期。
③ 张中于1994年10月在广州举行的全国第六届近代文学学术研讨会上阐述此观点。后来又在一些会议上重申这一观点。

文学则开始于 1903 年左右，因而可以取消"近代文学"这一名称。① 有的台湾、香港及海外学者把"中国近代文学"称为"晚清民国文学"或"清末民初文学"，具体所指的时间范围也有区别，并不完全一致。近二十多年来，中国大陆学界使用"晚清民国文学"概念的著述似也有渐多的趋势。

这种情况的存在和延续，一方面说明中国近代文学研究界在学科建构、领域确立等方面做出的努力和取得的成绩；另一方面也表明中国近代文学作为一个学科门类或学术领域尚未完全成熟并得以自立，特别是本学科领域内部研究者形成基本共识、在一些重要问题上得到共同认可的基础上，并得到相关学科领域研究者的应有认可与尊重。从这个角度来看，可以说，中国近代文学研究仍然任重道远。

（二）关于"中国近代文学"的内部分期

与中国近代文学史时间断限问题有所关联的是中国近代文学史的内部分期问题，既往的一些研究也经常是将这两个问题放在一起或联系起来进行讨论的。仅就一般所持的中国近代文学史的时间断限为 1840 年鸦片战争至 1919 年五四运动这一观点而论，对于这八十年文学历程的内部如何划分阶段，也颇有不少讨论。有研究者划分为两个时期：鸦片战争与太平天国时期的文学；戊戌变法与辛亥革命时期的文学。② 又有研究者划分为三个时期，具体分法又有不同，其中一种主张：1840—1894 年，资产阶级文学启蒙时期；1894—1905 年，资产阶级文学改良时期；1905—1919

---

① 章培恒：《关于中国现代文学的开端——兼及"近代文学"问题》（《复旦学报（社会科学版）》2001 年第 2 期；后收入章培恒、陈思和主编《开端与终结——现代文学分期论集》，复旦大学出版社 2002 年版；后又收入章培恒《不京不海集》，复旦大学出版社 2012 年版）即持此观点。

② 陆侃如、冯沅君的《中国文学史简编》（作家出版社 1957 年版）持此观点。

年，资产阶级文学民族民主革命时期。① 另一种主张：1840—1873年，资产阶级启蒙时期；1873—1905 年，资产阶级维新时期；1905—1919 年，资产阶级民主革命时期。② 还有学者划分为四个时期，其中一种意见为：鸦片战争到甲午战争前后；甲午战争到同盟会成立之前；同盟会成立前后到辛亥革命；辛亥革命到五四运动之前。③ 另一种意见为：发轫期，鸦片战争到 19 世纪 70 年代初；发展期，19 世纪 70 年代初到甲午战争；繁荣期，甲午战争到辛亥革命；低潮期与中国新文学的萌芽，辛亥革命到五四运动。④ 还有一种意见为：1840—1864 年，资产阶级文学的孕育期；1865—1893 年，资产阶级文学的萌芽期；1894—1911 年，资产阶级文学的茁长期；1912—1919 年，资产阶级文学的退化与复兴期。⑤ 持"半殖民地半封建时期的中国文学"论者对于包括一般所说"近代文学"在内的分期为：1840—1898 年，古代文学延缓期、衰落期，近代文学的准备期；1899—1917 年，近代文学第一启蒙期、开创期；1917—1949 年，近代文学的确立期。⑥

这些说法出自不同时期的不同研究者，将其联系起来考察，

---

① 北京大学中文系文学专门化 1955 级编著《中国文学史》（人民文学出版社 1955 年版），游国恩、王起、萧涤非、季镇淮、费振纲主编《中国文学史》（人民文学出版社 1963—1964 年版）即持此观点，并按此观点进行文学史近代部分的编写。
② 郭延礼著《中国近代文学发展史》（山东教育出版社 1990—1993 年版；高等教育出版社 2001 年版；北京：人民文学出版社 2017 年修订版）持观点，且该书三卷，即按此分期标准进行编写。
③ 复旦大学中文系 1956 级中国近代文学史编写小组编著《中国近代文学史稿》（中华书局 1960 年版）持此观点。
④ 管林、钟贤培主编《中国近代文学发展史》（中国文联出版公司 1991 年版；科学出版社 2009 年修订版）持此观点并按此观点进行文学史编写。
⑤ 连燕堂《简论洋务运动时期的文学变革》（《文学评论》1990 年第 3 期）一文提出此观点。
⑥ 赵慎修《旧民主主义革命时期文学思潮的变迁》（《中国社会科学》1984 年第 1 期）即持此观点。

则颇有值得注意之处。从时间上看，经历了从20世纪50年代到90年代长达四十多年的时间；从研究者身份、学术背景上看，也经历了不同教育背景、不同学术观念、不同知识结构、不同研究水平的几代人。但是，其中仍有一些值得注意的共同性或相通性。比如在进行文学史分期的时候，均是以重大政治历史事件为标志，而不是以文学变革进程、文学创作现象本身为标志；对于中国近代文学史内部的阶段性划分，有愈来愈追求细致、愈来愈趋于准确的趋势。这种情况当然表明中国近代文学研究界的持续努力和取得的研究进展。从学术史的角度来看，更值得注意的是，这种情况一方面说明自从20世纪50年代以来，在中国近代文学研究中历史决定论、社会性质和发展阶段理论、阶级分析方法产生了如此深刻巨大的影响；另一方面也说明中国近代文学研究界还缺少足够的文学史理论自觉和从文学史事实本身寻找恰当标志、进行合理分期的学术能力和研究水平。

(三)值得进一步思考的问题

中国近代文学史的时间断限与内部分期问题曾在20世纪50年代兴起，其后莫名其妙地中断了近三十年。经过80年代的又一次热烈讨论，产生了更大的影响，甚至还在80年代中期召开过专题会议，出版过《中国近代文学的特点、性质和分期》(广州：中山大学出版社1986年版)这样的专题论文集。但从讨论过程和结果来看，在这样的问题上似乎并未得出比较一致的意见或普遍公认的结论。实际上，对这类相当主观、既难证实也难证伪、难以立论也难以驳论，并不具备真正学术价值和可靠性、可信性的问题，既不需要也不可能得出什么让有关研究者们普遍接受的一致的意见或公认的结论。

值得进一步追问和思考的是，文学史是否有进行分期的必要？文学史是否有进行具有学术性的、科学意义的分期可能？如果有必要也有可能进行科学分期的话，那么文学史分期的标准究竟是什么？如何认识从古到今包括近代在内的中国文学的古今演变和发展历程？中国文学史研究中一直存在的所谓"古代""近代""现代"和"当代"之分别，究竟是纯粹的时间标准、时间概念，还是文学形态、文化形态标准和概念？关于文学史的分期，钱锺书曾说过："就诗论诗，正当本体裁以划时期，不必尽与朝政国事之治乱兴衰吻合。"[1]假如从这一颇具启发性的角度思考中国近代文学史的分期问题，就必须追问：什么样的学术基础、研究水平才算是具备了从文学本身进行文学史分期的条件和资格？如今我们具备了从中国近代文学史进程本身、从诸主要创作现象和文体形态本身为中国近代文学史分期的研究基础、学术能力和理论水平了吗？

另一个必须面对的问题是，科学研究视野中、专门领域标准下的文学史分期，与作为大学本科或研究生阶段教学需要的文学史分期，是既有关联、更有区别的。假如说学术研究中的文学史分期是为了追求尽可能充分的合理性、可靠性，那么教学中的文学史分期则主要需要考虑适用性和简便性。这两种标准、两种目的之间有可能取得较多的一致，更有可能产生明显的歧义和矛盾。如何处理好这两种标准、两种目的之下进行文学史分期可能产生的复杂情况，也是需要充分注意并妥善解决的。从已有的关于中国近代文学史分期问题的讨论来看，研究者们关心更多、做得更多的是如何进行分期和分期得出的结果，而对这种分期操作的理论依据与实践可能、可行性与可靠性及可能引发的相关问题，似乎并没有充分地意识到或认识到。这也是我们的文学史分期过重实用、急于实践，而轻于学术思考和理论思辨必然带来的困境与

---

[1] 钱锺书：《谈艺录》（补订本），中华书局1984年版，第1—2页。

难题。

　　实际上，文学史分期问题并不是一个具有严格学术价值和科学意义的问题，而至多只能说是一个在一定实用目标指导下进行操作实践的一般技术性问题。也就是说，在文学史分期这一问题上，更多值得关注的并不是其是否具有足够的学术价值和科学意义，而只能是其是否具有比较突出的合理性和较强的可操作性，是否有利于尚处于入门阶段、尚未进入真正学术研究门槛、一般程度的大学生和研究生的学习。假如超出了大学本科和研究生教学的范围，而进入正规的、具有前沿性、创新性特征的真正的学术研究阶段，文学史的分期问题的意义和价值就必然急转直下，甚至完全丧失任何学术意义和研究价值。

　　基于这样的观念，笔者对中国近代文学史分期问题的基本认识是：（1）不论有关研究者怎样表达其分期标准，以往进行分期的主要根据都是阶级斗争与阶级分析方法，其标志都是近代重大政治历史事件，而不是文学或文体本身，因为研究界尚不具备从中国近代文学本身为其进行分期的学术基础、研究条件和理论准备。（2）以往的近代文学史分期都或多或少地受到中国近代史研究的影响和启发，同时也受到其局限和制约；就如同中国近代文学研究领域也同样明显地受到中国近代史学界的影响一样，包括正面影响和负面影响。（3）文学史的分期只是一个为了适应本科生、研究生课堂教学、教材文学史编写需要的技术操作层面的问题，而不是一个真正的学术问题。在这样的问题上很难得出具有学术价值和科学性、可靠性的结论，不同的研究者往往只能就自己的学术目的、教学目标、知识结构、研究能力等进行具有明显运用式、实用性的分期。因此在这一问题上可以讨论和斟酌的，只是合理性和可操作性问题，而不可能是科学性和准确性问题。

二、中国近代文学研究的六个阶段及其学术史经验

一个多世纪以来，尤其是中华人民共和国成立以来，中国近代文学研究的发展变迁、起伏兴衰，与整个中国文学史、中国文学批评史的研究状况与发展变化密切相关；或者准确地说，中国近代文学研究就是中国文学史和中国文学批评史研究的一个组成部分，尽管在许多研究者看来这并不是一个重要的部分。而且，中国近代文学的研究历程也与整个中国人文社会科学研究的发展变迁和历史命运紧密相连，从一个特定角度反映着中国人文社会科学研究的兴衰起伏、阴晴圆缺、风雨晦明，留下了值得认真回顾、深刻反思并牢牢记取的经验和教训。因此，回顾中国近代文学的研究历程，其意义首先是属于中国近代文学学术史的，但又并不仅仅是关于中国近代文学研究学术史的。

由于文化背景、社会状况、学术风气、研究观念等的众多差异、诸多变化，一个多世纪的中国近代文学研究的发展变迁表现出一定的阶段性特征。从这一角度考察和认识中国近代文学研究的既往，有助于更好地规划这一研究领域的当下和未来。为便于认识和把握这种学术变化，笔者将中国近代文学研究学术史历程划分为如下六个阶段。特别需要补充说明的是，将中国近代文学研究历程、学术史分为六个阶段，只是为了叙述方便而采取的一种姑妄言之的尝试，为了表达一己所认识到的中国近代文学研究历程的某种时代性、阶段性特征，并不是自信这种分期、分段有什么真正的学术价值或普遍意义。

（一）萌生期：1840—1919 年

中国近代文学研究的兴起，实际上是伴随着中国近代文学的产生发展而兴起和延续的。也就是说，当中国近代文学被文学家们创造的同时，对它的研究实际上就已经开始了。行进中的中国

近代文学及其研究的成长变化，表明中国近代文学研究史开始进入了萌生时期。因此，在对中国近代文学研究进行学术史考察时，自然应当把这一时期纳入学术史视野，而不应将其排除在外。

萌生期的中国近代文学研究基本上还处于一种不自觉的状态。许多研究者及其研究成果在学术意识、学科意识、研究水平、系统性与完整性、规范性与学术性等方面尚存在诸多不能尽如人意的情况。但也必须看到，恰恰是这种情形，已经在学术史意义上奠定了中国近代文学研究的重要基础，开启了中国近代文学研究史的先河。实际上其他一些人文社会学科、研究领域的最初起步，也经常出现这种不自觉、不完备、简单随意的状况。

这种自发随意、缺少足够自觉的起始状态，给这一时期的中国近代文学研究带来了一些相当突出的特点。从著述方式上看，这一时期的相关研究仍然以承续中国传统的学术方法和著述方式为主，以历代文学家和批评家熟悉并善于运用的序跋、评点、诗话、词话、曲话、文话、文选等为主要方式。同时，由于20世纪初以降西方、日本著述方式的影响，加之近代报刊、出版机构的迅速兴起并产生日益广泛的影响，也出现了与后来大行其道的研究论文、学术专著类似的一些成果形态。在研究方法上，这一时期的著述多以知人论世、考镜源流、杂述人物事件、作品品鉴评骘为主，仍在传统文学史实描述与研究、作家生平事迹载记、作品批评与鉴赏的方式和范围内进行，大部分著述集中于史事考据、时事载记、诗文评论、小说戏曲品鉴等方面。在这一时期的中国近代文学研究中，假如说诗词、文章等方面主要表现为中国传统文学研究、文学批评的延续发展，那么小说、戏曲等通俗文学研究的迅速兴起，则应当是一个特别值得注意、反映了以西方近现代思想学术为背景的新的文学观念和批评观念的新学术动向。其后的中国近代文学研究史也证明，对于小说、戏曲等通俗文学形式的重视并在研究中给予足够的关注，是中国近代文学研究兴起、发展、进步的一个重要表征。

从研究者的身份构成来看，这一时期的主要研究者，大多同时也是中国近代文学创作与批评的创造者；也就是说，这一时期的文学研究者与文学创作者经常是合一的。或者更准确地说，萌生期的中国近代文学研究者，主要是由这一时期的杰出文学创作者构成的，而且，在很多情况下，他们是以文学创作为主，在创作之余或在不自觉状态下进行我们今天所说的中国近代文学评论和研究的。比如梁启超、狄葆贤、潘飞声、陈衍、陈栩、柳亚子等，都是萌生期中国近代文学研究的代表人物。尽管他们之间的思想文化观念、文学创作与研究、学术努力与贡献颇不相同甚至多有矛盾，他们的学术思想、文学观念、研究成绩、学术贡献也颇不相同甚至存在不少遗憾，但从中国近代文学研究的建立和学术史发展变迁的角度来看，的确应当将这批人士及其学术活动、研究成绩纳入中国近代文学学术史的范围。

第一代中国近代文学研究者的这种身份构成、文学观念、著述方式、发表或出版传播方式，对于中国近代文学学术史的建立和展开，产生了非常深刻的影响。最明显的是，这一时期的某些重要人物所持的学术文化立场、提供的文献史料、言说的事实或现象、发表的言论和观点，一直如影随形地伴随着、影响着后来许多时候直至目前的中国近代文学研究的某些重要学术观念、基本观点和话语方式。

从中国近代文学学术史的发展演变历程来看，萌生期存在的这些基本情况、表现出来的这些基本特点，具有传统与新变交织、创作家与批评家合一、有意与无意相间、不自觉与自觉杂糅的突出特色。在迄今为止的中国近代文学研究史上，这种学术史景观表现出其后的许多研究者难以企及的有利方面和先发优势，但同时也存在着一些明显的问题和局限性。但无论如何，中国近代文学研究的学术史历程就此展开。这些学术经历和思想足迹、留下的成绩与不足，当然都是中国近代文学研究史上珍贵的原初经验。

（二）成立期：1920—1949年

五四新文学、新文化运动的强势兴起，带来了中国近现代以来思维方式、思想观念、学术范式、文化态度、话语体系甚至日常生活的多方面深刻变化。尽管一百年来许多专业研究者和非专业爱好者对于五四新文学与新文化运动的描述、解读、评估走向了愈来愈主观、失实甚至有意无意过甚其辞、肆意夸大的方向，但这次以西方思想为主要资源的文学和文化运动对于中国传统文化的强大冲击力、对于社会文化变革的深刻启发性是毋庸置疑、不可否认的。

五四新文学、新文化运动对中国近代文学研究的启发和影响也是非常明显的，而且这种启发和影响一直比较稳定地持续到新中国成立之前。从这一时期开始。中国近代文学研究进入了自觉时期，愈来愈有意识地进行学术建构、学术规划。中国近代文学作为一个相对独立的人文学术领域的价值和地位得到日益充分的显现，其独特性与学科意义由于相关研究成果的逐渐丰富、研究水平的逐渐提高而表现得愈来愈明晰。一个突出表现就是形成了空前自觉的学科意识和专门领域意识，比较系统全面的、可以代表该领域研究进展和学术水平的专著陆续出现，具有较高水平的研究论文陆续发表，且学术质量不断提高，学术影响逐渐扩大。经过这一阶段的学术积累和研究进展，中国近代文学作为一个专门学科门类或学术领域方得以比较自觉地成立。

这一时期正处于中国传统学术观念向深受西方影响的近现代学术观念转换、中国传统学术研究方式向以西方为代表的近现代学术研究方式过渡的关键时期，因此此期的中国近代文学研究从总体上表现出如下特点：一部分以传统知识结构、学术训练和学术方式为基础、深受传统文学与文化熏陶的研究者主要从传统学术、传统文学的角度研究和评价近代文学，习惯性地将其视为中国传统文学或古典文学的最后阶段，或者在适当运用西方学术观念、思想方法的同时并未放弃中国传统文学与文化的价值立场，如钱基博、汪辟疆、钱锺书、钱仲联等这一时期关于中国近代文学的著述就相当充分地体现出这种价值取向和学术品格；另一部分具有新知识背景、学术眼光和学术意识的研究者则习惯于从中国现代新文学、新文化的角度考察和评价近代文学，刻意地、一厢情愿地甚至不惜牵强附会地将其看作新文学的酝酿、渊源和先驱，如鲁迅、周作人、胡适、阿英、吴文祺、陈子展等关于中国近代文学的著述言论，就充分体现出这样的价值观念和思想方向。这种颇具学术史意味的观念分歧和话语分歧，至今仍然延续在中国近代文学研究的某些方面或某些问题上。从中国近代文学研究学术史的角度来看，由于不同的研究者同时接受和传承着中国传统学术与西方近现代文学研究和批评方法，于是出现了传统方法视野下的研究与西方近现代思想观念影响下的新文学研究并生共存的局面，二者的相互关系、矛盾对立、自说自话和起伏消长、兴衰隆替、是非功过，其间的关注与遮蔽、进展与停滞、收获和损失等等研究经验和学术教训，随着时光的流逝、观念的变化、研究的进展，都益发显得深刻而丰富，益发值得从学术史角度进行切实深刻的反思评估。因此，成立期的中国近代文学研究，恰恰反映了中国文学与文学批评研究从传统走向现代过程中的价值困惑、复杂多变和艰难历程。

  从总体上看，虽然这一时期政治动荡、战争不断、民生维艰，政治、文化、经济条件并不是有利于学术研究的时候，但由于在一定时期、一定范围内文化环境、学术环境的相对宽松正常，这一时期的学术方式还是比较多元的,学术环境还是比较健康的。需要特别指出的是,这一时期逐渐建立起一种以新文学、新文化立场为主流的近代文学研究方式和价值观念。与此密切相关,中国传统学术方式和方法、理论与观念对近代文学研究的影响渐趋式微。中国近代文学研究中新旧学术的分野从此开始,并在后来的学术史进程中表现得日益明显,逐渐深化,以至于出现了新文学、新文化价值立场话语强势、话语霸权的局面。这种思想方式和研究习惯一直延续下来,并如此分明地表现在目前的中国近代文学研究之中。① 总之,经过这一时期近三十年的艰难探索和不懈努力,中国近代文学的基本学术范式得以比较稳定地确立,并一直从不同方面、在不同程度上规定和影响着其后至今的中国近代文学研究。

(三) 新生期:1950—1965 年

由于中华人民共和国成立后极其特殊的国内外政治局势、经济局势和文化环境,加之新政权建立以后政治稳定、政权巩固等方面的任务迫在眉睫,因而在意识形态上提出了几乎全新的政治要求和思想体系。在抓紧经济建设以期尽快摆脱贫困的同时,在意识形态领域和思想文化、教育、宣传、人文学术领域也进行了一系列整顿清理、批判肃清、重新设计和全新建设。但是,当这种既有必要性又有紧迫性的带有明显对敌斗争色彩的政治运动超出了适当的范围的时候,其负面作用和消极影响就必然日益突出地表现出来,其结果就是自 20 世纪 50 年代即已开始并愈演愈烈的连续不断的政治运动。由于这些政治运动、思想运动、文化运

---

① 关于这一问题,可参考左鹏军《近代文学研究中的新文学立场及其影响之省思》(《文学遗产》2013 年第 4 期)、《"二十纪中国文学"研究中的一种普遍性缺失》(《汉语言文学研究》2011 年第 1 期)等文,此处不拟展开讨论。

动接连不断的严重冲击，使这一时期中国人文社会科学研究的几乎所有领域都在非常短暂的时间内发生了根本性甚至可以说是天翻地覆的变化。与这种强大的政治文化气氛相应，当时中国人文社会科学领域绝大多数研究者的知识结构、研究方法、学术观念、文化心态甚至生活处境、人格特征都发生了前所未有的深刻变化。

尽管由于研究内容、研究水平、学术气质、学科地位和文化影响等方面的某些特殊性，中国近代文学从来就不是一个贴近现实、备受青睐、便于利用、令人炙手可热的学术领域，但是在如此特殊、全新的政治环境、思想约束、人文学术环境下，也不可避免、别无选择地发生了种种空前剧烈甚至意想不到的新变化。在这种大背景下艰难生存和勉强延续的中国近代文学研究，几乎必然性、宿命式地适应着眼前发生的全新的一切，不能不带上非常明显甚至极其深刻的时代印迹，留下了足令后人深入反思并认真吸取的成功经验和失误教训。

从整体上看，这一时期的中国近代文学研究主要呈现出两大趋势：一是老学者从被迫到自愿的思想改造、弃旧趋新、学术调整，在新的社会政治条件和要求下重新开始学术研究活动。他们受命抓紧时间学习马克思列宁主义、毛泽东思想，努力运用阶级斗争和阶级分析的思想方法与话语方式，以之作为学术研究的新式武器、唯一武器，远离和抛弃已经相当熟悉、运用多年的中国传统学术方法和思维方式，认真改造世界观，否定既往，脱胎换骨，以崭新的姿态重新投入新政权下的学术研究。因此，在这一时期里，已经很少有老一代学者还能够坚持原来的研究方法和学术方式来从事中国近代文学的研究了。他们可以有的选择只有两种：要么停止一切学术活动，要么按照当时的政治要求进行思想改造。二是新中国培养出来的一些大学生研究者开始以崭新的姿态大踏步地迈进了学术队伍。这些新社会培养出来的大学生，由于是在政治稳定、教育改革、高校调整、意识形态重建的环境下成长起来的，因而与以往的大学生相比，他们在思想观念、知识结构、学术能力和研究水平等方面都发生了非常深刻的变化。外在政治思想环境、文化学术氛围的深刻变化，加之研究者本身发生的多方面巨大变化，必然给这一时期的中国近代文学研究带来实质性变化。在这个以清除旧有思想观念、建立新的思想秩序、培养新社会劳动者的环境中，中国学术传统在很大程度上被拒绝、排斥、清理和抛弃，学术风气也由此发生了根本性转变，总体上朝着非学术化方向发展，同时向极端政治化、工具化方向迅速转变。

由于政治环境、文化背景、意识形态等原因，此期的中国近代文学研究在方法观念上一改以往比较丰富多样、自由自在的多元并生局面，日益明显地出现并走向了单一化、政治化、工具化、意识形态化的方向。而且，这种显然不利于中国近代文学研究发展进步的倾向，随着时间的推移而表现得愈来愈严重。在这一时期，刘大杰、郭绍虞、汪辟疆、任访秋、季镇淮等老一代学者有关中国近代文学及其他方面的著述，或主动或被动地进行修改调整，或对自己的学术观念、研究方法、研究计划等进行重新安排，或者被来自他者的强大力量愈来愈深刻、愈来愈直接地规定和设计，因而不同程度地带有那个时代的特殊政治气氛和思想色彩，也成为他们一生中一次非常剧烈、异常深刻的具有学术史、思想史意味的转变。当时刚从大学毕业、初出茅庐、在学术上崭露头角的年轻学人章培恒，也进行过一段时间的中国近代文学研究并发表过若干篇有影响的论文，堪称那个时代学术风气、思想转变和年轻学者思想方式、学术姿态具有代表性的反映。尽管后来不论是章培恒本人还是其弟子们及其他人士，都很少或不再去提及那段学术往事。

从总体上看,这一时期的中国近代文学研究,与新生的中华人民共和国及其新政权一样,不得不面临和适应着一次空前彻底、异常迅速的弃旧趋新、重新建设、改天换地。假如说这是中国近代文学研究史上一次天翻地覆式的、脱胎换骨式的革命性变革,应当是不为过的。尽管这一时期的革命性变革远远不仅仅局限于中国近代文学研究领域,或者说中国近代文学研究并不是一个具有典型性、代表性的人文学术领域。值得充分注意的是,这种变化持续了数十年,塑造了几代人,影响极其深远,结果极端复杂,其中的教训也极为深刻,有必要进行认真深入的学术反思和思想反省。

(四)沉沦期:1966—1977年

从历史事实和思想脉络上说,这一时期紧接"新生期"而来。所谓积渐而至,亦所谓冰冻三尺非一日之寒。1966年5月正式发动兴起的史无前例的"无产阶级文化大革命"的风暴,迅速席卷了中国大陆的每一个角落。在那种声势浩大、轰轰烈烈的革命运动中,在反对一切"封资修"、打倒一切"牛鬼蛇神"、"革命无罪,造反有理"的政治风暴、精神狂热中,在"知识越多越反动""资产阶级知识分子统治学校的现象再也不能继续下去了"的唱彻云霄的嘹亮口号声中,在新中国、新政权、新社会里刚刚起步的中国大陆人文社会科学研究突然遭受到空前沉重的打击,随即迅速跌入谷底,进入了动荡、混乱、瘫痪甚至濒临死亡的灾难性时期。在这一时期里,真正意义上的人文学术研究实际上早已不复存在。中国近代文学研究虽然一直以来都较为边缘,不像有的学科领域那样容易成为最受青睐、最有利用价值的人文学术领域,但在如此强大、空前彻底且持续多年的政治风暴和文化浩劫中,也不可幸免地遭受同样的命运。

在这一时期里,作为一个人文学术专门学科或研究领域的中国近代文学研究已经全面停滞，甚至出现了严重倒退。学术研究的内容完全被淘空或替代，学术规范和学术规律完全被抛弃，整个学术研究完全失去了应有的独立品格和价值意义。一些老中青学者也迫于形势和处境，产生了明显的分化，出现了千奇百怪的情况。其中见风使舵者有之，曲意逢迎者有之，糊里糊涂者有之，委曲求全者有之，冷静清醒者亦间或有之。不同年龄、不同处境、不同性格、不同心态的学者们或迫不得已，或比较自愿，或半推半就，或相当自觉又似乎不很自觉地放弃了自己的学术操守和人格尊严；或如八仙过海各显神通，或如三冬寒夜期盼春阳，亦或如慌不择路前途难卜，以各种方式偷安苟活。因此笔者将这一值得深刻反省、牢记教训的时期谓之"沉沦期"。

对于那个令人痛心疾首、不堪回首的时代的回忆、记述、描摹，早已汗牛充栋，时下仍然源源不绝，尽管深切者、深刻者无多。对于那段时间的中国近代文学研究以及更大范围的中国人文社会科学研究，尝有人戏以联语描摹之，似乎不无参考价值。其言曰："老学者委曲求全，痛改前非，洗心革面；新闯将造反有理，粉墨登场，层出不穷。"在这种极其恶劣的环境下，除了不讲道理的话语霸权、不容分说的强盗逻辑和毫无学术价值的政治大批判外，早已完全没有什么科学方法和学术真理可言了。

在这一时期里，许多古人和今人都已经被"打翻在地""批倒批臭"，有的还要"踏上一只脚，叫他永世不得翻身"。因此在中国近代文学史范围内，被允许或者可以被研究的对象实际上已经所剩无几、非常可怜了。比如在20世纪70年代初兴起的所谓"批林批孔""评法批儒"运动中，除了被鬼使神差、令人哭笑不得地幸运地确定为"法家"的龚自珍、魏源、林则徐和"农民革命领袖"洪秀全、洪仁玕等寥寥数人之外，几乎再没有什么可靠人物和文学现象可以成为被允许进行研究的对象了。即便是这些可以被研究的历史"幸运者",实际上所进行的所谓研究也都是曲解利用古人、图解当时现实政治、用以作为"阶级斗争"、继续推动"无产阶级文化大革命"向纵深发展的简单工具或廉价手段,不仅水平粗糙卑下、低劣不堪,根本没有什么学术色彩和学术价值,而且给真正的学术研究造成了极大伤害,成为中国近代文学研究学术史上最不光彩的一页。

必须明确并牢记,在这长达十多年的时间里,包括中国近代文学研究在内的多个人文学术领域已经走向凋敝荒芜,留下了极其惨痛的学术教训和政治教训。而这一切都是以学术研究无条件服从于、直接服务于政治运动的方式在几年内迅速开展且竟至一发而不可收拾的。待至浩劫终于过去,满目苍凉、满身伤痛、满心伤痕、劫后余生的幸存者们有可能、有能力去回顾那段噩梦般的经历,有意识、有精力去痛定思痛的时候,却发现这种学术损失和精神损失需要许多年的疗救、纠正、弥补和抚慰才可望有所改变。且不说那些早已无法改变、不可挽回的损失,仅就似乎可以进行亡羊补牢式的弥补、进行知其不可而为之式的挽救的方面来说,其间来自主观、客观及各个方面的种种艰难困苦、障碍难题也大大超出了许多善良人们的想象。在这样的时候,假如说让历史负责或者说历史可以负责,那么,对于具体的研究者和学科领域来说,实在是找不到"历史"究竟在何处、如何可以对如此巨大的失误和如此深刻的教训"负责"了。

因此,从中国近代文学研究学术史的角度来看,必须说,这长达十多年的"沉沦期"里留下的,除了无可挽回的学术、思想、教育、人才、人心等各个方面的重大损失,就是极其深刻、至为惨痛的学术教训和政治教训。这一时期留下的极其深刻、极其惨遭痛的教训必须牢牢记取。在这个问题上,"前事不忘,后事之师"的古训也应当是适用的。

(五)复兴期：1978—1989 年

中华人民共和国经历了极其沉重的文化灾难，浩劫后的复苏从 1978 年年底至 1979 年年初正式开始。虽然政治决议上界定的"无产阶级文化大革命"到 1976 年 10 月就结束了，但是国家社会文化上发生转变的实际情况却要复杂多变、艰难曲折得多。1977 年以后，在经过了近两年相当复杂微妙、多事多变的尝试观察、探索调整之后，终于迎来了改变中国当代历史发展方向、决定其后至今中国前途命运的中国共产党十一届三中全会的胜利召开。其实，在此之前，冰封乍解、枯木逢春的气息已经在一些领域日益明显地反映出来。其中一个最强烈的信号就是中国现代新文学与新文化的倡导者之一、甲骨文与古代史研究的著名学者之一、时任中国科学院院长的郭沫若 1978 年 3 月 31 日在全国科学大会闭幕式上的讲话《科学的春天》。这篇并不长的讲话 4 月 1 日在《人民日报》发表，一时之间传遍了举国上下、大江南北，人们期盼了至少十年的"科学的春天"，终于伴着那个时令季节转换意义上的春天到来了！随后就是十一届三中全会的召开和改革开放的正式开始。假如当时还难以看清这次重大历史转折的意义，那么时过近四十年后，对这一切则应当看得愈来愈清楚，也应当认识得愈来愈深刻了。因此，说这是中国近代文学研究的"复兴期"的开始，恐怕是一点也不过分的。

随着"科学的春天"的到来，改革开放的展开，在努力实现工业、农业、国防、科学技术"四个现代化""科学技术是第一生产力"的强大语境之下，中国人文学术虽然并没有被摆在特别突出的位置，但也依然乘着和煦的春风、伴着改革开放的脚步，迎来了一个期盼已久的春天般的崭新局面。一方面，一批历经磨难、饱受委屈、被迫中断了近二十年学术研究和教育教学活动的老学者焕发出学术的青春，如同老树新花，继续勉力从事学术研究并取得了显著成就，代表着这一时期中国近代文学研究的最高水平和发展方向；特别难能可贵的是，其中一批老学者不惜改变甚至停下自己原有的研究和著述计划，而把主要精力用于培养大学生、研究生等专门人才，为中国近代文学研究领域储备了最难得的人才资源。另一方面，由于1977年以来中国高等教育正常秩序的逐渐恢复、走向正轨，大学教育、研究生教育的复兴，在长辈先生的悉心培养、苦心栽培之下，新一代年轻学者相当迅速地成长起来，逐渐在中国近代文学研究领域显现才华、展现能力，在前辈先生的带动之下，在不太长的时间内就取得了突出的成绩，做出了可观的学术贡献。

就如同那个"科学的春天"的千呼万唤始出来、如此地来之不易一样，新时期开始之后的中国人文学术研究也不是"柳暗花明又一村""直挂云帆济沧海"那般峰回路转、春光明媚、风平浪静、一帆风顺。在多年的政治动荡、经济凋敝、学术荒芜、人心沦落之后，整个国家需要时间摸索和调整，许多个人也需要时间改变和适应。因此这一时期仍然不时出现某些政治风雨、思想摇摆、观念分歧，并不时地、不可避免地冲击着早已贫病不堪、低迷不前、正在勉力疗救和艰难恢复中的中国近代文学研究乃至整个中国文学研究。但是必须看到，这已经算得上是中华人民共和国成立以来学术环境和研究条件最好、最有可能寻求学术发展进步的时机了。后来的学术史事实也证明了这种认识和判断的可靠性与合理性。

这一时期的中国近代文学研究，主要承续着以"无产阶级文化大革命"为极端表现的接连不断的政治运动甚至文化浩劫而被迫中断了长达二十年的学术传承、研究基础和基本方向，内心已经伤痕累累的研究者们面对着已经满目荒芜、几成废墟的学术园地，不得不、不能不跟当时中国人文社会科学的许多领域一样，开始进行一些"拨乱反正""正本清源"的工作，试图重新找回被中断、被抛弃的学术脉络和研究思绪，然后才可能进一步企望有所推进、有所建设。因此，"复兴期"开始最初几年的中国近代文学研究，起点是相当低的。当时研究的主要问题经常是资产阶级维新派的思想和文学创作是不是需要继续批判，"谴责小说"的思想倾向该如何评价，刘鹗的"汉奸"罪名是不是需要"平反"，等等。可见"复兴期"开始之际的中国近代文学研究的起步是何等简陋，何其艰难！

在被后来的某些人文学术研究者描绘而成的意气风发、朝气蓬勃的20世纪80年代，许多研究者怀着只争朝夕的紧迫感，怀着重新得到学术研究机会的感恩之心，一心要把被耽误的时间补回来，一心要把被中断的学术研究、教育教学事业接续起来。因此尽管学术条件并不完备、尚在修复完善之中，但学术环境却相当令人欢欣鼓舞，学术发展相当迅速。经过几年的酝酿积累、回顾反思、恢复重建，中国近代文学研究已经出现了令人可喜的势头。加之80年代中期开始出现的研究方法渐趋多元、学术思想渐趋活跃、学术观念日益进步的大趋势，中国近代文学研究终于迎来了真正的复兴气象，并为其后的全面建设和持续发展奠定了坚实的学术基础。

由于时代的变迁、学术的更替，这一时期的研究者主要是经历过一系列政治运动和思想改造的新中国培养出来的最早的几届大学生们，即如今已经75岁到85岁左右的一批学者。他们当时的年龄大约在50岁至60岁之间，在学术研究专门人才、教育教学队伍青黄不接之际，仍然成为中国近代文学研究的中坚力量，发挥着承前启后、守夜传薪的作用，也是代表着当时中国近代文学学术高度、研究水平的主体力量。当然，几位劫后余生、难后幸存的老先生们，尽管年事已高，仍然努力进行学术研究和专门人才培养工作，堪称这一时期中国近代文学研究学术传统承传延续的标志，也是这一研究领域学术地位和最高水平的象征。

特别值得注意的是，以改革开放、恢复高考为显著标志的新时期以来培养出来的一些大学生、研究生及其他年轻学者们，特别是1977级、1978级大学生以及1979年研究生教育恢复以来的最初几届研究生，在这一时期开始崭露头角，其中有的已经在学术上逐渐成熟起来，并日益显示出新一代研究者的学术视野、知识结构、治学特点、创新能力和学术水平。这批年轻研究者上承年华已经老去的师长辈留下的优良学术传统，下启新时期思想解放、学术进步、梯队建设的新期待，成为中国近代文学研究人才队伍建设的希望所在。其后迄今的中国近代文学学术史事实有力地证明，这批当年正值青壮年、如今已经60岁上下的学者没有辜负师长、学生和时代的期待，在很大程度上实现了自己的人生价值和学术理想，也出色地完成了中国近代文学研究学术传承、持续进步、发扬光大的历史使命。

(六) 建设期：1990年至今

人文学术研究非常需要血脉传承、扎实建设、平稳发展，学科建设历史并不长、研究基础并不雄厚的中国近代文学研究尤其如此。可惜自从中国近代文学作为一个相对独立的学科领域、进入比较自觉的建设阶段以来，这样的时间实在不多，甚至可以说少得可怜。经过"复兴期"二十多年的回顾前瞻、建设积累、探寻求索之后，特别是经过对此前多年的曲折坎坷、风风雨雨、经验教训、学术积累和研究成绩进行清理检点、认真回顾、冷峻反思之后，从20世纪的最后一个十年开始，中国近代文学研究才在更加严格的意义上进入了有规模、有计划、有目标的学术建设时期。这样说，主要是指对包括中国近代文学研究在内的中国人文学术研究而言至为关键的建设与发展诸要素，如人才培养、队伍建设、材料积累、学科规范、研究成果、学术水平、学术交流、学术组织和学术影响等。这些方面的扎实积累、充分准备、齐头并进和有序展开,成为中国近代文学研究进入建设期的显著标志。

从1990年至今,虽然中国近代文学研究跟中国人文学术的许多其他领域一样,在日益强势的自然科学和实用技术的猛烈冲击甚至指责鄙夷下,在略显弱势但依然具有较大发展空间的社会科学诸学科的挤压下,不断面临新的挑战和冲击,其处境和生存出现了日渐边缘、日益艰难的不利状况。特别是高度商业化、市场化、功利主义、技术主义、量化考核、数字崇拜的大行其道,加之学术评价标准日趋标准化、技术化、工具化、统一化,自身学科影响力弱小、学术地位不高等问题,开始愈来愈明显地限制和束缚着中国近代文学研究的建设与发展。尽管如此,仍然有一批学者甘于寂寞、淡泊名利、坚守书斋和讲台,对中国近代文学一往情深、不离不弃,以自己的研究业绩、学术成就扎扎实实地推动着中国近代文学的学术探索和学科建设,雄辩地证明着中国近代文学的学术价值和学术尊严,取得了一批足以代表中国近代文学研究新进展、新水平的令人鼓舞、可堪羡慕的标志性成果,其中有的成果还赢得了相关学科领域研究者的关注与尊重,为中国近代文学学科建设和发展做出了突出贡献。

"建设期"开始以来的这将近三十年间,可能是自从中国近代文学研究这一学科领域成立以来最为稳定、空前活跃、最为健康,并保持着足够发展动力和创新可能、自觉追求更高学术目标、憧憬更加美好的学术理想的一个时期,也是最令人鼓舞、信心倍增的一个时期。"建设期"的中国近代文学研究的特点和成绩主要表现在以下几方面。

(1)专业人才培养、学术队伍建设深度自觉、承传有序,人才培养与队伍建设规模和质量都达到新水平。人才队伍是学术研究的核心资源和发展动力所在,学术队伍尚显薄弱的中国近代文学研究领域更是如此。"建设期"开始以来,尽管在人才培养与队伍建设方面仍然面临着一些困难和问题,但是高素质、高水平专业人才队伍建设一直是中国近代文学研究的首要任务,也是中国近代文学学科建设发展、传承创新、走向未来的内在动力和学术希望之所在,这应当是中国近代文学研究界的共识。老一代学者经过数十年积累,在新条件、新目标下继续出版和发表有代表性、有重要学术价值的研究著作和论文,继续引领着中国近代文学研究的学术风格和发展方向;一批中青年学者迅速成长起来,在中国近代文学研究的多个方面取得了足以代表学术实力和研究水平的标志性成果,日益充分地显示出研究特色和学术风格;还有更多更年轻的学习者和研究者(如博士生、硕士生)正在成长,在中国近代文学的相关领域或某些问题上表现出较好的学术能力和研究水平,并显示出值得期待的发展潜质。因此可以认为,中国近代文学专业研究队伍自觉规划、合理建设的力度大大加强,专业研究队伍不断壮大,并较好地完成了学术带头人以及学术骨干的新老交替、代际传承和学术转换。有序的学术传承、学术接力是这一时期中国近代文学研究取得的扎实成绩和突出成果,必将对今后的学术建设和持续发展产生积极有力的影响。

(2)基本文献和稀见文献整理出版,冷静清醒的学术史反思等学术积累渐趋自觉化、系统化,有计划、有规模的文献资料建设取得突出成绩。文献资料是许多人文学科的研究基础,尤其是对于中国近代文学这样以往文献积累薄弱、不受重视、一些文献资料面临湮没、散佚甚至消失风险的领域,基本文献的积累、整理汇辑、编校出版等就显得尤为紧迫。从此期开始,愈来愈多的重要文献资料得到整理、出版和利用,特别是某些稀见文献、报刊文献、海外文献及以往由于种种非学术原因受到限制或被禁止出版、难以使用的文献得以重见天日、受到重视并得到较好利用。特别有显示度和标志性者如《中国近代小说大系》《中国近代文学大系》《中国近代文学丛书》《国家清史文献丛刊》等大型总集、丛书的出版，以及各省（市区）地方性文献资料的整理、影印与出版，大量海外中文文献、汉学文献在中国内地的出版传播，等等。无论是出版速度、规模、数量、质量，还是学术价值、应用价值、收藏存储与呈现方式，都达到了空前水平。其中有些文献成果是过去的学术条件、经济条件和文化环境下不可想象的，充分反映了学术研究的进步和文化环境的优化。

（3）学术观念更新完善进一步自觉化、主动化，研究方法渐趋多元化、多样化。长期以来的中国近代文学研究在学术观念、研究方法上存在着简单化、单一化的弊端，在某些特殊时期甚至使一些研究走向了非学术化、思想僵化、过度意识形态化的方向。尤其是历史决定论、庸俗社会学、阶级斗争与阶级分析模式的影响极其深远。经过20多年的回顾反思、经验积累和探索创新，20世纪80年代中期即已起步的关于文学史研究方法论、重写文学史、文学史研究实证性、文学史研究和呈现模式的创新发展思潮，在这一时期继续被一些研究者传承、倡导和运用，并在新的政治思想、文化学术条件下得到发展完善。一些研究者在更加有意识地传承和运用中国传统学术方法的基础上，学术视野不断拓展，尝试探索的热情未曾消减，在更加审慎、成熟、自如、自信的意义上借鉴和运用西方的学术观念与研究方法，在很大程度上丰富了中国近代文学研究的学术观念、学术视野和研究方法，在思想观念和方法论意义上有力推进了中国近代文学的学科建设、研究进展，也扩大了中国近代文学学科在整个中国文学史研究及相关人文研究领域的学术影响和地位。

（4）学术组织继续建立和不断完善，并逐渐发展壮大，学术活动渐趋正常化、规范化，学术影响持续扩大。随着改革开放新时期的到来，一些高等院校、科研院所先后成立了不同名目的中国近代文学研究机构，中国近代文学史及相关课程也在一些大学的中文科系得到比较稳定的开设，培养了数量可观的高级专业人才。特别是随着20世纪80年代前中期中国人文学术兴盛发展时期的到来，在经过一段时间的积极准备、召开过几次中国近代文学专题性学术研讨会之后，到1988年9月，国家一级学会中国近代文学学会正式宣告成立。随后，该学会的下属分支学会、一些省(市区)的中国近代文学学会也纷纷成立。这些学术组织的建立，对开展学术活动、汇聚专门人才、交流研究成果、扩大学术影响产生了显著作用。假如从1982年在河南开封举办的首届中国近代文学学术研讨会算起，至今已经过去了三十六年；假如从1988年中国近代文学学会正式成立算起，到2018年恰好经历了三十年。这一时期，学术会议如期举行，学术活动渐趋多样，研究水平逐渐提高，学术影响逐渐扩大，学术组织的凝聚力、感召力不断增强。在这不平凡的岁月里，一些产生过开创性、奠基性作用的前辈先生已经故去，最为活跃、可以代表研究水平和学术走向的研究者也换了几代人，但是中国近代文学研究的学术承传不仅没有削弱，反而逐渐加强。可以设想，假如没有健康发展的学术组织，没有规范持久的学术交流活动，这一切都是不可能实现，甚至是不可想象的。

(5)中国近代文学的学科格局、学术气象、吸引力、包容性逐渐加强，学术影响力明显增强，学术地位逐渐提高。随着信息化、网络化时代的到来与互联网+技术对于人文学术提供的极大帮助和产生的深刻影响，学科交叉、学术互鉴、方法融通、学术交流的便捷化和显著加强，人文学科领域中的跨界研究、跨学科视野和综合创新能力已经成为一种强大的变革发展趋势，甚至出现了空前深刻地突破原有学术观念和学科格局、融通一般所谓自然科学及技术与人文社会科学之间所存在的明显壁垒、所形成的清晰疆域的趋势。在这样的背景和趋势下，其他学科领域的研究者愈来愈多、愈来愈有意识地将部分或主要精力转移到中国近代文学研究中来。如与中国近代文学学术渊源较深、学科关系比较密切的中国古代文学、中国古典文献学、中国现代文学、比较文学与世界文学、近代汉语、方言学、明清史、民国史、中国近现代史、中外文化交流史、中国近现代哲学、专门史、地方史、宗教学、民俗学、戏剧戏曲学、中国新闻史、新闻传播学等领域的研究者愈来愈多地自愿加入，使中国近代文学研究获得了更加广阔、更加丰富的学术参照和对话空间，也增加了与相关学科交流共进的机会，进一步壮大了中国近代文学研究队伍。这种局面一方面表明中国近代文学研究的学术价值得到了相关学科的更多关注和尊重；另一方面也使中国近代文学研究的学术空间明显扩大，学术视野更加广阔，为原初意义上的中国近代文学研究提供了新的学术思路和学术观念，为中国近代文学学科的建设完善、发展壮大提供了更加坚实厚重、广阔通畅的学科基础，使之更加富有生机活力和创新发展的可能。

可见，只是到了这个时期，中国近代文学研究才在此前多年的积蓄准备、坎坷徘徊、复兴自觉、求索探寻之后，真正进入了扎实积累、自觉建设、稳定发展、持续进步的新时期。在这个时期里，中国近代文学研究的各个方面都达到了令人鼓舞的新水平，取得了空前突出的学术成绩，产生了愈来愈广泛深入的学术影响，为继续提升、持续发展，实现更高的学术目标、做出更大的学术贡献准备了相当扎实厚重的学术基础，成为迄今为止的中国近代文学研究学术史上最有成就、最有气象、最令人满怀信心地继续创新发展的一个时期。

三、结语：同志仍需努力

回顾一个半世纪以来，尤其是近七十年来的中国近代文学研究历程，似乎可以用从无到有、从小到大、由弱到强、从不自觉到自觉、由自我认同到他者认同等词语来概括。在这不平凡的学术史历程中间，有涓涓细流的汇聚壮大，有风雨兼程的执着坚守，有峰回路转的波澜壮阔，也有社会形态转换、思想文化变革之际的矛盾困惑，更有从中国传统学术到近现代西方学术接触交融、转换生新之际的苦闷彷徨、艰难蜕变和不懈探求。

虽然中国近代文学研究取得了令人鼓舞的成就，但与发展更加充分的相关人文学术研究领域相比，或者从更加理想、更加高远的角度进行冷静观察、深入思考，就不得不承认，目前的中国近代文学研究中未能尽如人意之处还所在多有，还存在一些相当突出的问题。比较突出者如：与可以估计的文献储备情况和学术可能性相比，文献资料的保护、发掘、整理的科学性、系统性和利用程度尚显不足；研究内容和范围的拓展虽较为明显，而对于某些核心问题、关键问题、重要文学史现象的内涵发掘、深度考察不够，外围性研究有余而核心性研究欠缺，对一些关键问题的研究理论性、创新性严重不足，存在明显的乏力感和肤浅化倾向；由于长期以来形成的学科基础相对薄弱，某些时期学术风气的急剧变化或急转直下，某些研究者知识结构不够完善、不够优化，学术创新能力不足或欠缺，仍然存在着研究方法单一、匮乏，思维方式僵化、老化的问题，难以适应中国近代文学史和文学现象的丰富性、多样性对研究者提出的更高要求；某些研究成果简单重复或质量不高，存在自己重复自己、他人重复他人、后人重复前人的现象，这不仅是指材料、观点、语句等外在形式的重复性或相似性，更值得注意的是经常出现的研究方法与思想方式的重复现象，不能根据不同的研究对象和科研课题开展贴切有效的研究，难以为自己和自己的研究对象选取切实有效、最为恰当的研究方法；与其他学科、相关领域的切磋交流仍有不足，中国近代文学与中国古代文学、中国现代文学、中国古典文献学、比较文学与世界文学、外国文学、中国近现代史、中外文化交流史、中国近现代哲学史、中国新闻出版史、中国报刊史等相关学科领域的交流、交叉和协同研究尚有不足，故步自封的状态在很多时候限制了中国近代文学研究的实质性进展和整体水平的提高；学科积累与有效推进、创新与反思、深化研究与拓展视野的关系失衡，对以往已有若干研究并在特定条件下形成的某些认识与观点进行学术史回顾反思、进行经验教训吸取的意识和能力明显不足；材料运用与理论创新的关联度不高，一般性研究成果日益增多，但真正的学术贡献和研究进展并不显著，特别是密切结合具体丰富、复杂多变的文学现象进行理论概括、抽象提升的意识和能力均颇为不足、明显匮乏；部分研究者学术视野狭窄，学术规范意识不强，学术起点不高，特别是某些博士、硕士学位论文的专门性有余而开阔性不足，在有理有据与一厢情愿、恰切允当与畸高畸低、有效创新与作意好奇、踏实探求与哗众取宠之间的认识和选择，是相当一部分博士、硕士学位论文作者未能直接面对、认真思考、妥善解决的突出问题；学术交流与学术讨论尚不充分且不深刻，长期以来中国近代文学研究界缺少真正具有学术精神和学术价值的深入讨论，"无产阶级文化大革命"中及其以前，毫无学术意义、不讲道理、话语霸权式的"大批判"居多，新时期以来，特别是近十几年来，许多人习惯于、乐于称赞式、褒扬式有时甚至是吹捧式的讨论，真正具有思想深度和启发价值的平等的学术商讨、对话和争论极少见到，这种情况的存在和延续显然不利于中国近代文学研究的正常进行和深化进展；功利主义的滋长和刻苦精神的欠缺，形形色色、多种多样、变化多端的功利主义正在一定范围内滋长，并侵蚀着，甚至危害着中国近代文学研究事业，刻苦精神的欠缺乃至丧失，必将给学术研究造成根本性的伤害。这种种情况的存在和延续，当然不仅仅是中国近代文学研究本身的问题，而是涉及整个中国人文社会科学研究整体风气、学术品格的重要问题。这种令人担忧的状况对学术研究造成的损失有目共睹，必须引起足够注意并采取强有力措施予以改变。

从学术史的经验教训及与相关学科领域的关系来看，中国近代文学研究既不需要妄自菲薄，总是觉得自己一无是处、无甚价值，觉得自己技不如人、学不如人，又不可以妄自尊大，经常以为自己应当具有特别突出的地位，认为自己可以遮蔽或替代其他学科领域的价值意义。从价值理性和学科关系的角度来看，中国近代文学作为一个人文学术研究领域和教育教学学科，只要具有尽可能妥当、相对合理的地位即可；真正需要的是本研究领域拿出确有学术价值、体现学术意义、足以引起相关学术领域关注，赢得相关学科研究者尊重的学术成绩。从目前中国近代文学研究领域已经具备的基础条件、取得的学术成绩、做出的学术贡献及相关方面的总体情况来看，如果假之以时日，经过几代研究者继续奋斗、共同努力，特别是更多年轻研究者的迅速成长、学术自立，应当可以乐观地期待中国近代文学研究能够得到更加全面、更加充分的发展，能够创造和拥有学科建设与学术研究更加美好的未来。

在中国已经进入新时代、胸怀新理想、践行新思想、走向新征程、奔向新目标的精神感召下，我们期待愈来愈理想的学术环境、研究气象继续长时期地保持并不断发展，愈来愈优越的文化局面、学术条件继续长期稳定地保持并不断完善，为中国近代文学研究的创新发展提供更优越、更理想的条件和保障。我们也有理由相信，中国近代文学研究界一定会继续努力、不懈奋斗，继承优秀传统，开拓学术视野，增强学术互鉴，加强学术自信，为新时代的新学术、新文化的创新发展做出不愧于本学科领域和时代要求的突出成就，为中华优秀传统文化的创造性转换、创新性发展做出积极努力和杰出贡献。

(《华南师范大学学报(社会科学版)》2008年第5期)

从"春宴唱和"到"庚申修禊"

——清道咸间羊城文人雅集与群体建构

翁筱曼

雅集是文人生活中一道不曾缺席的风景，同时亦是时代的风景、历史的注脚。不同时代背景下，雅集展现出不同的景致，因应时代风云变迁之下，文士的不同需求。清道咸间（1821—1861）的羊城诗坛，雅集也因为时代的变幻而呈现别样的风景与内涵，更成为学海堂文人群体建构的催化剂。清道咸间，政局的动荡、战火的燃烧，剧烈地震撼着广州每一个人的生活。传道授业解惑、游宴唱和论文，学海堂人安宁而悠然的日子顷刻支离破碎，被迅速卷入颠沛流离的暗流之中。由鸦片战争燃起烽烟，到天地会红巾军围攻广州，再到英法联军攻占广州，二十年间，一次次地将繁华富庶、车水马龙的羊城变得村墟寂静，断壁颓垣，触目皆是。

谭莹的"无数征帆落照斜，仓皇避寇各移家……广州原极繁华地，忍见哀鸿遍水涯"[1]，极为形象地描述出当时的社会景象。陈璞也说："岛夷犯粤城，余居城中，头上万炮雨下，庐室倾摧，扶老幼狼狈出走"[2]。文人被迫离开羊城，开始了漂泊不定的逃难。

---

[1] 谭莹：《二月廿一日泊花埭》，《乐志堂诗集》卷七，道光庚寅（1830）刻本。
[2] 陈璞：《招水樵遗集序》，《尺冈草堂遗文》卷一，光绪十五年（1889）刻本。

陈澧感叹"昔时友朋相聚论文之乐，何可复得？盛衰生死，倏忽变灭"①。在如此动荡的日子里，连生存都面临着危险，陈澧数次搬离羊城，避居郊区。昔日悠游自得、吟赏论道的雅集，成为难以得到的奢侈品，只能回味和期盼了。然而，雅集既然是诗人生活中不可或缺的活动，一旦有适当的时机，诗人们自然不会辜负韶光。《春宴唱和诗》和《庚申修禊集》两本书为人们提供了珍贵的记录，对战乱时期雅集在文士生活中的意义，以及对文人群体的影响提供了鲜明的脚注。

一

《春宴唱和诗》收录的是清道光二十六年（1846）春社，"壇坫久推名宿领，琴樽频为故人开"②。春社的主人是张维屏，维屏作序，先起一题，诸士子围绕之前的宴游以及张维屏的生平和之。参与者超过五十人，规模甚大。陈昙在和作中就提到："昔贤觞咏今重睹，三十词人定可寻。"指的是邝湛若在《峤雅》中记载的雅事，粤人吴于逵载酒偕粤中词人三十辈同集小斋唱和，而春游唱和诗的词人辈远不止此数。

还有一些不当席者，亦远远唱和，邮寄和作。如临川李传煋："我未当筵同击钵，邮筒缓递不需催。原唱由施君香海传来。……他日扁舟珠海上，钓竿定向老渔寻。南山先生号珠海老渔"，可见这次雅集传唱之广，影响之大，也是张维屏声望地位的体现。

此次雅集发生在鸦片战争之后，中国的大门被西方帝国主义的鸦片和洋枪铁舰打开了，条约的签订，意味着社会经济的结构开始调整步伐，并逐渐波及社会的其他层面。这个时候，社会的

---

① 陈澧：《招太冲诗文遗稿序》，《东塾集》卷三，光绪壬辰（1892）菊坡精舍刻本。
② 本文唱和诗皆引自《春宴唱和诗》，不分卷，道光丙午（1846）刊本。

整体变动还是比较缓慢、相对温和的,因此,知识分子们虽然对国家的安危、国家的前途有所担忧,但还不至于忧心忡忡。在唱和的诗作中,主要还是歌颂春光之媚,佳日之美,友朋集聚的快乐。然而,在欣喜的心情下,依然隐藏着丝丝忧虑,表现为对参与雅集的急切和不舍,并抱有及时行乐,尽情享受,一醉方休,抓住春光和快乐的尾巴的心态。从《春游次南山先生(师)韵》中撷取一些比较有代表性的诗作:

三月莺花名士酒,十年鲈脍故乡心。诗推一代词华富,歌到双鬟领会深。自是人生行乐耳,愿拖吟屐快追寻。(番禺谢有仁静山)

识荆曾自亦非台去岁九日集红棉寺亦非台,诗酒寻盟尽日来。白社幸缘同客人,清樽应再为君开。季鹰鲈脍思乡意,司马琵琶绝代才。一曲阳春好烟景,高歌难和漫相催。(香山刘嘉谟简臣)

对酒直当同日醉,看花不负一生心。双鬟低唱悲欢集,四座高歌感慨深。(顺德梁九图福草)

越台新局仿燕台,才浣征尘几度来。去秋八月师招集庆春园贤生最难正月眼,美人原似好花开。簪缨系恋无斯乐。岭海升平老此才,有酒不辞连日醉。银筝象板况相催。游侣偏难继竹林会辄六人,定言山水有清音。征歌几辅谁青眼,载酒江湖共素心。月到上元知夜永。谓十四夜黼香孝廉之招,迟师未至。花仍二月说春深谓花朝前二日兰浦同年之招。鸾箫鬼鼓街坊闹,归逐途人隔巷寻。(南海谭莹玉生)

以上几位诗人的诗作，无不表现出对此次春社宴集的欣喜之情，迫切地要享受诗文唱和的快乐，享受阳春烟景的明媚，享受酒逢知己千杯少的酣畅淋漓。人们也读出诗人们内心的无限感慨，感慨春光之易逝，感慨时事之变迁，感慨文人宴集在当下的不易。有一些诗人则无法抹去战火纷飞的阴影，仍然为之忧虑，有的则为时局终于相对稳定，海氛暂时平息而松了一口气。

占断春光是越台，春衣日日踏歌来。青帘画舫寻常见，绿水名园次第开。丝竹平章高士会，莺花跌宕谪仙才。千金一刻何曾负，却被城头鼓角催。（番禺陈其锟棠溪）

公怀后乐先忧志，谁抱乘风破浪才。且喜承平氛祲息，阳春曲和不须催。（新会李灼光星池）

海氛已敛话春台，连夜春灯衮衮来。但忆酒逢良会醉，岂知花为少年开。（番禺黄位清春帆）

这里特意将吟咏者的籍贯写明，意在突出这群文人来自四面八方，他们集中在羊城，在诗文唱和中，寻觅知音人。这里的知音，不仅仅指文学创作上的知音，还指共同社会背景下，时代剧变压在他们心头的苦闷与担忧，能借之得以宣泄，得以抒发的知音人。

二

如果说鸦片战争还只是外敌的洋枪铁炮，对中国大门的试探，其后的红巾军暴乱和英法联军的铁蹄，内忧与外患的爆发，急速地引发社会一系列矛盾的凸现。

咸丰四年（1854），天地会红巾军围攻广州，陈澧携家避地萝岗洞，作诗慨叹："烽火重城闭，村墟尽日闲。""廿年积心血，几日警兵尘。""闻道兵戈苦，深惭饮啄安。"①

咸丰七年（1857），英法联军攻占广州，陈澧先携家从城南避居城内豪贤街。曾云："时在梁小韩家，夷炮碎其家室，又击死其邻人，余甚恐。"

生命都如草芥，无所依赖的文人，只能抱着珍藏的书籍，辗转避乱。咸丰十年（1860），此时羊城已然回复太平，然而中国大地战火仍未完全熄灭。在经历了两次战火洗劫之后，羊城的文士们，文学活动是否如旧，那份酣畅的吟咏情怀，是否依然。

《庚申修禊集》②收录了咸丰十年羊城主流文坛的春禊和秋禊的诗作，除赋诗，还绘图以记修禊地点，更有文字的简介。共计11次雅集。

谭莹所作总序"岁当辛丑（道光二十一年，即1841年），闰值重三，狮海波翻，虎门星陨，独樯不靖，百堵皆空，艨艟迳抵。五羊间徙，分屯万马。学离家之王粲，比赁庑之梁鸿。谁如桑者之闲，竟负花田之约。预订修禊花田不果。禊事不举，春光遂阑，兹喜庚申再逢元巳，人间何世，天下皆春。事记廿年……三月三日柳堂修禊，主之者李子黼广文也。十三日补禊，主之者家博泉少尹也。……三月三日长寿寺修禊，主之者罗六湖廉访也。……闰三月一日诃林预作闰上巳，主之者倪云衢少尹卒昌上人也。二十三日展□上巳，主之者潘鸿轩茂才也。……闰三月三日杏林庄修禊，主之者邓荫泉中翰也。……闰三月十三日赏雨楼展闰上巳，主之者亦家博泉少尹也。……清吟纷来，凡有所赠，各著于篇，

---

① 陈澧：《甲寅避寇萝岗洞五首》，《陈澧集》第一册之《陈东塾先生遗诗》，黄国声主编，上海：上海古籍出版社2008年版。
② 本部分唱和诗及修禊序，皆引自，《庚申修禊集》，不分卷，咸丰庚申年（1860）刊本。

诗画文词都为一集，纂辑者则子黼广文博泉少尹也"。

本书所记录的修禊简要罗列如下：

庚申三月三日柳堂修禊：

庚申三月萨那日招樊昆吾封翁，邓荫泉中翰，谭玉生舍人，徐子远上舍，倪云瓢少尹，陈奎垣上舍集柳堂修禊。

庚申三月十三日柳堂修禊：

三月十三日招邓荫泉中翰谭玉生舍人徐子远上舍李子黼光禄倪云瓢少尹陈奎垣上舍集柳堂展上巳。

庚申三月三日长寿寺修禊：

庚申重三日招同颜子虚梁蔼俦两先生陈兰甫朗山吕拔湖三孝廉陈习之广文姻丈居古泉司马集长寿禅院修禊步朗翁韵四首。

庚申闰上巳杏林庄修禊：

庚申闰重三日邓荫泉招同樊昆吾黎健斋徐子远颜子虚潘鸿轩倪云瓢谭博泉谢吾珊何一山屈丽湖集杏林庄展上巳集兰亭字得诗六首

庚申闰三月一日诃林预作闰上巳诗：

闰三月朔日倪云瓢少尹啐昌上人招同人集光孝寺预作闰上巳

闰三月二十三日同潘鸿轩茂才招罗六湖廉访邓荫泉中翰郑纪常司马颜子虚上舍谭博泉少尹，观中彰华平矩福基四上人集诃林洗砚池修禊。

庚申闰三月十三日赏雨楼展上巳：

闰三月十三日谭博泉少尹招同罗六湖廉访游蓉裳太史王兰汀大使邓荫泉中翰谭玉生舍人郑纪常司马颜子虚

上舍陈朗山大令潘鸿轩茂才吕拔湖孝廉梁蔼俦茂才何一山上舍集赏雨楼展上巳

庚申七月十三日柳堂预秋禊：

七月十三日苏丈枕琴邓君荫泉同过柳堂留酌预秋禊成五排三十韵

庚申七月十四日杏林庄秋禊：

七月十四日招梁西庚大令萧榄轩少尹倪云癯少尹并携小儿舍侄集杏林庄秋禊，迟庄主人邓荫泉中翰及颜子虚上舍不至。

庚申七月十四日罗园秋禊：是日早集杏庄，午集罗园

庚申八月上巳长寿寺半帆修禊：

八月元巳谭博泉少尹招同梁西庚大令邓荫泉中翰谭玉生舍人郑纪常司马颜子虚上舍潘鸿轩茂才成果上人集长寿寺秋禊，迟林五封翁不至。

这一年的雅集比之道光间太平时期，并不为多，亦非盛大无比，然而，对于雅集的参与者和其他受邀而未能参加的文人而言，这个时候的每一次雅集，都是十分宝贵，十分难得的。一方面，清廷的腐朽，积重难返，时局的动荡，往复无常，令关心国家命运的知识分子忧心忡忡，他们或迷惑惘然，寻找不到能够指明方向的解决办法；或积极参与地方政务，出谋献策，然而却不一定能为朝廷所用，这种焦虑而郁结的心情，在有着共同志向和心情的知己文友面前，可以畅所欲言，雅集为他们提供了探讨、争鸣、抒发情感的机会；另一方面，文学的切磋，可以让文士们暂时忘却心中的烦忧。战乱时尚且无法相见，而今可以邀同赏春光，觅秋意，又如何能让他们不珍惜呢。他们专门为这一年的修禊做了

详细的记录,把诗作都收集起来,结集出版,正可见他们对此的重视,以及这一年的雅集对于他们的纪念意义。

集中的诗作,都展现了复杂的情感,既有忧虑,又有快乐,既有感叹,又有展望。略举数例:

> 亦曾逢癸丑,同醉永和春,一序千秋笔玉生有癸丑柳堂修禊序,群贤几古人谓癸丑同集张南山师黄香石舍人艾至堂大令杜洛川广文。此来风日好,谁最鹭鸥亲。老柳偏多感,乖青似怆神。东晋安危局,南园凋谢时五羊老宿多半下世。八公谁破敌,七子各谈诗会者七人。后会还舣咏荫泉约闰重三展上巳,中原壮鼓旗天津大捷。拂时同爱国,不独感义之。(李长荣)

> 乱后嬉游少,忧时故旧亲。依然舣咏集,感此岁华频。……百粤仍烽火,三年厌鼓鞞。(徐灏)

> 一例兰亭追雅会,乱余未易几回逢。桃花何处寻流水,柳树依然拂暮风。才比谪仙名久艳,序惭内史语难工。紫翁属作柳堂修禊序。何堪回首前游处,断井苍凉落照中。丁巳三月曾偕张南山陈棠溪谭玉生各先生展禊于城北容氏园,兵兴以来,悉成灰烬矣。(陈起荣)

> 永和时亦值多事,群贤雅弗虚芳辰。人生能得几游宴,时局嗟同苍狗变。(樊封)

> 湖州警报又端州,排日为欢感昔游,如此人才半伊洛,重来朋旧总山邱。卅年吾忆凌波榭楼名,乙酉珠江秋禊集此,三载君辞赏雨楼。步履东篱幽兴极,只今随地欲淹留。(谭莹)

> 新知喜见异乡客谓梁西庚先生,快事复闻神算兵时传天津大捷。(潘恕)

醒醉情难别，安危局未知。每逢清兴集，转忆胜游时。往日惊烽火，新霜感鬘丝。寄言长寿侣，共保岁寒姿。（谭寿衢）

颜薰在《庚申闰上巳杏林庄修禊序》中，便以极为怅惘的口吻表述出羊城文士共同的心声："怅穗城之烽火，玉碎珠沉。明月谁家，荒波几处，当又游春者拂时而增傀悒已。嗟乎！百年旦暮，弹指无多，满目疮痍，怆怀特甚，多非常之雅集，即未易之欢场。携手遨游，已是快心之事"①。

正是这携手遨游的快心之事，让他们在局势不定、忧虑重重的心境下，更加紧密地相聚，更加迫切地去享受春光秋意，享受每一次雅集。从春宴唱和到庚申修禊，羊城文坛在岁月的洗礼中完成了更迭，嘉道间（1796—1850）的名宿纷纷下世，当年方崭露头角的年轻一辈诗人，而今成为学海堂的学长，成为文坛的核心力量。时移世易，不变的是羊城文人深厚的情谊。因应时局的变化，他们展现着自身不同的姿态，或埋头书堆，或观望避世，或积极参政，而参与雅集，是他们共同在精神家园耕耘的文学活动，精神与情感的交流，通过吟哦唱和，通过杯酒助兴，将他们进一步凝聚在一起。非常的雅集，未易的欢场，使这份情感愈酿愈醇，愈酿愈深。

（《岭南文史》2016 年第 2 期）

---

① 颜薰：《庚申闰上巳杏林庄修禊序》，《庚申修禊集》。

文学地理学视野下的晚清学海堂文学教学

翁筱曼

晚清学海堂与诂经精舍,是阮元手创的两所著名书院,两书院以经史考据和辞赋为教学内容,不以科举为目的,而举文学复古旗帜,因此,其文学教学特色鲜明,选题自由度相对较高。而学海堂地处岭南,围绕学海堂形成的学海堂文人群体,不仅成为岭南学术的中心,更以学术交游和著作出版等方式向京城、江南等地区扩散自身的影响,其文学教学特色鲜明地体现在对岭南地域文化资源的利用上,充分展现了学海堂的地域文化身份。与其他书院的课艺文集相比,在文学教学中呈现出来的地域文化特色,学海堂是比较突出的。《中国历代书院志》[1]丛书共收录 24 种书院课艺或文集汇编,从课题中辞赋的比重和地域文化类型题目的数量来看,学海堂文集的诗赋部分所占的比重较大,内容丰富,对本地文化资源的利用明显。除阮元外,学海堂前后有八位学长共理,那么,站在历任学长的立场,岭南可供描摹、构筑的地域文化空间究竟是怎样的?具有哪些地域文化因子?而在地域文化资源利用的教学理念的接受过程中,应答课题的学海堂学子们又经

---

[1] 赵所生、薛正兴主编:《中国历代书院志》,南京:江苏教育出版社 2005 年版。

历了怎样的地域观照和文化定位？我们以《学海堂文集》为中心，[1]梳理学海堂文学教学中所构筑的地域文化空间。

一、文学地理学视野下的地域文学空间构筑

在中国文学和文论语境中，文学地理不宜简单割裂为文学与地理，而应首先视为一个相辅相成的整体。当我们翻开学海堂文集，扑面而来的有历史喧嚣后的尘埃落定、有清新喜人的乡土气息、有粉墨登场的乡宦贤达。岭南以外人士读来，有如一个充满岭南风情的世界，引人入胜；岭南人读来，则多了一层亲切。学长命定课题时，学子应答课题时，以及课题本身，共同构筑起一个地域文学空间，其间的审美感应与文化传承，呈现出晚清岭南的文学文化风貌。

(一) 岭南文学史谱系

考镜源流，既是古代文人著述的目标，又是为自身寻找定位的方式。因此，对岭南文学作通史式回顾，选取重要的文学史人物为论述对象，就成为学子们追源溯流，为自身在学术链条上找到位置的方式。而这一过程，亦是地域文学经典的异代接受与阐释过程，形成了晚清岭南学人心目中的岭南文学史。

在学海堂二集中，以《论诗绝句专论粤东诗人》为题，收录了梁梅的课卷绝句十首。[2] 其一云："论古谁稽汉惠年，越讴频奏御池边。谁知诗始萌芽日，已在文坛元帅先。"汉孝惠帝时，番禺人

---

[1] 此处《学海堂文集》指的是学海堂历任学长编撰的四部课艺文集，这四部文集基本收录了学海堂从创立到光绪年间的课题，分别是阮元编：《学海堂集》，道光五年刊本；钱仪吉、吴兰修编：《学海堂二集》，道光十六年刊本；张维屏选：《学海堂三集》，咸丰己未年启秀山房刻本；金锡龄、陈澧选：《学海堂四集》，光绪丙戌年启秀山房刻本。

[2]《学海堂二集》卷22。

张买"侍游苑池,鼓櫂能为越讴,时切规讽"①,此处作者以张买作为粤诗开端。其二云:"岭南诗派曲江开,正字青莲鼎足陪。海日江春还手写,可知卿相总怜才。"张九龄开岭南诗派的里程碑式地位,既奠定了岭南诗派雅正的基调,又以一代名相的美名,为后世树立了典范。以下依次论及晚唐的陈陶,宋代的余靖、李昴英,明初的南园五先生(孙蕡、王佐、黄哲、李德、赵介),嘉靖时的南园后五先生(欧大任、梁有誉、黎民表、吴兰皋、李时行),万历年间的区大相、邝湛若,明末清初的岭南三大家(屈大均、陈恭尹、梁佩兰),以及岭南历代许多潜心诗文而未留名青史的诗人。梁梅的十绝,列出了他所认为的在岭南文学发展中具有不可磨灭贡献的岭南文士。学海堂学长黄培芳亦作有《论粤东诗十绝句》②可参见,由岭南首位状元莫宣卿开始,至清中期冯敏昌止,黄培芳选择的诗论对象与梁梅不尽相同,但可以看到张九龄、南园前后五先生、岭南三大家、区大相、邝湛若亦是论述对象。另外,学海堂二集收有《用江文通杂体诗三十首法拟唐宋元明三十首并序》,此题仅收录李应中所作序,谈到的是大文学史:"昔江文通作杂体诗三十首,溯五言之渊源,拟诸家之体势,权舆汉魏,下迄晋宋,镂心刻骨,尽相穷形。今仿其法作三十首,各家悉备,众体兼全,始自曲江,终于瑶石,合四朝之风格,振五子之坛场。……匪曰希高踪于前哲,夫亦缅流风于桑梓云耳。"③拟作仍以岭南诗人为范围,学长出题的意图着意于地域先贤,三十首的内容,我们暂未能获知,但由序中可见张九龄、余靖、李昴英、黎民表

---

① 欧大任:《百越先贤志》卷1,影印文渊阁《四库全书》第453册,台北:台湾商务印书馆1986年版。
② 黄培芳:《论粤东诗十绝句》,引自邱炜萲:《五百石洞天挥麈》卷3,《续修四库全书》第1708册。
③《学海堂二集》卷18。

等诗人名字，他们在大文学史上占据了一席之地，作为乡先贤，对后世的岭南士子，其典范的力量极为深远。受篇章体式和数量所限，三位士子仅举出自己认为重要的诗人来论述，因此所提到的诗人并非岭南文学史全貌，但却具有代表性，张九龄、余靖、李昂英、南园前后五先生是岭南文学史公认的不可替代的主角。

以上是课题中对岭南文学进行整体描绘的部分，另有许多专论之题，进一步丰富了这幅岭南文学史图景，如《和陈独漉怀古十首》《秋日咏怀拟张曲江感遇》《晚游万松山拟余武溪晚至松门僧舍》《和邝海雪赤鹦鹉八首》《和易秋河白牡丹》《读赤雅追和黄蓉石比部》等。这些岭南文士与作品，犹如分布在岭南文化空间的闪亮星辰，与学海堂学子进行着穿越时空的交流。

(二) 岭南风情画

其一，岭南农耕。学海堂二集《岭南劝耕诗》《岭南刈稻词六首》《半塘采菱词》，三集《梯田引》《农具诗十二首》《拟唐人十樵诗》，四集《田家杂兴》，等等，围绕农耕活动、农家用具、农家日常生活——展开描述。其中，《岭南劝耕诗》按照月份来写，农趣盎然，清新可喜，泥土气息与文学雅致结合得很自然。如正月："东风入新年，海气吹浅绿。茫茫潮花田，矮矮榕树屋。开灯聚邻里，添丁酒新熟。……视我翻根泥，理我犀尾渎。明朝择黄道，送儿入乡塾。农亦视此忙，流光赴奔促。"（徐荣）二月："雨歇生嫩凉，宿草清露消。仲春农事亟，破晓比邻招。……飞灰何处田，石火沿山烧。土性各有宜，本业当勤操。"（张有年）三月："三月众修禊，清明卖饧天。麦浪春风翻，蠓蠓满村前。……思毛围田白，收获有后先。黄苗与金鸡，粘糯遥相连。"（吴宗汉）

其二，渔业。渔业在岭南民生中占据不可或缺的地位，二集的《续天随子渔具咏》，以陆龟蒙所作渔具咏为模拟对象，小序云："天随子渔具咏十五篇备矣。粤滨海蜑人，衣食于鱼，其具尤异。载之广语者……多皮陆所未知也,为十五题续之。"①朋罟、公姥罟、兄弟钓、罾门、鱼鎗、鱼镫、塗跳、跳白、塞簿……这些渔具听起来十分新奇,应课的学子除了细致阐述渔具的用途,更设身处地,表达渔民生活的艰辛,如:"封川鱼苗阜,在在供征输。税别上中下,盛至九百余。乃名曰鱼牌,于义曷取诸。俗谚惯相沿,鲤簰拟则殊。"(刘步蟾《鱼牌》)

其三,岭南花果。学海堂文集自然离不开岭南佳果荔枝,有荔枝词、荔枝赋、荔园诗,彩笔华章,毫不吝惜;还有吴应逵所作的《岭南荔枝谱》,将岭南荔枝的来源、发展、品种等细细道来。学海堂一集的《岭南荔枝词》,谭莹等皆有佳作,而谭莹创作尤多,此课题的课卷涉及诸多与荔枝相关的典故、民俗、种植知识等。荔枝而外,学海堂各集课题还有不少或熟悉或陌生的花木面孔,二集的《咏岭南茶》,分述了"西樵茶""和平茶""清远茶""罗浮茶""莲花峰茶""古劳茶""河南茶""新安茶",茶文化源远流长,岭南茶亦有悠久的历史;《刺桐花歌》《木芙蓉》《木棉》《金钱花》《米囊花》,以及三集的《白桃花》《玉簪花》,呈现出一个熙熙攘攘的岭南花木世界。

其四,民俗。四集《斗龙船行》《七月烧衣曲》涉及端午、七月施孤两个民间大节日;三集《咏七夕节物八事》,描写与七夕相关的"银河""月""曝衣""针""鹊""蜘蛛""花""果"。《岭南新正乐府四首》分述"送蚕姑""照田禾""打灯谜""夺花炮",这些习俗相沿至今,是岭南乡民十分重视的传统习俗。如《送蚕姑》:"拂莞席,陈兰汤,家家出户迎蚕娘。清水一盂香一炷,迎得娘来愿娘住。……岁晚村前陈百戏,共喜蚕娘今日醉。"(谭宗浚)《夺花炮》:"粤城二月开花炮,巧夺豪偷昼争闹,褰裳或至趋泥淖。就

---

① 《学海堂二集》卷20。

中一炮名添丁，得之云足充门庭。"（李征霨）①看似普通的仪式，对村民而言却有着无比重要的象征意义。但有些习俗在部分乡村变了味，在利益驱使下，村与村之间变得对立，甚至演变为械斗，本是热热闹闹共庆的习俗转变为陋俗。如谭宗浚写夺花炮就在小注谈到"近岁有因争花炮而夺杀者，此陋俗不可不禁"，说明学子们既关注民俗，更关注民俗背后的社会民生状况。《送蚕姑》中也提到了粤地市舶萧索，导致布匹市场萧条，对以养蚕织布为业者的生活带来巨大冲击。

这幅岭南风情画，泼墨匀彩到此也已经初具雏形。学海堂四集的《反昌黎南食诗》，更把令人赞叹的岭南美食也补充上来，色香味俱全，梁起序："咏歌所及，纸墨遂多，爱择其味之绝珍，词之尤雅者，次为反昌黎南食诗，将使罨下老婢当食部之方歌，江上珠娘杂粤讴而低唱。"②若果由珠娘以此诗为粤讴，浅吟低唱，定必让听者食指大动，居住岭南，不徒啖荔枝矣。学海堂课题中诸多物产、民俗的吟咏，贴近到学子们日常生活里，他们从习以为常而具有地域特色的内容着手，深化地域的辨识和认同感。

（三）羊城风华

据传五仙人各执谷穗一茎六出，乘羊踏祥云而至，衣服与羊各异，色如五方，遗穗与州人，羊化为石像，故而广州又称"羊城""穗城"。往日的羊城风华，今日已难重现。学海堂文集中学长和学子诗文为我们提供了可能，去重构当日的广州景象与文化记忆。羊城作为学海堂坐落之所在和大多数学海堂人生活和学习的地方，以羊城为主体的文学空间构建，带有时光的尘埃，更多的是沉淀在生活中的细枝末节。

---

① 《学海堂四集》卷23。
② 《学海堂四集》卷28。

以学海堂二集许玉彬的《珠江行》为前引，沿着珠江，一同凭吊羊城遗踪："极目苍茫岛屿浮，沿洄欝水探灵洲。白鹅潭畔云光湿，朱雀航前日影留。居然海市通商贾，东燹西琛积如土。……最怜消夏居江乡，柳波漾带荔湾长。槟榔微醉红潮晕，茉莉齐开白雪香。……回首前朝迹已陈，南濠楼阁忆飘茵。……俯仰江天有所思，生涯珠女共珠儿。杨孚宅已苔花没，忠简祠空木叶飞。得月高台谁管领，钟声静与潮声应。买渡时寻穗石踪，对河遥揽花田胜。江干风定偶停桡，浮家愿借一枝箫。请歌海国承平际，看尽蛮烟瘴雨消。"①好一句"看尽蛮烟瘴雨消"，灵洲、白鹅潭、荔湾、杨孚宅、忠简祠、得月台、走珠石……这些分布在珠江两岸充满意义的点，谱写着动人的乐章，让这个城市鲜活起来。其中花田和南濠，可谓盛极一时。学海堂一集吴兰修的《花田》便阐释了花田的由来及传说，二集的《茉莉田》、三集的《西樵白云洞杜鹃花盛开》、四集的《大滩尾看桃花》，这些都是延伸到羊城不同角落的"花田"。而水则是城市的生命线。曾几何时，羊城水道虽称不上星罗棋布，也将西南角编织成繁华的临濠胜地。学海堂《南濠》一题，应答课卷甚夥，学子们在各自的关注角度下引向不同的情感触发点。

（四）杨孚与雪

岭南是否会有六出飞花的降临？广州南边的土地有"河南"之称是因为在珠江之南么？围绕着杨孚、杨孚故宅、南雪，这两个问题紧紧地联系在一起，其阐释和内涵始终在变动和丰富之中，成为地域文学史上经典的主题。

《广东新语》中对"河南"和"南雪"这两个典故有如下记载："广州南岸有大洲，周回五六十里，江水四环，名河南。人以为在

---

①《学海堂二集》卷21。

珠江之南故曰河南，非也。汉章帝时，南海有杨孚者，举贤良，对策上第，拜议郎。其家在珠江南，常移洛阳松柏种宅前，隆冬蜇雪盈树，人皆异之，因目其所居曰河南。河南之得名自孚始。"①"孚字孝元，其宅在河南下渡头村。越本无雪，至是乃降于孚所种洛阳五鬣松上，可谓异矣。唐许浑诗：'河畔雪飞杨子宅，海边花发粤王台。'有张琼者，尝掘地种荽，得一砖云'杨孝元宅'，琼异之，因号南雪。"②重点都在于"雪"，一个追溯雪的源头，洛阳松带来了河南的雪，故得名"河南"；另一个则突出雪的稀奇，越本无雪，所以有"南雪"之典。杨孚南雪的典故，后人或引用之，或称述之，亦有以"岭南无雪"驳斥之的文献记载。尽管如此，这个典故的魅力却不曾消减，其所蕴涵的文化价值信念依然受到重视。

阮元莅粤之后，曾在杨孚故居的旧址上组织修建杨孚南雪祠，以祀杨议郎，并为此赋诗。杨孚南雪之典是学海堂文集里的熟悉面孔，展现了此典故在岭南地域文学空间的代表性和重要性。学子们阐释角度的不同，体现出该典故丰富的阐述空间。从课卷中，我们可以归纳出以下几点。其一，杨孚作为议郎，以抗疏直谏闻名，这一点在岭南地区，是受到极高称许的。杨孚归里之后，潜心著述，其《南裔异物志》的赞语为四言韵语，诗味浓郁，屈大均认为这些赞语就是岭南诗歌的萌芽，在文学史上具有里程碑式的意义。其二，故居故址。虽然洛阳松已经不在，杨孚故居的主人也迭经更替，但"古甃残砖资考镜""万松地古人皆识"，足以为后人提供凭吊和追思的载体了。其三，岭南人看"雪"。"雪"在岭南极为罕见，因其稀有或无法得觑，雪就显得异常的珍贵，南雪之

---

① 屈大均：《广东新语》卷二，北京：中华书局1985年版，第42页。
② 屈大均：《广东新语》卷二，北京：中华书局1985年版，第43页。

典的传播恰好说明了雪的罕见和岭南人对雪的期待。

二、学海堂对地域文学文化资源的传承与推进

拟定课题的学长、应答课题的学子、阅读课题的士人,学海堂文集成为一种特殊的载体,在地域文学空间里,传递着一乡之人共同的记忆。这种文学教学中对地域文学空间的有意识构筑,也是对地域文学文化资源的整合与推进,我们可以将之视为一个岭南地域文学的晚清学海堂读本。

前文我们通过学海堂课卷的分析,从四个方面探讨岭南地域文学空间的构筑,篇幅所限,仅举其要,并非全景。课卷中还有许多关于岭南先贤和人文建筑的课题,如二集《拟洗夫人庙碑》《拟重修广州城南三大忠祠碑》,三集《拟重修南园前后五先生抗风轩记》《拟广州北门外明季绍武君臣冢碑》,四集《海珠李忠简公祠碑》《东莞伯何公祠堂碑》《拟重修粤秀山安期生祠碑记》等,这些充满地域文学记忆的人物和建筑,也沉淀在历史时空中,学长们在教学中不断渗透和加深这种先贤典范的力量,[①] 强化了学子的地域认同和文化精神。学海堂教学以"杨孚故居与雪""黄牡丹状元黎遂球""邝海雪抱琴""易秋河白牡丹"等来命题,既是对岭南文学史上经典文学主题的重温,亦是对经典的确认和推进。通过同题诗歌创作,进行具有重复性又有创新性的阐释,在这种重复与创新的交织中不断丰富和深化主题。

余嘉锡在《四库提要辨证》之"《太平寰宇记》"条指出,叙述地理而兼记人物,班固《汉书·地理志》已开先河,"东汉以后,学

---

① 关于学海堂教学中以岭南先贤为课题主体以加深其典范力量的论述,笔者已有专门文章,故在此不赘述,参见《晚清学海堂文学教学与先贤宗奉情结》,《暨南学报(哲学社会科学版)》2014 年第 7 期。

者承风，各有撰述，于是传先贤耆旧者，谓之郡国书；叙风俗地域者，谓之地理书；至挚虞乃合而一之。南北朝人著书记州郡风土，多喜叙先贤遗迹、耆旧逸闻……盖郡国书可不记地理，而地理书则往往兼及人物"①。魏晋南北朝时，地记涌现，且多出于本地士人之手，这一类型的著作多记录山川水土、风俗物产、先贤事迹及遗迹，以及一些民间口耳相传的故事，具有较为自觉的美化地域的意识。学海堂课卷中选择诸多山川风物课题以及先贤事迹，用以构筑地域文学空间，这种教学策略的意图及其内涵，与魏晋南北朝而下的地记编撰是一脉相承的。那么，地域文学文化接力棒的传递，为何历史性地落在了学海堂的肩上？为何到了晚清岭南，会如此强化和彰显地域文学空间的构筑？

首先，学海堂身兼多重身份。学海堂是一所讲求经史实学和辞赋的官学书院，其官学身份决定了其在地方文学文化的推动上具有强大的号召力和影响力。围绕着学海堂建立起来的学海堂学术共同体，成为岭南文学学术的中心，学长与学子几乎囊括了当时岭南诗文著述、地方文献整理、方志编撰等的作者、编者。这种角色的多重性及岭南文化身份，与地域文学文化资源的利用是互为因果的，学长与学子们不遗余力地在教学与应答中构筑着地域文学文化空间，并在其他诸如雅集交游、编辑出版等方面，进一步拓展和丰富着这一空间。

其次，"吾粤"认同。屈大均也许不是第一个标举"吾粤"的岭南学人，但却毫无疑义地是以《广东文选》《广东新语》等著作清晰而明确地标举"吾粤"的第一人。经历了明清易代的惨痛文化记忆后，岭南学人表现出更为鲜明的地域意识，这是一种建立在对他者和自我的充分认识之后，对自我文化归属的清晰判定。"吾粤"

---

① 余嘉锡：《四库提要辨证》，昆明：云南人民出版社2004年版，第337—338页。

认同存在地域边界，但更核心的是对地域文学文化的认同与归属感。由屈大均而下，岭南学人追随屈大均的足迹，学海堂在文学教学中利用地域文学文化资源，同题反复拟作，同题异体出新，使学长们在教学中不断渗透和加深学子的地域认同和地域文化精神的熏染。这是历代岭南学人"吾粤"认同不断深化和渐渐自觉的表现。

再次，时代的投射。学海堂在1903年关闭之前，走过了近80的时间，这段时期正是晚清中国风起云涌、剧烈震荡的变革期。以往的"乡土"，建立在对中华大地其他地域的辨识，而今，被迫开放的中华古国在世界之林中，寻找着自己的定位，国人面临着国家观念的重新建立。由自我的地域认同，地域文化归属，由"乡"到"国"的理念渐进，逐步去构筑"国家"意识，这一时代思潮投射在学海堂的文学教学中，便凸显出地域文学文化的特色。

因此，学海堂文学教学中对地域文学文化空间的构筑，对地方文化资源的传承和推进，这一教学策略或者说学术现象在晚清岭南的凸显，是时代裂变之际地方"乡土"认同和"国家"观念重构的投射，亦是历代岭南士人"吾粤"认同不断深化与自觉的表现，也是学海堂身兼书院与地方学术共同体的身份驱使下的文化行为。

(《学术研究》2016年第8期)

梁启超的学术思想和柏格森的生命哲学

陈永标

作为政治教育家、宣传家的梁任公,与20年代初作为学术思想家、教育家的梁启超,其学术思想存在着明显的反差。梁启超1920年前后三年间,于学术研究中取得的丰硕成果,和由"不平凡"的眼光所提出的许多真知灼见,固然源于他深厚的国学根基,来自时局和梁启超生活际遇的变化。但在我看来,与梁启超强烈的国民责任心,以及他的欧洲之行,善于借鉴西方近代学术新思想也密切相关。梁启超晚年的学术思想和众多著述,应当引起我们的重视和研究。

一、生命意志与艺术的情感教育论

1918年冬至1920年年初,梁启超怀着"求一点学问"以及"拓一拓眼界""尽一二分国民责任"的愿望,与昔日北洋研究系阁僚蒋百里、丁文江、张君劢、刘子楷、徐振飞、杨鼎甫等一起,远涉重洋,游欧一年。在法国,梁启超还抱着求点学问的急切心情,特意拜访了当时著名的唯心主义哲学家亨利·柏格森(Henry Bergson),对柏氏的生命哲学,如"意识的绵延",直觉创造论等观点大为赞赏。他声称:"吾辈在欧访客,其最矜持者,莫过于初访柏格森矣。"并期望"他日复返法,尚拟请柏格森专为我讲授哲学,不审彼有此时否耳"。可见,他对柏格森学说的钦佩向往之情。

柏格森是欧洲20世纪初生命哲学和非理性主义的代表人物，他追随叔本华和尼采的"生命意志"与"权力意志"说，衍化为"生命的冲动"，认为人们只能靠直觉来认识作为世界的本质的"实在"和"绵延"，去整个地把握宇宙的精神实质，而"生命冲动"的本质就是不断变动、不断创造所形成的"意识的绵延"。为此，柏格森在1907年所写的《创化论》中把艺术创作说成是凭着"直觉"对现实事物的再现，艺术家凭着直觉的努力与生命意向的运动，"打破了空间设置在他和他创作对象之间的界限"而创造出艺术作品来。[①] 又说："艺术家在感觉的范围内带给我们的观念越丰富，孕育的感受和感情越多，这样表现出来的美就越深刻、越高尚。美感所具有的连贯强度就这样和我们内心发生的变化状态相一致"[②]，等等。我们从梁启超旅欧回国后撰写的著作和学术讲演中，可以明显地看到，他的许多简介和阐释乃是从柏格森的"创造的生命的冲动""超脱生活现实"等学说中脱化而来的，如说"生命就是宇宙，宇宙就是生命"[③]，"宇宙是不圆满的，正在创造之中，待人类去努力，所以天天流动不息，常为缺陷，常为未济"[④]。又说："情感的性质是本能的，但他的力量，能引人到超本能的境界；情感的性质是现在的，但他的力量，能引人到超现在的境界。我们想入到生命之奥，把我的思想行为和我的生命迸合为一，把我的生命和宇宙的钟声迸合为一，除却通过情感这一个关门，别

[①] 柏格森：《创化论·生命意识》，载伍蠡甫主编《现代西方文论选》，上海：上海译文出版社1983年版，第87页。
[②] 柏格森：《时间与自由意志·审美情感的诸阶段》，载伍蠡甫主编《现代西方文论选》，上海：上海译文出版社1983年版，第93页。
[③] 梁启超：《评胡适之中国哲学史大纲》，载《饮冰室合集》文集卷38，北京：中华书局1989年版。
[④] 梁启超：《东南大学课毕告别辞》，载《饮冰室合集》文集卷40，北京：中华书局1989年版。

无他路。所以情感是宇宙间一大秘密。"①梁启超吸收了柏格森的"生命冲动"和超越创作对象界限等学说,但又注入了新的内涵,他在艺术创作的宇宙、生命、超越境界和情感本能的对位效应中,突出了情感的力量。而这种情感又是和主体的生活体验、爱国热情和求真求美精神相一致。在20世纪20年代初,梁启超通过对屈原、杜甫、辛稼轩、《桃花扇》,以及诸多中国韵文作家、爱国诗人及其作品的评论,建立起以情感教育为中心,倾注了满腔爱国热情和民族精神的艺术情感教育论,揭示了艺术创作的基本特点和规律。例如,他透过中国韵文作家作品的分析,认定"情感教育的利器,就是艺术",因为"用理解来引导人,顶多能叫人知道那件事应该做,那件事怎样做法"。在《中国韵文里头所表现的情感》中梁启超还指出:

> 用情感来激发人,好像磁铁吸铁一般,有多大分量的磁,便引多大分量的铁,丝毫容不得躲闪。所以情感这样东西,可以说是一种催眠术,是人类一切动作的原动力。
>
> 艺术的权威,是把那霎时间便过去的情感捉住它,令它随时可以再现,是把艺术家自己个人的情感,打进别人的情阈里头,在若干期间占领了他心的位置。

视情感为"一切动作的原动力",属过激之词,但艺术则是情感自由创造和生命意志的载体。在艺术创作中,主体的生命意志则表现为情感的迸发,以及情感的打动人心的力量。"屈原是情感的化身",其作品所写的虽然都是超现实的境界,但它们熔铸了诗

---

① 梁启超:《中国韵文里头所表现的情感》,载《饮冰室合集》文集卷37,北京:中华书局1989年版。

人的满腔热情和常常保持到沸度的对社会的同情心，是诗人在爱与憎两种矛盾交错中发出的极沉挚的悲痛情怀的体现。屈原作品的价值，一方面是驰骋丰富的想象，"从想象力中活跳出实感来"，展现出超现实的境界以及由"感情的极化"中创造的诗美；另一方面在于他的作品"读起来，能令自然之美和我们心灵相触逗"，这样"才算极文学之能事"，"才算是有生命力的文学"①。"情感怎么热烈的杜工部，他的作品，自然是刺激性极强，近于哭叫人生目的那一路"②，而苏轼的《水调歌头·明月几时有》，正在于"全是表现情感一种亢进的状态，忽然得着一个'超现世'的新生命，令我们读起来，不知不觉也跟着他到那新生命领域里去了"③。主体的创造的生命力与客体的心灵情感融合为一，文艺以情感动人，情感育人，而"情感教育的目的，不外将情感善的方面尽量发挥，把恶的丑的方面渐渐压伏淘汰下去。这种工夫做得一分，便是人类一分的进步"。因此艺术家必须认清楚自己的地位和责任，"最要紧的工夫，是要修养自己的情感，极力往高洁纯挚的方面，向上提挈，向里体验。自己的腔子里那一团优美的情感养足了，再用美妙的技术把它表现出来，这才不辱没了艺术的价值"④。

可见，在艺术审美创作中，梁启超力主扬善弃恶，强调作家情感的陶养，这和他旅欧回国后致力文化教育事业，想通过文化教育阵地"培养人才，宣传新文化，开拓新政治"的目的和动机相一致。在近代中国，戊戌变法、义和团运动和辛亥革命的相继失

---

① 梁启超：《屈原研究》，载《饮冰室合集》文集卷39，北京：中华书局1989年版。
② 梁启超：《情圣杜甫》，载《饮冰室合集》文集卷38，北京：中华书局1989年版。
③ 梁启超：《中国韵文里头所表现的情感》，载《饮冰室合集》文集卷37，北京：中华书局1989年版。
④ 梁启超：《中国韵文里头所表现的情感》，载《饮冰室合集》文集卷37，北京：中华书局1989年版。

败，随后袁世凯称帝、北洋军阀混战，国家积贫积弱，梁启超眼见协约国巴黎分赃和会，世界主义发轫。在"学问"和"精神饥荒"的年代，梁启超从西方资产阶级学说中寻求和吸收柏格森学说，用以强化生命、心理和情感的力量，提倡艺术的情感教育，用以改造国民，培养健康的审美情趣。无疑，这对于高洁审美情操、振奋民族精神，反对空疏庸俗的文风，是有一定的积极意义的。我们不能因为柏格森的哲学是唯心主义的，或梁启超退出政界未倾心俄国十月革命和介绍苏俄政治文化学说，而采取否定和批判的态度。何况梁启超晚年的文学评论不仅爱国情感浓郁，而且作了许多合乎艺术审美创作规律的探索和界说。

二、探讨以"人生"为中心的审美教育

20世纪20年代，热衷介绍、借鉴柏格森的生命哲学，以及提倡"有生命的文学"并非梁启超一人。在中西文化交汇的大潮中，像张君劢的《人生观》、梁漱溟的《中西文化及其哲学》、周谷城先生的《生活系统》、袁家骅的《唯情哲学》等文章和论著，或尊直觉而崇自由，或提倡生命意识和情感冲动，或主张物我浑融的绝对自由，或宣称宇宙的生命唯艺术之源，等等，均接受了柏氏思想和学说的影响。而年轻时期的郭沫若在以"生底颤动，灵底喊叫"[1]从事《女神》创作时，公然宣称"生命是文学的本质"，认为文学是生命的反映，"离开了生命，便没有文学"[2]。鲁迅指出：文学创作必须"起人生之閟机""道人生之诚理"，方能"观念之诚，生命在是"。[3] 他早年亦信奉厨川白村据柏格森哲学，"以进行不

---

[1] 郭沫若、田汉、宗白华：《三叶集》，上海：上海亚东图书馆1920年。
[2] 郭沫若：《生命的文学》，载《郭沫若论创作》，上海：上海文艺出版社1983年版。
[3] 鲁迅：《摩罗诗力说》，载郭绍虞主编《中国历代文论选》（四），上海：上海古籍出版社1980年版。

息的生命力为人类生活的根本，又从弗罗特一流的科学，导出生命力的根底来"[1]对文艺的解释。就连国画大师刘海粟，也于20年代著文提倡艺术是生命的表白，认为"不能表白生命的，就不是艺术"[2]。等等。可见，宣扬艺术的生命力，强调情感和人格意识，高扬艺术审美创造的主体精神，几乎成了20世纪20年代的一种时髦和思潮。这是处在跨世纪文化转型期，在新旧文化交替的变动中，在我国进步知识分子中的一种学术需求和求新的文化抉择与走向，反映了学术思想发展的必然。

梁启超曾经说过："笔舌生涯，已催我中年矣！此后所以报国民之恩者，未知何如？"[3]20年代初，梁启超已步入不惑之年，其欧洲之行，虽时间至短，但增长了知识，扩展了视野，活跃了学术思维空间，他认识到，必须提高中国人民的自觉性，提倡解放思想、发展个性，高扬真我，强化生命意识，提高国民的责任心和高洁的情感。1923年1月，梁启超为东南大学国学研究院做了题为《治国学的两条大路》的讲演，他在强调求真、求博、求通的同时，运用中西文化比较法，盛赞祖国的优秀传统文化，同时积极介绍西方资产阶级学说，认为"国民树立的根本义，在发展个性"。通过对儒家人生哲学和西欧哲学的比较，梁启超充分肯定了我国传统儒家学说的价值，他主张扬弃西欧机械唯物论的人生哲学，吸取、借鉴柏格森的自由意识和直觉进化说，其用意是想沟通中国古典哲学的宇宙人生观与西方生命意识流转人生观的联系，强化意志、情感和创造心能的价值，努力在文化学术上确立以探索"人生"为中心，高扬情感心力，讲求科学真知的新的文化哲学体系。

---

[1] 鲁迅：《〈苦闷的象征〉译者引言》，载《鲁迅全集》第13卷。
[2] 刘海粟：《艺术与生命表白》，载《刘海粟艺术文选》，上海：上海人民美术出版社1987年版，第97页。
[3] 梁启超：《三十自述》，载《饮冰室合集》文集卷11，北京：中华书局1989年版。

梁启超曾潜心研究佛教，其学术思想受佛学思想影响甚深，如他倡言"唯心所造之境为真实"，其实，这正是强调主体的创造心力及功能，是就心与物的关系而言的。所谓"知有物而不知有我，谓之我为物役，亦名曰：'心中之奴隶'"者是也。① 1924年秋，梁启超曾作《非唯》一文，一方面强调心力的作用，认为"心力是宇宙间最伟大的东西，而且含有不可思议的神秘性"，是人类在生物界占特别位置的前提；另一方面他又极力反对在心字头上加一个"唯"字，因为无论心力如何伟大，总要受物的限制，而且限制的方面很多。他反对机械唯物论，反对像"陈独秀赤裸裸的以极大胆的态度提出机械的人生观"，因为它无视心力和人的创造功能，任凭环境和遗传的摆布，最终会陷入"命定主义"的泥潭。可见，在哲学认识论上，梁启超的学术观点还是比较慎重和辩证的。怎能不加分析地把梁启超的"唯心"和"非唯"论，说成是宣扬资产阶级的唯心主义、反对马克思主义的唯物主义学说呢？

文化是"共业"，是由人类自由意志选择、且创造出来的有价值的共业。梁启超学术思想的另一特点，还在于强调心力和自由创造的同时，十分重视观察分析和科学精神的作用。他深刻地指出，科学精神从广义来说，是一种"教人求得有真知识的方法"，但科学根本精神，全在养成观察力。艺术之所以成功，全在观察自然之美，而真正的艺术作品，最要紧的是描写出事物的特性，在同中观异，从寻常人不会注意的地方，找出个人情感的特色。只有观察深刻的艺术家才能振笔直遂，以追其所见，艺术创作"总要在未动工以前，先把那件事物的整个实在完全摄取，一攫攫住他的生命，霎时间与我的生命迸合为一。这种境界，很含有神秘性，虽然可以说是在理性范围以外，然而非用锐入的观察法一直

---

① 梁启超：《非唯》，载《饮冰室合集》文集卷41，北京：中华书局1989年版。

透入深处，也断断不能得这种境界"①。梁启超认为，创造是人类以自己的自由意志选定一个自己所想要达到的地位，便用自己的"心能"闯进那地位去的过程。②而美术（文艺）所构的境界优美高尚，能把我们卑下平凡的境界压下去。它有魔力，能引我们跟着它走，闯进它所到之地。我们看它的作品时，便和他同住一个超越的自由天地。这种提倡自由意志、情感心能和超现实境界等的理论，显然是从柏格森的创化的"生命冲动""意识的绵延"等学说脱化而来的。所不同的是，梁启超从生命意志、科学观察、情感心能和培养国民精神的相互联系中，深化了艺术的描写和表情特征，强调艺术的审美情感功能，赋予了艺术审美教育社会性、科学性，以及实践性和民族性等品格，有别于单纯的宣传生命意志或"生命是文学的本质"的观点。具体表现为：（一）梁启超在肯定艺术情感价值的同时，强调抑恶扬善，提倡以艺术审美教育，培养善的高洁的感情。如说："情感教育的目的，不外将情感善的方面尽量发挥，把那恶的丑的方面渐渐压伏淘汰下去。这种工夫做得一分，便是人类一分的进步。"因此，艺术家要十分注重高洁情操和美好情感的培养，认清自己的责任。（二）梁启超是带着"尽一二分国民责任心"的想法而高扬艺术创作的生命和情感意志的。目的是借取生命意志和情感心能培养人们高尚的审美情趣，唤起国民精神。如说："我们有极优美的文学美术作品，我们应该认识他的价值，而且将鉴赏的方法传授给多数人，令国民成为美化。"③他提倡学习汲取西方文化，但又深刻地指出："科学精神之有无，只能用来横断新旧文化，不能用来纵断东西文化。若说欧

---

① 梁启超：《美术与科学》，载《饮冰室合集》文集卷38，北京：中华书局1989年版。
② 梁启超：《什么是文化》，载《饮冰室合集》文集卷39，北京：中华书局1989年版。
③ 梁启超：《中国韵文里头所表现的情感》，载《饮冰室文集》卷37，北京：中华书局1989年版。

美人是天生成科学的国民，中国人是天生成非科学的国民，我们可绝对的不能承认。"①字里行间洋溢着民族的自尊自信的感情。
(三)梁启超吸取柏格森的生命冲动和情感意志论，大多用于评论我国古代优秀作家作品，一方面深刻地显示了艺术情感、创造和充满生命的活力的审美特质与价值，同时也深化了对艺术审美创作规律的理解和探索。为什么屈原的作品会引起我们心灵的共鸣？为什么杜诗能给人以强烈的刺激？梁启超认为，因为"屈原是情感的化身，他对社会的同情心，常常到沸度，看见众生苦痛，便和身受一般"②"他心肠很热，常常悲悯为怀"，于是融情于景，在"客观意境"的创造中，"有一半哭诉人生怨苦，有一半寻求他理想的天国"③；因此，读屈原的作品可从中感受诗人的人格美和崇高的理想美。杜诗所以给人强烈的美感刺激，就在于杜甫凭借热烈的情感，在那"三板一眼""节节含着真美"的哭声中，叙写了生命和人生的痛苦，描写出社会状况及能确实讴吟出时代的心理，"自然会引出你无穷悲悯"④。梁启超透过作家作品的分析，从审美的主客观关系中，揭示了美感的审美特征，认为它是艺术作品中强烈感情和艺术家生命的意志冲动所激发的人们的一种内心体验，这对于认识艺术的特点和规律，无疑具有重要的美学意义。

《"中国现代美学、文论与梁启超"2008全国学术研讨会论文选集》

---

① 梁启超：《科学精神与东西文化》，载《饮冰室文集》卷39，北京：中华书局1989年版。
② 梁启超：《屈原研究》，载《饮冰室文集》卷39，北京：中华书局1989年版。
③ 梁启超：《屈原研究》，载《饮冰室文集》卷39，北京：中华书局1989年版。
④ 梁启超：《情圣杜甫》，载《饮冰室文集》卷39，北京：中华书局1989年版。

论饶锷国学方法论意识的自觉

闵定庆

民国初年的潮州文化氛围，乃是近代中国文化转型的一个"缩影"。当年，韩愈刺潮，越八月而去，开启了潮州"海滨邹鲁"的新纪元，潮人在"韩愈崇拜"氛围中积淀了潮汕地区独特而深厚的文化底蕴。清嘉道年间，阮元督粤，将朴学引入广东，学海堂肄业生温仲和于光绪二十年（1894）回到潮州金山书院任教，迭经温仲和、温廷敬、饶锷、饶宗颐三代人的薪火相传，形成了一个"治朴学如乾嘉时代的考据学一样"的学术群体。[①] 1900年前后，翰林吴道镕主潮州韩山书院、金山书院讲席，嗣后京师大学堂首届文科毕业生姚梓芳返潮执教，将"桐城文"引入潮州，潮人出现了"远宗退之而近法桐城"的新变。同时，饶锷、石铭吾、侯节、刘仲英、杨光祖等人主动师事同光巨擘陈衍，"渐事苦吟"，折向宋诗一途。在上述多种合力作用之下，古城潮州出现了一个以饶锷为核心的"新国学"群体。这批年轻的知识精英积极反思潮州文化、传统文化的成就与不足，同时联络京沪宁学界同仁，借鉴最新的学术成果，努力探索古典学术的近代转型，进而寻找个性化的学术表达，先后取得了许多令人瞩目的成就。其中，作为领军人物的饶锷，无论是在"新国学"群体的组织方面，还是在国学研

[①] 蔡起贤：《"潮州学派"的形成及其影响》，蔡起贤：《缶庵论潮文集》，广州：广东人民出版社1995年版，第1页。

究领域的拓展、方法的更新等方面，均做出了极大的贡献，因而具备了进行个案研究的意义。①

一

饶锷先生（1890—1932）是公认的近现代潮州的学术大家，毕生致力于"国故学"研究，著作等身，在诗文创作、地方文献整理、方志撰作等多方面成就斐然。客观地讲，他在从事国学研究的过程中遭遇到的困难，是常人难以想象的。他的家族数代经商，虽富甲一方，"商人"身份毕竟与"国故学"不免有几分疏离感。他早年毕业于上海政法学堂，所学专业也与"国学"相去甚远。而他生于斯、长于斯的潮州古城，僻处南海之滨，在文献资料、学术机构、专家学者、治学方法及学术氛围等多方面，都有明显的不足。更为紧要的是，他所处的时代，恰恰是以民主、科学为表征的现代文明重构中国社会体制与价值观的关键期，儒家文明正无奈地退出中国文化中心地带，国学研究已被高度边缘化。但他毅然决然地转向"国学"一途，从事传统学问的研究，重塑自己的文化身份。

纵观饶锷先生的一生，可以发现，"好古""嗜古"是他一生文化活动与学术著述的文化底色。可以肯定，以下这三个方面是决定饶锷文化选择的关键因素：一是，潮州深厚的文化底蕴及积淀已久的"韩愈崇拜"氛围；二是，经由潮汕地区权威教育机构传承

---

① 关于近世潮州"新国学"群体的个案研究，参见拙文《〈潮州诗萃〉选政初探》（刊《华南师范大学学报》2006 年第 5 期）、《〈潮州诗萃〉选政三题》（刊《古籍整理研究学刊》2008 年第 2 期）、《〈花外集笺注〉与现代词学研究体系的建构》（刊《韩山师范学院学报》2011 年第 5 期）、《石铭吾〈慵石室诗钞〉宋调风神探赜》（刊《华南师范大学学报》2012 年第 3 期）及《"古雅"：饶锷先生的文化心态与审美取向》（刊《华南理工大学学报》2013 年第 1 期）等。

的乾嘉考据学传统；三是，章太炎、高燮、黄节等革命知识分子所倡导的"新国学"运动的影响。这三者所起的作用不尽相同。其中，潮州文化语境确能形成某种文化层面的"集体无意识"，在幼小心灵打下深深的文化烙印，但在文化活动与学术研究的操作层面上并无实质性的影响。饶锷早年接受乾嘉考据学的学术规范与操作细则，在治学方法上与清末民初的"新国学"运动基本上是高度一致的，促使他自然而然地选择了国故整理与研究。

"国学"成为他思考民族文化命运的起点，更是其所有文化活动的指归。饶锷先生早年求学于上海法政学堂，学的是新学，接触的也多是新派学人，与以南社核心人物为主的激进的青年汉族知识分子交往甚密，更将高燮、金天翮等视为平生知己，因而他的研习重心向国学一途倾斜。[①] 王振泽《饶宗颐先生学术年历简编》也说，饶锷"毕业于上海政法学堂"，"青年时，自觉接受资产阶级民主思想，1909年，当陈去病、柳亚子、高旭等人在苏州创立文学团体——南社时，他即积极响应"。[②] 饶锷在接受他们的革命思想的同时，也全盘接受了他们的"国学"理念。众所周知，章太炎、高燮、黄节等人既是追随孙中山先生排满建国的革命家，又是博览古今、沟通中西的学问家，致力于发掘"国粹"，弘扬"国学"，重建民族精神。他们曾对"国学"的精义做过较系统的论说：第一，"新国学"的倡导是与民族存亡休戚相关的。章太炎《答张季鸾问政书》说："一，中国今后应永远保存之国粹，即是史书，以民族主义所托在是；二，为救亡计，应政府与人民各自任之，而皆以提倡民族主义之精神为要；三，中国文化无本宜舍

[①] 饶宗颐述，胡晓明、李瑞明整理《饶宗颐学述》"父亲曾是上海法政大学学生，也是南社的成员，他的友人高吹万、金天翮等，也是南社中人。"（杭州：浙江人民出版社，2000年，第1页）
[②] 王振泽：《饶宗颐先生学术年历简编》，香港：艺苑出版社2001年版，第3页。

弃者，但用之则有缓急耳，今日宜格外阐扬者，曰以儒兼侠。"《〈制言〉发刊宣言》说："今国学所以不振者三：一曰毗陵之学反对古文传记也，二曰南海康氏之徒以史书为账簿也，三曰新学之徒以一切旧籍为不足观也。有是三者，祸几于秦皇焚书矣！"以振兴国学为己任，并引"国故民纪，绝于余手，是则余之罪也"自警。[1] 高燮则大声疾呼，"国学"乃立国之本，"国而无学，国将立亡。学鲜真知，学又奚益"，同时指出，国学是具体可感的，"国学莫先于儒术，而儒术之真莫备乎孔学"，"孔学之真"在于五伦相提并举，"一皆无所偏倚"，崇尚真知，"多与西哲之言相合"。[2] 第二，重估与整合"国故"范畴，如章太炎《訄书》说"夷六艺于古史"、邓实《古学复兴论》言"孔子之学固国学，而诸子之学亦国学也"，这就将经学、子学、史学、文学、小学等学科全部纳入"国故学"的范畴，进而在此基础上展开学术史批评，"正虚妄，审向背；怀疑之论，分析百端；有所发摘，不避孔氏"，考据与义理并举，发明甚多，创造出了一种新的学术范型。[3] 第三，以"国故"为民族复兴的基石。1905年，邓实《古学复兴论》说："吾人今日对于祖国之责任，唯当研求古学，刷垢磨光，钩玄提要，以发见

---

[1] 章太炎：《章太炎全集》（四），上海：上海人民出版社1985年版，第144页。
[2] 高燮：《高燮集》，高铦、高锌、谷文娟编，北京：中国人民大学出版社1999年版，第14页。
[3] 胡适《中国哲学史大纲卷上·导言》说："清初的诸子学，不过是经学的一种附属品，一种参考书。不料后来的学者，越研究子书，越觉得子书有价值。故孙星衍、王念孙、王引之、顾广圻、俞樾诸人，对于经书与子书，简直没有上下轻重和正道异端的分别了。到了最近世，如孙诒让、章炳麟诸君，竟都用全副精力发明诸子学。于是从前作经学附属品的诸子学，到此时代，竟成专门学。一般普通学者崇拜子书，也往往过于儒书。岂但是'附庸蔚为大国'，简直是'婢作夫人'了"，"到章太炎方才于校勘训诂的诸子学外，别出一种有条理系统的诸子学。太炎的《原道》《原名》《明见》《原墨》《订孔》《原法》《齐物论释》都属于贯通的一类。《原名》《明见》《齐物论释》三篇，更为空前的杰作。"

种种之新事理，而大增吾神州古代文学之声价，是则吾学者之光也……安见欧洲古学复兴于15世纪，而亚洲古学不复兴于20世纪也。呜呼！是则所谓古学之复兴者矣。"自此以后，人们从欧洲文艺复兴的高度来证立"古学复兴论"，呈现出相当自觉的文化转型意识，如章太炎《革命之道德》说："彼意大利之中兴，且以文学复古为之前导，汉学亦然，其于种族，固有益无损已。"刘师培《拟设国粹学堂启》说："二十世纪为中国古学复兴时代，盖无难矣，岂不盛乎！"因此，辛亥革命之后，原先那股仇视满族政权的思潮出现了整体性的消退，章太炎、黄侃、高燮、柳亚子、黄节等人返回书斋，整理国故，实现了汉族知识分子自我文化身份的认知。

这里，还要进一步考察介乎师友之间的高燮，在饶锷国学道路的选择上所起到的关键作用。在"清运既终，专制随倒，共和初建"的关键时刻，民国政体不可逆转地朝着西方"民主"政体方向急速发展，"科学"教育体系也随之全面展开，"国学""孔教"并未如"国粹派""新国学"运动健将们期望的那样被树立为"国本"。高燮将横书的西方文字诋为"蟹行"，讥西方文献为二道贩子的"象胥之籍"，更将最高教育当局主持者划归"新学之徒"一流，指责他们借口"政体变更，国教不合"，"不尚有旧，视典籍如苴土"，从"国家意志"高度强行推进西式教育，以至于"户肆蟹行之文，家习象胥之籍"，因而担心国学与孔学"不亡于暴秦，不亡于盗贼夷狄，而将亡于神明华夏主持教育者之手"，于是大声呼吁有识之士回归中华文化。1912年6月30日，高燮连同姚光、高旭、蔡守、叶楚伧、柳亚子、李叔同等南社社友发起成立"国学商兑会"，会址设在高燮的闲闲山庄，倡导"扶持国故、交换旧闻、讨论学术、发明文艺"，以期"共采中原之菽""聊系绝学于一线"。①高燮藏书逾30余万册，刊《国学丛选》，后又结寒隐社，编《寒隐庐丛书》，修《金山县志》。同时，高燮致力于家乡公益事业，在浚河、修桥、铺路、筑堤、兴学等方面贡献良多。经饶锷联系，高燮与潮州学人建立了广泛的联系，对饶锷所创的"瀛社"、蔡竹铭所创的"壶社"及郭辅庭所创的"乐善社"，给予大力支持，又为郭辅庭的《天乐鸣空集》、蔡儒兰的《南国吟草》等作序，奖掖有加。

饶锷与这位恩师保持着密切联系，及时了解国内"国学"活动的近况及动向，产生强烈的思想共鸣，起而效法，也在潮州组织社团，办报出刊，整理文献。这样一来，以高燮为代表的"新国学"理念深深沁入饶锷的心田，尤其是国学商兑会的运作模式与学术旨趣，对饶锷的国学研究极具启发意义。可以说，饶锷对于"国学"价值的重估，对于国故的整理与研究，无处不闪现着高燮国学理念的影子。

二

饶锷从深层次感知并把握住了辛亥前后时局变化与文化转型的历史动向，与南社成员的普遍认知保持着高度的一致，追求"驱逐鞑虏，恢复中华"为职志的"种族革命"，投身以中华文化本位论为核心的国粹保存运动。这一"反清攘夷"的心路历程，可从一些诗文中得到较深层次的映证，《冯素秋女士传》就描写了冯素秋女士深受秋瑾女士的精神感召："当清之季世，士怀故国，海宇骚然，其间以女子以浙产，侨居潮州，读其书，颇韪之，慨然以继

---

① 高燮：《高燮集》，高铦、高铚、谷文娟编，北京：中国人民大学出版社1999年版，第15页。

起廓清自任，密与其戚卢君青海规划革命方略甚悉。会武昌首义，清帝逊位，女士闻之，跃然大喜，夙愿既售，则退而温习故籍。"①在这位英气逼人的女子身上，映射出了作者自己相类似的"英雄情结"——出则救国救民，退则温习故籍。清帝逊位，民国肇建，这一命题自然消失，因而进退之间挥洒自如。这样设置历史情境，源自革命党人以汉族为中心的"国族意识"。章太炎曾建议应在传统的《春秋》大义、晚明抗清志士及"进化论"思想这三点上建构现代意义上的"国族意识"，从"进化论"的角度看，汉、满各为一族，满族虽最后同化于汉族，始终是有主次之分的，康有为《答南北美洲诸华侨论中国只可行立宪不可行革命书》所言"《春秋》之所谓夷，皆五帝三王之裔也""满洲蒙古，皆吾同种"的汉、满、蒙合一的"混同族"绝不可信，所谓"文野之分""华夷之辨"始终存在，"驱逐鞑虏，恢复中华"的革命目标一旦成功，汉族必将重新占据政治文化主导地位。②

因此，饶锷进入民国之后在思想上发生了很大的变化：其一，对这一问题的态度显得很温和了。作为儒家信徒，饶锷终其一生都在践履"以天下为己任"的儒家理念，尽管在《莼园记》中声称"其于为天下、国家，固非吾今者之事也，而修身、养气、强勉问学，则敢不惟日孜孜"，亦即在"种族革命"成功之后，不再奢望事功，而致力于"国学"研究，立足于立德、立功、立言"三不朽"中最低层次的"立言"，奉献扎实可信的研究成果，将陈子龙、顾

---

① 饶锷：《饶锷文集》，陈贤武、黄继澍整理，香港：天马出版有限公司2010年版，第116页。
② 例如，章太炎《东京留学生欢迎会演说词》说，自幼嗜读《春秋》左氏传，又喜南宋郑思肖、明末王夫之书中"那些保卫汉种的话，民族思想渐渐发达。但两先生的话，却没有什么学理。自从甲午战争之后，略看东西各国的书籍，才有（进化论等）学理收拾进来"。(《章太炎学术文化随笔》，北京：中国青年出版社1999年版，第88页）

炎武"以学正心""以学救国"的经世致用之学付诸实践,试图从根本上改造与重铸中国文化。其二,采取个体阐释的方式区别对待满族文化。就具体例子而言,他的《奉天清宫古藏目录序》就非常典型地体现了这一转变,该文虽用"满清入主中夏"的话语,以严分汉、满之别,但是,他并不像革命党人那样将清末社会风气隳坏、道德沦亡、政务不良诸多弊端,全归咎于满族的"落后文化"与"野蛮施政",反而以较客观的语气评述清前期"二百余年,累世稽古右文","海宇承平,民物安乐"。[①] 他进而认为清史的转折出现在慈禧太后执政之后,其《慈禧宫词百首并序》用很大的篇幅全面清算慈禧的种种败政劣迹,指出慈禧"益事奢华",颠顶干政,终致"清室陵夷,声威扫地"。

与此同时,在饶锷看来,复兴"国学",还可以应对现代西学的挑战。饶锷作于1930年的《白香山有移家入新宅诗,余构莼园落成移家其间,即用白诗题五字为韵作五首》,有一句近乎"诗界革命"派式的句子:"西儒故有言:'物竞斯天择。'"[②]这里,重复二十六年前严复翻译赫胥黎《天演论》"物竞天择"的"社会公理",可见他仍处在过往的"竞争/自强"语境框架之内。他认为,来自西方的竞争应区分为正、反两个面向。正面的要素应充分肯定,如《冯素秋女士传》就女权问题发表了全新的见解:"嗟乎!吾国女权不振垂四千年矣!古传所称女子懿德,大抵皆偏重于家政、伦常,其有涉书史、干外事者则世以为大悖。自欧风东渐,往时妇德之说稍稍撤其藩篱,然婢婴淫荡者又扇于自由恋爱,时有越

[①] 饶锷:《饶锷文集》,陈贤武、黄继澍整理,香港:天马出版有限公司2010年版,第32页。

[②] 饶锷:《饶锷文集》,陈贤武、黄继澍整理,香港:天马出版有限公司2010年版,第375页。

轨踰闲之事，守旧之徒群起诋击，至归咎于女学之不宜兴。"①认为中国自古以来女性就没有得到足够尊重，确由西方女权思想的激荡方开风气。但是，激烈的中西文化冲突构成了"此消彼长"型的文化生态，中国文化面临着"陆沉真可嗟"的境况。饶宗颐在谈到上世纪三四十年代时，也说那是"一个混乱的时代，思潮很多，非常矛盾"，"那个时代西化的倾向太浓厚，把本位文化压得很低"②。因此，饶锷《复温丹铭先生书》说："方今国学陵夷，炎黄文武之道不绝如缕。"③《柯季鹗诗集序》说："余少时为诗，是时海内学者方醉心欧化，绝学岌岌日就湮微，欲求一二非常奇特之士相与切劘砥砺，卒不可得。"④《昼锦堂诗集序》说："夫当兹世衰学废、彝伦道丧之余，而有人焉能励名行自约束于规矩，已自可贵。"⑤指出欧风美雨正盛之时，传统文化岌岌可危，国家已无全面复兴国学的可能，只能寄希望于有识之士，每个人恪尽职守，弘扬国粹，接续绝学。当然，我们还须注意，饶锷对西学的认识出现了某些偏差，如《高先生合家欢图后记》说："方今士务外学，嗜尚新奇""谬妄之徒至欲持独身而废家族"。⑥将爱情自由、婚姻自主、个人独立等"西学/现代性"品格斥为"谬妄"，固然有其时代局限性，但其中蕴藏的忧患意识与本位意识，无疑是极其深

---

① 饶锷：《饶锷文集》，陈贤武、黄继澍整理，香港：天马出版有限公司 2010 年版，第 116 页。
② 胡晓明：《饶宗颐学记》，香港：商务印书馆 1996 年版，第 77 页。
③ 饶锷：《饶锷文集》，陈贤武、黄继澍整理，香港：天马出版有限公司 2010 年版，第 71 页。
④ 饶锷：《饶锷文集》，陈贤武、黄继澍整理，香港：天马出版有限公司 2010 年版，第 35 页。
⑤ 饶锷：《饶锷文集》，陈贤武、黄继澍整理，香港：天马出版有限公司 2010 年版，第 28 页。
⑥ 饶锷：《饶锷文集》，陈贤武、黄继澍整理，香港：天马出版有限公司 2010 年版，第 91 页。

重的。

有鉴于此，饶锷认识到，相对于"种族革命"的阶段性与具体性而言，回应"西学/现代性"的挑战，实际上是长期性的、深层次的。如要坚定中国传统文化的立场，回归到"文化本位"的高度，再与"西学/现代性"进行平等对话，无疑也存在着相当的复杂性与不确定性。饶锷毕竟是旧学阵营走过来的，无法从新世界中寻找到相应的思想学说的"支援"，只能重返中国文化的核心地带，以发掘文化重生、文化对话的思想资源与方法论资源。因此，饶锷的"国学"理念聚焦在以下三点上：

第一，坚守"纲常"信念，发挥日常人伦特有的"固本培元"作用。饶锷认为，由于日常人伦是建立在血缘关系的基础上的，人与人的关系是天然的，彼此间的依存度极高，反过来，这一理念必须在日常人伦的活动中体现出来。由此推衍，儒家"三纲五常"理论及其相应的仪轨制度，是通过庄重肃穆的祭拜仪式、典雅严谨的谱系编撰，昭示宇宙自然秩序的存在感，以确证各种人伦关系的客观性、传统政治制度的权威性与道德情感的永恒性。

其次，弘扬经世致用的实学精神，发展事功经济。饶锷一再教导晚辈毋沉溺于雕虫小技的诗文书画，《南园吟草序》说："吾谓亦其处境使然也"，"转而努力于事功经济，则所造诣可限量？顾乃敝精神于雕虫小技，抑亦末矣。"[1]这番肺腑之言，不仅仅体现了长辈的关切之情，更重要的是来自人生阅历与苦难的升华与提炼，是在思想认识上对于陈子龙、顾炎武、章太炎、高燮等人经世致用之学的效法。

第三，刻苦治学，以严谨、纯正的考据学再现"国学"精蕴。

---

[1] 饶锷：《饶锷文集》，陈贤武、黄继澍整理，香港：天马出版有限公司2010年版，第30页。

郑国藩《饶锷墓志铭》称饶锷"生富家，无纨绔习性，独好古，于书无所不窥，尤致力考据之学"。饶锷自己更有"入世卅年，涉世卅年，玩世廿年，世味饱经，老去厌谈天下事；藏书万卷，读书千卷，著书百卷，书生结习，闲来学种武侯瓜"的"名山事业"期许。① 显然，他已将国学视为一个民族的文化"慧命"，从"自强保种"出发，固守本土文化，凸显了当时知识分子"学能救国"的理念，在精神层面上与世纪之初知识分子倡导的"科学救国"的理念，确有暗合之处，也不无理想主义色彩。其师高燮《答饶纯钩书》称誉饶锷"奋志南天，中流一柱，学能救国，其道斯宏"，形象地揭示出了饶学的深层意蕴。②

三

在"新国学"理念的影响下，饶锷走上了"向内转"的"国学"路子，将"新国学"的理论与方法运注于具体的"国学"活动之中，并在潮州城古趣盎然的生活情调与文化氛围中，选择较为纯粹的区域性文化行为模式与生活方式，再现"古雅"的生活情调，以凸显"文化本色论"的取向。

就"国学"的物化形态而言，古籍文献是最直接的物质载体。因此，在藏书、读书与著述等方面，饶锷投注了全副的身心。他性喜收藏古书，近十万卷的古籍成了一种极其优雅的"逃避薮"。饶锷在《书巢》中标榜自己耽书有如"痴淫之癖"："吾室之内，或栖于栋，或陈于几，或枕藉于床，俯仰四顾，无非书者。吾饮食

---

① 饶锷：《饶锷文集》，陈贤武、黄继澍整理，香港：天马出版有限公司2010年版，第181页。
② 饶锷：《饶锷文集》，陈贤武、黄继澍整理，香港：天马出版有限公司2010年版，第183页。

起居，疾病呻吟，悲忧愤叹，未尝不与书俱。"①《亡妻蔡孺人墓志铭》更对自己的这一行为及其文化心态有所揭示："余既以迂拙不能趋时合变，赴势利之会，攫取富贵，居恒读书乐。"②这批藏书构成了他的"国学"知识体系建构与认知的基础，所以，他对儒、释、道经典的取态是非常鲜明的，即信奉儒学，而于佛道基本上是存而不论的。他在为好友蔡梦蝶《心经述义》作序时，一方面体悟好友的人生遭遇与生命体悟，理解好友奉佛的选择；另一方面，却借用程子"万变皆在人，其实无一事"的话头，巧妙表达了对于佛学的态度。因此，他所关注、讨论的典籍，多为儒家经典和纯学术著作。他也并不因性情之所近而在"六经注我""我注六经"之间随意挥洒，而是以乾嘉考据学的写作范式作为文献阐释与揭示的"标杆"，体现了朴茂渊雅，不事雕饰，节制有度，逻辑性强等特点。

在文献揭示方面，饶锷持冷静、客观、公正的态度。他作《南疆逸史》跋文，完整叙述了此书的撰作与传播过程，指出在晚清时期被汉族知识分子用以宣传"排满"革命思想，名噪一时，不过是机缘巧合而已。饶文并没有从民族民主革命的高度来称赞此书，反而从历史学家的角度提出，要匡补此书的错误，目前所见百余则补正的材料就是明证。他在《永乐大典目录跋》中叙述了《永乐大典》及目录的散佚经过，从义和团起义和八国联军入侵北京这两个方面探讨《永乐大典》"尽付劫灰"的缘由，全面、客观、可信。可见，饶锷不喜"过度阐释"，能将文献释读从政治策略的框架内释放出来，实现了文献理解的自主性诉求，体现了实事求是的严

---

① 饶锷：《饶锷文集》，陈贤武、黄继澍整理，香港：天马出版有限公司2010年版，第88页。
② 饶锷：《饶锷文集》，陈贤武、黄继澍整理，香港：天马出版有限公司2010年版，第113页。

谨态度。

在文献著述方面,饶锷追摩孔子"述而不作"的故辙,致力于文献编撰与整理。郑国藩《饶锷墓志铭》罗列其著述如下:"平生著作付梓者,《慈禧宫词》一卷、《西湖山志》一卷、《饶氏家谱》八卷;未付梓者,《王右军年谱》一卷、《法显〈佛国志〉疏证》十卷;属草稿未完者,《亲属记补注》、《潮雅》、《〈淮南子〉斠证》,《汉儒学案》先成《易学》一卷,《清儒学案》先成目录、凡例四卷,续章学诚《校雠通义》、李元度《先正事略》则有目无书,皆有志未逮也","近十年来留心乡邦文献,拟编《潮州艺文志》,自明以上皆脱稿,有清一代仅定书目,而君已疾矣。"①这等身的著作,全是严格意义上的"国学"论著,对于纯粹的学术问题,尤其是原创性话题,表现出极大的自信与极强的担当。所以,这一系列著述,涵盖了经、史、子、集四部,每一个专题都是值得深入发掘的"富矿"。更重要的是,他在"述而不作"的基础上奉行"信而有征"的编撰方法,即最大限度收集、整合文献,将有关原文资料加以排比、编次,再现历史的原生态和事物的本真面目。尤其是在地方文献方面,他有着一种时不我待的急切感与焦灼感,他在《与蔡纫秋书》中说:"居今之世而言整理国故,途径虽不一端而一邑当务之急则莫先于徵文与考献,其在吾潮尤不容或缓者也""方今世变日亟,乡献剩篇不绝如缕"。② 于是,搜讨文献,数月而成《西湖志》十卷;又模仿孙诒让《温州经籍志》而撰皇皇巨著《潮州艺文志》。这些文献的编就,于地方文献撰例多所发明,有着发凡起例的转型意义。以地方文献整理研究为专业分工细致化的专业标志,

---

① 饶锷:《饶锷文集》,陈贤武、黄继澍整理,香港:天马出版有限公司2010年版,第154页。
② 饶锷:《饶锷文集》,陈贤武、黄继澍整理,香港:天马出版有限公司2010年版,第61页。

秉持学术判断的客观性与事实性依据，从而获得接近于"中性"言说的自由，故能在很短的时间内创造出学术奇迹。他将考据学升华为"国学"研究最基本的方法论，以客观而周密的研究过程，再现历史真实，体现了高度的理性精神。这在客观上已非常接近当时学界奉行的"科学精神"了。

饶锷尝试办报出刊，以近代学术传播方式，拓展国学研究与普及的新渠道。青年饶锷受南社师友影响，服膺民族主义革命，王振泽《饶宗颐先生学术年历简编》说，饶锷"青年时，自觉接受资产阶级民主思想"，"学成后返回潮州，曾任《粤南报》主笔"，开潮州风气之先，产生了很大的社会反响。1924年，饶锷创办《国故》月刊，以振兴国学为职志，广泛联系海内学界耆宿，征集"国故学"稿件，其师温廷敬《赠饶君纯钩并序》就说："纯钩，余分教同文学堂时学生也。近数年来，见其所作古文辞，深合义法。今岁以创《国故》月刊，故来书通问。"[①]办报出刊，能够积极运用现代传媒方式进行适时的"国故学"反思与整理，无疑是一种时代感极强的文化普及与传播活动，更是实现"国故学"现代转型的有益尝试，是架通古典文化与现代文明的重要桥梁。

饶锷还成功建构了一种古色古香的生活样态，创造古雅的生活情调，在精神气质层面接近"国学"的情境。他在潮州城内营造一个诗意栖居的所在，造园林、建亭榭、引曲水、植竹木，在喧闹的都市里另辟一方洞天，从而产生典型的士大夫式的"移情效应"。己巳十一月，饶锷构天啸楼落成。这是一座二层洋楼，却挂上了"天啸楼"的匾额，屋内满壁都是字画，赋予这座新楼特殊的文化内涵。饶锷作《天啸楼记》回答友人"天啸楼"命名之由，说出

[①] 饶锷：《饶锷文集》，陈贤武、黄继澍整理，香港：天马出版有限公司2010年版，第178页。

了一番欧阳修《秋声赋》式的话："夫风，天之声也""凡自然之声谓之声，不平之声谓之啸。余穷于世久矣，动与时乖迕，外动于物，内感诸心，情迫时辄为不平之鸣，而一于文辞诗歌焉发之，故吾之为文与诗纵怀直吐，不循阡陌，愁思之音多，盛世之辞寡。是虽生际乱世使然，宁非天之啸欤？"①通过士大夫式的感慨，消解近代化语境中的种种"不适"与"不快"。接着，他在天啸楼下不足一亩的隙地造"莼园""树焉、石焉、池焉、桥焉、亭焉、榭焉"，流水环榭，修廊曲折，悠游于此，得俯仰从容之乐。② 他喜欢在自家园林款待文友，诗酒唱和，仿佛将时光拉回古人的情境之中。浓郁的古典情调，消弭了天啸楼的现代气息。

在诗文创作上，饶锷振衰起弊，对于扭转潮州地区诗风、文风、学风，起到了至关重要的作用。他作诗崇尚江西派，为文遵奉桐城派，法度森严。他与侯节、刘仲英、杨光祖、石铭吾、黄仲琴、康晓峰、詹安泰等一批年轻诗人，自觉地从盛唐摹古之风、随园滑易之习中挣脱出来，私淑"同光体"魁杰陈衍，"渐事苦吟"，结"壬社"以团结诗坛同人，自任第一任社长，潮汕诗坛终于打破了石铭吾所厌鄙的"韩江一水西江隔，从来诗派欠陈黄"的窘境，初步显现了"挹取西江水一勺，涪翁之外后山翁"的盛况。③饶锷《壬社序》说："近日邑子之能诗者飚起云涌，其盛犹不减于曩时。于是，辜君师陶、杨君光祖等以为不可不集，遂纠同志发起为是社，爰于壬申元日觞集于莼园盟鸥榭。时来会者十六人，

---

① 饶锷：《饶锷文集》，陈贤武、黄继澍整理，香港：天马出版有限公司2010年版，第87页。
② 饶锷：《饶锷文集》，陈贤武、黄继澍整理，香港：天马出版有限公司2010年版，第85页。
③ 石铭吾：《慵石室诗钞》，赵松元、杨树彬校注，北京：线装书局2008年版，第51页。

而余以园之主人，谬以承推引，亦获躬与其盛。酒半酣，群商名社，或以某名最宜，或以名当为某，而卒因社始于壬申，定名曰'壬'。"饶锷宗向欧阳修、归有光、戴名世之文，针对潮人"尸祝"韩公"决以得失，卜以吉凶"、学韩文却"学无渊源，志趣不大"二弊，大力宣传桐城派"义理、考据、辞章"三点论，以扩宽潮人的视野，升华潮人的心性，"告以作文之道，申以义法"，光大"昌黎之学"，在文学创作上争取"与中原相角逐"。

饶锷将自己定位为一个典型的"文化遗民"，《四十小影自题》形容自己"既遭时之不幸，乃息迹乎海垠。抱丛残以补佚，将闭户而草《玄》"，自己实实在在是一个"遗世以全我真"的人，并非寻常意义上的"殷之夷""鲁之连"。[①] 他毕生致力于保存国粹、振兴国学，一方面勤于著述，创造了许多学术奇迹；另一方面，积极办刊、出书、结社，团结潮汕学人，凝聚了一个地域特色鲜明的"古学"群体。这一系列"国故学"活动，表现出一个学者应有的自觉意识。从中国古典学术的创造精神切入赓续传统，回应西学的挑战，这是饶锷面对中国近代文化转型困局开出的一剂药方，充分体现了近代文化转型期本土知识分子特有的思想深度与方法论意识。

(《江西师范大学学报》2013 年第 4 期)

[①] 饶锷：《饶锷文集》，陈贤武、黄继澍整理，香港：天马出版有限公司 2010 年版，第 130 页。

晚清岭南文化传承的自觉与乡土认知的新变
——以《南海百咏》的晚清流播为论述中心

翁筱曼

建筑、山水，因其相对的稳定与恒久性，成为人与地域之间最有代表性的审美中介。历代文士透过建筑和山水这些审美中介所抒发的情感以及相关的史地性记载，以文字的方式，将历史信息与记忆封存在建筑与山水之中，营构出一处富含诗意而笺证历史的空间。这种文字记载，通过隔代的追和与续写，不断丰富与推进历史记忆，从而凝聚为地域的集体记忆。与此同时，同为审美感应的文字记载，不同的时代有着不同的呈现方式，背后蕴含着丰富的社会文化传统内涵，可以窥见时代风潮与地域的文化风貌，亦是地方认同的深化与演变的过程。异代的同题阐释可以帮助我们加深对文化学术推进与转变的认识。

南宋方信孺的《南海百咏》是一部以南宋时南海山水建筑为咏叹对象的诗歌地理志，此书作于南宋，镂刻行世于元，直至晚清，在岭南得到较为广泛的传播，续和追和之作频现，产生了比较深远的影响。这一文化现象的出现有其时代的必然与偶然性，折射出晚清岭南文化传承意识的自觉与地域观念的凸显。我们通过对《南海百咏》产生的时代背景及文体内涵的阐释，返观其晚清流播及相关学术现象，并结合学海堂的文学教学内容以及追和续和的情况，兼及彼时岭南学界的地理志编修风潮，更延伸至民国时"新学"对地方教育的大力鼓吹,对这一文化现象背后的"家国"观念重构以及乡土认知新变进行探讨。

一、《南海百咏》简介

《南海百咏》的作者方信孺生于兴化军莆田地区(今福建)的方氏大族,理学世家,家学渊源深厚,曾祖及祖皆有名于时。父崧卿,登隆兴癸未进士第,任广西转运判官时卒。因此,方信孺荫补番禺尉,时年方二十初,从此踏上仕宦生涯,《南海百咏》应作于番禺尉任上。"南海"当指南宋时期广东南路广州,南宋绍兴后,广州置八县,即南海、番禺、增城、清远、怀集、东莞、新会、香山[①]。后来,嘉定元年(1208)方信孺任通判肇庆府,三年(1211)又知韶州,皆在广东境内,与南海大地结下不解之缘。

(一)《南海百咏》及其版本

方信孺好游山水,对南海山水兴致盎然,曾入罗浮一月不归。他不畏辛苦寻访古迹,征之史籍,并以古迹为题吟诗,每题之下皆有小注,对此古迹的由来及与之相关的典故、民间传说、诗文记载做进一步的描述,其注解甚为翔实。明清以来涉及广东名胜古迹的著作多参考此书,如明代黄佐编修《广东通志》时便多处引用此书内容。略举例如下,借此一窥其百咏风貌:

南　濠

在共乐楼下,限以闸门,与潮上下,盖古西澳也。
景德中高绅所辟,维舟于是者,无风波恐。民常歌之,
其后开塞不常。

[①]《宋史·地理六·广南东路》,景印文渊阁《四库全书》第281册,上海:上海古籍出版社1987年版,第228页。

经营犹记旧歌谣,来往舟人趁海潮。风物眼前何所似,扬州二十四红桥。①

小注将南濠的地理位置、繁华的景象、开辟之历史用寥寥数语便交代清楚,而诗歌的渲染与情感的抒发则与注释互相发明,让南濠不复存在的年代,后人仍然能够由此诗此注打开时光的大门,回到那段似扬州红桥那般景致的南濠时光。

又如《花田》此条:

花 田

在城西十里三角市,平田弥望,皆种素馨花,一名那悉茗。南征录云,刘氏时,美人死,葬骨于此,至今花香异于他处。

千年玉骨掩尘沙,空有余妍胜此花。何似原头美人草,樽前犹作舞腰斜。②

花与美人是永恒的传说,方信孺既尽叙花田之美,又引《南征录》之南汉刘氏之美人葬骨传说,让花与美人一同谱写花田的历史。

此书较常见的版本是学海堂光绪壬午年刊刻的本子,书前有此书最初刊刻时叶孝锡作的序,书后有两位收藏者校勘后所作的跋文,记述了该书的流传以及对作者生平事迹和此书内容的考述,为我们了解此书提供了许多宝贵的信息,分别引用如下:

南海百咏,大德间镂版行世,后未有重梓之者。余家向有抄本,承伪踵谬,不无鲁鱼帝虎之失,恨不能一

---

① 方信孺:《南海百咏》,光绪壬午刊本,第6页。
② 方信孺:《南海百咏》,光绪壬午刊本,第14页。

一订正之。今春苕贾钱仲先携一册至，点画精楷，装潢郑重，卷端有印章曰绛云楼钱氏，乃知为虞山家藏善本也。借观三日而校勘之功毕，因命学徒重为缮写，珍诸箧笥，视向之承伪踵谬者相去远矣。镫下对酒，辗卷欣然，因速浮大白而为之跋。时康熙己亥岁长至前三日，艾亭金卓识于城东书塾之碧云红树轩。①

信孺字孚若，兴化军人，以父崧卿荫补番禺尉……是集乃其尉番禺时咏古之作，每题各疏缘始，时有考证，如辨任嚣城非子城，卢循故居非刘王廛，石门非韩千秋覆军处，皆足以正《岭表录异》《番禺杂志》诸书之失，不仅以韵藻称也……是集刻于元大德间，黄泰泉广东通志多引之，而吴任臣作《十国春秋》、厉樊榭作《宋诗纪事》皆不及见，则明季以来流传已少，故《四库》未著录，余从江郑堂先生假得钞本，爰为校正并稽其事迹，书于卷末云，道光元年五月嘉应吴兰修跋。②

由此可知，该书自元大德年间刊刻之后，流播十分有限，且没有重刻，仅有少量抄本流传，且错讹在传抄中增多。叶灵凤在《北窗读书录》中就提到他曾托友人辗转觅得本书，记述了基本的版本情况，认为明末时本书便流传甚少。《琳琅秘室丛书》第三集目录中写道"阮相国于嘉庆中始得其书，进呈内府，故四库书目未曾著录也"③，也从一个方面印证了叶灵凤的判断。收藏者金卓以钱谦益绛云楼藏善本校对过的抄本后来应该归江藩所有，直至江

---

① 金卓：《南海百咏·跋》；方信孺：《南海百咏》。
② 吴兰修：《南海百咏·跋》；方信孺：《南海百咏》。
③ 胡珽辑，董金鉴续校：《琳琅秘室丛书》，光绪十四年本，见《丛书集成初编》，上海：商务印书馆1936年版。

藩随阮元来到广州时，吴兰修方有机会假得钞本，校勘后将之收入《岭南丛书》，于道光辛巳年行梓于世，而后光绪壬午年学海堂又重新刊刻，从而在一定范围内扩大了此书的流传①。

（二）《南海百咏》产生的时代背景及文体内涵

地名百咏，以百篇之结构涵盖一地风土的大型组诗，在宋代已经颇具规模，除了《南海百咏》，其他如曾极的《金陵百咏》、许尚的《华亭百咏》、张尧同的《嘉禾百咏》、阮阅的《郴江百咏》，都可说是开一地先河的作品。

针对南宋地名百咏组诗兴起的文学现象，近年来有不少学者进行了专门探讨，认为其滥觞、演变与时代、学术等因素密切相关。

剖析其产生的社会土壤，有两个重要的方面：首先，宋代是一个重儒尚文的时代，宋初《太平御览》《太平广记》《文苑英华》以及《册府元龟》的编纂，既是立国之初典章制度与图书典籍重新整理之举，亦由上而下带动起一种崇尚文化、倾心学问、以资鉴戒的社会风气。在蓬勃发展的教育和图书出版的有力推动下，宋代士人形成了追本探源的学术精神，尚理、尚史、尚博以"资鉴"的意识深入人心。其次，屈辱的亡国历史，山河的沦陷，民族危机的如影随形，极大地刺激了南宋士人，原先习以为常的一切，瞬间不再，因此产生了一种惧怕人事变迁而力求详细记录，以文字

---

① 《南海百咏》2010年刘瑞点校本的前言对《南海百咏》的版本有详细而精到的梳理，认为该书现存的《宛委别藏》本和《琳琅秘室丛书》本以及丛编本、国图本，等等，皆出自甘泉江氏影钞原本，而元大德年间的刊本则是各本的共同祖本。方信孺、张翊、樊封撰，刘瑞点校：《南海百咏南海杂咏南海百咏续编》前言，广州：广东人民出版社2010年版，第7—9页。

将当下所见所闻所感所知所及定格的焦虑心态①。

从文学学术发展的角度来定位地名百咏这一兼具诗文与地志功能的文体，有学者认为《南海百咏》因应了"文学地志化"的潮流。"文学地志化"的概念是一个以作者为中心的概念，强调作者的创作动机，作家们将地志编撰中的结构、视角、功能、注释模式等原则和方法，自觉地运用于文学的创作实践中，这为南宋以后地志文学的繁荣提供了强有力的理论和技术支持。因此，宋代地名百咏呈现出以下特色：（一）较鲜明的纪实色彩。创作者翻阅大量典籍，实地采风，确保作品有较强的纪实性。（二）较深入的微观视角。与宏大的正史叙事不同，地名百咏是从某一地区的政治文化、社会生活等角度切入来进行创作。特别是对一些地方历史社会信息的细节补充。（三）开拓诗歌的题材和创作模式。百咏彼此间关联性较强，具有较好的结构稳固性，这种稳固性所强调的，不只是简单的作品排列和叠加，还有更多层次，更广视野的整体观照和把握。换句话说，在风土作品所包含的地方知识信息的结构建架方面，宋代地名百咏无疑向前迈进了一大步②。

综上所述，笔者以为《南海百咏》的产生，体现一个核心观念及相关的导向，这个核心观念是"地方"。在中国儒家文化传统中，"修齐治平"的最终指向是天下，"国"是凌驾于"家"的。因此，以往不是没有"家"，也不是没有"地方"，只是此"地方"非彼"地方"，以往的"地方"都是相对于中央的政治区域意义上的"地方"，其内涵是行政区划或者方位名词。美国汉学家包弼德曾提出"地方"的兴起，认为南宋以降，"地方"的观念变成士人思想中非

---

① 参见刘芳瑜：《地志与记忆：南宋地方百咏组诗之研究》，国立中央大学中国文学系硕士论文，第79—80页。
② 参见叶烨：《拐点在宋——从地志的文学化到文学的地志化》，《文学遗产》2013年第4期。

常重要的一个概念①。两宋以前,"没有太多的乡土指向,而到了宋代,人们对地方的理解已经有了边界意识,对不同地方的文化传统也有了更深刻的区别和认知"②。正如前文谈到的,社会外因进一步加深了"地方"的认知,当时代裂变,国土沦丧,"南宋士人对于个人生存空间与国家疆域的剧烈改易,在检视新居地的同时,促使自我反观原有生存空间与改换后生存空间之间的差异,必定是极为切身之课题;不同立场、身份之人在重新定位自我与空间关系的过程中,在空间上对'家'与'国'之认同势必也有所调整,而呈现出认同多元且复杂的特性"③。由"国"到"家",他们将目光转向了身边的家乡、宦游的任所、行旅的山水,在吟咏的同时,进行了详细的记录与情感空间的定格。因此,当方信孺来到南海,也不辞辛劳踏遍山水古迹,着力创作打上时代以及他本人印记的南海胜览。正是在认识了不同的"地方",在宋尤其南宋以来士人更为频繁的旅行、互动交流中,在家乡与他乡的比照中,在自我与他者的相反相成、相互建构中,认识了他者,更认识了自我,家国观念完成了新的阐释。

"地方"观念的浮现与深化,还推动了对一方风土记忆有意识建构的进程。人文地理学对"地方"的看法不同于"空间""场所""区位"等概念,其意指"人有主观与情感依附的空间"。巴舍拉的《空间诗学》,将家视为人类接触的最早世界或最初宇宙的最初空间,所以"家"作为一个有意义的"地方",人们在此有情感依附和

---

① 包弼德著,吴松弟译:《地方史的兴起:宋元婺州的历史、地理和文化》,《历史地理》第 21 辑,上海:上海人民出版社 2006 年版,第 450—451 页。
② 叶晔:《拐点在宋——从地志的文学化到文学的地志化》,《文学遗产》2013 年第 4 期。
③ 刘芳瑜:《地志与记忆:南宋地方百咏组诗之研究》,国立中央大学中国文学系硕士论文,第 70 页。

根植的感觉。家往往塑造了往后我们对外在各种空间的认识，因而人对于熟悉的、养育的地方产生认同，即"地方认同"[①]。方信孺并非南海人，在广东为官期间，其对当地山水的吟咏遨游，更多的可能不是出于对岭南的"地方认同"[②]，而是"文学地志化"潮流以及地方文人书写权强化的驱动。虽然如此，其客观上却开启了有意识地对岭南风土人情进行构筑的地域文化传承行为，对后世的岭南文化建构产生了影响。此前对地方风土人情记载与描述的文字并非少数，包括许多贬谪而寓居岭南的诗人，都留下了很多宝贵的诗篇，然而，有意识去进行地方风土人情建构的，却应是在"地方"观念出现之后。寓粤诗人的风土诗篇"以景写心"的程度更深，而方信孺的百咏，以景写景，有意识地去记录与景物有关的资料，为南宋时期的岭南风物留下了珍贵的记忆。值得一提的还有与此交相呼应的南宋地方志编修热潮。南宋朝廷吸取历史教训，要求各州撰修州府图经以备战时所用，激励了"近时州郡皆修图志"[③]的热情，"僻陋之邦，偏小之邑，亦必有纪录焉"[④]。这些方志在编修时大多由地方州县学教授和郡人执笔，方志除了介绍地方基本自然情况与历史外，还大量摘引笔记杂录和诗赋题咏，甚至设专门加以收录，体现了更为浓厚的地方色彩，可谓当时编纂地方志的一种新旨趣[⑤]，具有宣传地方特色且实施教化的功能。

[①] 参见 TimCresswell 著，徐苔玲、王志弘译：《地方：记忆、想象与认同》，台北：群学出版社 2006 年版，第 15、42—43 页；刘芳瑜：《地志与记忆：南宋地方百咏组诗之研究》，第 69 页。
[②] 关于"地域意识"，可参见拙文《古代诗学视境下的"地域意识"——以岭南地域诗学为个案》，《汕头大学学报》2008 年第 6 期。
[③] 周辉：《清波杂志》卷 4《修图经详略》，北京：中华书局 2000 年版，第 63 页。
[④] 黄岩孙：《保佑仙溪志·跋》，收录于《宋元方志丛刊》第 8 册，北京：中华书局 1990 年版，第 8333 页。
[⑤] 参见郭声波：《唐宋地理总志地记到胜览的演变》，《四川大学学报》2000 年第 6 期。

因此，方志编纂对于地方士人的"地方认同"也产生了积极的作用。

二、《南海百咏》的晚清流播

前文述及《南海百咏》版本情况时已经对该书在晚清的流播做了介绍，笔者以为除了版本带来的传播信息，他者的接受亦是重要的流播体现。《南海百咏》的晚清流播离不开当时岭南的学术阵地学海堂及围绕着学海堂所形成的文人群体的有力促动。这种促动主要体现在以下两个方面：其一，学海堂以此书作为课士的题目，可以说是把《南海百咏》当成了学海堂的教材；其二，有关此书的追和续和，以学海堂学长樊封的《南海百咏续编》最为突出。

学海堂办学初期即定下了课士的基调与原则，历届学长皆谨守之。在课卷结集出版的《学海堂集》一至四集中体现出很强的延续性，学海堂一集的典范性尤为凸显。《分和方孚若南海百咏》一题即出现在学海堂一集之中，题目之下有小注曰："按孚若百咏皆有小序，引证详敷，今备录之。原作七绝，兹和以七古。"[1]可见彼时此书尚不易得觌，故备录编者认为学术价值高的小序。此题具有浓郁的岭南历史意蕴，将宋人眼中的南海古迹一一道来，兼以地理注释考证和典故、民俗的记录，后之人读之，无不思接千载，神游万仞，带着历史的幽情去触摸这片土地曾经的记忆，从而使阅者、和者心中对乡土的深情，得到释放且产生共鸣。后来学海堂又先后以《续和南海百咏》《分和宋方孚若南海百咏》为题课士子，分别限以五古和七律，同题而限以不同诗体，既是诗歌创作的锻炼，又是乡情教育的绝佳范本，体现了学海堂在课士时深化地域文化感应的意图。

学海堂以此课士，持续时间长，传播的范围广，士子于课卷

---

[1] 阮元编：《学海堂集》卷1，道光五年刊本。

之外又别有追和、续和之作，散见于各种个人诗集文集之中。不仅如此，学海堂人在追和、续和之外，还进一步表达对《南海百咏》的认可，学长樊封的《南海百咏续编》便是另一种形式的隔代追和。该书体例与《南海百咏》相仿，依然是对古迹的地理和历史陈述，诗歌吟咏，再加以注解；分为4卷，共有8类，卷1名迹、遗构，卷2佛寺、道观，卷3神庙、祠宇，卷4冢墓、水泉。在该书的序中，樊封谈道："考据者嗜古而略今，咏歌者守近而忽远。躬际明良，目摩简素，虽小撰著，须益于时……读先子之遗书，耳邦人之习谚，幽光可颂，畸行堪悲。恒惧其久而就湮，更虞其讹以传讲。会戴醇士学使山堂课士，以'南海百咏续编'命题，一时俊髦咸效孚若。凡属陈迹，争事网罗。因仿厥制，稍为变增，晰以子目八门，都为小诗两卷，广辑近闻，附诸细注。诗虽咏古，注实传今……邦国掌故，安可诬也。志乘蒐罗，或有取焉。道光丙午朴学山房主人录。"①可见本书的创作目的在于传承地方文化。

《续编》目前笔者所知所见有三种版本，清道光二十九年刊本，光绪十九年学海堂刊本，清末王宗彝抄本。书前有道光刊刻时张维屏和黄培芳的序，两位岭南文坛名宿都给予了此书极高的评价。引张序如下：

> 维桑与梓，聿垂恭敬之文；某水某邱，用识钓游之地，而况事关家国、义系纲常、迹合幽明、典兼文献者乎？此吾友樊子昆吾续方孚若《南海百咏》所以为必传之作也。昆吾铁岭世家，穗城老宿，诗探五际，学贯九流，

---

① 方信孺、张诩、樊封撰，刘瑞点校：《南海百咏 南海杂咏 南海百咏续编》叙录（全文底本无，据扬大本补），第145页。

以其暇日乃著斯编。考地志之自为注解，见于杨衒之洛阳伽蓝，地志之自为诗歌，见于迺贤之河朔访古。是编参其体例，加以变通，句定七言，条分八类，诗必有注，注必求详。思古贤而凭吊，如闻楚些之歌……披览兼旬，率题俪语，道光己酉腊月番禺张维屏。①

作为彼时羊城举足轻重的学人领袖，张维屏对此书"事关家国、义系纲常、迹合幽明、典兼文献"的认定以及"必传之作"的极高赞许，即便有学人间相互推举之嫌，樊封作此续编的功力与价值亦足见一斑。兹举《续编》中的《黄木湾》和《萝岗洞》为例：

黄木湾：在郡东波罗江口即韩昌黎南海神庙碑所称扶胥之口，黄木之湾是也。土语讹为黄埔，为省河要津，近为夷人停泊所矣。

黄木湾头寄画桡，高荷大芋接团焦。怪他蠏舍春风紧，莺粟花开分外娇。

阿芙蓉即莺粟蕊浆和砒石而成者也，夷人特以流毒中原，其祸至烈。圣天子仁育万类，欲挽浇风起而禁之，诚转移之大机。而奸商狃于肥己多方挠乱。大司马莆田林公竭尽忠诚，卒之鲜济兹，则斩山为屋，架树成村，百弊丛生。阿芙蓉之毒不止，遍布东南已也。②

萝岗洞：在郡东八十里，危峰四拱，一径通人，中亘数十余里，咸膏腴佳壤，烟村星错，皆莳梅种荔为业，洞内有萝峰寺、玉岩书院，堪停巾车，冬梅盛开，晶玉

---

① 张维屏：《南海百咏续编·序》；方信孺、张诩、樊封撰，刘瑞点校：《南海百咏南海杂咏南海百咏续编》，第144页。
② 方信孺、张诩、樊封撰，刘瑞点校：《南海百咏南海杂咏南海百咏续编》，第167页。

廿里，真同香雪海，粤人多往游焉。

石发林霎滑马蹄，东原小猎玉岩西。风流四镇归何晚，鞍上梅花月里蹄。

平王镇粤，每届隆冬必躬领将卒围猎于郊坰，虽非从禽，然借以驰驱习劳，亦国俗也。时藩下有四总兵，卢可用、班际盛、田云龙、张国禄，最握权要，分班列队，呆鞭乘骑以侍王猎，日暮必会于看城，烹鲜行酒，赏梅为乐。今洞内犹有尖屯卡伦故址，而尚王之放鹰台，里老犹能指其处也。[①]

上引内容既有历史之记载，又有当下之描画，更通过今昔对比联系，进一步反映现实社会问题。如黄木湾一条，谈及阿芙蓉也即鸦片，樊封痛陈鸦片之流毒，也极赞林则徐禁烟之举，有助于我们了解当时广州士人对鸦片的态度，而这也从一个侧面透露出，在社会矛盾日趋激化的社会环境下，"经世致用"的文风以及士子对国家大事、社会情势的关注。

对诗歌的注释，实际上是对与名胜古迹相关的历史典故和传说的进一步阐释，用更为直观和生动的历史故事来还原历史的记忆，使阅者如临其境。上文描述萝岗洞的文字简洁而动人，不只是一般的介绍性文字，而带有散文般行云流水的优美。不仅如此，作者还在介绍中放进其他同时代的文友甚至自己的一些活动，使文字更加亲切、真实，另一方面也因之保存了不少士人交游的资料。如卷2《安期仙祠》和卷4《君臣冢》：

安期仙祠：诗人张南山、黄香石、林月亭、段纫秋

---

① 方信孺、张诩、樊封撰，刘瑞点校：《南海百咏南海杂咏南海百咏续编》，第169页。

七人,于观左别筑南雅堂,广植名花奇卉,胜结吟坛,补禊消寒,殆无虚日,伊墨卿太守为南雅堂记,镂石于壁。①

君臣冢:在大北门外流花桥南象冈炮台下,明唐王朱聿锷暨其臣苏观生等十五人攒葬处也。粤民呼之为君臣冢。荒堁数尺卓立于菜畦间,百年来耕人无敢犯之者。既乏题碣,又非兆域,过者忽之。予尝与同志谋售其地,筑垩立碑以表之,惜未果尔。②

如果说方信孺所记录的是宋时南海负有盛名的古迹名胜,樊封的《续编》选录的古迹名胜也具有极强的时代特征。学海堂课题中不少拟作课题,所歌咏的主题多是当时有名的游览胜地,有不少与樊封《续编》中所选录的是一致的,可以互相发明。如二集《黄木湾观海拟孟襄阳望洞庭湖》《越台怀古拟高常侍古大梁行》《游六榕寺拟韩退之山石》《拱北楼铜壶歌》《罗冈洞探梅》③,四集的《绝武君臣冢》,等等。因此,我们认为樊封的《续编》以及其他士人的同题作品是对《南海百咏》的隔代追和与延续,也是《南海百咏》流播的重要体现。

三、《南海百咏》的选择与被选择

返观文学史的发展历程,某一部作品的流播以至成为经典,在选择与被选择中都充满了必然与偶然的各种因素。也许可以不

---

① 方信孺、张诩、樊封撰,刘瑞点校:《南海百咏南海杂咏南海百咏续编》,第212页。
② 方信孺、张诩、樊封撰,刘瑞点校:《南海百咏南海杂咏南海百咏续编》,第248页。
③ "萝岗"与"罗岗"常通用,此处以原文为准。

是《南海百咏》，而是其他某一部同一类型的诗文地理志来扮演其角色，但《南海百咏》的后世流播恰正反映了这本书本身的特殊性，以及时间轴上与地域文化传承、与晚清学术风尚的契合。

(一)《南海百咏》的纵向呈现：地域文化传承

由宋及清，沧海桑田，方信孺与樊封，二人以隔代的同题呼应，为我们呈现出一幅变动着的南海大地景致，在时空的穿越中，流淌着文化的默契。这种默契，根源于地域文化传承的责任感，而其呈现方式，则体现为诗文与山水古迹所营构的绵延不绝的地域文化空间，即是境与诗文的交织，境与人文的交织。

方信孺之友叶孝锡在《南海百咏》序中写道："境以诗名，在在皆诗也……方君来尉番山，剡苔剔藓，访秦汉以来数百年莽苍之迹，可考者百而缀以诗，可见胸中磊落，使其乘飞廉，凭丰隆，翱翔乎氛埃之上。"此序不仅阐明了方信孺创作此书时实地勘考之艰辛，亦从另一个方面点出了"境"与"诗"的相依并存之关系，山水古迹之成为一地名胜或某地象征，诗文是重要的推动力，而相应的地域文化空间，则成为地域文化传承的重要内容，也是方信孺与樊封隔代呼应的媒介。

世易时移，方孚若与樊封，二人的视角，二书的侧重点有何不同呢？南海大地的人文空间在二人的笔下又有着怎么样的改变？

方信孺所记载的古迹，大多与南越、南汉相关，尤其是短祚的南汉王朝，虽然历时才五十余年，却大兴土木，劳民伤财，帝王也是花招迭出，留下了很多悲惨的、骄奢的、香艳的、奇异的故事。也许药洲已找不到炼药的丹炉，只剩下不会说话的石头；也许刘王花坞早已没有夹岸而生的鲜花，土里只残存当年妃子、宫女嬉戏跌落的发簪，但许许多多的人物和传闻，始终缠绕着这一空间，从而转化为南海百咏中永不磨灭的文字。对于清末的樊封而言，南越、南汉是极为遥远的时空了，即使是明末的南明小王朝，清初平王镇粤，也渐渐在世人的记忆中淡去。樊封所选取的古迹，有一些是宋以前的古迹而方信孺没有记载，而后因为新的历史事件而具有了新的意蕴，譬如旧迹新筑；其他宋以后形成的名胜古迹，或因人而名，或因事而显，有很大部分内容与南明和清初那段时期紧密相关。如靖王府、平王马圈、靖王马圈、备调军装库、铁局、怀远役，等等，还有一些是甚受时人喜爱的名胜景点，所述内容下延至道光年间，则又具有了近代史的史料意义。

从注解之详敷来看，樊封比方信孺更为精审，力求完整地、清晰地呈现该地的过去与当下。他在书的序言中也提到"盖前编之咏，藉证耳闻；斯录之收，多凭目验"[1]，强调其真实性更胜方信孺之《南海百咏》。方信孺的注解多引用《岭表录异》《南征录》等书，有些古迹注解略显简单，但是在当时关于南汉的历史记载甚为简略的情况下，方氏能对古迹做比较精确的注释，相关历史典故和传说也较为详细，为后人留下宝贵的资料，是十分难能可贵的，可见作者经过了深入的调查和寻访，做出极大的努力。由上文所举《黄木湾》和《萝岗洞》，可见樊封则更为注重名胜古迹的现时状况以及与之相联系的社会内容和环境。总的来说，樊封更注重当世价值，自觉地纪当代史，而方信孺则较侧重纪古代史。有学者指出，随着"文学地志化"趋势的不断加强，"文学作品中对中小地区社群的地理、文化面貌的描绘越来越多，以致有时候文学只剩下一个躯壳，实际内容已是对地域历史、地理信息的介绍和建构"[2]。这固然是极端化的比方，但正说明了从方信孺到樊

---

[1] 方信孺、张诩、樊封撰，刘瑞点校：《南海百咏南海杂咏南海百咏续编》，叙录（全文底本无，据扬大本补）第145页。
[2] 叶烨：《拐点在宋——从地志的文学化到文学的地志化》，第101页。

封,正是一个文学发展循序渐进,不断推进的过程。

方信孺和樊封都将他们所看到、听到、问到的内容呈现于文字之中,或翔实记载,或动情歌咏;都关注古迹的历史与现实之间的联系,追古思今。他们将南海大地的历史时空连接了起来,营造出更富有内涵和时空感的诗意空间。如果说《续编》与《南海百咏》之间带有历史的层积性,樊封从纵向的历史链条上承接方信孺记录南海古迹的使命,那么,元代吴莱的《南海古迹记》、明代张诩的《南海杂咏》、明代南海郭棐的《岭海名胜记》,如此种种与南海名胜古迹相关的著作,都是这一链条的重要组成部分。

前文我们分析过,《南海百咏》因应着"文学地志化"学术潮流以及南宋时地方文化书写的有意识建构,这种建构也深层地体现了古代文人的"立言"心态。樊封对《南海百咏》的追和,除了当世意识的加深,通过地域文化构筑使自己成为地域文化链条的一个节点,更体现出这种建构以及文化传承的自觉。张维屏说樊封之续《南海百咏》"为必传之作也",虽然意在指出樊封之续编文质彬彬,于史有补,重要性自不待言,却也从另一个角度反映出樊封与书同传的深层期望。诸位学人或为专书或仿而作诗以和,固然是寻前贤之源而前行,而今日之举,亦可成为他日后辈学人之源,自己亦可随之留名后世。重要的是,学术链条因之而延伸,集体记忆、地域文化也能够波澜不惊地传递下去。

(二)《南海百咏》的横向呼应:晚清学术风尚

纵向的历史链条延伸为我们搭建起时光的经度,如果从横向的社会风尚契合来进一步剖析,则纬度的营构可以使这一文学作品及文学现象得到更为充分的阐释。

嘉道时,诗歌地理志或乡土地理性质的著作编撰呈现出相对集中而且备受学人重视的态势。

首先，围绕着《南海百咏》，除了刊刻重梓，以及樊封的《续编》、学海堂学子同题课卷的追和续和，在《广州城坊志》中还提到"陈昙《补南海百咏诗》自注引李士桢《街史》云：'亚荷塘在东门内，宋周茂叔为提刑时种莲处，后人转为雅荷塘，又讹为阿婆塘……'"①陈昙是当时备受赞誉的诗人，也是学海堂肄业生，这条记载既说明陈昙熟悉且认可《南海百咏》，不然不会有"补"之举，而且其诗自注也带有《南海百咏》古迹介绍的意味。此外，莅粤为官，与粤士人交往甚密的方浚颐，仿南海百咏而作五言诗，其小注云："乙丑冬日仿吾宗孚若先生作南海百咏五言诗，取其考证以成韵语，体虽不袭，义实相沿，非敢谓于诗境之外另开一境也。亦聊见前贤门户，后人尚有寻源而至者尔。"②或以此为题，或续和、补和，这样的诗人诗作在元大德此书刊刻之后当为数不少。根据现在所见资料，至少可以肯定，到了嘉道年间，《南海百咏》受到的重视是比较明显的。

其次，异曲同工的相关著作卷帙颇繁，蔚为大观。如与学海堂人交往密切的邓淳，他所编纂的《岭南丛述》内容十分丰富。列目40，釐卷60，共有24册之多，内容遍及岁时、舆地、群山、诸石、水道、礼制、文学、武备、服饰、宫室等方面。

略往前追溯，乾隆时陈兰芝编辑刊刻的《岭南风雅》也较有代表性。此书分三卷，每卷分上下，是为广东地方艺文总集。初集之前编列各种文体及其阐释，其后是岭海名胜古迹。在目录部分，古迹名胜下会有小注，或注明彼处之名由来，或注明彼处之特色，或注明所处方位，如刘王花坞，羊城西郭；华林，西来寺达摩初

---

① 黄佛颐编纂：《广州城坊志》，广州：广东人民出版社1994年版，第70页。
② 方濬颐：《二知轩文钞》卷12，《续修四库全书》第1556册，上海：上海古籍出版社2001年版。

到此;秋波钓台,黎贞辞辟后筑,白沙有诗;坡公宅,惠阳春梦婆处;百花冢,才女张乔坟;荔支湾,南汉主燕歌地;马侍郎宅,香山宋端宗驻跸处;泷峡,文公为阳山令时信宿于此;越华楼,陆贾所居……该书意在保存历代广东艺文,然而视之为对粤中古迹名胜、鸟兽草木等资料之保存,亦不可谓不可。因为书中辑录的诗歌文赋,出注甚多,譬如第5册,卷二《石门贪泉有怀吴刺史》小注便将晋吴隐之清操一事及其后续的传闻一并记入;彩云轩,小注"在罗浮麻姑峰,麻姑常降此,至则彩云缭绕……"有借诗而存人存事存地,详述岭南风土人文、历史人物的意味。

陈兰芝以"吾粤古迹名胜,鸟兽草木"作为选编地方艺文的主干,附以地理方位、历史人物事件、风情民俗的注释,可见,吟咏古迹名胜的诗作可以成为向世人介绍吾粤风情的窗口,可以保留地理情况和历史资料,可以成为方志编修的借鉴和参考,更可以成为乡人深入了解和感受地域文化的文本。这一点,与《南海百咏》《南海百咏续编》以及其他类似的作品是相同的。而"古迹名胜",通过这种艺文作品与地理注释结合的形式,使历史的人与事不仅仅是史书或地方志上略显单薄和严肃的文字,还能因"地"(古迹名胜)而获得另一种形式的保存;而相应的,"地"也因为人和事而彰显,成为后人游历和思咏的所在,成为超越时空的历史情感与记忆的承载。并进而深化人对地域的情感:乡人游之增其自豪与归属感,外乡人游之增其认同与体验,从而凭借"古迹名胜"的审美感应,产生地域的共鸣。

(三)《南海百咏》的异代阐释

《南海百咏》的晚清流播,可以说是该书的晚清阐释,或者说是晚清的学术及社会因素在该书流播上的折射。历史总是惊人地相似，晚清中国面临的挑战，"数千年来未有之变局"①，丝毫不比南宋朝廷简单，不再是民族的相争，外国列强的枪炮彻底粉碎了天朝上国的美梦。地方士人在忧心国事之时，充满了文化流失乃至灭亡的焦虑，因此，汲汲于地方文献的收集整理，自觉于地方文化的传承。清末新政期间，政府大力推行乡土教育，地方的读书人编纂乡土志和乡土教科书作为初等教育的教材，用以培养青少年的乡土感情，或透过介绍地方物产来传播爱乡爱国的观念。如1909年出版的《潮州乡土教科书》，格致一科选取了诸多日常生活中惯常可见的事物，譬如"芥，气味辛烈，俗称为大菜，经霜而味益美，民家以盐蓄之曰咸菜，潮人以为常食之品焉"②。而《嘉应新体乡土地理教科书》的编纂则以游记体的形式，带着受教对象去游历他们所熟悉的、习见的，但也许并未深入了解的当地的建筑景观、风土人情。该书的编写独辟蹊径，"嘉应居广东之东，吾人爱慕乡土，不可不先事游历，今与诸生约，遍游一州，自城内始，后及于三十六堡"③。乡土志和乡土教科书当然颇有些"新学"的意味，但是在记录并传播乡土特色、培养乡土感情的方面与古代的各类地方志书并无二致。

由爱乡土而爱国家，对"乡土"的认知和对地域文化的热爱，正是对凝聚这一切的中华民族文化的深爱。此时的"国"已不是天子的国，既不是简单的地理概念，也不是单纯的政治概念，而是文化概念意义上的"国"，体现了近代国家意识的萌发和过渡性的

---

① 李鸿章：《筹议海防折》，《李鸿章全集》第2册，奏稿卷24，合肥：安徽教育出版社2007年版，第825页。
② 林宴琼：《学宪审定潮州乡土教科书》第21课《芥》，汕头中华新报馆，宣统二年（1910）。
③ 萧启冈、杨家萧编：《学部审定嘉应新体乡土地理教科书》，启新书局，宣统二年（1910）。

特征。文化的认知构成了"家国"观念重构的核心,而地方文化的认知与建构的自觉,奠定了这种重构的基础。

嘉道而下及至民初,围绕着《南海百咏》一书而延展开去的乡土地理志编撰之风,对地方风物尤其是古迹名胜的重视,固然与当时学术界的地理学背景、与国家受到内外挑战的时代背景有密切关联,然而更重要的是这股风潮之下所蕴含的人与地域之间审美感应的互动,在地域辨识和自觉中,得到了进一步的凸显。人与地的审美感应,面对古迹名胜本身,抑或面对与兹相关的《南海百咏》式文本,浑然而成的感情与体悟空间,既是个人的,自得的,灵动的,又在开启集体记忆的同时,延续和推进集体记忆,扩展为共同的集体记忆空间。因此,无论是方信孺,还是樊封,抑或学海堂中应答课题、补和续和"百咏"或其他古迹的士子,他们营构充满地域特色的诗意空间时是自我的,而后这一空间又成为共享的,成为其他人营构空间的起点和基础。从某种意义上说,古迹名胜有可能会有物理形态的转移,而精神形态的诗意空间,却能够在文化群体和历代士人的推动下,拥有更加活跃和茁壮的生命力。循学术链条而上,这股风潮与汉代杨孚作《南裔异物赞》是一脉相承的,这种文化精神,是地域宝贵的人文积淀。值得注意的一个细节是,方信孺和樊封都不是土生土长的岭南人,这从某种意义上阐明了地域文化传承既是地域性的,更是整个中华民族的。

晚清中国,社会结构发生着深层次的变动,新的社会阶层萌发成熟壮大,旧有体制观念遭遇质疑颠覆重构,"家"与"国"的概念处于重新确立的过程中。因此,"乡土"的认知方式与丰富内涵都打上时代的烙印,同时地域文化传承自觉意识亦逐渐鲜明。

在晚清的社会大背景下,以《南海百咏》的晚清流播所代表的文学文化现象，既沿袭了地域文化传承的传统内核，又呈现出具有现代意义的自觉意识，折射出晚清中国传统文明深层变革的未来走向。

(《中山大学学报》2016 年第 4 期)

甲午战争与近代诗风之创变

左鹏军

世界列强对于传统中国的政治干涉与领土入侵，以及宗法专制政治制度的日益腐朽，使动荡不安、内忧外患成为近代中国面临的严峻政治考验和文化难题。作为这段非凡经历之精神史的中国近代文学，深刻全面地记载了这个古老民族所遭遇的苦难、进行的抗争，传达出这个文明国度的血泪歌哭、不懈奋斗。在近代中国经历的无数苦难中，爆发于光绪二十年甲午（1894）的中日战争及翌年《马关条约》签订造成的一系列惨痛后果，无疑是令中国人最为刻骨铭心的一次；伴随甲午战争产生的文学，也是近代中国人民屈辱与抗争、苦难与奋进历程中价值独具、魅力独特的篇章。

一、时代巨变与诗界高潮

在历尽苦难屈辱的中国近代史上，甲午战争的失败及《马关条约》的签订给中国人民造成的精神创伤空前深重，带来的思想冲击也空前强烈。伴随着政治、军事局势的急转直下，以及国土沦亡、主权丧失严峻局面的突然降临，在甲午战争前后，一个以文学创作记载时代、表现心曲的文学局面迅速形成，成为近代文学发生显著变革的触发点和转捩点。

这一文学潮流，可从"鲁阳生"孔广德编《普天忠愤集》和阿英编《甲午中日战争文学集》中认识其概貌。《普天忠愤集》校印于光绪二十一年(1895)孟冬,编者在自叙中说:"《普天忠愤》一书,贵自士大夫,而贱至布衣,以及泰西洋士、绣阁名媛,凡其绪论有关时局者辄录之。……计共得十有四卷,标分三门。首章奏,凡呈恳代奏者附之;次议论,凡上书及书札附之;三诗赋,凡赠答之作附之。"①关于此书的编辑宗旨,张之洞在《普天忠愤集叙》中指出:"凡我普天臣庶,遭此非常变局,忧愤同心,正可变通陈法,以图久大,不泥古而薄今,力就从前种种积弊,其兴勃焉,又何难雪兹大耻?况以天下之大,人民之众,物力之厚且博,而徒株守成术,不能发愤为天下雄,使彼族不敢玩。此鲁阳生所为,愤愤而不能已也。故以其孤愤,证诸当代公愤,且合薄海内外之羞愤、义愤,激而成《忠愤》一书。岂漫欲泄私愤于一旦哉?夫亦望我局中人,有任天下责者,由此愤思愧、愧思奋、奋思勇,而确持以公而忘私、国而忘家之一心,则泥法而流于弱,变法即转为强,安在世变之一成而不可变也?"②《甲午中日战争文学集》为阿英所编《近百年国难文学大系》之一,原名《中日战争文学集》,成书于1937年,1948年由北新书局出版;后《近百年国难文学大系》改名《甲午中日战争文学集》,于1958年由中华书局出版。是书分诗词、小说、战纪、散文四卷,也是阿英根据当时所知的相关文献进行的选择,同样寄托了搜集抗日文献、振奋民族精神、激发反侵略斗志的含义。这两部文学总集汇集了大量抗日文献,反映了甲午战争时期中国文学创作的成就,具有独特的文献价值。虽然它们所收录的文学作品只是反映甲午战争文学作品的一小部分,但从中已经可以看出甲午战争给中国文学带来的深刻影响。

---

① 孔广德:《普天忠愤集》,光绪二十一年(1895)刻本,卷首第1页。
②《普天忠愤集》,卷首第3—4页。

在甲午战争时期的文学高潮中，诗歌无疑是非常重要的部分。无论是从诗人诗作的数量来看，还是从对文学价值和时代精神的表现力度来看，都应当认为诗歌是甲午战争时期文学创作中最具有文学性和影响力的部分，也是最具有思想深度和艺术魅力的文学样式，更可谓最集中地反映了中国近代文学与国家局势、民族命运、时代巨变的密切关联。

甲午战争时期诗歌创作高潮的到来，最集中地表现在空前广泛的诗人群体的形成。与此前诗坛相较，这一时期诗人群体的身份构成得到丰富发展，各地区、派别、阶层的文士不约而同地加入进来。甚至远在边疆、海外的诗人也关注甲午战争局势和国家命运并创作了大量诗歌，台湾地区的诗人成为一支引人注目的创作力量，一些不知名的下层文人、布衣之士、职业报人发出独特的声音，以及女性诗人群体也开始崭露头角，这些变化不仅反映了甲午战争诗歌的创作广度，而且蕴含着丰富的诗歌史信息和思想文化史信息。

甲午战争诗歌潮流是此前出现过的鸦片战争时期爱国诗歌潮流的继承发展，也与太平天国运动时期出现过的诗歌创作潮流相联系，从而将诗歌创作与国家局势、民族命运紧密相连的创作传统发展到新阶段，传达出近代诗歌的时代精神和审美气质。同时，甲午战争诗歌也是后来反映戊戌变法运动诗歌、反映庚子事变与义和团运动诗歌、表现辛亥革命运动诗歌三次创作高潮的思想铺垫和情感积累。因此，从近代诗歌发展的总体历程来看，甲午战争时期的诗歌创作具有承前启后的诗歌史意义，也是中国近代文学获得发展、寻求变革并取得突出成就的一个显著表征。

二、国难诗史与民族心史

杨佣子曾用"公诗诗史亦心史"[1]评价乃师黄遵宪的诗歌创作，移此语用以评价甲午战争时期的诗歌，也应当是恰如其分的。甲午战争时期的诗歌全面记载了此次战争的主要过程、重要事件、关键人物和典型场面，真实反映了中华民族遭遇的严重危机、经历的空前苦难，具有时代诗史的价值；同时充分书写了中国人民的精神情感历程，深切表现他们遭受的精神创伤、受到的心灵震撼，表现出民族心史的价值。这种时代诗史和民族心史的相辅相成、互动相生，构成了甲午战争诗歌的独特价值，彰显着独特的精神史意义。

（一）描绘战争过程，弘扬诗史精神

中国具有悠远而强大的诗史传统[2]，这一传统在甲午战争诗歌中得到了集中展现，主要表现为以诗纪实的自觉和诗史意识的强化。许多诗人用诗篇对甲午战争进行了记载、描述和反思，使诗歌的叙述性和纪实性都得到了加强。

黄遵宪有意识地以系列诗篇展现战争全过程，自觉构建诗化的甲午战争史。这些作品不仅充分体现了他的诗学观念和创作成就，而且成为近代诗史之作的代表。例如《哀旅顺》将有天险之称的旅顺军港的失守写得突如其来，令人猝不及防、难以置信："谓海可填山易撼，万鬼聚谋无此胆。一朝瓦解成劫灰，闻道敌军蹑背来！"[3]《哭威海》则直接描绘北洋海军基地被彻底摧毁的惨状：

---

[1] 杨佣子：《榕园续录》卷三，梅县东山中学1944年版，第7页。
[2] 关于中国"诗史"传统的系统研究，详参张晖《中国"诗史"传统》，生活·读书·新知三联书店2012年版。
[3] 黄遵宪著、钱仲联笺注：《人境庐诗草笺注》卷八，上海古籍出版社1981年版，中册，第653页。

"噫吁戏！海陆军，人力合，我力分。……四援绝，莫能救；即能救，谁死守？炮未毁，人之咎；船幸存，付谁某？十重甲，颜何厚！"①《马关条约》签订，使中国领土和主权遭受严重损失，彻底改变了长期以来的中日军事对比、政治关系和文化关系，来自日本的威胁从此成为中国无法摆脱的心腹之患。黄遵宪也深深感受到后果的严重，在《马关纪事》中写道，"存亡家国泪，凄绝病床时"②，"瓜分倘乘敝，更益后来忧"③，"弟兄同御侮，莫更祸萧墙"④。对于清政府将台湾割让给日本的行径，他在《台湾行》中沉痛地写道："城头逢逢雷大鼓，苍天苍天泪如雨，倭人竟割台湾去。……噫戏吁！悲乎哉！汝全台！昨何忠勇今何怯，万事反覆随转睫。平时战守无豫备，曰忠曰义何所恃？"⑤他还曾在《书愤》五首中描绘了当时中国的艰难处境和危急局势，对国家民族命运表现出深切的忧虑："未闻南北海，处处扼咽喉。"⑥"弱肉供强食，人人虎口危。……波兰与天竺，后患更谁知？"⑦倪在田的十八首以"望"字为题的诗作：《望旅顺》《望吉林》《望秦岛》《望威海》《望吴淞》《望舟山》《望三都》《望闽门》《望荇桥》《望胶州》《望九龙》《望广湾》《望琼州》《望台湾》《望蒙自》《望蛮暮》《望西藏》《望伊犁》⑧，通过对十八个战略要地危险处境的全景式描绘，真切地展现了中国饱受侵略、危机四伏的局面，构成一幅满目疮痍的国家危难图，具有突出的诗史价值。

---

① 《人境庐诗草笺注》卷八，中册，第 656 页。
② 《人境庐诗草笺注》卷八，中册，第 678 页。
③ 《人境庐诗草笺注》卷八，中册，第 680 页。
④ 《人境庐诗草笺注》卷八，中册，第 681 页。
⑤ 《人境庐诗草笺注》卷八，中册，第 687—693 页。
⑥ 《人境庐诗草笺注》卷八，中册，第 767 页。
⑦ 《人境庐诗草笺注》卷八，中册，第 772 页。
⑧ 阿英：《甲午中日战争文学集》，中华书局 1958 年版，第 23—31 页。

此外，还有许多诗人以诗纪实、以诗传史，留下了大量具有诗史价值的诗篇。王树楠《八月二十日间平壤之败》云："撤戍销兵孕祸胎，当年铸错事堪哀。一时血誓抟沙散，大瀚腥波卷地来。劲舰未穷梼木窟，溃军已哭牡丹台。益州烽火通霄汉，补过还思百里才。"①又《十月十七日闻旅顺失守》云："忽报雄关坼，羁臣泪满腮。烟轮东海沸，铁钥北门开。数载经营力，中兴将帅才。如何垂手失，烽火彻光莱！"②潘飞声以《秋感八首》描绘甲午战争中主要地点、人物及事件，表现出忧愤沉痛之情："牙山险失折旗杠，平壤三军决击撞。马革裹尸随卞壶（谓左军门宝贵），龙骧破敌望刘江。金牌有意迟援骑，铁甲无功护战舰。太息沉舟惟邓禹，忠魂肯逐怒涛降（谓邓壮节、公）？"③李欣荣、何桂林、沈宗略分别作有《秋感八首和潘飞声》，可见此诗在当时产生的共鸣和影响。李欣荣诗云："战守两谋皆上策，从来误国是和戎！"④何桂林诗云："廿年防海知无补，此恨空教付水流！"⑤沈宗略诗云："鲸观成丘血成海，土毂凄绝孰封尸？"⑥都表达了极为警策深刻的思想，沉痛悲凉的情绪也得到喷发宣泄。杜德舆《沪上感咏十首》之二云："东北尚多难，悲秋剧苦辛。天涯犹故我，海外有孤臣（刘永福孤守台南）。板荡中原局，安危百战身。辽阳余痛在，首恶竟何人？"之四云："枉负皇天宠（叶志超牙山一败，捏报胜仗，叨赏二万两之多），城亡土易崩（叶志超弃平壤而逃）。鸟啼箕子国，鬼哭汉家陵。反噬伤饥虎，高飞失饱鹰。至今悲傅燮，孤节独峥

---

①《甲午中日战争文学集》，第32—33页。
②《甲午中日战争文学集》，第33页。
③《甲午中日战争文学集》，第61页。
④《甲午中日战争文学集》，第109页。
⑤《甲午中日战争文学集》，第112页。
⑥《甲午中日战争文学集》，第113页。

峻(平壤之失,左宝贵死之)。"①也都是将诗史纪录与情感抒发合一的名篇。此外,李葆恂有《感时四首》、《闻旅顺炮台失守感赋》,成本璞有《辽东哀》,陈霞章有《旅顺》二首,芳郭钝叟有《闻金州陷》《哀旅顺口》《哀威海卫》《马关四首》等,都具有纪实述史的创作用意,具有甲午战争国难诗史的思想艺术价值。

诗人们向那些为国尽忠捐躯的爱国将士表达崇敬之情,而尤以歌颂左宝贵、邓世昌、戴宗骞三人为主。陈玉树《甲午冬拟李义山重有感》十首系拟李商隐《重有感》而作,将甲午战争史事的描写、战败原因的思考和诗人的感慨结合于一,思虑深沉、往复低回。其写左宝贵"回首乐浪城畔路,裹尸马革愧同僚"②;写邓世昌"苦战谁援冲突将,楼船血溅海涛红"③。缪钟渭《纪大东沟战事吊邓总兵世昌》末数句云:"呜呼人生孰不死,死亦要贵得其所。重如泰山轻鸿羽,流芳遗臭俱千古。将军视死甘如饴,凛凛大节青史垂。嗟彼军前身伏法,畏敌如虎亦奚为?"④王春瀛《甲午三忠诗》则将左宝贵、邓世昌、戴宗骞誉为"甲午三忠",并分咏其英雄事迹。

(二)诘问战败原因,呼唤杰出人才

甲午战争的惨败,说到底是清政府对外关系、总体战略的失败。但从局部战场的战术运用与指挥能力方面看,那些贪生怕死、畏葸不前、逃跑投降的将领也是战败的重要原因。许多诗人对此现象予以揭露和批判。例如黄遵宪《悲平壤》写平壤守将叶志超等人逃跑投降:"天跳地踔哭声悲,南城早已悬降旗。三十六计莫如

---

① 《甲午中日战争文学集》,第87页。
② 《甲午中日战争文学集》,第11页。
③ 《甲午中日战争文学集》,第11页。
④ 《甲午中日战争文学集》,第48页。

走,人马奔腾相践踩。"①陈玉树《甲午冬拟李义山重有感》写叶志超谎报战捷、临阵脱逃的丑陋行径:"急避天骄夸上策,虚传露布诳中朝。纶扉衣钵秦长脚,幕府裙钗楚细腰。"②另一个倍受嘲讽讥刺的人物是慷慨请缨赴辽东抗敌、战斗甫一开始便首先逃跑的吴大澂。黄遵宪在《度辽将军歌》中以诙谐讽刺的笔法表达愤慨之情,揭露其大言误国、庸碌无能的本质:"待彼三战三北余,试我七纵七擒计。两军相接战甫交,纷纷鸟散空营逃。弃冠脱剑无人惜,只幸腰间印未失。"③陈玉树《乙未夏拟李义山重有感》之二也是讽刺吴大澂的:"预买毛锥书露布,时挥羽扇诩风流。……一败顿教粮械尽,也应无面返湘州。"④此类诗作刻画逃跑投降将领,揭露清军虚弱本质,在激发义愤、令人齿冷之余,又能引发对于战争结果、国家局势的深入思考。

一些诗人并没有满足于描绘甲午战争主要经过及严重后果,而是在此基础上深入思考造成这种局面的深层原因,反思和诘问清政府对日求和政策、对敌避让做法的利弊得失。清政府经常性的摇摆不定、首鼠两端,最后只能在日本的处心积虑、步步紧逼之下落入早已设好的陷阱。周锡恩《悲田庄》对这种局面进行犀利的讽刺:"不能再战只言和,岁币古来无此多。常恨朝廷不主战,主战如此将奈何?"⑤朱国华《与友谈乙未事有感》也发出感慨:"割鸿和局知输楚,封豕贪心未靖吴。铁错已成无再铸,珠崖虽弃岂全图?"⑥顾燮光《秋愤》也对清政府采取和戎政策提出严厉斥责:

---

① 《人境庐诗草笺注》卷八,中册,第647页。
② 《甲午中日战争文学集》,第11页。
③ 《人境庐诗草笺注》卷八,中册,第699页。
④ 《甲午中日战争文学集》,第12页。
⑤ 《甲午中日战争文学集》,第60页。
⑥ 《甲午中日战争文学集》,第63页。

"自古和戎无上策，素餐真愧列朝班！"①果尔敏《有感三首》云："决裂原非计，因循亦可嗤。岛夷诚有技，上国讵无为？"又云："有谁真壮气，相共挽颓风？开府虚良佐，筹边赖巨公。古今贤将相，几见议和戎？"②刘继增《后感时六首》对割地赔款之举进行批判并提出加强内治亟图自强的主张："毕竟自强须内治，漫劳剜肉补新疮。"③这些作品既清醒分析了清政府在对日政策上进退维谷、和战两难的尴尬处境，又对目光短浅、不思振作的行为提出批评，中多发人深省之语。

针对日本紧逼侵略的局势，诗人们呼唤力挽狂澜、救国危亡的英雄人物能够出现，共同拯救国家民族。吴保初《闻东事有感》云："行见扬尘东海上，更谁投笔请长缨？"④陈寅《感事》云："儒冠自古元无用，士气于今实可哀。大展蕉才持国是，中朝谁是出群才？"⑤萧诗言《感事》云："四海茫筹饷，三军苦枕戈。何时酬敌忾，万国听铙歌？"又云："挑衅非良策，劳师重远征。寄言诸将帅，众志可成城。"⑥这些诗作在国家政治危机、军事危难迫在眉睫的关头，传达出中华民族的忧患意识和反抗精神。

接连发生的军事危机、领土危机和政治危机，促使人们不得不清醒认识当时中日关系的真实状况，通过对国家政治处境和对外关系的反省，更加准确地认识日本的行径对中国究竟意味着什么。一些诗人通过对甲午战争初起之际朝鲜局势的展现，表达对中日关系、国家局势的认识。张罗澄《纪韩事三首》及诗序对朝鲜

---

① 《甲午中日战争文学集》，第73页。
② 《甲午中日战争文学集》，第99页。
③ 《甲午中日战争文学集》，第66页。
④ 《甲午中日战争文学集》，第73页。
⑤ 《甲午中日战争文学集》，第40页。
⑥ 《普天忠愤集》卷一一，第11页。

局势变化、日本进行干涉、甲午战争起因进行了详细描述，诗中多处加注说明，体现了纪实存史的创作观念。陈玉树《甲午冬拟李义山重有感》云："筑紫封豨沸海波，无边烽燧照新罗。……句骊弃后陪京震，敌垒高临太子河。"①真切描绘了朝鲜战争爆发、日本入侵的紧张局势。李大防《哀韩篇》以感伤忧愤之情表现朝鲜被日本侵占、中国属国地位丧失的残酷事实："蠢蠢风云生亚陆，日人欢笑韩人哭。……世界新增亡国史，故宫惨咏《黍离》篇。"②高淞泉《感韩事四律》云："凄凉蜗角难为国，冷落乌头未有家。木梯蔽江王气尽，藩篱已尽弃珠崖。"又云："茫茫前事剧堪师，蓄艾三年计未迟。从此鼾眠邻卧榻，更无胜算理残棋。"③这些诗作不仅表现了朝鲜被日本占据后发生的巨大变化，而且清醒地认识到这种变化必将给中国造成极其严重的损失，必然给中国带来极为不幸的后果。后来的许多事实一再证明，这种担心毫不多余，可惜知者太少、知之太迟。

(三) 台湾诗歌崛起，民族意识强化

甲午战争爆发和《马关条约》签订，使台湾第一次承受着如此巨大的政治军事压力，经受着如此严峻的命运考验。因此，描绘台湾局势和变化，歌颂在台湾坚持抗日、反抗侵略的仁人志士，将台湾命运与祖国命运紧密地融为一体，就成为甲午战争诗歌的重要内容。张景祁《台疆杂感十首》④，描绘台湾局势的变化及各战备要地的失守情况。他又在《后感事》中写道："全局难争一着棋，竟将险塞弃华离。田横誓众存孤岛，仓葛呼天树义旗。久隶

---

① 《甲午中日战争文学集》，第 10 页。
② 《甲午中日战争文学集》，第 85 页。
③ 《甲午中日战争文学集》，第 96—97 页。
④ 《甲午中日战争文学集》，第 9—10 页。

皇图思禹奠，复沦戎索泣周遗。空拼万井涂膏血，卉服终看变岛夷。"①毛乃庸《赤嵌城》题下注明"哀台民也"，情感寄托已清晰可见，末数句云："横行淫掠复何堪！轻乃拘囚重诛戮。城中碧血化青磷，城外狐狸饱残肉。天寒日暮哀遗民，北望神州泪盈掬。泪盈掬，鬼夜哭。不恨虾夷不诉苦，但恨生不得为中国民，死不得葬中国土。"②长歌当哭，凄楚动人。杜德舆《沪上感咏十首》云："竟割商於地，遗黎尚爱君。……中流谁砥柱？独立看孤云！"③陈季同《吊台湾四律》云："金钱卅兆买辽回，一岛如何付劫灰？……聚铁可怜真铸错，天时人事两难猜。"又云："河山触目因同泣，桑梓伤心鬼与邻。寄语赤嵌诸故老，桑田沧海亦前因。"④这些长歌当哭之作，均具有台湾诗史与诗人心史的双重价值。

对于在日本野蛮侵略、军事占领面前不甘屈服、奋起抗战的清朝官员与台湾民众，诗人们则予以热情歌颂。陈寅《感刘渊亭军门（永福）》颂扬奋起抵抗、保卫台湾的刘永福："十倍才原高将帅，千秋气竟短英雄。茫茫五百田横岛，今古谁同烈士风！"⑤杨毓秀《刘将军（永福）歌》首句即为："刘将军忠义天下无！"结句又说："呜呼主和之相古诚有，将军忠义今则无！"⑥其《闻刘渊亭军门台南内渡》也用"誓死睢阳志，将军百战酣"这样的诗句高度赞誉刘永福的英雄气概，又以"难鸣孤掌奋，风雨吊台南"⑦表现英雄失路、报国无门的感慨。在台湾已被割让给日本、清朝官员纷

---

① 《甲午中日战争文学集》，第9页。
② 《甲午中日战争文学集》，第52—53页。
③ 《甲午中日战争文学集》，第88页。
④ 《普天忠愤集》卷一二，第4页。
⑤ 《甲午中日战争文学集》，第40页。
⑥ 《甲午中日战争文学集》，第57—58页。
⑦ 《甲午中日战争文学集》，第108页。

纷内渡之际仍然奋起抗日的台湾人简大狮,也成为诗人歌咏赞誉的对象。钱振锽《简大狮》云:"痛绝英雄洒血时,海朝山涌泣蛟螭。他年国史传忠义,莫忘台湾简大狮。"①将其视为可以进入国史的忠义之士,寄托了强烈的反侵略、反殖民、爱台湾、爱祖国的感情。

在众多表现甲午战争中台湾局势的诗人中,生长于台湾、日本占领台湾时率军民奋起抗日、失利后内渡回到原籍广东镇平(今蕉岭)的丘逢甲,无疑是最突出的一位。丘逢甲内渡后,以至死不移的思台念台深情,写下了大量诗歌,奏响了清除日本侵略者、回归祖国的时代强音。台湾情结贯穿于他内渡后的整个生命之中,无论是唱和还是独思,景物还是人物,也无论是读史还是察今,几乎都能勾起丘逢甲思念台湾、志图恢复的强烈愿望,都不能不使他产生强烈的思想动荡和反侵略激情。《海军衙门歌同温慕柳同年作》云:"大东沟中炮声死,旅顺口外逃舟驶。刘公岛上降幡起,中人痛哭东人喜。旁有西人竞嗷訾,中国海军竟如此!⋯⋯噫吁乎!书生结舌慎勿言,衙门主者方市权。"②《答台中友人》云:"月明海上劳相忆,凄绝天涯共此时。⋯⋯冷守平生心迹在,朝衫零落泣孤臣。"③将包括台湾在内的残破中国局势与诗人的深切忧患联系起来倾情而出。其《离台诗》更是这种情感的集中表现:"宰相有权能割地,孤臣无力可回天。⋯⋯卷土重来未可知,江山亦要伟人持。⋯⋯我不神仙聊剑侠,仇头斩尽再升天。"④又其《春愁》云:"春愁难遣强看山,往事惊心泪欲潸。四百万人同一哭,

---

① 《甲午中日战争文学集》,第56页。
② 丘逢甲:《岭云海日楼诗钞》,安徽人民出版社1984年版,第349—350页。
③ 广东丘逢甲研究会编:《丘逢甲集》,岳麓书社2001年版,第247—248页。
④ 《岭云海日楼诗钞》,第421页。

去年今日割台湾!"①《元夕无月》云:"三年此夕月无光,明月多应在故乡。欲向海天寻月去,五更飞梦渡鲲洋。"②都是在反复吟唱无法割舍的恋故土、思故家之情。《送颂臣之台湾》云:"亲友如相问,吾庐榜念台。全输非定局,已溺有燃灰。弃地原非策,呼天倘见哀。十年如未死,卷土定重来。"③其志图恢复、卷土重来的信念虽然没有成为现实,但这种知其不可而为之的情怀益发真挚动人。

台湾割让之变,使台湾第一次如此深切地受到两岸诗人的共同关注,大量诗歌使台湾的历史与现实、处境与变化、奋斗与抗争如此清晰、全面地呈现在中国人民眼前。这不仅促进了近代诗歌题材的丰富,凸显了中国近代文学的宏阔格局,而且使台湾诗歌真正汇入了中国近代诗歌的总体血脉。

(四)战争与和平观念的调适重建,中国与世界意识的深化拓展

中国历来是一个崇尚和平的国度,战争在中国人的思想观念中总是带有某些迫不得已、无可奈何的色彩。但是,近代以来由于列强入侵而引发的战争,特别是甲午战争,却使人们不得不改变对战争与和平的认识。在失败中总结经验教训,鼓舞斗志,重拾信心,也成为这一时期诗歌的重要主题。

《马关条约》的签订,不仅给中国造成了空前严重的主权伤害和政治危机,而且给中国人的情感和心理造成了深重创伤。如此彻底地败给传统视野中的东夷日本,是许多中国人毫无预料也根本不能接受的。因此,讽刺和批判李鸿章代表清政府签订《马关条

---

① 《丘逢甲集》,第199页。
② 《丘逢甲集》,第252页。
③ 《丘逢甲集》,第195—196页。

约》的诗作大量涌现，成为甲午战后诗歌创作的重要主题。陈玉树《乙未夏拟李义山重有感》云："合肥韦虎不须歌，龙节星轺又议和。……高阁格天资敌国，千秋青史竟如何？"①又云："砺石有刀飞羽檄，补天无策拂心旌。宋民耻作金臣仆，寄语王云好缓行。"②邹增祜《闻和议定约感赋三首》云："圣主终神武，其如国贼何？元戎甘割地，上将竟投戈。漏瓮焦难沃，诊台债愈多。向来无一策，富贵只求和。"③一些诗作还发出了鼓舞民气、志图恢复的呐喊，表现中国人民不畏强暴、不甘屈服的正义果敢。赵潘《边外杂咏》云："将军若好武，寇盗岂能狂？……中原根本地，谁为扫欃枪？"又云："倘使张天讨，无难镇海夷。书生空有恨，磊落向何之！"④蒋兰畲《感事八首》云："小朝无地容孤立，中夏何时见大同？"⑤

日本的野蛮侵略和军事占领，迫使人们不得不从传统的世界观念和中国观念中走出，重新认识真实的近代国际关系与世界局势。这种思想认识在甲午战争诗歌中的表现，就是国家意识和民族观念的崛起，亚洲及世界空间意识的强化，成为近代诗歌具有新思想质素和新文化视野的显著变化。陈玉树《乙未夏拟李义山重有感》云："大圜中裹地如球，海外今知有九州。"⑥已经在广阔的世界格局视野下思考中国的处境。又其《感事悲歌》结句云："吁嗟乎！世道日降江河东，东夷未靖忧西戎，戎夷将相多勇忠。我祝天生良辅陟台阁，国贼首斩秦长脚，臣心一变白蛮却。人言天

---

① 《甲午中日战争文学集》，第12页。
② 《甲午中日战争文学集》，第12页。
③ 《普天忠愤集》卷一一，第11页。
④ 《甲午中日战争文学集》，第37—38页。
⑤ 《甲午中日战争文学集》，第56页。
⑥ 《甲午中日战争文学集》，第14页。

醉天实醒，鹑首安能赐秦嬴，会看寰海镜清方隅平！"[1]也是将当时中国面临的多重外患一并考察，从而更深刻地认识来自日本的威胁。曹允源《书事》云："东南群盗揃刈尽，互市乃有东西洋。……庚申一误甲申再，战无必胜和非怍。"[2]不仅清醒地认识到中国面临世界列强的威胁，而且将庚申（1860）、甲申（1884）和甲午（1894）列强的多次入侵联系起来，揭示战和两难的处境。王树楠《书愤》云："大言邹衍说神州，万水浮沉绕地球。……造物已开恢恑局，宰臣须用识时流。"[3]在新的世界观念和国际局势下再次提出人才问题，强调当重用识时务、识大局之人。此类作品已经从更加真实的世界局势、国际关系中思考中日关系，对内忧外患的局面进行深刻反省，做出冷峻清醒的判断，反映了思维广度和认识深度的显著进展，也表明甲午战争诗歌时代性、思想性的加强。

三、艺术探索与诗风新变

甲午战争时期的诗歌在艺术技巧、风格特征等方面也发生了显著变化，自觉求新、着意创变，形成了众体兼备、风格多样的创作格局，成为近代诗歌全面繁荣的一个重要方面。

（一）叙事性和批判性的自觉增强，诗史意识的强化彰显

抒情性是中国诗歌最深厚、最具有民族性的传统。但清代以降，诗歌出现了叙事性增强的趋势，这也体现在近代诗歌之中。鸦片战争时期出现的反侵略爱国诗歌潮流，就涌现出大量的系列诗歌，其在主题设计的自觉性、集中性和叙事周详程度方面均表

---

[1]《甲午中日战争文学集》，第15页。
[2]《甲午中日战争文学集》，第15—16页。
[3]《甲午中日战争文学集》，第34页。

现出远绍前人、着意创新的特点，而这些特点在甲午战争诗歌上也有鲜明的反映。

黄遵宪《悲平壤》《东沟行》《哀旅顺》《哭威海》《马关纪事》《台湾行》等诗作，和丘逢甲《海军衙门歌同温慕柳同年作》《闻胶州事书感》《老番行》《苗栗县》《述哀答伯瑶》等诗篇，都是在民族精神和爱国情怀驱动下创作的甲午战争的形象诗史。而倪在田以十八首"望"字为题的诗作，全景式地描绘了十八个战略要地的危急局势。从诗歌体式上看，这十八首诗运用了七律、七古、五噫歌、汉乐府体、三言、四言、五言、杂言歌行等体式，表现出主题明晰与形式灵活相结合的鲜明特点，体现了自由创造、灵活多变的创作观念和诗歌文体的创新变化。

另一方面，为了增加诗歌的内容含量，充分发挥叙述与议论结合的特点，一些诗人还比较多地运用歌行体，特别在对甲午战争中逃跑投降、愚昧卑劣的腐败官员进行的辛辣嘲讽中，着意运用滑稽诙谐、夸张讽刺的手法，形成了独特的风格。黄遵宪《度辽将军歌》写吴大澂大言欺世，极尽滑稽讽刺之能，被钱仲联誉为"悲愤之思，出以突梯滑稽之笔，集中七古压卷之作也"[1]。周锡恩《感事》云："战守不谋谋出狩，徒闻英杰满中朝。"[2]吴重熹《感事》云："三军奉命唱刀环，一见群酋匹马还。……此辈本宜高阁束，有何才略救时艰？"[3]也都是对清政府和军队中毫无才略、尸位素餐者的奚落。

毛乃庸《赤嵌城》题下标明"哀台民也"[4]，《莲花漏》题下标明

---

[1] 钱仲联：《梦苕庵诗话》，齐鲁书社1986年版，第8页。
[2]《甲午中日战争文学集》，第59页。
[3]《甲午中日战争文学集》，第109页。
[4]《甲午中日战争文学集》，第52页。

"讽枢臣也",即"首句标其目,卒章显其志"①的结构方式,显然是继承唐代元稹、白居易"新乐府"的怨刺讽喻传统,着意营造伤时讽世的艺术风格。《莲花漏》云:"天子筹边夜不眠,诸臣赐对容犹倦。但言奏捷在须臾,小丑何容劳圣念。明日金銮再召见。明朝再见将何如?怀中幸有和戎书。"②对只懂得谎报胜利的文官武将进行了犀利的批判,深刻的思想与讽刺批判手法得到充分展现,丰富了甲午战争诗歌的风格构成。

(二) 悲愤苍凉、沉雄刚健诗风的弘扬

甲午战争时期的诗人们将战败后的感慨义愤和仇情怨怒在诗歌中集中迸发,产生了大量悲愤苍凉、沉雄刚健的诗篇,成为甲午战争诗风的代表。

黄遵宪诗歌雄直率真、沉郁顿挫的创作风格,在反映甲午战争的诗篇中得到了充分展现。《书愤》云:"一自珠崖弃(胶州),纷纷各效尤(旅顺、大连湾、威海卫、广南湾)。瓜分惟客听,薪尽向予求。秦楚纵横日,幽燕十六州。未闻南北海,处处扼咽喉。"③将处处遭人侵占、受人控制的国家局势与历史教训结合在一起,以深沉愤激的笔触抒发内心感慨。又云:"弱肉供强食,人人虎口危。无边画瓯脱,有地尽华离。争问三分鼎,横张十字旗。波兰与天竺,后患更谁知?"④将中国与已被占领、遭遇亡国惨祸的波兰和印度相比较,指出长此以往国将不国、后患无穷,格调苍劲凄怆,动人心魄。《上黄鹤楼》云:"矶头黄鹄日东流,又此阑干又此秋(乙未五月客鄂,方与客登楼,忽闻台湾溃弃之报,遂

---

① 白居易:《新乐府序》,载周祖譔编选《隋唐五代文论选》,人民文学出版社1990年版,第244页。
② 《甲午中日战争文学集》,第53页。
③ 《人境庐诗草笺注》卷八,中册,第767页。
④ 《人境庐诗草笺注》卷八,中册,第772页。

兴尽而返）。鼾睡他人同卧榻，婆娑老子自登楼。有言鹦鹉悲名士，折翼天鹏概督州。洒尽新亭楚囚泪，烟波风景总生愁。"[①]将每况愈下的国家局势与登临感怀结合于一，寄托诗人的无限忧愤，通过国家屡遭不幸、个人报国无门的苦闷传达出壮志难酬的愤怨，这更是时代精神的诗性表达。

这种感怀国事、不甘屈辱、壮怀激烈的遒劲诗风反映了当时许多诗人的共同情感状态和自觉艺术追求，更是那个非凡时代中国人民自强奋斗心声的诗性表白，最能代表甲午战争时期诗歌风格的变化。张景祁《感事》云："嫖姚将略今谁继，东望神州涕泪倾。"又云："无边风鹤警沙场，又见招魂礼国殇。……此日敷天同义愤，会看一鼓扫贪狼。"[②]将亘古的苍凉空旷与浸透心脾的忧伤一并写出，又不失刚健勃发的内在气韵。宋育仁《感事五首》云："江海隔中原，论都又枉论。艅艎先失水，猿鹤尚乘轩。东海惭高蹈，西邻畏责言。呕余心血在，夜夜似潮翻。"[③]于慷慨愤激中寄予对战争失败的冷峻分析和深刻思考，豪迈沉雄。张同《感事有作》云："莽荡乾坤万事非，世情多与愿相违。金瓯已缺谁能补？铁锁都沉不可归。亘古瀛寰成创局，孤臣海峤怅斜晖。狂澜未倒犹堪挽，拔剑高歌赋《采薇》。"又云："割地输金事等常，其如泄沓势方张。兵曹我自惭无地，武库谁能肃若霜？人世白云幻苍狗，海天紫岛尚红羊。九州聚铁何堪铸？几次挥戈望夕阳。"[④]以慷爽明快之笔，传伤时忧国之情，终不失挽狂澜于既倒、挥鲁阳之戈的英雄气概。

以慷慨激愤、郁勃悲壮为风格特征的大量诗作，在中国传统

---

① 《人境庐诗草笺注》卷八，中册，第 763—764 页。
② 《甲午中日战争文学集》，第 8 页。
③ 《普天忠愤集》卷一一，第 10 页。
④ 《普天忠愤集》卷一二，第 20 页。

阳刚之美、浩然之气理论观念基础上，传达出甲午战争诗歌中蕴蓄的内在风骨和精神力量，是中国人民勇于抗争、不怕牺牲的英雄主义精神在国家危亡之际的喷发，是反对侵略、追求正义的坚定信念在民族危难之时的呐喊，不仅是耳闻目睹甲午战争及其后果的众多诗人的心声，而且是近代中国人民的刚健品格与不屈意志的诗性传达。

(三)忧郁苦涩、感伤哀怨情绪的抒发

甲午战争毕竟是以清朝屡遭败绩、割地赔款、付出空前惨重代价而结束，饱受欺凌、屡遭不幸的中国又一次被推向了灾难的深渊，面临生死存亡的考验。甲午战争的失败和《马关条约》的签订，比以往任何一次对外交涉中的损失都更加惨重。国难当头、民族危亡，许多诗人将内心的悲伤苦闷、精神的折磨幽怨歌咏而出，创作出许多饱含悲苦情调、感伤愁绪的诗篇，于是形成了甲午战争诗歌的另外一种格调。

此类诗篇在艺术表现和情感表达上更加细致入微、深婉低回，也更具有感人至深、引人共鸣的艺术力量。陈玉树《甲午冬拟李义山重有感》云："国恩养士重山河，赢得衣冠间谍多。……十载楚材零落尽，九重南望泪滂沱。"[1]幽怨感伤中饱含愤恨，表达众多爱国忧时者的心声。王树楠《书愤》云："老嫠独陨宗周涕，一傅何堪众楚咻。举国已成孤注势，伤心一发可能收？"[2]将国家危急局势与个人感慨心伤、兴亡教训与眼前现实相结合，以低沉忧郁的格调吟咏对时局做深沉忧患和深刻思考。又其《呈黎观察》云："东海归来久，轩然忽大波。丘沙战士骨，冠剑小儿歌。每痛秦无

---

[1]《甲午中日战争文学集》，第11页。
[2]《甲午中日战争文学集》，第34页。

策，翻忧汉许和。听公孤愤语，惟有涕倾河。"①以感伤悲凉的诗句倾诉内心的孤独迷茫，传达的仍然是国家民族危亡、毫无出路的苦痛，催人泪下。张锡銮《甲午中秋前日左冠廷军门战殁平壤诗以吊之》云："屹屹孤城独守难，祖邦西望客军单。大同江上中秋月，长照英雄白骨寒。"②对抗敌牺牲的左宝贵的凭吊，出之以中秋圆月长照英雄白骨的画面，令人触目伤怀。成本璞《刘公岛为甲午海战覆军处》云："微风动瀛海，冉冉縠纹生。天入大荒尽，山从海外横。危岸孤石耸，落日暮潮平。见说东征日，楼船苦战争。"③描绘北洋水师灰飞烟灭的惨状，传达忧郁难堪而又无可奈何的伤感。吴重熹《感事》云："龙盘虎踞帝王州，举目山河落日愁。黯淡棠梨新鬼哭，凄凉禾黍故宫秋。纸鸢未解城中急，风鹤翻多意外忧。独有秦淮好明月，夜深犹照水边楼。"④连续使用多个肃杀萧条、衰败孤寂、国破家亡的意象，表达凄凉愁苦、孤寂无助的忧伤，触发兴亡之感、激起沧桑之怀。张秉铨《台湾二首》云："无端劫海起波澜，绝好金瓯竟不完。阴雨谁为桑土计，忧天徒作杞人看。皮如已失毛焉附，唇若先亡齿必寒。我是贾生真痛哭，三更附枕泪阑干。"⑤对台湾被迫割让表示痛心感慨，寄托强烈的爱国情思。

这些忧郁苦涩、低回悲戚的诗作，代表了甲午战争诗歌的另一种风格特征，表达对国家民族状况的忧虑，同时也是悲伤无助、愁苦孤独、报国无门、回天无力的中国人民对于被侵略、受屈辱、遭奴役的痛苦经历的歌哭。这种更加细腻深切地指向内心深处、

---

① 《甲午中日战争文学集》，第 35 页。
② 《甲午中日战争文学集》，第 108 页。
③ 《甲午中日战争文学集》，第 86 页。
④ 《甲午中日战争文学集》，第 109 页。
⑤ 《普天忠愤集》卷一二，第 6—7 页。

指向情感细部的诗歌风格，非常充分地表现出那个悲剧时代的悲伤与苍凉，使甲午战争诗歌更具有超越时空、催人泪下的动人力量，也反映了近代诗歌在情感表达方式、表现强度方面的变化，丰富了近代诗歌的风格内涵和美感特征。

(四) 多种艺术手法、表现方式的汇聚与运用

甲午战争波及范围广泛，牵涉人物事件众多，给中国人民造成的精神伤害空前深重。许多诗人用诗歌反映其史实和细节、表达内心情感与思想困惑，采用多种艺术手法和表现方式传达那个艰难时代的诗风创变与文学精神，从更多方面展现甲午战争给近代诗歌带来的时代质素和深刻变化。

咏史构思方式和以古鉴今表现方法的着意运用。一些诗作大量运用以史鉴今、借古讽时的题材选择与艺术表现手法，或赋予历史人物和事件新的时代含义与色彩，或有意模糊历史和现实的界限，将史事与时事密切联系起来，产生更加直接、强烈的艺术效果。于齐庆《咏史》云："佞臣竞请斩安昌，折槛哓哓不算狂。乳臭小儿真败事，纸糊阁老有封章。试思环海波澄碧，那用漫天雾塞黄？纵使反形今未具，尸居余气太颓唐！"[1]借古人古事讽甲午战争中人物事实，笔力刚健。胡念修《咏史》质问："六州合错金谁铸？万里投荒玉已焚。沧海桑田浑莫辨，诸君何以扫妖氛？"又追问："无端征戍忆辽阳，谁使顽夷扰汉疆？"[2]有意模糊古代人物故事与当代时事的界限，以实现更加深刻犀利的批判效果。丁传靖《读史八首》云："圣主只期安属国，将军都未习戎行。玉关日见残旗返，从此王师气不扬。"又云："衅端一发遽难收，帷幄当时孰运筹？未见天戈驰绝塞，频闻房骑陷神州。"又云："城下

---

[1]《甲午中日战争文学集》，第75页。
[2]《甲午中日战争文学集》，第76页。

要盟事可知，棋输一局竟难支。……卧薪尝胆从今始，惟愿毋忘在莒时。"[1]都是运用史事与时事的相关点和相似处讽刺针砭清政府和军队抗敌不利、苟且偷安，传达甲午战争诗歌的怨刺精神。

此外，王闿运《湘绮楼游仙诗五首》对传统游仙诗的内容和体式均进行了重要改变，内容既非道教游仙，形式亦非五言古诗，而采用咏史纪实的方式对时人时事进行针砭，与同时出现的大量咏史诗非常接近。而诗中多处出现自注，这种几乎无一字一句无来历的作风，也反映了诗人纪实存史意识的加强。近代诗歌叙事性与纪实性加强、诗人之诗与学人之诗二者合一的创作风气也得到了充分反映。

拟古代名家名作之法的再度兴起与有意运用。拟作是中国古典诗歌创作中一种常见且重要的方式，诗骚以降的历代诗人创作了难以计数的拟作。拟古人同类题材或体式的创作习惯在甲午战争诗歌中又一次得到广泛运用。由于甲午战争的强烈刺激，诗人的创作观念进一步明晰，主体意识进一步加强，自觉从古代诗歌中选择内容、格调、体式等方面具有典范性且足以反映近代社会政治状况、表达诗人思想感情的名家名作，从而使拟作之法达到相当高的艺术水平。杜甫七律《诸将五首》就是当时诗人拟作的重点。郭家声《效诸将》、潘宗傅《诸将五首》、赵铭《拟诸将五首》、诸可宝《拟少陵体诸将诗五首》[2]，都是同类诗作。这些拟作在内容和风格上均与杜甫同题原诗有着深刻的相似性，而且颇能反映甲午战争中的重要情况和诗人的主观感受，同样具有时代诗史和诗人心史的双重价值。

李商隐《重有感》是当时诗人模拟的另一主要对象。最有代表

---

[1]《甲午中日战争文学集》，第89—90页。
[2]《甲午中日战争文学集》，第42—45、48、49、91页。

性者当推陈玉树《甲午冬拟李义山重有感十首》和《乙未夏拟李义山重有感十八首》，从中可见诗人具有明确的创作用意，而且于此一往情深。《甲午冬拟李义山重有感》之六云："居然元老总帅干，大纛高才上将坛。帝德如天容忍易，臣心似水古今难。英年毛发同褒鄂，末路功名愧范韩。青徼丹冥沦故界，尽销金甲铸铜山。"①《乙未夏拟李义山重有感》之十二云："桃虫大鸟翻飞易，苍狗浮云变态多。戚舞刑天犹善战，药名国老止能和。沉河谁效申徒狄？负戴频劳子服何。从此鲲人阛阓满，举朝宜奋鲁阳戈。"②通过反映甲午战争中的政治局势、军事状况和人物事件，表达作者对可悲现实的严厉批判和对国家民族命运的深切忧患，颇得李商隐原作之风神。拟作虽然是一种常见的非自出机杼的创作方式，但仍然可以产生优秀作品，采用拟作方式创作的大量诗篇同样丰富了甲午战争时期的诗歌创作，推动了近代诗歌的创新发展。

集句手法的有意运用和集句诗的大量涌现。集古代名家名句以为新诗，也是古典诗歌创作中的一种常见方式，既具有高雅的趣味性、显示才学的娱乐性，又可以表现深挚的思想内涵和精致的艺术技巧。甲午战争诗歌中出现了比较突出的集杜诗现象。张罗澄是甲午战争时期一位相当重要的诗人，其集杜之作将杜诗与当时政治军事局势、重要人物事件和诗人的内心感受融会于一，代表了当时集杜诗的特点和水平。其《乙未二月倭逼大沽傅相行成定议因集子美句志感》云："九重春色醉仙桃，河陇降王款圣朝。已喜皇威清海岱，不堪人事日萧条。细推物理须行乐，懒惰无心作解嘲。独使至尊忧社稷，冥冥愤恳未全销。"③又其《新秋沪上有

---

① 《甲午中日战争文学集》，第11页。
② 《甲午中日战争文学集》，第13页。
③ 《普天忠愤集》卷一二，第18页。

怀吾师南皮尚书集子美句》云:"天时人事日相催,故国霜前白雁来。沧海未全归禹贡(谓台湾),片云何意傍琴台(吾蜀地名)。不贪夜识金银气,潦倒新停浊酒杯。跨马出郊时极目,安危须仗出群材。"[1]张罗澄还有《集杜拾遗句柬刘渊亭军门二首》《集杜诗送友人沈阳从军》等诗作。此外,夏锡畴《张罗明远孝廉从军集杜拾遗句赠之》云:"空山独夜旅魂惊,月傍关山几处明。画省香炉违伏枕,投壶散帙有馀清。更为后会知何地,拟绝天骄拔汉旌。此别应须各努力,武陵一曲想南征。"[2]王焕宗《沪江感事集杜工部句》云:"太息人间万事非,水晶宫殿转霏微。谢安不倦登临赏,刘向传经心事违。彩笔昔成干气象,乌皮几在还思归。诸公衮衮登台省,老大徒伤未拂衣。"[3]均以杜诗的重新组合表达对时局时事的看法,寄托诗人的主观感受。集杜诗在这一时期集中出现,固与杜甫诗歌具有的深厚精湛的思想艺术魅力、产生的深远历史影响有关,更与甲午战争时期国家局势和诗人精神感受密切相关。正是历史事变的相似性以及杜甫诗篇与当时诗人感受的相通性,使近代诗人从杜诗中获得了创作灵感和情感共鸣,而集杜之作的大量出现也使杜诗在全新的时代背景和诗坛风气下获得了新生命,反映了甲午战争诗歌的创变。

甲午战争时期的诗歌在多方面继承中国古典诗歌的表现方法和艺术传统,直接传承鸦片战争以来逐渐形成的近代诗歌风尚,并在新的时代环境和诗坛风气中被赋予了新的价值和意义,反映了近代诗歌发展的连续性特征。另一方面,由于诗歌史、文学史内部与外部多种因素的复杂作用和交互影响,甲午战争诗歌也体

---

[1]《普天忠愤集》卷一二,第20页。
[2]《普天忠愤集》卷一二,第20页。
[3]《普天忠愤集》卷一二,第20页。

现出既有别于古代诗歌，又有别于近代其他阶段诗歌的独特性，反映了甲午战争这一空前深重的民族危机给近代诗人思想、心态、情感造成的巨大冲击，以及由此引发的诗歌内容、风格等方面的突变性与特殊性，更加充分地反映了近代诗歌适时而生、创造发展、变革传统的总体特征，从精神史和文学史意义上诠释了国家不幸对于诗歌创作产生的深刻影响和以入世精神为主导人格特征的近代诗人对于那个苦难时代的诗性记述与有力回应。

四、犹然在耳的历史回声

宗法专制统治的腐朽没落，接连不断的列强入侵，无休无止的内忧外患，使近代中国处于日趋严重、不断加深的国家动荡、民族危亡之中，这个古老文明国度仿佛陷入了一个难以自拔、无法自救的生存怪圈。从鸦片战争时期由东南沿海迅速北上、步步紧逼的西方列强的入侵，到第二次鸦片战争造成的全国性政治军事危机，再到中法战争时期中越边境、台湾地区局势的日趋紧张，加之太平天国运动的沉重打击，日薄西山的清政府已经到了疲于应付、勉强支持、毫无作为的境地。这种前所未有的大变局在近代文学中也得到了全面充分的反映，近代诗歌就是其中一个至关重要的部分。

在近代中国经历的无数屈辱、多次失败中，甲午战争无疑是极其严重的一次。日本的野蛮侵略和沉重打击给中华民族造成的灾难、带来的痛苦都是空前的。甲午以前中国人的普遍认识是，尽管中国已处于西方列强环伺的险恶局势之下，但日本并不会对中国构成威胁，更不会对中国产生任何非分之想。当现实的残酷性远远超出了中国人的善良想象和一厢情愿，当失败的结果突如其来地摆在面前的时候，刺激之深痛和震撼之强烈同样令中国人始料不及。这种情感刺激、精神冲击反映在文学上，就激起了一个空前雄浑壮观的文学创作高潮。诗歌作为传统文学体系中极其重要的部分，同样义不容辞地担当起时代诗史和民族心史的使命，形成了甲午战争诗歌高潮。

甲午战争诗歌远绍中国古典诗歌思想与艺术传统，近接近代诗歌的创新变革潮流，在国难家仇空前深重、民族危亡迫在眉睫的强烈刺激下，汇聚成一个强大的反对侵略、维护统一、爱国保种、复兴中华的诗歌高潮，集中表现了近代诗歌发生的深刻变化、焕发的勃勃生机，也充分反映了近代诗歌的思想转换与艺术拓展，将近代诗歌的变革推向了新高度。甲午战争诗歌直接继承和发展了鸦片战争前后兴起的反侵略爱国诗歌潮流，也自觉延续着中法战争时期再次掀起的反对列强奴役宰割的诗歌创作传统，从而将近代以来此伏彼起的以反对侵略、还我主权、爱国图强、复兴中华为核心内涵的诗歌创作潮流推向了空前广泛、空前深入的程度，产生了巨大的社会政治影响和文学影响。

甲午战争的失败和《马关条约》的签订改变了中国近代历史的进程，对近现代中国社会的许多方面都产生了极其深刻的影响。甲午战争诗歌与同时期的其他文学样式一道，对其后的文学发展也产生了深远影响。甲午战争以后迅速萌生并茁壮成长的呼唤民族自强觉醒的文学创作，特别是伴随着戊戌变法运动而兴起的诗歌改革的理论探索与创作实践、"诗界革命"主张的正式提出和积极尝试，都是甲午战争诗歌直接影响启发的结果。而且，甲午战争诗歌将近代诗歌中的反帝爱国精神、创新变革风尚、风格体式特征发展到成熟阶段，为后来的反侵略爱国诗歌树立了典范、积累了经验。随后兴起的反映义和团运动与庚子事变、反对八国联军入侵的诗歌，无不直接受到甲午战争诗歌的启发。从诗学精神和风格特征来看，甲午战争诗歌对资产阶级民主革命派及南社诗歌也产生了积极影响，从近代诗人反映辛亥革命运动的诗歌创作中，依然可以看到这种文学精神的自觉传承和发扬光大。

不仅如此，甲午战争诗歌为后来中国人民长期反对日本及其他列强侵略的文学创作积累了丰富的理论和创作经验，奠定了重要的思想基础。无论是从中日关系史来看还是从中国近现代文学历程来看，都可以说，甲午战争以来中国文学中每一次反对列强侵略、呼唤民族解放的文学创作高潮，都不可能不与日本产生深刻关联。甲午战争文学已经积淀为近现代中国文学的重要传统，反对日本侵略始终是中国近现代文学极为突出的主题。即便是五四运动的爆发和五四前后中国新文学运动的兴起，也与日本得寸进尺的野蛮侵略、继续以不平等条款强加于中国、对中国主权进行更加无理的干预密切相关，而这一切又无不是甲午战争失败和《马关条约》签订造成的历史恶果的变本加厉。

更加不幸的是，日本侵略者对中国的暴行并没有止于甲午战争。20世纪30年代日本帝国主义发动的又一次更加野蛮凶残的侵略战争，使早已多灾多难、贫弱不堪的中华民族进入到一场更加艰苦卓绝的反侵略斗争之中，同时也产生了更加丰富的反对日本侵略的文学思潮。如同日本再次侵略中国与甲午战争造成的中日关系密切相关、深受甲午战争结果的直接影响一样，这一时期的反侵略爱国文学也深受甲午战争文学的深刻影响，而且将中国近现代反侵略文学创作推向了新阶段。

《马关条约》签订后被日本强占的台湾，在侵略者的统治下度过了整整五十年的苦难岁月，但是台湾人民并没有放弃反对侵略、回归祖国怀抱的努力，几代文学家继承甲午战争时期的反侵略文学传统，持续进行着反对日本帝国主义侵略的文学创作，给黑暗的日本统治时期的台湾文学增添了光辉的篇章。而且，以甲午战争文学为最重要标志的近代反侵略爱国文学传统，在沦为殖民地的香港、澳门文学中也有着真切充分的体现，从另一个角度反映了甲午战争文学对整个中国文学的深远影响。

可以毫不夸张地说,甲午战争诗歌及其他形式的文学创作是近现代以来中国人民反对日本侵略、争取民族解放、弘扬爱国主义、寻求中华复兴的文学创作的光辉起点。甲午战争诗歌成为近代诗歌创作高潮到来、精神气质和美学风格发生重要转折的一个显著标志,也为其后文学的创新发展积累了丰富的思想和艺术经验,并成为一笔丰厚的文学遗产,对后来的反侵略爱国文学创作产生了深远影响。

前事不忘,后事之师。对于近现代以来的中华民族来说,不论是在诗歌史、文学史意义上,还是在更加广泛的思想史、文化史意义上,这样的古训仍然是值得认真品味、仔细体悟并获得深刻启示的。当时间的轮回再逢甲午,当一百二十年前那场突如其来、惨烈悲壮战争的硝烟逐渐飘散,当许多人物和故事渐渐远去、成为历史陈迹的时候,今天的我们,仍然能够清晰地听到那并不遥远的历史回声萦绕在耳畔,仍然能够清晰地感受到那并不陌生的沉沉往事依旧回荡在心头。

(《文学遗产》2014 年第 4 期)

文体记忆与文化记忆的协奏

——梁修《花埭百花诗》用典艺术初探

闵定庆

梁修所撰《花埭杂咏百首并序》,又称《花埭百花诗》,系为清光绪乙酉(1885)广州花埭纫香园上元花灯百花诗坛而作。[①] 作者吟咏中外名花一百种,却不满足于刻画花卉外在的艺术形象,而是遗貌取神,广泛运用了人所共知的典故,或描摹妙态,或托物言志,或讽喻世情,或藉花论史,或载录风俗,于"品艳评香""批红判绿"之外别有一番感慨,充分展露了岭南诗人的才情与诗艺,从更深的层次反映了花埭赏花风俗的节日氛围与审美趣味,故以沿袭典象、套用成说、点缀语典这三个方面体现自己的写作姿态,采取了铺叙典故、运用典故进行比较以及延伸艺术想象等

---

① 梁修有:《锦石山房集》,《花埭杂咏百首并序》即收入第六卷。民国《高要县志》"艺文志"载邱云鹤《题梁少游同年修所寄锦石集》二首,约作于1895年,诗云:"长安万里上幽燕,李郭同舟亦夙缘。鸿爪旧痕泥上雪,鸡声残梦月中天。销沉壮志经三黜,磨砺诗才又十年。狂态未除豪气在,拼将身世入吟笺。"又云:"眼中落落有千秋,气压新丰想马周。白紵舞残看蜡烛,黄金挥尽惜貂裘。才多慷慨光芒露,境入牢骚格调遒。今日偶园开讲席,晨曦香草足清幽。"时署任德庆知州邓倬堂应梁修之请,评《花埭百花诗》曰:"摹绘百花,才分际遇,婉而多讽,怨而不怒,风味全似阮亭,不入王次回纤丽一派,可作一部百花史读。"略可窥见《花埭百花诗》风格之一斑。笔者撰有《节日狂欢与花埭百花诗坛的共时性呈现——试论〈花埭百花诗〉的狂欢化写作》,已刊《华南师范大学学报》2009年第四期,可参。

艺术手法。在审美态度上，作者有意无意淡化文化记忆的政治倾向，重新调整花卉评价的审美价值判断标准与情感取向，追求一种整体上的轻松感和诙谐感。

一

《番禺县续志》云："花埭在珠江南岸，距广州十里许，居人以栽花为业，士大夫名园亦在焉。"清末时期，花埭地区形成了大规模的花木培育基地与花卉贸易市场，涌现了三十多家经营性园林和私家花园。花埭园林的经营性展示与私密性观赏同步展开，每逢节日，必设"花局"，供人游赏品评。光绪乙酉（1885）春节期间，德庆书生梁修（1859—1899，字梅想，又字梅生）为准备八月份的乡试，赁居花埭纫香园。纫香园主人拟设元宵百花诗坛，请梁修每花题一诗。年方廿七岁的梁修甫入省垣，踌躇满志，大概不曾作青云蹭蹬之想，受此雅嘱，自然是逸兴遄飞，徘徊花间三日，一挥而就。是为《花埭杂咏百首并序》①。据史载，元宵夜纫香园观者如堵，产生相当大的轰动，一时传为诗坛佳话。

在纫香园所营造的节日"时空体"中，梁修一方面调动各种艺术手段，描摹众花联袂绽放的热烈与喧闹，彰显纫香园元宵佳节

---

① 花埭各园主人常邀友人雅集观花。岭南向无杏，陈澧从北京携来红、白杏数株，赠杏林庄，道光三十年（1850）开花，杏林庄主人邓大林（中医专家、画家）邀黄培芳、张维屏、潘恕、熊景星等观杏，结社赋诗，六年后以《杏林题咏》为题正式出版；咸丰二年（1852），许祥光等诗人于人日雅集，共赏牡丹，当筵赋诗，成《人日花埭看牡丹》一书；光绪十一年（1886），德庆举子梁修寓花埭纫香园，应园主人之邀，成《花埭杂咏百首并序》。关于清中后期珠三角地区赏花、品花之风，西樵山的评花活动亦可添一佳例。明儒湛若水讲学西樵山，遍植花卉，筑四花亭、借芳台，题咏颇多。清代又有好事者筑百花台，摩崖石刻"半日看花半日眠"之句，又于白云洞建评花亭，"拥翠评花"成为西樵山的一道美景。每逢花事，游人自由评点众花，选出最美的花，唤作"花状元"，文人墨客题诗作画，其中，部分诗作后来编入《白云洞百花诗》一书。

的喜庆气氛,将以纫香园为代表的花埭"花局文化"与岭南节日活动打成一片,营造出诗歌创作与节日生活进行深度对话的空间,与纷至沓来、热闹非凡的节日生活一起产生"联动效应"和"狂欢效应";另一方面,诗人的诗笔并没有停留在刻画花卉外在艺术形象的层面上,而是通过百花诗坛特有的文化属性,从"观众/读者"应具备的智慧与学养的角度切入,沿着"以人喻花""以花喻人"的传统思路,遗貌取神,广泛运用雅俗共赏的品花典故、轶事及诗文名句,尽可能地吸引多层次的"观众/读者"积极参与进来,与这些节日进行深层对话和互动,进而在艺术欣赏层面上勾勒出"文化/文学"同构所产生的"众声喧哗"的景观。

《诗经》"多识于草木虫鱼之名"的博物认知模式和《离骚》"芳草美人"的政治抒情指向,使得中国诗史很早就产生了一个指向性比较鲜明的感物诗学体系,同时,由于《诗经》重"雅"的事义诉求和《离骚》偏"丽"的文体自觉产生合力作用,一致指向了"情"的特定方向的抒发,正如《文心雕龙·辨骚》所言"叙情怨,则郁伊而易感;述离居,则怆怏而难怀;论山水,则循声而得貌;言节候,则披文而见时",即通过一个较为恒定的感性对象来凝定终极意义上的寓意,"物"与"意"两者之间的意义关联性得到最终确认并广泛传播开去。于是,几乎围绕着每一种花卉都营造出了一个庞大的意象群和典故群,像兰与屈原、《离骚》、楚臣等联系在一起,水仙与曹植的《洛神赋》密不可分,桃与陶渊明的《桃花源记》及刘禹锡玄都观赏桃相关联,莲花与周敦颐《爱莲说》同一旨趣,凡此种种,集中体现了传统文人的"政治无意识"和"文化无意识"的寄托,更凝定了诗歌的文体记忆与品花审美接受史的积淀。梁修就是在这一思维模式规范下进行艺术构思与创造的,无论是花卉典故的出处,还是花卉典象的构成,抑或是花卉典故语义系统的指向,都深深打上了传统品花审美接受史的烙印,荡漾着公众的审

美意识与品评观念的涟漪。这一写作姿态,主要体现以下三个方面:

第一,沿袭典象。古人创作出了无数的咏花作品,花卉审美接受史积淀深厚,花卉意象与典故的因果关联凝定下来,常常替换使用,这些典故几乎成了花卉的第二名称,故梁修咏花,喜沿袭和化用此类典故,如他曾用《长恨歌》"梨花一枝春带雨"句意来展开想象之翼,刻画梨花的风神:

　　春痕宜淡复宜浓,帘幕沉沉午睡慵。
　　梦里嫩云娇欲化,一双燕子忽惺忪。

这里的情景与字句,实与《长恨歌》、杨贵妃了不干涉,不过是借"梨花一枝春带雨"中春痕、美人、相思等戏剧性要素展开想象,重新塑造一幅美人春睡图。梨花院落,溶溶泄泄,全然一幅"梨花如静女,寂寞出春暮"(元好问《梨花》句)的淡雅宁静。春梦中的女子的脸儿娇嫩白净,一如雪白的梨花。惺忪醒来,瞥见一双燕子飞来,又是"处处梨花发,看看燕子归"(梅尧臣《梨花》句)的意趣。全诗以一个妙龄女子的春睡来写梨花,系沿袭《长恨歌》句意而来,但铺叙故事画面完整,描绘人物精妙入微,写出了一个闺阁女性春睡懒起的旖旎情状。又如,《鱼子兰》"断尽芳魂风力猛,明珠三斛坠楼时",从纳兰性德《鱼子兰》诗化出,纳兰诗云:"石家金谷里,三斛买名姬。绿比琅玕嫩,圆应木难移。若兰芳竞体,当暑粟生肌。身向楼前坠,遗香泪满枝。"显而易见,这一用典方式具有很明显的整合性,对相关典故进行高度的概括和有序化梳理,将人所共知的审美经验移植过来,引导观众赏花的基本路向。

第二,套用成说。中国古代文人品花,业已形成一些成说,影响深远,梁修往往顺手拈来,涉笔成趣。例如,姚宽《西溪丛话》载"玫瑰为刺客"之说,仅从玫瑰多刺这一特性切入作比,并未细化到具体的历史人物层面,而梁修咏《玫瑰》小序云:"《西溪丛话》以为刺客,闺阁中亦有荆轲、聂政,则大丈夫既生斯世,何惧斯雠?"[1]诗云:

> 结束红妆夜未央,满天风露湿衣裳。
> 若方刺客应神似,奇绝人间聂隐娘。

将玫瑰比作女刺客聂隐娘,且进行了柔性化的细节处理,红妆、湿衣等既是描写聂隐娘的装束,更是刻画玫瑰的外貌,以人喻花,真实可感。又如,《玉芝堂谈荟》载宋曾伯端以栀子为"禅友",梁修咏《栀子》借题发挥,小序云:"净土往往植此,与贝多同。多

---

[1] 在传统品评文化史上,业已形成了一整套品评话语系统,从以下两点颇可见出一斑:一是所谓"国花"之说,自唐始就形成了牡丹为"国色天香"、第一"富贵花"的共识,如刘禹锡《咏牡丹》云:"惟有牡丹真国色。"欧阳修《牡丹序》云:"天下真花,独牡丹耳。"杨万里《己未春日山居杂兴十二解》:"手植花王五百棵。"他进而在《多稼亭前两槛芍药红白对开二百朵》中自注:"论花者以牡丹为王、芍药为近侍。"故而认定白芍药(苏轼唤作"玉盘盂")为"国姝",作《玉盘盂》云:"旁招近侍自江都,两岁何曾见国姝。看尽满栏红芍药,只消一朵玉盘盂。"同时,另有一些人认为杏花是"国艳",如陆游《杏花》:"忽逢国艳带卯酒,坐觉天地无余春。"这些说法始终无法撼动牡丹的"王者"地位。二是诸花并称的风气,宋姚宽《西溪丛话》:"昔张敏叔有《十客图》,忘其名。予长兄伯声,尝得三十客:牡丹为贵客,梅为清客,兰为幽客,桃为妖客,杏为艳客,莲为溪客,栎为岩客,海棠为蜀客,踯躅为山客,梨为淡客,瑞香为闺客,菊为寿客,木芙蓉为醉客,酴醾为才客,蜡梅为寒客,琼花为仙客,素馨为韵客,丁香为情客,葵为忠客,含笑为佞客,杨花为狂客,玫瑰为刺客,月季为痴客,木槿为时客,安石榴为村客,鼓子花为田客,棣棠为俗客,曼陀罗为恶客,孤灯为穷客,棠梨为鬼客。"按,此处所谓张敏叔"十客图",见于《玉芝堂谈荟》卷卅二,略云:"张景修以十二花为十二客,各诗一章:牡丹,贵客;梅,清客;菊,寿客;瑞香,佳客;丁香,素客;兰,幽客;莲,静客;荼䕷,雅客;桂,仙客;蔷薇,野客;茉莉,远客;芍药,近客。"此书还记录了另一种说法:"宋曾端伯以十花为友:荼䕷,韵友;茉莉,雅友;瑞香,殊友;荷花,净友;岩桂,仙友;海棠,名友;菊花,佳友;芍药,艳友;梅花,清友;栀子,禅友。"此类说法,已深入人心。

情乃佛心，是真知我佛者。"诗中更有"薝卜花香破佛颜"之句，契合"禅友"之说。

第三，点缀语典。古人咏花，形成了一个独特的语义系统，有着一套字面凝固、含义恒定、用法接近的语汇。例如，梁修吟罂粟时，知其别名为"米囊花""御米花"，又熟读唐郭震"闻花空道胜于草，结实何曾济得民"、宋杨万里"东君羽卫无供给，探借春风十里粮"等著名句子，再巧用屈原《离骚》"朝饮木兰之坠露兮，夕餐秋菊之落英"之句，咏出"便与落英饱一餐，臣饥欲死笑东方"一句，化虚为实，将食罂粟花与食米饭画上了等号，扬弃了其中的雅趣。又如，"嫣然一笑"语出宋玉《登徒子好色赋》："嫣然一笑，惑阳城，迷下蔡。"苏轼咏海棠时翻转过来以形容海棠春色，云："嫣然一笑竹篱间，桃李满山总粗俗。"梁修咏海棠时直接套用苏诗"嫣然一笑"句意，云："嫣然一笑海棠春，没骨何人替写真？"再如，苏辙作《咏鸡冠花》诗："后庭花草盛，怜汝系兴亡。"自注："矮脚鸡冠，或言即玉树后庭花。"梁修咏鸡冠花时顺势借用"后庭花"一语，云："后庭一曲花无赖，莫入琵琶乱粤讴。"淡化了几分历史兴亡的感慨，企盼那亡国之音的《玉树后庭花》不要渗入粤讴之中，乱了粤讴原有的风趣调性，扫了大家的兴致。梁修巧妙化用这些语典，试图将自己的诗作融入这一语汇系统之中，以"以人喻花""以花喻人"双向互动模式为主要的艺术创作手法，进而产生了一定强度的艺术感染力。

梁修从中国古典诗歌的艺术积淀和现实生活的源头活水中获取创作灵感，将典故作为"拼贴"与"剪辑"元素，巧妙地组合在一起，创造出了一系列通俗易懂、生动活泼的艺术形象。而在整个创作过程中，用典这一独特的艺术手段，扮演着一个极其活跃的角色，起到了非常关键的作用，取得的艺术效果也有目共睹，值得充分肯定。

二

梁修在描摹花卉图景的过程中，一直在筛选并进而撷取某些特定意蕴的典故，试图唤回鲜活而清醒的"自我"，进而彰显那久久徘徊在审美超越与主体品格之间的自我意识。这些典故固有的文化记忆必然发出种种嘈杂的历史回声，对此，梁修有选择性地改变了文化符号的指向性，努力挣脱典故既有语义指向的樊笼，使得典故原意与古典新用二者之间产生了一种微妙的互动关系，体现了鲜明的"人间性""世俗化"的审美倾向。

第一，淡化文体记忆中的政治好恶感与文化轻重感。

典故，作为古代典例故实的具体符号，是长期积淀而成的，以简洁凝固的文本形式记载着历史成败得失的经验教训，同时，又以稳定的符号形态凝聚着对于行为主体的价值评判，有着鲜明的道德取向和文化内涵，因而在具体创作中有着鲜明的表情达意的功能。但是，梁修生长于岭南一隅，不可避免地受到时代氛围、地域文化和审美趣味等方面的影响，因而在具体的文学表述中驱使这些典故代码时，表现出了千变万化的样态，使得其内涵与外延均发生了一定程度上的"迁延"与"变异"现象，作者对于典故的认知所蕴含的思想感情维度也流泻于字里行间。最具说服力的例子，莫过于关于亡国之君与贬谪之臣的典象了，在对照性的语境中，这两类典象相当明显地淡化了政治批判和道德惩戒的意味。例如，《金灯》小序言金灯花"花、叶不相见"的怪异现象"何尤"曹丕兄弟的"豆煮萁燃"，全诗纯咏金烛红妆之艳，无一处咏及曹氏兄弟，似乎没有涉及政治寄托；又如，《迎辇》以为一众"牵缆人"，多为"此花幻化"，全诗弥漫淡淡的哀怨意绪；又如，《金莲》小序言"千古诗人，第一扬眉吐气，是用此花制双炬送归院时"，虽然此处指学士院，与一般意义上的院落不同义，但在作者看来犹是"笙歌归院落,灯火下楼台"气象,更胜李白《清平调》一筹,此诗以"盛平天子但风流"作结,几乎消解了道德谴责的语调;又如,《素馨》一诗依照清梁廷楠《南汉书》的相关记载组织成文,写南汉主刘鋹的司花女素馨颇受宠爱,死后也倍享哀荣,"使人多植那悉茗花于冢上",讵料刘鋹见异思迁,迅即遗忘素馨的柔情,"君王自爱波斯媚,无复斜头忆素馨",无限惆怅浮现笔端。由此可见,梁修所用历代君王之典,更多的是追求博雅之趣。与此同调,梁修用屈原故实和楚辞语典时,也有意改变了屈赋芳草美人之喻的模式,淡化诗歌体裁的历史记忆与"政治无意识"式的寄托,进而翻出古人门墙,寻找一种新的抒情路向。在《兰》诗小序中,梁修指出素心兰实为兰中极品,《楚辞》多处咏兰,却居然没有一一标举出来,因此,"是人是花亦不明白",良为憾事,故梁修咏道:"《离骚》幽怨侬无涉,只祝春风一梦佳。"他认为屈原"疾王之听之不聪也,谗谄之蔽明也,邪曲之害公也,故忧愁幽思而作《离骚》",与这江渚上的美丽兰花没有必然的因果关系。要说还有什么值得高兴的,那就肯定算是春秋时期发生在郑国的一桩喜事,即《左传》宣公三年所载郑文公妾梦见天使赠兰花而生子的趣闻。梁修似乎更愿意将民众生子的祈福,投射到兰花上去,在兰花的政治寄托和历史传说中寻绎出生动活泼的人生乐趣,折入一种高度"人间性"的抒情路向。在《鹤顶兰》中,梁修也表达了这一"人间性"的关注,诗云:

> 竟似飞仙胆气粗,问谁骑鹤洞庭湖?
> 《远游》已解升天诀,出水灵妃笑左徒!

梁修指出,屈原不得楚王重用,便托配仙人,随着王子乔或是后世的吕洞宾骑鹤升天,试图自由自在遨游天地间,但在潇湘女神看来,以飞仙消解个人闷遁,确属无奈,其作用是暂时的,实际上仍没有解决现实政治生活的难题。可见,梁修咏兰诸诗在承袭屈原咏兰的外貌之下,另行构思了一种高度生活化的艺术场景。

第二,调整花卉评价中的审美取向与情感取向。

毋庸讳言,作为主流文化的一个有机组成部分,中原品花文化具有强大的影响力和规范性,花卉审美文化中固有的价值审美取向与情感取向往往制约着对某些鲜花的品鉴过程,进而使其得出符合传统审美趣味的基本结论。但是,岭南审美文化的独特性、岭南众花品类的特殊性、花卉绽放时间的差异性,使得梁修在咏花过程中明显地偏离了传统路数,在审美评判和情感取向上流露出鲜明的"人间性""世俗化"的意趣,在吟咏时多半采取"向下"的姿态以突出众花平等。例如,牡丹历来被称为"花中之王",原产北方山野,最负盛名的洛阳牡丹、菏泽牡丹多在春暮时节盛开。花埭不产牡丹,据屈大均《广东新语》载,广州牡丹"每岁河南花估持根而至",多从水路运来牡丹苗,园林主人特辟一个"牡丹厅",人工控制温度和湿度,悉心培育,方能在春节时期绽放。在梁修笔下,《牡丹》不曾在牡丹"王者"身份上着墨,舍弃了"国色天香"一路的俗套抒情,全诗以白描出之:

荔枝湾映柳波涌,隐隐红楼小市东。
帆卸夕阳犹未泊,绕船一缕鼠姑风。

在这里,稍有一点"贵气"的字眼也就是所谓的"红楼"了。"隐隐红楼"一句,是"楼台绣错,群卉绮交"的真实写照,但这"隐隐"二字,便阻断了富贵之家的逼人豪气。"绕船"一句更平添了几分淡雅和柔婉。颇具意味的是,诗人用了一个相当陌生且略显"平民化"的辞汇——"鼠姑"。《海录碎事》云:"牡丹,一名百两金,又曰鼠姑。"王渔洋《江南好》词有"鱼子天晴初出水,鼠姑风细不钩帘"之句,"鼠姑"下自注:"牡丹也。"显然,这一"亦名"用法,主要是出于修辞上的考虑,却在客观上产生了一定的"脱冕""祛魅"的效果,将牡丹花重新放到与众花平等的位置上来了。与此同时,梁修又不时采取貌似"向上"而实则"向下"的吟咏方式,在一俯一仰之间表明自己的态度,如《玉兰》诗在小序中引用《庄子》"藐姑射之山有神人焉"之句来形容玉兰的"琼姿",塑造玉兰莹洁清丽的形象,以至于嫦娥完全被玉兰吸引住了,"移种月中换丹桂,嫦娥镇日倚栏杆"。全诗的思路从玉兰的"神人"之姿入手,愈唱愈高,玉兰宜于"高寒玉宇",成为嫦娥的最爱,直至斫却月宫丹桂,取而代之,日夜爱赏不置。实际上,这里暗含着一个"拉低"的反向走势,即嫦娥本是与仙境的丹桂连为一体、不可分离的,却被充满人间性美感的玉兰所打动,这种俯瞰的姿态流溢着另一种"思凡"的柔情。由此可见,梁修咏花有意识打破仙凡之隔,看似引用神仙、富贵典故,实际上笔端流泻的都是具有浓郁凡俗气质的美感。

第三,追求整体风格上的轻松感与诙谐感。

梁修生于岭南,长于岭南,写作《花埭百花诗》时尚未踏出岭南一步。岭南文化特有的轻松感和愉悦感渗入精神的内核,转化为生命情调的有机组成部分,故能通体透出一股岭南人独具的轻松感与幽默感的睿智。例如,《石榴》小序说"三家村新嫁娘"喜在鬓间插石榴往来田间,妙曼动人,于是,诗人将诗思分别指向唐代诗人杜牧、万楚。一言"忽傍钗头烧碧云,狂言曾记杜司勋",前句出自杜牧《山石榴》"一朵佳人玉钗上,只疑烧却翠云鬟",后句用《唐才子传》杜牧作"偶发狂言惊四座,两行红粉一时回"诗句的故事,其大意略谓,相较而言,三家村新嫁娘装点石榴的装扮,极入时且极自然,比起杜牧笔下的"佳人"来丝毫不逊色,可见杜牧未免轻狂了一些,所言难副其实;一言"裁红减绿都时样,漫妒潇湘六幅裙",出自唐代诗人万楚《五日观妓》"红裙妒杀石榴花",极言三家村新嫁娘自然天成的"时样",是天底下任何流行的样式比不上的。这两联,一调侃杜诗,一顺延万作,极尽诙谐之能事,以拟人的手法将石榴花写得生新俏皮,灵气逼人。在《七姐妹》中,梁修巧用明代名士陈继儒(号眉公)与宦者的妙语来架构全篇。梁绍壬《两般秋雨庵随笔》记陈眉公饮于王荆石家,行酒令,须首句含鸟名,次句用《四书》语,末句是曲辞。宦者言:"十姐妹嫁了八哥儿,八口之家可以无饥矣,只是二女将靠谁?"眉公对曰:"画眉儿嫁了白头翁,吾老矣不能用也,辜负青春年少。"梁修据此敷衍成篇,诗云:

绮罗队里见星娥,头白眉公雅谑多。
巧向花前学人语,声声其奈八哥何?

作者运用拟人的手法,以靓丽成群的女子比作七姐妹花,面对这七姐妹,陈眉公妙语冠绝天下,谐趣动人。但作者未停下笔锋,而是翻出一层,将陈眉公设为嘲弄的对象。八哥本作鸟语,又能学人语,而喻指陈眉公的"白头翁"本作人语,偏学鸟语,两相比较,陈眉公饶是一代名士,仍比不上八哥儿。如此看来,"白头翁"陈眉公确乎老矣,最终未赢得芳心,这七姐妹都嫁与八哥儿,只能徒唤奈何了。全篇绝无含沙射影的指涉,洋溢着轻松和幽默。

显而易见,元宵佳节的喜庆氛围,奠定了《花埭百花诗》轻松、谐趣而富诗性的抒情基调,使得诗歌创作主导风格的追求,呈现一种内在的整体感和节奏感。梁修在咏花的过程中发掘出一种接近于日常生活、充满人间情怀的灵动之美与诙谐之美。这一审美心态的取向,反过来促使他对传统品花文化的定势产生了某种质疑。这是一个本质力量对象化的过程,诗人在对传统品花诗歌的解析、新读与再造中获得了一种真正意义上的创作自由。于是，在传播过程中典故的"动机史"便有了极具个性光辉的改写与修订，"合格的读者"的认知能力系统也由此得到了拓展，更具诗性情调[①]。回归花卉本质属性之美，便成了《花埭百花诗》的主旋律，无论是学识的展现，还是个性的张扬，都显得那样自然，没有流露出丝毫刻意与做作的痕迹。那层出不穷的新见，在在皆流溢着诗性的光芒。

三

梁修通过典故建构了一个自己所体认的花卉世界，而这也正是他自己理解的诗歌所能表现的花卉世界。为了充分发挥咏花诗的艺术表现力，梁修对典故的有机构成进行了深度的解析和灵活的运用。在通常情况下，典故至少有四层意思为人们所确认并可灵活运用的，第一是典故作为"故实"的故事功能，第二是典故所蕴含的历史教训、行为准则和文化价值取向，第三是典故的表情达意功能，第四是典故的语义再生功能。梁修紧扣典故的字面，努力发掘出典故的深层意蕴，在言外之意上巧做文章，重塑典象，营造意境。梁修主要运用了以下三种表现手法：

第一，典故故事性文本的铺叙。

铺陈花卉的独特美感。古来花卉得名多少有些传奇色彩，或因形状，或因色彩，或因香味，或因产地，或因神话传说，不一而足，均具特色。梁修常常从花卉得名之由切入，不拘一格，顺势推衍成篇。如《逸史》记唐举子许瀍梦游瑶池，见西王母侍女玉蕊仙子许飞琼事，醒而追记："晓入瑶台露气清，座中唯有许飞

[①] 参葛兆光：《汉字的魔方》（第135页，辽宁教育出版社1999年版）有关典故的论述。

琼。尘心未尽俗缘在，十里下山空月明。"写后再眠，梦见许飞琼，许建议第二句应改为"天风吹下步虚声"，隐去自己的名字。梁修据此赋诗：

> 香风柔荡步虚声，七宝楼台拥月明。
> 夜半瑶池参阿母，座中唯见许飞琼。

梁修一反许飞琼"自惜其名"的做法，利用现成的语句再现了梦境，闻香、听声、登楼、遇仙的情景历历在目，真实而又生动。末句套用许诗原句，意在复原故事的原貌，将许飞琼"犹抱琵琶半遮脸（面）"的娇羞之态真切地展现在读者的面前。又如，《滴滴金》小序云："自六月至八月，因花梢头露滴入土即生新根，故有滴滴金之名。"据此，梁修进而换用南海观音甘露净瓶的传说作为诗歌创作的基本骨架，切近岭南故实，诗云：

> 雨珠雨玉化琼林，万点秋云更雨金。
> 布地幽人真富贵，胜如南海有观音。

《史记》载，夏禹治水，功德圆满，上苍雨金三日、雨稻三日三夜；《论衡》言，五日一风、十日一雨则天下升平；苏轼《喜雨亭记》又有"使天而雨珠，寒者不得以为襦；使天而雨玉，饥者不得以为粟"之说。但是，在梁修看来，说来说去，还是给老百姓一些实实在在的好处，这才是天大的恩赐，真比得上南海观世音的雨露甘霖。通过上述个例的考察，不难发现，梁修试图借助典故固有的故事性文本来展开艺术想象和谋篇布局，使得故事的呈现更具真实而感性的特征，充分表现了用典的诗性智慧。

第二，缠绕式比较的典象构架。

就一般情形而言，在我国漫长曲折而多姿多彩的品花发展史上，许多花卉都生发出两个或两个以上的典故，这些典故因着生成语境的不同而有着不尽相同的符号寓意、情感指向和语用功能。如何在一首篇幅极短的七绝中涵摄诸多典故，融会贯通，进而提炼出一个生新鲜活的意象来，这对诗人的学养智慧和文字技巧确实构成极大的挑战。例如，梁修咏梅，将花埭大通烟雨美景中的梅花、柳宗元笔下的罗浮山和林逋的西湖孤山三个不同时空的场景并置在一起，描绘出一幅写意图卷，诗云：

> 大通烟雨写模糊，明月罗浮问有无？
> 索得林家姝一笑，依稀风味似西湖。

大通滘流经花埭向南流去，"四时烟花淡荡，舟船往来，若现若隐，夜则渔灯荧荧，清歌响答，飘然尘外"，自古为"羊城八景"之一（见《花埭百花诗·桂》小序）。对于花埭的梅花，人们认识不深，其韵致自然无法形诸笔墨，梁修一再使用"模糊""有无""依稀"等词汇，也表达出写作心态上的迟疑与迷惘。花埭梅花在风味层面上不近于署名柳宗元《龙城记》所载罗浮明月、翠羽鸣晨传说的旖旎恋情，而与宋代林逋屏居湖孤山以梅妻鹤子为伴的隐逸之趣有些接近。在这里，诗人不敢遽作断语，仅言依稀仿佛而已。同时，梁修尽可能减少枝枝节节的延展，有意遗落了历代咏梅诗作之中的另三层情感指向——寿阳公主"梅花妆"的天真痴騃之态、梅妃对于爱情的忠贞以及宋人向往梅花斗雪绽放的孤傲性格，从而对花埭梅花的描绘进行了"纯净化"的处理，并无刻意拔高之嫌，平实、清新、淡雅，幽默之中透出几分妩媚，在美感呈现上迥异于传统的咏梅诗歌。与此同趣，梁修咏五月菊，也发出"似厌柴桑常酩酊，多情来就屈原醒"的轻笑声，巧借典故的固有走势，把陶渊明的酩酊大醉与屈原的"众人皆醉，唯我独醒"放在一起，形成强烈的对比，表达了对人生清醒认知的渴望，更表现出了一种深层次的谐趣之美。又如，《栀子》诗也是用两个典故来做对比,小序"净土往往植此,与贝多同。多情乃佛心,是真知我佛者"诸语提示栀子花契合宋人所创"禅友"之说,于是,首句"薝卜花香破佛颜",引《大梵王天主问佛决疑经》故事,释迦登座,拈金色波罗花(即薝卜花)示众,唯有迦叶会心微笑,师与弟子心心不异,印证了最高境界的"心法"。但是,作者笔锋一转,"谁家绾就同心结,难得解人刘令娴",将读者的目光引向了人间性的情爱,据《梁书》《世说新语》载,刘令娴夫徐悱去世,刘父拟撰悼文,见令娴祭文"雹碎春红,霜凋夏绿""一见无期,百身何赎"等语,竟搁笔废作,发出"非但能言人不可得,正索解人亦不可得"的浩叹。这种柔情万转的夫妇之爱、父女之爱才是人间情爱的极致,这样的人儿才称得上是佛祖心法的"解人"。在这里,"难得"一语,隐然将人间真情提到了佛祖心法的同一高度,甚至有所超越,正透露出作者内心深处人间性关怀之所在。

第三,想象的迁延效应。

梁修咏花,尽情放飞想象,让想象从典故与物件之间相似的那一点出发,推展到不甚相似的点上去,甚至会层层推进,拐上好几个弯,诗境也随之曲径通幽,形容曲尽。这一点颇类似于钱锺书所说的"曲喻"手法。钱锺书在《谈艺录》"长吉曲喻"条中认为,曲喻"乃往往以一端相似,推及之于初不相似之他端",属于"类推而更进一层"[1]。梁修咏秋海棠,从《采兰杂志》载妇人"怀人不见,恒洒泪于北墙下"生发想象,由北墙想象出庭院,由庭院联想到绵绵雨丝,再由雨丝延伸到情丝,而情丝须有利刃斩断,但是,我手中的刀却是铅做成的,其钝无比,怎么也斩不断这不尽的情丝。铅刀,典出《晋书·王承传》"王敦谓承曰:'足下雅素居士,恐非将相之材也。'承答曰:'公未见知耳,铅刀虽钝,岂无

---

[1] 钱锺书:《谈艺录》,中华书局1984年版,第51页。

一割之利？'"从整首诗来看，不难发现，梁修的思路一直沿着前一个物件的相关点往外奔逸，一环接一环，直到最后出现了与秋海棠无必然关联性的"铅刀"一典，真是想落天外，匪夷所思，却又在情理之中。又如，《铁树》描绘了一幅极具谐趣的铁树开花图景："丁卯花开六十秋，看花人已雪盈头。小娃戏拗纤枝弄，百炼钢为绕指柔。"这首诗从铁树一甲子开花展开想像。六十年间，光阴荏苒，当年看花的人儿如今已白雪满头了，平添几分人生的感慨。眼前小娃却用柔柔的小指头绕着铁树枝，又不禁让人想起"百炼钢化为绕指柔"这句老话。在这里，铁树本与钢铁是不相涉的，但想象沿着铁树开花、老人看花、小娃弄枝、百炼钢一路延展开来，已远远离开了铁树开花这一描写原点。此诗诗境看似简单，全赖想象的迁延来架构，可见构思的奇妙与窈深。又如，咏《滚水红》时就从热入手，建构了一热一冷、一今一昔极端化的诗境。此诗开头形容滚水红在温暖的南方热烈绽放，仿佛是滚水般炙手可热，连那些热衷名利的躁进之人都自叹不如，可滚水红不以为耻，"笑谢旁人嘲冷暖，前身高处不胜寒"，却道自己前身是在广寒宫里受寒受苦太久了，今番偏要热个够！对旁人的好心劝告敬谢不敏，毫不在乎。在这里，眼前所见之景本与其"前身"是没有关联的，但因一热一冷的对比而将想象延伸到一今一昔的对比上去，这才把"前身"原委吐露出来，完全出乎读者意料之外。此类想象的延展现象，在梁修笔端已形成一道风景线，颇值得回味，像山茶花与玉环肥、木香与《霓裳羽衣曲》，都需要调动"观众/读者"足够的想像力才能品味出其中的奥秘与美感来。无疑，这是一个值得深入发掘的艺术现象，梁修的创作给我们提供了一个颇具解剖意义的范本。

梁修在"观众/读者"所能接受的知识范围内，撷取了古代有关于花卉的神话传说和传统咏花诗文中的语句典象，充分发挥诗歌的文体记忆功能和历史评判功能，巧妙地加以穿插，组织成篇。这是一个充满学术智慧和美学情调的对话，是一场贯通古今的心灵对话的盛宴，一个个负载着古人心智与情思的典象蹁跹而至，轻灵而走，异彩缤纷。众多典故的聚集产生了一种深度的狂欢，与百花诗坛的节日狂欢属性达到了高度的统一。同时，在具体的创作过程中，梁修以典型的岭南文人的文化取向和审美意识为依托，对传统品花文化史上著名的典故进行了颇具个性色彩的发掘、解读与重构，较好地处理了"俗套/新见""个人创见/公众共识"的辩证关系，令"观众/读者"在欣赏过程中产生一种似曾相识而又想落天外之感，因而整部《花埭百花诗》呈现出了一种异样的美学光彩。

综上所述，虽然梁修所撰《花埭杂咏百首并序》的研究尚未得到充分展开，但就我们已经做出的初步探研而言，可以得出以下基本结论：其一，梁修所撰《花埭杂咏百首并序》，是在古代咏花诗文所形成的典象基础上，运用古今通用的典故和成说，吟咏百花，构思成篇，既有传承，又有创新。第二，《花埭杂咏百首并序》在审美情趣方面表现出浓郁的岭南风格，主要倾向于通俗化、日常化、平民化和谐谑性，对于中原咏花文化中的道德主义色彩和正统思想取向不甚留意，甚至有意加以忽视，凸现了岭南审美文化中轻松诙谐的一面。第三，《花埭杂咏百首并序》用典艺术手法灵活多变，不拘一格，典故的故事性文本的铺叙、缠绕式比较的典象构架，以及充分运用想象力的迁延效应，是其最突出、最具特色的创作手法，是全书的亮点之一。

（《杨海明教授七十华诞纪念集》，江苏大学出版社 2010 年 11 月版）

长歌当哭,悲慨激烈

——谈廖仲恺的诗词

管 林

廖仲恺(1877—1925),原名思煦,又名夷白,字仲恺,广东归善(今惠阳)人。他以巨大的政治魄力,作为孙中山得力的助手,协助孙中山冲破重重阻力,改组国民党,确立联俄、联共、扶助农工的三大革命政策,创办黄埔军校,推动北伐大业,为此遭受暗杀。他为中国的民主革命抛洒了满腔热血,他的名字彪炳史册。

廖仲恺的诗词,主要见于《双清词草》,篇什不富,而清丽中见骨气。其创作,词多于诗。民国后之作多于民国之前。民国之前所作,目前仅见到三首。

1909年,廖自日本中央大学政治经济科毕业,不久,被孙中山派往东北吉林,在吉林巡抚公署任日语翻译。新任巡抚陈昭常对他非常器重,让他担任巡抚公署机要秘书。廖利用职务之便,通过同盟会旧友松毓很快恢复了吉林同盟分会,将其更名为"共和自治会"。孙中山知此情况非常高兴,于1910年1月加派熊成基到吉林助廖一臂之力。廖、熊两人密切配合,积极在全东北发展同盟会会员,准备武装暴动。但廖没想到,熊竟头脑发热,在一次宴会上,大谈他会见孙中山、黄兴密谋起义的经历,伪装进步参加宴会的商人臧贯三马上向陈昭常告密。陈随即下令逮捕熊成基。身为机要秘书的廖得知此情，紧急通知熊逃离吉林。熊逃到哈尔滨，以为已入安全之境，竟住在道里大华客栈公开活动，不久，就被陈昭常派来的密探逮捕，押回吉林。陈昭常带领廖仲恺对熊严刑拷打，逼他交代吉林同盟会成员名单。熊装作不认识廖，对两人大骂不止，咬紧牙关严守机密。陈恼羞成怒，下令将熊斩首。熊在吉林巴虎台英勇就义，年仅24岁。廖仲恺怀着沉痛的心情，写下一首七绝，悼念壮烈殉国的烈士：

> 壮志未酬躯已寒，巴虎台前腰不弯。
> 二十四岁人生促，血洒松花一奇男。

熊成基的牺牲使廖仲恺心如刀绞，面对冰天雪地、寒风凛冽的险恶环境，不由得分外想念远在日本的爱妻娇儿，悲愤地写下了《吉林岁暮杂感》：

> 卅载蹉跎误，天涯惜此时。
> 气寒冰上鬶，腊尽鼓催诗。
> 历历过来事，悠悠乡国情。
> 穷边春不到，慢说物华移。
> 兀坐了无趣，萧齐守岁阑。
> 枕孤鸳梦冷，云远雁行单。
> 松柏励初志，风霜改素颜。
> 遥知南岭表，先见早春还。

触景生情，诸多感慨。然而诗中"松柏励初志"一句，即显示廖仲恺并未因身在清吏幕中而忘革命救国初志。

尽管天寒地冻，在白色恐怖下，不时传来血雨腥风，但廖仲恺斗志弥坚，除夕夜深人静之时，写下《菩萨蛮·吉林除夕》这阕词，寄托对妻子儿女的深厚感情：

> 春归腊照惊孤凤，年来年去愁迎送。
> 边冷雪如尘，随风狂扑人。
> 拥衾寻梦睡，梦也无寻处。
> 便许到家乡，楼头少靓装。

民国以后，廖仲恺的诗词，大部分写于1922年。1922年写的诗词，又大部分写于6月至8月间。

1922年6月14日，廖仲恺应陈炯明邀前往惠州，抵石龙即被扣留，不久又被押送到广州北郊石井兵工厂囚禁。6月16日，陈炯明叛变，所部四千人围攻总统府。6月底至七八月间，廖仲恺在被囚中写下了诗词10多首，表述了当时的心境。如《幽禁中感赋》：

> 吾生遭不造，芒鞋肆所之；廿载茹酸辛，努力思匡时。魔障满人寰，霈泽安从施！内忧起萧墙，世变招危疑，险阻已备历，缧绁曾何奇！落日恋西山，倦鸟哀南枝，对此物外景，怅触心中悲，俯首忆弟兄，瞌眼见妻儿；欲语无友朋，欲哭先踌躇！嗟予洁白躯，出污而不淄！浊世莫予谅，予曷求世知！圣哲亦云逝，劳生胡足希？愿言谢时彦，去矣毋相违！

面对自己被囚、陈炯明叛变的严酷现实，廖仲恺立下为国牺牲的决心，写下了《留诀内子》七绝二首：

（一）

> 后事凭君独任劳，莫教辜负女中豪；
> 我身虽去灵明在，胜似屠门握杀刀。

（二）

生无足羡死奚悲，宇宙循环活杀机；
四十五年尘劫苦，好从解脱悟前非。

又在《诀醒女、承儿》诗中，对儿女提出了殷切的希望：

女勿悲，儿勿啼，阿爹去矣不言归。
欲要阿爹喜，阿女阿儿惜身体。
欲要阿爹乐，阿女阿儿勤苦学。
阿爹苦乐与前同，只欠从前一躯壳。
躯壳本是臭皮囊，百岁会当委沟壑。
人生最重是精神，留汝哀思事母亲。

将个人生死置之度外，希望儿女莫悲啼，要"惜身体""勤苦学""重精神""事母亲"。

残酷的囚禁生涯，使廖仲恺的头脑慢慢冷静下来。面对陈炯明的可耻背叛，他格外想念敬爱的领袖孙中山，认为他才是力挽狂澜的"栋梁"；十分怀念在广州被陈炯明部属杀害的邓仲元，认为他才配得上是革命的"将军"；时时思念在虎门运动民军的朱执信，称赞他是一身是胆的古代英雄"要离"；难忘在陈炯明炮轰总统府后悲愤去世的军政府外交部长伍廷芳，觉得他才是"老诚谋国"；而陈炯明是连"马勃""牛溲"不如的"鼠"和"虫"。于是满含热泪写下了《壬戌六月禁锢中闻变有感》，现录其中两首如下：

（一）

珠江日夕起风雷，已倒狂澜孰挽回？
征羽不调弦亦怨，死生能一我何哀？
鼠肝虫臂唯天命，马勃牛溲称异才；
物论未应衡大小，栋梁终为蠹螉摧！

(二)

妖雾弥漫涸太清，将军一去树飘零。
隐忧已肇初开府，内热如焚夕饮冰。
犀首从雠师不武，要离埋骨草空前。
老成凋谢馀灰烬，愁说天南有陨星。

第一首写当时广东革命形势的危急，这时到底谁能力挽狂澜？像"鼠肝虫臂""马勃牛溲"的陈炯明辈，虽然微贱，却是能摧毁栋梁的蛀虫。"鼠肝虫臂"，比喻细微而低贱的东西。"马勃牛溲"，皆指低贱的中草药。马勃，灰包科植物。幼时内外纯白色，内部肉质，稍带黏性。成熟后内部组织全部崩溃，干燥后可入药。牛溲，旧说为牛溺，又说即车前草。以上二物，均为贱药。第二首写在"妖雾弥漫"之际，更加深切怀念为革命捐躯的同志。一二句，怀念邓仲元。邓仲元（1885—1922），名铿，又名士元。1922年，是留守广州的粤军参谋长兼第一师师长。3月21日，被陈炯明的亲信部属暗杀，两天后身亡。廖仲恺于这一年4月3日《致蒋介石函》中，曾说："吾侪与仲元相处逾十年，道义之交，海内有几，追怀良友，辄复潸然出涕。"（《廖仲恺集》增订本，中华书局1985年版，第106页）三、四两句，说革命内部的"隐忧"早已存在。1921年年初，孙中山在广州正式建立政府，选举总统时即遭到陈炯明的反对，他声言："我不愿任何人骑在我头上。"五、六两句，怀念朱执信。朱执信（1885—1920），近代民主革命家。1920年奉命赞助漳州护法区建设，敦促粤军回师驱逐桂系军阀，又赴广东发动各地民军。9月21日，在东莞虎门调停丘渭南部和邓铿部的矛盾时，被乱枪击中牺牲。犀首，战国时魏将公孙衍的称号。这里指丘渭南、邓铿等人。要离，春秋末吴国人，曾为吴王阖闾谋刺公子庆忌。此借指朱执信。七、八两句，悼念在陈炯明变乱期间病逝而火葬的伍廷芳。伍廷芳（1842—1922），1922年，当时任政府外交总长兼广东省长。因年老而悲愤得疾，于6月23日病逝。从以上二首"闻变有感"诗中，可以看到廖仲恺在被囚期间所考虑的，不是自己本身的安危，而是革命事业的成败，充分表现了一个革命家的本色。

对于"跳梁小丑"的陈炯明之流，悔恨在胸，意犹未尽，又填了一阕词《一剪梅·题五层楼图》：

叠阁层栏倚晚风，山上烟笼，江上霞红。兴亡阅遍古今同，文只雕虫，技祇屠龙！莫问当年旧主公，昔日名隆，今日楼空。跳梁小鼠穴其中，昼静潜踪，夜静穿墉。

在囚禁期间，廖仲恺写下多阕题画之作，"借以排遣胸中傀儡"。如《如此江山·题白云远眺图》《金缕曲·题八大山人松鍪图》《迈陂塘·题北郭秧针图》《渔家傲·题画》《卖花声·题画》等。不仅如此，他还应友人而题诗。如《刘君一苇不见垂十年，闻予被禁锢，托人将折扇来乞题诗，为口占三绝以应之》：

（一）
半壁东南共挽推，十年前事首重回。
莫嗟岁月蹉跎老，曾阅人间几劫灰。

（二）
元龙豪气可曾销？时雨春风久寂寥。
芳草自饶人自隐，未应犹复弄吴箫！

(三)

年来称翁头半白，额上眉端聚国忧。
我作楚囚君遁世，天心人事两悠悠。

刘一苇（1875—1938），又名一伟，号一佛、佛公，别署茫然老衲。香山（今中山）人。1903年随父经商与香港，追随孙中山入兴中会。后与谢英伯等人在港创办《中国日报》，宣传革命。继又同潘达微共创《时事画报》，揭露清政府之腐败。广东光复后，任广东都督府庶务长。1916年被龙济光逮捕入狱。出狱后任桂军将领刘震寰幕僚，随桂军东下驱逐龙济光，旋去职隐居广州。1922年受聘为香山县顾问。生平工书善画，造诣甚高。第一首诗回顾自建立民国以来革命一再遭遇挫折。第二首则怀念刘一苇。元龙豪气，本指东汉陈登，登字元龙。《三国志·陈登传》载：许汜尝谓刘备曰："陈元龙湖海之士，豪气不除。"此处喻指刘一苇。"芳草"句，指刘曾隐居广州芳草街。"弄吴箫"，《史记·范雎蔡泽列传》："伍子胥橐载而出昭关，夜行昼伏，至于陵水，无以糊口，膝行蒲伏，稽首肉袒，鼓腹吹箫，乞食于吴市。"后以"吴市吹箫"比喻行乞街头，生活艰苦。此处"弄吴箫"，也比喻生活艰苦。第三首一、二句写自己为国忧愁而未老先衰，三、四句写两人不同的际遇与心境。

1922年8月16日，由于何香凝以及其他各方面人士的营救，廖仲恺获得释放。翌晨即赴上海。8月31日，南返广东，旬日返回上海。奉孙中山委派赴日本执行特殊任务。9月下旬，与何香凝、许崇清乘克利兰总统号船离沪赴日。途中填《虞美人》词：

兰舷百尺凭都遍，目送吴江远，白鸥追逐口呢喃，欲问海波何处漾深蓝？山形树势随舵改，日上孤云碍。画船付与载鸳鸯，不载秋风秋雨惹神伤。

词的上半阕，写轮船开航后远近景致；下半阕写船行驶之时，上下远近景致的变动，以及自己与夫人同行的愉悦心情。情景交融，意真情深。

同年10月24日，在东京中国驻日使馆，参加其侄女承麓和许崇清的婚礼，即席赋《千秋岁》一首：

节楼天际，挹尽风光丽。丛菊笑，山枫醉，秋色湛蓬莱，良夜谐人事。劳月老，不辞红线牵千里。璧合成双美，阿娇归学士。瑶瑟弄，华堂启，翩翩鸾凤集，息息心情契。齐按拍，高歌为唱千秋岁。

该词有小序云："壬戌十月二十四日，许君志澄偕承麓侄女在驻日本使署行结婚礼，赋此催妆，并祝偕老。"志澄，是许崇清的字。许崇清（1898—1969），广州人，早年留学日本，加入同盟会。先后入读东京高等师范学校与东京帝国大学文学部，研究教育、哲学和文学。新中国成立后，历任中山大学校长、全国政协常委、广东省副省长。

在日本期间，廖仲恺也有数量极少的写景之作。兹录其中《黄金缕》一首：

排去屏山开面镜，十里湖光，供作临妆镜。腻粉凝脂宫样整，亭亭玉立秋空迥。世事推迁浑不定，昔日烘烘，今日清清冷。覆雨翻云凭记省，海枯石烂惟君剩！

此词写富士山胜景。词前有小序云："自芦湖望富士山，积雪之下，紫石斑斓，盖火山熔岩所累成之绝色也。为赋此词，以纪佳胜。"

11月9日，廖仲恺乘太平洋丸号船离日本长崎回上海。11月

24日,奉孙中山派遣,抵达福州,协助许崇智的东路讨贼军工作。12月下旬,由福州南下泉州、海安等地,沿途作有《青玉案》《黄金缕》等词。

> 西风画角悲征戍,人意也消何处?一卧沧江惊岁暮,归帆数尽,日归还未,又上泉州路。河山梦觉成今古,骑鹤缠腰几人去?除却冬青无别树,颓垣断井,荒烟蔓草,凄切城乌吁!
>
> ——《青玉案·泉州道中纪见》

> 五里长桥横断浦,不度还乡,只度离乡去。剩得山花怜少妇,上来椎髻围如故。冉冉斜阳原上暮,罂粟凄迷,道是黄金缕。彩斾红旌招展处,几人涕泪悲禾黍。
>
> ——《黄金缕·抵海安感赋》

从这两阕词中可以看到,廖仲恺对于当时在地方军阀盘踞下的福建,其破残凄惨的景象,以及到处种植鸦片,荼毒人民的状况,深感痛心。

在廖仲恺的词中,还值得一提的,有一阕"题大兄忏庵主人粤讴解心稿本"的《贺新郎》:

> 讽世依盲瞽,一声声,街谈巷话,浑然成趣。香草美人知何托,歌哭凭君听取。闻覆瓿,文章几许?瓦缶繁弦齐竞响,绕梁间,三日犹难去。聆粤调,胜金缕。曲终奚必周郎顾,且传来,蛮音鴃舌,痴儿呆女。廿四桥箫吹明月,那抵低吟清赋,怕莫解,天涯凄苦。手抱琵琶半遮面,触伤心,岂独商人妇?珠海夜,漫如故!

忏庵主人,即廖恩焘(1864—1954),字凤舒,号忏庵,又号珠海梦余生。归善(今惠阳)人。廖仲恺之兄。留学美国，曾任驻古巴领事、巴拿马公使、外交部条约委员会委员。平生喜爱诗词，用粤语入诗，奇趣百出。著有《嬉笑集》《影树亭词沧海词合刻》。"粤讴解心稿本"，是廖恩焘作的广东民间曲艺集。粤讴这种民间说唱文学形式，是清朝嘉庆末年南海人招子庸所创。它是运用粤语方言、篇幅句法长短随意、有韵而不限格律的新民歌。它脱尽束缚，能充分抒发个人心中的感情，既典雅又通俗，音乐性强而又婉转动人。廖仲恺在词中对粤讴做了充分的肯定，反映出他对民间文学形式的重视。

廖仲恺的诗词，述国事，悲慨激烈；抒亲情，真实细微；对个人安危，置之度外；对百姓疾苦，深表同情。悲壮中显精神，清丽中见骨气，时有不朽的名句，风光霁月，蔼然照人。

(《岭南文史》2007年第5期)

论康白情的旧体诗

管 林 管 华

作为"五四"时期新潮社的主要诗人康白情,在上世纪80年代以来,逐步在学界引起对他的关注,并给予他在中国新诗史甚或在中国现代文学史上应有的地位。然而,学界对于他还有旧体诗集存世的事实,却不屑一顾。只有冯文炳在《谈新诗》[1]一书中提到,"康白情还做过旧诗,及至他感觉要自由的写他的新诗,旧诗那一套把戏他自然而然的丢在脑后了,他反而从旧小说中取得文字的活泼,因此他有他的抒写的自由,好像他本来应该写那些新诗。"其实,康白情在"自由的写他的新诗"时,也写下了不少旧诗,并没有把旧诗那一套把戏丢在脑后了。到了本世纪初,又有人提到康白情的旧体诗。胡迎建在《民国旧体诗史稿》[2]中说道,"康白情(1896—1945)也是新文学运动时较著名的白话诗人,其实他也作旧体诗,新旧体这两方面于他其实是并行不悖的。"可惜该书只举出康于1919年写的《寄家内》一首,难使读者窥见康白情旧体诗的全貌,而且该书把康的卒年也弄错了。鉴于此,我们认为有必要对康白情的旧体诗做较全面的评介,以利于全面认识康白情这位诗人。

---

[1] 冯文炳:《谈新诗》,北京:人民文学出版社1984年版。
[2] 胡迎建:《民国旧体诗史稿》,南昌:江西人民出版社2005年版。

论康白情的旧体诗

一

20世纪初,以胡适、陈独秀为先驱,以《新青年》为阵地,掀起新文学运动,并以革除旧体诗为突破口,得到一批激进文化人响应,白话文、新诗几乎成为革命的代名词,旧体诗被大多数人视为腐朽的骸骨。然而,作为扎根于民族形式的旧体诗这门高雅艺术,并未消亡,即使在旧体诗被冷落的时期(1917—1927),还有不少文化人爱用这种形式写景、纪事、言志、抒情。其中还有一些新旧诗兼工者,如刘大白、沈尹默、康白情、俞平伯、闻一多、朱自清等,都有不少旧体诗留存下来。

康白情当时对新、旧诗的认识比较理性。他认为,"在文学上,把情绪的,想像的意境,音节地戏剧地写出来,这种的作品就叫做诗。""新诗所以别于旧诗而言。旧诗大体遵格律,拘音韵,讲雕琢,尚典雅。新诗反之,自由成章而没有一定的格律,切自然的音节而不必拘音韵,贵质朴而不讲雕琢,以白话入行而不尚典雅。新诗破除一切桎梏人性的陈套,只求其无悖诗底精神罢了。""旧诗底好的,或者音调铿锵,或者对杖工整,或者词华秾丽,或者字眼儿精巧,在全美的一面,也自有其不可否认的价值,为什么要有新诗呢?我想为了三种的逼迫,这实在是必然的倾势。"(《新诗短论》)[1]他倡导新诗,但不全盘否定旧诗。所以在创作实践中,他既有新诗《草儿在前集》,也有旧体诗集《河上集》[2]。

康白情的旧体诗,我们现在看到的有《河上集》104题145首,发表于《人民文学》1957年7月号2首、《作品》1957年6月号4首。此外,还有少壮之作《尺八集》,未见。

---

[1] 诸孝正、陈卓团:《康白情新诗全编》,广州:花城出版社1990年版。
[2] 康白情:《河上集》,上海:亚东图书馆1929年版。

《河上集》收入1916年9月至1926年秋的旧体诗。1916年至1926年这10年是康白情思想活跃、积极上进，新旧诗创作的旺盛时期。特别是在1919至1920年这两年，他留在《河上集》中的诗竟达49题，占了近一半的篇幅。《河上集》是康白情"五四"时期思想倾向、生活经历和社会交游的缩影。其中纪实之作，有《过黄河桥》《山东图书馆》《放桨歌》《三竺晚归》《游虎丘登冷香阁》《与孙公谈革命》《大阪城》等。寓意之作，有《河上》《读书行》《我何有》《稗种行》《玉泉鱼何幸》《偶成》《解嘲》《偶谈》《天下》《赠王世甫》等。抒情之作，有《离家之北京》《寄全鑑修天津》《有梦寄润斯》《悼和妹》《寄家》《南望旧金山海湾行》《东山行》《寄黄日葵北京》《寄二姐玉如》《悼翟蕴玉》《新中国歌》等。写景之作，有《栖霞洞》《壑雷亭》《灵隐山游》《西湖》《南浔即景》《小田道中》《三溪园》《琵琶湖》《吉田山上》《岚山细雨》《落日行》《碧洋》等。抒情之作，除抒发爱国之情外，主要是抒发友情和亲情。本来还有关于爱情之作。康白情在《河上集四版增订自序》中说："寄美人香草之作，则以另刊《尺八集》行世。"

二

综观康白情《河上集》中的多数诗作，当然还说不上是旧体诗中的上乘之作，但是，其鲜明的特色，不仅受到当时读者的欢迎，曾一版再版，而且也是中国20世纪旧体诗史研究者应该重视的。其特色有以下几方面。

一是遣词质朴，命意含蓄。康白情曾主张"诗是贵族的"，强调"诗尽可以偏重主观，触物比类，宣其性情"。同时也指出："我们却仍旧不能不于诗上实写大多数人底生活，仍旧不能不要使大多数人都能了解，以慰藉我们的感情。所以诗尽管是贵族的，我们还是尽管要作平民的诗。"（见《新诗短论》）为了使大多数人都

能了解,他的诗遣词质朴。如写于 1920 年 5 月 28 日的《疏水》:

> 隧道三十里,像头恕见村。
> 曲流息于箭,用在半山行。

此诗有序云,"琵琶湖如水盛碗内。疏水者,凿其碗使穿一洞,而使碗内之水自洞中源源溢出者也。穿凿隧道约经二十三分钟始见天日。洞外沿山腰筑运河,曲折达京都。"作者游疏水,信笔写来,却首尾衔接,承转分明,笔法圆紧。它形象质朴,又真彩内映。没有警句炼字,却有兴味贯穿全篇。又如《大阪城》:"回览大阪城,荒凉伤旷壤;城外突飞烟,又见兵工厂!"语言质朴平易,近似白话诗。作为诗歌,语言可以浅显、平易,但命意不能显直,要含蓄才有诗味。康白情认为:"《红楼梦》所以令人百读不厌,因为他的命意都不是裸然显露的。含蓄并不是要隐晦,明了并不是不能含蓄。"(见《新诗短论》)应该使言有尽而意无穷。如写于 1919 年 1 月 12 日的《河上》:

"融融春阳,泛泛河水。枯柳之稊,赤子之心。"一、二句表面上是写自然界春天已经来临,河水已经解冻,而实际上已隐约预示一场新文化运动即将到来。三、四句以枯柳已发出幼芽,比喻先进分子的新思潮已经出现。又如 1922 年 7 月 6 日写于美国的《稗种行》:

> 稗种害稼,锄而薅之。稗种既除,良苗亦摧。
> 抚披创痍,田夫兴悲。隔朝雨露,嘉禾芬菲。
> 吁嗟乎!良苗匪疴,如稗种何?

禾苗本来没病,铲除稗草却伤及禾苗。讥讽当时社会中类似除稗伤稼的言行。"良苗匪疴,如稗种何"以设问作结,给读者留下想象的空间。

二是感情真挚，风格高雅。康白情认为，"我们的诗，要在质朴、真挚、清洁里讨生活，不要在典丽、矫饰、秾艳里讨生活。但不过饰呀，并不是可以蓬头跣足。""诗是'为人生底艺术'和'为艺术底艺术'调和而成的。""没有志不能作诗，既成诗就终归是言之有物的；而没有美便不成其为诗了。""我们说诗，处处都要他于世道有补，固未免'头巾气'太重，然而在自己表见之内不能以最高的人格表见于最高雅的风格里，也是诗人底丑了！"（见《新诗短论》）上述有关诗歌的主张，也体现在他的旧体诗作中。如1922年2月写于美国的《寄黄日葵北京》四首：

零雨其濛，飘风其南。海云悠阔，众草芊绵。
邈矣怀人，小别三年。思君中结，欲吐无言。

自从去国，浸返初和；沈郁之思，浩漫之歌。
昔年稚气，泰半销磨。分襟隔岁，子怀则那？

异邦殊俗，每为试习；观兵国诞，散花除夕。
梅湖归鹜，金门落日。佳节胜地，相忆何极！

天下皆溺，遑恤我躬？屡读君书，咐气成虹。
岂无情志？畏我良朋。相希努力，迨其有终！

黄日葵（1898—1930），广西桂平人。北京大学学生，少年中国学会成员，五四运动的积极参加者。1920年3月，参加与发起北大马克思主义学说研究会，是北京共产主义小组最早成员之一。1920年4月底，他曾与康白情、徐彦之、孟寿椿等组织了1920年北京大学游日学生团，赴日进行宣传和考察。这四首可说是康白情给在北京的好友的诗信。诗中充满殷切的思念，报告异邦的殊俗，并抒发心灵深处的感激之情。情真意切，风格质朴、高尚。

又如 1921 年 3 月又在美国写的《寄二姐玉茹》："日盼邮差过二回，回回不见手书来。最应思我花时节，客蜡寒梅岂未开？"语句浅白，叙弟姐思念之深情。收不到亲人的信，他也不怨恨，而且推想可能有客观原因——大概家乡还未到花开时节吧！突显感情真挚、风格高尚的诗作，还表现在吊念抗清、反清、反袁（世凯）的志士诗中。如 1916 年 11 月写的《吊黄兴、蔡锷二将军》：

> 凭吊将军意，心伤敢自赊？
> 贰臣犹根蒂，四海未桑麻。
> 我亦楚人子，弹泪祝灵娲！

又如写于 1919 年 8 月的《风雨亭怀秋瑾》和《岳王坟》：

> 十年浩气令犹在，剑草血花着意荣，
> 芳草有情埋侠骨，暮蝉无那动秋声。
> 　　　　　　　　　　　（《风雨亭怀秋瑾》）

> 岳王坟后千年柏，劲与岳王坟土俦。
> 几度怀公还自奋，等闲怕白少年头！
> 　　　　　　　　　　　　　　（《岳王坟》）

"五四"之后，北京大学许多同学来到南方上海、杭州等地，鼓动罢课、罢市、罢工。康白情当时也是南下的北大学生之一。上述两诗，即写于当时南下做鼓动工作之时。它抒发了诗人对先烈的景仰之情和学习先烈的愿望。

三是不拘一格，体裁多样。康白情说过："我们做诗，尽管照我们自己最好的做去，不必拘于一格。至于我们底作品究竟该属于那一格，留给后来的文学史家作分类的材料好了！"（见《新诗短论》）《河上集》中，从题材来说，除国内题材外，还有涉外题材，如《小田道中》《三溪园》《登南山》《琵琶湖》《疏水》《大阪城》《吉田山上》《永观堂》《岚山细雨》《南望旧金山海湾行》《落日行》《坎蟆篇》《碧洋》等,其中有日本、朝鲜、美国的自然风景、风俗人情和作者的生活感受。从体裁方面说,有四言诗、五言古诗、七言古诗、五言律诗、七言律诗、五言绝句、七言绝句,还有楚辞和诗馀。可说旧体诗的诸多形式,他都运用自如了。再从写法方面看,也是不拘一格的,四言诗,雅颂纷陈,且多有自序,叙时间、背景或叙写作缘由。有些序,甚至比诗的本文还长好几倍,如《题画枫叶》,只有16个字:"是自由魂,是劳动血。天地之心,有如此叶。"而自序却有102个字。再如《游虎丘登冷香阁》《去日本赋怀》等,均有比原诗长几倍的序文。更奇特的是,有些诗,还有非常长的跋。如《与孙公谈革命》:"一度见功勿再施,后层图效要前吹。期无业累先无业,欲作猕公自作猕。惟道善群诚则久,有粮斯聚用为奇。谢公半日叮咛语,革命于今有老师!"这是记叙1919年"五四"之后在上海与孙中山先生谈革命的诗作。康白情在1929年增订《河上集》时,编入此诗,并写了一跋附于诗后。该跋长达580字,叙述与孙先生谈革命的时间、内容、感想,以及对该诗前6句的解读。有时康白情还用散文的笔法写诗。如1918年在北京写的《除夕诗》,开头就说:"我生二十二,二十三度度除夕;十七除夕我在家;六度除夕我在客。未觉客里除夕之可悲;焉知家里除夕之可乐!"总叙有生以来度除夕的情况。接着写这年除夕饮酒、食肉、品茗、访友、作诗等情况,祈望排除万念无主之心绪。虽是七言古诗,中间夹杂长短句,如"大碗酒、大块菜,烹鲤鱼,作牛脍,坐围席,梁山会。""莫谈时!莫谈学!莫谈兵!岂有乡谭资下酒?各抒野语藉开心。""无端辨意志,引起秀才之酸味。""去,去,出门去!围炉直干么?""同行尽何人?旦初,一峰,我。""为问何者尘俗何风流?愧我耽游忘实利?"真是不拘一格，照自己认为最好的手法去做。

四是新旧语词，熔于一炉。康白情为了使旧体诗适应现代社会，避免过于晦涩，往往采纳新文学作品中的语汇，双音词或多音词也进入旧诗中。力争熔新旧于一炉。如"自由""劳动"(《题画枫叶》)"文明""欣赏"(《我何有三首》)"兜风"(《坎𡾺篇》)"校场"(《校场见菊口号》)、"列车"(《过黄河桥》)"新大陆""华裔""文化"(《赠胡应麟三首》)"革命""老师"(《与孙公谈革命》)"隧道"(《疏水》)"兵工厂"(《大阪城》)"炮兵工厂"(《寄别西川辉京都》)"邮差"(《寄二姐玉茹》)"东洋""国花""钢笔""革命精神""明年再见"(《白樱花杂咏十一首》)等。此外，康白情的旧体诗中，也往往夹杂一些外国语词，如"坎𡾺""阿托"(《坎𡾺篇》)"墨西哥""普鲁士"(《赠胡汝麟三首》)"法兰西"(《合林自巴黎狱中寄诗。……》)"飞鸟山""复成桥"(《再用原韵和润斯见寄》)"富士山""横滨港""日本刀"(《寄别高山义三京都》)"欧洲""美洲"(《曾琦示我巴黎病院口号五首，即用原韵寄慰》)。康白情在旧体诗中，采用新语汇和句法，有利于旧体诗向通俗易懂方向发展，又不失传统之美。

朱自清在《中国新文学大系·诗集导言》中说："这时期康白情氏以写景胜。"这当然是指康白情的新诗。但我们觉得此评语用来指康的旧体诗，也是恰当的。在《河上集》中，写景诗约占六分之一。其中有不少佳作。如《栖霞洞》：

逃暑栖霞洞，冷然欲化仙。才通三曲径，又是一重天。
懒滴疑铜漏，妖苔著翠钿。缺岩斜照入，石口喷金烟。

写溶洞奇景，细腻形象，读后令人如亲临其境。又如《蛰雷亭》：

> 鳌雷亭上响鳌雷，堤锁碧潭一镜开。
> 百代冠裳人尽去，半天晴雨我初来。
> 山花带泣红于血，渟石能春老不摧。
> 悬瀑怒飞知有意，奔流小外洗尘埃。

把鳌雷亭瀑布描写得有声、有色、有形、有情，诗末以"悬瀑怒飞"的形象，蕴含诗人"山外洗尘埃"的壮志。再如《吉田山上》：

> 晚松迎日翠，踯躅斗霜红。
> 回首赤墙壁，犹在绿烟中。

色彩鲜艳，情景交融，宛如一幅松山晓日图。

《河上集》可说是康白情年轻时代的代表作之一，是研究康白情生平、思想、交游的重要文献，也是研究20世纪中国旧体诗史不可或缺的资料。

康白情自1924年9月由美国回国之后，直至1947年，前后23年时间。政治上，既失去了共产党的朋友，也失去了国民党的朋友；工作上，频频变动。或从教，或参政，或经商，或习医，或游历。有一段时间，还兼摘土匪武装，训练神兵。生活上，还染上了嫖、赌、吸毒等恶习。这段时间，他也写过散文韵文和译稿，并"随时在报纸杂志上发表"，自认为"既无多少价值，亦不留意保存，概在抗战转徙中散失无馀气"。（见1956年康白情填的《教师业务情况调查表》）1948年以后，康白情主要在广东高校教书，生活比较安定。特别是1950年1月至8月参加南方大学的学习后，思想有所进步，生活上改掉了恶习，并激发起创作旧体诗的欲望。1953年夏作五绝《读"湘君""湘夫人"》；1956年春，应陈唯实院长柬邀，从华南师范学院教授诸同仁春游，触时感兴，作七绝《花埭浏览》《午膳蕴枝湾》《贪泉小憩》，记春游之兴；同年又作《中秋后四夜从中国文学系诸同仁驰车醵宴北园有和》五律一首。以上数诗，均刊登于《作品》1957年6月号。同年7月，康白情在肇庆鼎湖山广州教工休养所休养时，作五古《山栖夜兴》、七古《竞寿歌》（载《人民文学》1957年7月号）。《竞寿歌》近八百言，其中有："吾信寿夭胥自作，且以身历证其确。""我图祛病不求仙，纵使求仙也枉然。""春秋迅度六十一，欣见兵强国盛日。若云预算才五十，我已超额创效率！""留得肉囊还竞寿，祥瑞聊为共产主义祖国未来谋！"显示了对长寿的自信，洋溢着生逢"兵强国盛"之世的喜悦之情。我们相信，如果他不是在1958年被错划为右派分子，必定还会有佳作问世。

（《华南师范大学学报》2007年第4期）

论诗绝句的集成与绝唱

——陈融《读岭南人诗绝句》的批评史和文体史意义

左鹏军

陈融在完成《读岭南人诗绝句》之后，曾写下七绝四首，以志当时的心境。其一云："蛮方轻消古来今，风力坚遒后起任。不染岳云湖绿色，江衣岭带郁蟠深。"其四云："搜索遗文卌载来，光阴偏待惜残灰。独留一管枯馀笔，等到无书读处开。"[1]从中可见作者在经过四十年的断续写作、反复修改之后，终于将这部三十多万言的《读岭南人诗绝句》写定之后的复杂心情和深切感受，而作者对于岭南诗人诗作的熟稔程度，扎实的文献根底，特别是对岭南诗人诗作的充分肯定和深厚感情也从中可见；其中也流露出作者对几十年间经历的时势变化、世事沧桑的多重感慨。

一、陈融及其论诗绝句

陈融（1876—1956），字协之，号颙菴，别署松斋、颙园、秋山。广东番禺（今广州）人。早年肄业于菊坡精舍，攻词章之学。光绪三十年（1904）入日本东京法政大学速成科。翌年加入同盟会。1911年4月参加辛亥广州起义。广东光复后，任军政府枢密处处

---

[1] 陈融：《〈读岭南人诗绝句〉成书此》，《读岭南人诗绝句》卷首图版，香港1965年誊印本。

员。1913年后,历任广东省司法筹备处处长、广东法政学校监督、广东警察学校校长、广东审判厅厅长、司法厅厅长、高等法院院长、大本营法制委员会委员、广东省长公署秘书长兼政务厅厅长、行政院政务处处长。1931年任广州国民政府秘书长,旋任西南政务委员会政务委员兼秘书长。1948年受聘国民党总统府国策顾问。1949年赴澳门,1956年病逝。他的诗词、书法、篆刻、藏书俱负时誉,著有《读岭南人诗绝句》《黄梅花屋诗稿》《竹长春馆诗》《颙园诗话》《秋梦庐诗话》《黄梅花屋印谱》等,编选有《越秀集》等。

《读岭南人诗绝句》是陈融一生用心最勤、用力最久、最为重要的一部著作,凡三十多万言,从草创至完成前后历时四十年。在如此漫长多变的岁月里,六易其稿,方始写定,可见作者对此书的执着用心、一往情深。全书分十八帙,以七言绝句并系小注方式,记载、歌咏、评论、考辨从汉代至民国年间一千三四百年的岭南诗人凡二千〇九十四家,写下绝句二千六百八十一首;其中有小部分散佚,如第十四帙论民国诗人部分即佚其前半,含诗人五十三家,诗一百〇二首;是书今存者,论列岭南诗人二千〇四十一家,绝句二千五百七十七首[①]。值得特别注意的是,此书还

[①] 冒广生《〈读岭南人诗绝句〉序》有云:"平生所遭顺逆之境,如梦幻然,若羊胛之乍熟,使人俯仰,有不能喻诸于怀者。独其于诗,愈老而嗜好愈笃。乃以暇日,成此四千余首,凡六易稿始写定。"见《读岭南人诗绝句》卷末。按:笔者据该书目录所列诗篇数统计,全书原论及岭南诗人二千〇九十四家,有诗二千六百八十一首,除去散佚者,今尚存诗人二千〇四十一家,诗二千五百七十七首。据此可知冒氏所说"四千余首"之数不确。另,何氏至乐楼丛书第三十二种本《黄梅花屋诗稿》后附有《读岭南人诗绝句拾遗》(又名《读岭南人诗绝句补编》),增补诗人六十二家,诗一百二十五首,即《读岭南人诗绝句》所佚之第十四帙论民国诗人部分,系由陈融弟子余祖明多方搜求所得,并于1972年编定,何氏至乐楼1989年冬月刊行。若将此部分计算在内,则《读岭南人诗绝句》共存诗人二千一百〇三家,诗二千七百〇二首。

专辟三帙，用以记载与品评岭南妇女诗人、方外释家诗人和道家诗人。这虽然是一些诗歌纪事著作和史学著作的常见做法，并非其首创，但是陈融《读岭南人诗绝句》的处理方式，既表现了重视女性诗人、方外诗人的文学观念和文化眼光，又反映了岭南诗歌史上女性诗人、方外诗人做出的杰出贡献和应有的文学批评史与文学史地位，这种判断也符合岭南诗坛的具体情况[①]。可以认为，在古今众多的研究者中，对岭南文学与文献如此执着、如此深情者，除《广东新语》《广东文选》的作者屈大均之外，另一重要人物则当推《读岭南人诗绝句》的作者陈融。

《读岭南人诗绝句》全部为七言绝句，从多个角度品评每位诗人，少则一首，多则四五首，大抵依其重要程度而定，影响较大、材料丰富或争议较多的诗人则品评文字较多；除绝句之外，还以少则几字，多则上千字的小注形式对所品评的每位诗人进行具体的说明阐发；诗与注之间形成了非常明显的彼此映衬、相互发明的密切关系。而且，就保存岭南人物与史事的文学价值和文献价值方面来看，这些诗注有时候甚至比诗本身还要显得重要，至少不亚于诗本身的价值。应当认为，陈融的《读岭南人诗绝句》是论诗绝句这种特色鲜明的文学批评形式和诗歌创作方式进入总结时期以后取得的一项标志性成就，具有独特的批评史、文体史和文学史价值。

二、《读岭南人诗绝句》的文献价值

《读岭南人诗绝句》具有独特而重要的文献价值。就陈融的创作动机和主要目标来说，与其说这是一种诗歌批评形式，不如说

---

① 张伯伟曾将"论闺秀"视为清代论诗诗内容方面值得重视的开拓之一，见所著《中国古代文学批评方法研究》第4章《论诗诗论》，中华书局2002年版，第428—432页。

是系统研究岭南诗歌的学术意图的诗体表达①。郭绍虞、钱仲联、王遽常所编《万首论诗绝句》尝选录《读岭南人诗绝句》三百一十一首②，以为殿后，且为全书选录数量最多的一家，可见推重。从岭南文学史与文学批评史的角度来看，《读岭南人诗绝句》展现了空前详赡的岭南诗歌史历程，提供了丰富的岭南文学与文献资料，许多是一般研究者未曾注意的材料，其价值足当引起重视。

《读岭南人诗绝句》根据清晰准确的文献史实，相当全面地清理和记载岭南诗人诗事及有关史实，表现出明确系统的载记乡邦文献、传承地方文化的意识。全书开篇第一首诗即鲜明地表现了这一点，诗云："海风渐渐扫南氛，八代焉能不阙文。岭表诗源议郎首，有人说过漫重申。"注云："杨孚，孝元，南海。屈翁山云：'广东之诗，始于杨孚。'梁崇一云：'汉和帝时，南海杨孚为《南裔异物赞》，诗馀也。'"③将杨孚作为岭南诗歌兴起的标志，这一观点虽非陈融首创，而是在沿用屈大均④、梁崇一提出的见解，但是从中依然可见陈融对岭南诗歌起源问题的重视和追索岭南诗歌渊源的兴趣。咏王邦畿诗四首，第一首云："王如美玉孟如珠，珠

---

① 关于此问题，可参考程中山：《清诗纪事成犹未，谁识兵尘在眼前——陈融〈清诗纪事〉初探》，《汉学研究》，汉学研究中心，2008年版，第263—289页。
② 郭绍虞、钱仲联、王遽常编：《万首论诗绝句》，人民文学出版社1991年版。张伯伟《中国古代文学批评方法研究》第4章《论诗诗论》尝提及陈融《读岭南人诗绝句》，云："此据《万首论诗绝句》所收，编者题下注云：'录三百十一首。'可知原稿更多。"（第423页脚注）周益中在为陈氏所编《论诗绝句》撰写的《导读》中云："陈颙蓭的《读岭南人论诗绝句》更多至四千多首，可谓前所未有。"（金枫出版社，1999年版，第31页）所说数字同样不确，且所述书名亦不确。可见二书对《读岭南人诗绝句》一书均语焉不详。
③ 陈融：《读岭南人诗绝句》，第1，506，693—694页。
④ 屈大均尝云："汉和帝时，南海杨孚字孝先，其为《南裔异物赞》，亦诗之流也。然则广东之诗，其始于孚乎！"见《广东新语》卷12《诗语》"诗始杨孚"条，中华书局1985年版，第345页。

小偏能与玉俱。篇幅不多《耳鸣集》，浩然犹是此区区。"注有云："其感时伤事，一托于诗，自名曰《耳鸣集》。澹归序略云：'雷峰虽提持祖道，然不废诗，皆推说作第一手。余亦时为诗，性既粗直，诗亦愤悱抗激。每见说作诗辄自失，以为有愧于风人也。说作诗诸体皆工，至其五七言律，真足夺王孟之席。余虽不知诗，天下后世见说作之诗，又将以余为知诗也。王孟并称，当时无异词，千载而下，亦未有敢易置者。譬之置珠于左，置玉于右也。'（此序见《徧行堂集》钞本）又钱牧斋序略云：'诸君子生于岭南，而同室视余，余诚有愧。然若吾里之叛而咻者，所谓蜀日越雪也。王君之诗，学殖而富，意匠深，云浮胐流，殆将别出诸君子之间。名其集曰《耳鸣》，而序之曰自鸣也、自验也。愿以是正于余，余之愧且喜，亦余之耳鸣云尔。'（此序为《有学集》所无，于《楚庭稗珠》见之）"①除对王邦畿其人其诗予以高度评价外，特别值得注意的是，引用澹归和尚、钱谦益所作两篇《耳鸣集》序言以为证明，而且这两篇文献或仅见于钞本《徧行堂集》，或不见于通行本《有学集》，可见其珍贵程度和特殊价值，作者借以保存乡邦文献的清晰意识和细致用心由此也清晰可见。

咏谭莹的三首诗也皆侧重表彰谭氏在岭南文献汇辑、刊刻与传播方面做出的重要贡献。第一首云："风诗典雅略波澜，持较骈俪季孟间。审定丛书及诗话，是渠归宿九嶷山。"第二首云："检得画墁三四律，晚晴果得颔中珠（晚晴簃所选画墁堂数首，皆佳构）。世情推勘皆症结，坐月支琴总自如。"注云："谭莹，玉生。南海。道光举人，化州训导，学海堂学长。工骈体文。南海伍氏

---

① 陈融：《读岭南人诗绝句》，第174—175页。按：此段文字与《楚庭稗珠录》所录颇有异同，见檀萃编，杨伟群校点：《楚庭稗珠录》，广东人民出版社1982年版，第122页。

所刻《岭南遗书》《楚庭耆旧遗诗》《粤雅堂丛书》皆其手校，跋尾诗话皆其手笔。生平精力略尽于此。有《乐志堂诗文集》。"①可见谭莹一生主要精力之所在，在伍崇曜出资刊刻几种重要总集与丛书过程中，发挥了至关重要的作用，陈融对谭莹的充分肯定也寄寓其中。咏吴道镕诗一首云："乐府连环前代事，尚疑游戏见清裁。茫茫文献乡园泪，后死谁当著作才？"注云："吴道镕，玉臣，澹庵。番禺。光绪进士，官编修。国变隐居。有《明史乐府》，所任编选《广东文征》，自汉迄清，凡六百余家，人系一传，遗稿未及写完；经张学华接董其事，续得一百数十人，以次编入，合七百一十二家。《作者考》十二册先成，全书稿本复写十余份，分藏各图书馆，刊布有待。"②对吴道镕主要是从其发起编辑《广东文征》并率先完成《广东文征作者考》，对岭南文献做出重大贡献的角度进行评价的，可见陈融对岭南文献搜集、整理和传播的重视与期待。当时《广东文征》尚未出版，因此陈融有"后死谁当著作才"之叹，复有"刊布有待"之语。可以补充的是，时隔多年之后，吴道镕纂辑、张学华增补、叶恭绰传录的《广东文征》第一册（即卷1至卷14）影印本于1973年10月由香港珠海书院出版委员会出版；《广东文征》全书铅印本六册也以"香港中文大学图书馆丛书第一集"的名义，作为"香港中文大学建立十周年纪念"，于1973年10月出版③。吴道镕纂辑广东历代文献以表彰岭南文化传统的愿望终于结成了丰硕的果实，陈融的期待也得到了部分的实现。

又如，第十七帙《妇女》所列女性诗人，除少数如王瑶湘、黄

---

① 陈融：《读岭南人诗绝句》，第506页。
② 陈融：《读岭南人诗绝句》，第693—694页。
③ 许衍董任总编纂，汪宗衍、吴天任参阅之《广东文征续编》铅印本四册，后来亦由广东文征编印委员会于1986年9月至1988年9月在香港出版，显系《广东文征》之延续发展。

之淑、叶璧华、范蕾、黄芝台、黄璇、邓秋零、汪鞠生等之外，大多并不为人所知，有的甚至连真实姓名也未曾留下；但是这种对于岭南女性诗人的关注本身，就足以证明陈融周详全面的文献意识和比较先进的文化观念。如咏邓秋零诗云："逃禅不遂竟沉渊，恨事当年道路传。一卷天荒读遗句，秋风秋雨奈何天。"注云："邓秋零，慕芬。顺德。父业农，精拳术。零幼亦谙习，能只手举铁机百斤，有女英雄之目。稍长就读港沪女校，与校友黄秋心素称莫逆。早存厌世之想，尝欲削发为尼。民国三年冬，与秋心同返粤，诣肇庆投鼎湖庆云寺礼佛，夜并沉于飞水潭。事详《天荒杂志》，并载秋零《题雨中芙蓉》一绝云：'秋风秋雨奈何天，断粉零脂只自怜。何事画师工写怨，染将红泪入毫端。'又《自题披发小照·调寄点绛唇》一词，亦多解脱。"①可见陈融对岭南杰出女性的重视与评价。

《读岭南人诗绝句》对一些珍稀文献与重要史实进行准确的记录和中肯的评述，或留下重要的文献线索，或澄清重要的历史事实，弥补了以往载记之不足，有助于相关问题的研究和评价。该书品评的第二位诗人是刘珊，有诗二首，其一云："江南有客赋悲哀，送得知音海外来。毕竟当朝重文翰，故教岭左拔清才。"其二云："记室翩翩数辈侪，五言诗最擅风流（张正见，清河东武城人，善五言诗）。宫廷湖水司空妓，未许清河胜一筹。"注云："刘珊，正简。南海。笃学有志操，州郡举为咨议侯。景文之乱，徐伯扬浮海至广州，见其文，叹为岭左奇才。及为司空侯安都记室，亟荐之。太建初，除临海王长史，与记室张正见辈为文翰之友。见《陈书》。"②以《陈书》为主要根据，记述刘珊诗歌创作与为官经历、生平交游的重要情况，以正史材料参证诗史人物之用意非常

---

①② 陈融：《读岭南人诗绝句》，第747，1页。

明显。咏陈邦彦诗四首,第一首云:"真气弥纶书卷多,诗心纯在旧山河。老成方略胸中有,时露精沉出咏歌。"第四首云:"广大师门撷众英,三家四子各峥嵘。锦岩萧索风烟后,仅有斐然岭学声。"注有云:"丙戌清师入粤,拥兵拒战,退保清远,力竭被执,不屈死。永历赠兵部尚书,谥忠愍。著有《雪声堂集》,《南上草》未见。温汝能辑《岩野集》四卷,存。又著有《易韵数法》《阮志注》,存。其子恭尹,渊源家学。屈大均久游其门,梁佩兰或云同出其门,或云私淑弟子。同时薛始亨、何绛、罗大宾、程可则皆先后钩陶,云淙开社。岩野曾未参与,盖抱负不在此也。而岩野之诗卒开三家四子面目,世称'锦岩诗派',二百余年,仅得诗以鸣其故国之思而已。"①这段文字除高度赞誉陈邦彦抗清不降、英勇就义的烈士精神,对其仅以诗歌鸣世的际遇多有同情外,考辨的史实也颇为重要:一是陈邦彦著作的流传与版本问题,因其书在清代屡遭禁毁,流传不易;二是包括一般所说三家四子在内的岩野门人弟子问题,特别是对在反清与仕清之间摇摆不定的梁佩兰是否为岩野及门弟子的考究,可以见出作者对此类重要历史细节的重视,保存岭南珍稀文献之用心亦清晰可见。

咏黎简诗四首,第一首云:"不出其乡黎二樵(近人论粤诗有此句),似誉似毁太无聊。须知河岳江湖客,界限森严见未消。"第四首云:"风雅升沉一代愁,萧条冷月望罗浮。屈陈一百余年后,应有樵夫在上头。"注有云:"黎简,简民,石鼎,未裁,二樵。顺德。乾隆拔贡生,有《五百四峰堂诗钞》。汪氏续刻《诗钞》。评其诗者,除近人有'不出其乡黎二樵,江山文藻太萧寥'句为贬辞外,誉者多小异而大同。余尝访不匮室主人,见其手《五百四峰堂》一卷,因问对二樵诗有何品评,主人曰:'亦跬步二

---

① 陈融:《读岭南人诗绝句》,第152—153页。

李,而上追杜韩。'他日主人复惠书云:'二樵诗前谓其亦是二李,顷诵其《答同学问诗》云云,自道甘苦,似胜他人之评量;阔步清爽,则非二李所能囿矣。'续又来书云:'读二樵诗臆说,承奖高兴,更申謦欬。诗卷十五《与升父论诗》,尤见作者胸臆与本领。'"[1]特别重要的是,此处引用胡汉民与陈融个人交往的言论与书信中对黎简的评价,可见胡汉民论诗的见解和特点。这样的材料不仅极为难得,反映了胡汉民与陈融二人同门交往的片段,而且益发可见作者留存岭南诗坛材料、以论诗诗传人记史的深远用意。陈融咏乃师黎维枞诗三首云:"碧腴少日结吟窝,白牡丹花藻誉多。八首磨礲秖一字,内心当驾易秋河。""面壁无功不易臻,精纯原得义山真。一樵略比二樵意,老杜终为众妙津。""神韵当如偶遇仙,轻清易入野狐禅。简严师训无多语,七十年来在耳边。"注有云:"黎维枞,簧廷。南海,原籍新会。贡生,候选训导,学海堂学长,越华书院监院。能赋,善画,工骈体文,于诗尤夐夐独造。遗著甚多,身后余所搜得,只有《碧腴楼吟稿》甲编一册、《莲根馆丛稿》庚集一册,暨其少作《思源吟草》一册,殆不及什之二三。思欲刊行,为师存其一鳞半爪而已。展堂甚有同情,为之序曰:'余十八九岁时从簧廷师学诗,师设帐于里中读月山房,湘勤、协之实先受业。师颇赏两人所作,而谓余好驰骋,少含蓄,勖以枕葄唐贤,改其故步,心窃仪之。未几师归道山,余遂未能卒业。师早岁即以咏白牡丹乌桕诗著名于岭南,迄为学海堂学长,掌文科,同时作者皆避席。此数卷为协之今年得之于旧好蟫蠹中,师所手订,识其岁月,则已六十七年矣。卷中皆少作,虽不足以尽师之生平,而隽永绵丽之作,已足以卓然名家。或曰岭南诗人悉好昌谷而师义山,师晚年自号一樵,盖窃比二樵山人

---

[1] 陈融:《读岭南人诗绝句》,第311—312页。

之意。二樵亦近昌谷，义山之裔也。协之先曾得师之遗稿若干篇，因并合付梓。闻其他稿多散佚，不可复得'云云。后因欲再事搜索，岁月忽忽，蹉跎至今，余等之罪也！"[1]这段文字，从弟子这一独特角度回忆老师的文学创作与成就，引同门胡汉民之序以为补充说明，并对老师的诗歌取径、教导学生有所发挥评价，表达弟子们对老师的深厚感情和深切回忆，情真意切，令人动容；对黎维枞的著述创作、存佚流传情况及其门弟子的教育经历、文学创作进行了独特的揭示，对了解岭南近代的文学创作与教育传承也具有特殊的价值。这样的文字只能出于陈融笔下，他人断无法写出，可以说非常珍贵。

《读岭南人诗绝句》运用相当充分的文学批评史、文学史材料及正史、方志、笔记等其他文献资料，对某些尚未弄清或存有分歧的文献与史实进行简要的考证辨析，或丰富了以往载记之不足，或辨明存有歧见的史实，使是书不仅获得了重要的文学批评史和文学史价值，而且具有一定的地方史、社会文化史价值。品评孙蕡之诗共四首，可见陈融对孙蕡的重视。第一首云："南园先后五先生，首数西庵气象横。闽十才人吴四杰，同时风雅动神京。"第四首云："身畔蒋陵秋梦多，箫声凉夜逼天河。骚坛有砺人如玉，剑及儒冠果为何？"注云："孙蕡，仲衍，西庵。南海平步，即今顺德。洪武举乡，官至翰林典籍。何真归附，求蕡作书，与王、李、赵、黄开抗风轩于南园，世称南园五先生。以题画坐蓝玉党，竟置之法，门人黎贞收葬于安西之阳（叶遐庵云：'西当系山之误。西庵葬沈阳之安山，又名鞍山，即日本设重工业处。余曾访孙墓，已无人知矣。'）。有《和陶》《集古》《西庵集》《通鉴前编纲

---

[1] 陈融：《读岭南人诗绝句》，第642—643页。按："庚集"当为"庚集"之误。

目》《理学训蒙》等著。"①除对南园五子之首孙蕡因为蓝玉题画而被目为蓝玉同党、竟至被杀的遭遇深表同情外，值得注意的还有所引叶恭绰语，对孙蕡所葬之地进行了考辨，表现出明确的以人物系重要史事的用意。咏区大相诗四首，第一首云："南园消息久销沉，岭海钟灵此国琛。毕竟虞山大司马，有无他故弃球琳？"注有云："前后七子称诗号翰林，为馆阁体，大相始力袪浮靡，还之风雅……朱锡鬯云：'海目诗持律既严，铸词必炼，其五言近体，上自初唐四杰，下至大历十子，无所不仿，亦无所不合。岭南山川之秀，钟比国琛，非特白金水银、丹砂石英已也。'又云：'海目五言律诗，如钝钩初出，拂钟无声，切玉如泥；又如铙吹平江，秋空清响。虞山钱氏置而不录，予特为表出之。'"②尝在明代诗风转变过程发挥重要作用的区大相，并未引起钱谦益的应有重视，陈融引朱彝尊对区大相的高度评价，重新表而出之，显然有纠正未当、弥补阙失之意。

咏屈士燝、屈士煌兄弟诗四首，后二首云："题素思归戛玉声，昭关字字筑金城。定知老到难为弟，也许飞扬胜乃兄。""玉友金昆世共伤，彬彬风雅一门强。韶年幼弟先秋气，剩有哀辞哭华姜。"注有云："屈士煌，泰士，铁井。诸生。与兄士燝往来陈子壮军中。同产五人先后卒，独士煌奉母匿迹山村。事迹详于翁山所著墓表。往岁吾友隋斋胡子得其遗诗钞本，辑入《南华杂志》，曾语余曰：'铁井先生集未见前人著录，遗诗八十五首，友人陈君善伯录自沙亭屈氏钞本。细玩诸篇，本事前后错杂，似未经先生手定。而《粤东诗海》所录三首及《鼎湖外集》一首，均未见收，更可证明全集断不止此。'以清一代文网之密，为从古所无，

---

① 陈融：《读岭南人诗绝句》，第35页。
② 陈融：《读岭南人诗绝句》，第121—122页。

虽有孝子贤孙不知冒几许危难，始克保存先人遗著以迄今日，如此编是已。若先生伯氏白园所著《食薇草》，余固求之十年而未能得，即访之屈氏族人，亦无知之者，为可慨耳。"①通过对屈士燝、屈士煌兄弟著作存佚情况的分析评论，反映清代文网之严密、思想之专制、文献之禁毁等重要的历史事实。以友朋间谈论内容为材料品评说，堪称独家所有，其珍贵程度显而易见。

《读岭南人诗绝句》还注意记载和考辨与岭南诗坛相关的非岭南人物或事件，根据可靠史料和著述对一些重要史实进行考证辨析，由岭南指向其他重要的地方文化区域，使史实的叙述、诗人的品评获得了更加广阔的文学与文化空间，表现出明晰的整体的中国文学与文化意识。咏丁日昌诗三首，第二首云："百兰花盛冶春天，不算销魂不杜鹃。欲学无端写哀乐，时时借着芷湾鞭。"第三首云："波澜忽自何蝯叟，强起荒疏十五年。连岁荔枝香色好，不甘无字作枯禅。"②由于丁日昌的特殊政治地位和广泛影响，陈融对之予以特别的重视，三首七绝之下的诗注长达千字。值得注意的是，陈融品评丁日昌诗，一方面将其置于岭南诗歌、客家诗歌的层面上进行考量，指出丁日昌有意学习宋湘的创作路向；另一方面，又特别指出丁日昌与当时岭南内外的许多重要人物皆有交往，诗作亦颇受这些人的启发，还特意引用丁日昌与湖南道州诗人、书法家何绍基的酬唱，以示丁日昌诗歌的广泛影响。从岭南、岭北两个维度上考量评价丁日昌诗，使品评获得了岭南以内与岭南以外的双重价值，表现出明显的中国诗歌批评的整体意识。咏朱启连诗三首云："谁识中强部勒奇，桐城文法及于诗。盆山竹与碱砆玉，那是谦辞是傲辞。""闭门远俗陈无己，掩泪空山元裕

---

① 陈融：《读岭南人诗绝句》，第165—166页。
② 陈融：《读岭南人诗绝句》，第555页。

之。都有寥天弦外意，茫茫相许在心脾。""元陈姜合是平生，切切颐巢死友评。一曲河梁愁万古，为君寸断玉弦声。"注有云："朱启连，棣坨，跂惠。本浙江萧山人，父仕粤不归，遂托籍于粤。游汪谷庵之门，且为馆甥。一试不第，即弃去。性敏介，与世落落寡合，愤世嫉俗，辄出以诙谐。尝刻小印曰'隘与不恭'。工诗古文，善章草隶书。晚好琴，妙达音律。陶子政为作家传，颇能揭其学行，有曰：'性行似元结，文学似陈师道，艺术似姜夔。非今之士所有也。'陈宝箴云：'志行軼乎古人，文学超乎侪类。闇然不以其中之所有希世之知，世亦卒鲜知之。'杨锐云：'诗无一语不经酝酿而成，一洗近时浅易粗犷之习。'其自评诗曰：'清而薄，如僧橱之粥也；挺而弱，如盆山之竹也；黝而削，如羸夫之肉也；莹而确，如砥砆之玉也。'虽自谦抑，然坚挺秀健，此正良喻。"①岭北各省人士入粤并著籍岭南，是岭南文学与文化发展过程中的一个重要现象，这些图南人士为岭表文学和文化的发展做出了重大贡献。对朱启连的品评就反映了陈融对历代入粤人士的重视，而且引用多人评价揭示朱启连的多方面成就，在广阔的中华文化背景下，特别是在岭南文化与岭北文化的交流融合中认识朱启连这一类型的入粤名人的重要地位。

此外，对岭南僧人诗作与世变之际僧俗变化、处世态度的关注也是《读岭南人诗绝句》的突出特点之一。咏函可诗四首，前三首云："关门有梦哭挥毫，雪满千山诗兴高。几曲浩歌存变雅，一生禅语带《离骚》。""瘦驴背子雪霜欺，鞭策长鸣振鬣时。得罪以诗诗更好，油然忠孝念吾师。""风沙黯黯衲衣寒，万里书来忍泪看。痛定哦诗诗是泪，以诗和泪写阑干。"注有云："函可，祖心，剩人。博罗。本姓韩，名宗騋，文恪公日缵长子。少负才名，既

---

① 陈融：《读岭南人诗绝句》，第621—622页。

丧父母，一意学佛，与曾起莘同参道，独于华首。崇祯己卯，年二十九，入匡山为僧。旋上金轮峰，入古松堂，礼寿昌博山塔。乙酉至南都请经，值国变，咏歌凭吊，致亡国之痛。及将南还，为门者所持，逮京师下狱。洪承畴为文恪门下士，颇左右之，乃以此登弹事狱，具戍沈阳。初至，入普济寺读经。既历主广慈、大宁、永安、慈航诸大刹，苦行精修，暇辄为诗。自谓'绕塔高歌，正如风吹铃鸣，塔又何曾经意？'戍沈阳后，叔兄弟、姊妹、子妇咸死于难。每得家书，流涕被面。痛定而哦，或歌或哭，每以洟涩苟全、不得死于国家为憾。"①虽是品评函可其人其诗，却从一个重要侧面展现了世变之际岭南与岭北的重要史事。咏大汕诗三首，第一首云："百家绝技一身胜，天界威光万里腾。豪侠逼人离六集，为离为六对心灯。"第三首云："一书多趣屈介子，平等不甘潘稼堂。生命区区一回事，志书文阙亦荒唐。"注有云："大汕，厂翁，石莲，长寿寺僧，自称觉浪盛嗣，未知是否。所著有《离六堂集》《证伪录》《不敢不言源流就正》等，攻《五灯全书》，兼攻《五灯严统》。潘耒稼堂尝作《天王碑考》以反驳之，见《遂初堂别集》四，非诋全书，实恶大汕也……大汕本诤《五灯全书》，而反为潘耒所诤，以致于死，固梦想不及也。然大汕与翁山交恶后，曾欲首其《军中草》，陷之死地，说见潘耒《救狂书》。果尔，则潘耒亦效汕所为耳。渔洋《南海集》下有《咏长寿寺英石赠石公》诗，而《分甘馀话》四极诋之，殆受潘之影响。《道古堂集外诗》《游长寿寺伤石濂大师》云：'离六堂深坐具空，低回前事笑交讧。纷纷志乘无公道，缔造缘何削此翁。'注：'省府县志皆不言师建寺，深惜之也。'余季豫言《援鹑堂笔记》四六论潘向汕索赇事颇详，可参证。大汕《离六堂集》序者十五人，梁药亭、屈翁山外，

---

① 陈融：《读岭南人诗绝句》，第769—770页。

江浙为多,中有徐电发釚,亦己未鸿博,与耒同邑,而盛称大汕,岂亦念同乡之谊耶?何毁誉之悬殊也?以上录《国粹学报》第七十八期,及陈垣先生《清初僧诤记》。"[1]此处征引多种文献资料,通过大汕、潘耒、屈大均个人际遇和相互关系前后变化、复杂纠结的考订分析,不仅呈现了重要历史细节、复杂多变人性的某些侧面,而且从具体人物和事件的角度反映了岭南人物与江苏、浙江文化某些方面的重要关联,呈现出更加具体的文学史和文化史景观。

《读岭南人诗绝句》中除频繁引用丰富的岭南文献外,还多次引用朱彝尊、钱谦益、赵翼、洪亮吉、徐世昌、陈衍、王逸唐等非岭南人物的著作或言论,以与岭南人物的有关品评相比较参证,也表现出同样重要的价值。这种思考和写作方式一方面使对于岭南诗人诗作的评骘认识获得了更加可靠的参照比较对象和评价角度,另一方面也有效地拓展了对岭南诗歌的认识空间,从而使《读岭南人诗绝句》获得了超越岭南地域文化范围以外的文学批评史和文学史价值。

三、《读岭南人诗绝句》的批评观念

陈融一生如此钟情于《读岭南人诗绝句》的创作,除了搜求、保留、传承岭南历代诗歌文献的深远用意外,还表现出相当明确的批评观念。假如说《读岭南人诗绝句》的文献价值从其外在形式上即已得到相当充分的表现,那么,它的批评观念则主要通过其内在理路同样集中地表现出来。与以往的论诗绝句相比,《读岭南人诗绝句》表现出通达而深刻的批评观念,其中表现出来的批评意识和诗学主张多有堪可总结、值得汲取之处。

---

[1] 陈融:《读岭南人诗绝句》,第801—804页。

《读岭南人诗绝句》以爱古人而不薄近人的评判态度，以既突出大家又适当关注小家的记述原则，非常注重探求岭南诗歌的古老源起，又注重探究其流变壮大的历史过程，也不忽视记录和品评时人与时事，在论诗诗的抒情性与史料的可靠性之间寻求中和稳妥的尺度，力图全面详尽地展现岭南人诗歌创作的风貌。全书从东汉杨孚、南北朝时期陈朝刘珊起，至作者同时代人物为止，著录品评一千四五百年间的两千多家岭南人物的诗作，确可以说是蔚为大观，空前绝后。书中所录，除为人们所熟知的大家名家外，尚有大量的不为一般人所知但又确有其价值的小家；被采入是书者，除一般意义上的"诗人"外，还有一些并不以诗名世的各种类型的岭南人物。这也许是该书以"读岭南人诗绝句"为名，而不用"读岭南诗人绝句""论岭南诗人绝句"或其他名称的原因之所在，亦可见作者的宽阔眼光和深远用意。与众多论诗之作推重古人、穷究古事的习惯相比，《读岭南人诗绝句》既推重古人又不鄙薄近人的态度和处理方式，不仅表现得更加通达开阔，而且符合岭南人物、文学乃至文化发展变化的实际情况，更能准确地反映岭南人物与诗歌兴起、流传、发展壮大的历程。

　　一个明显的事实是，岭南文学虽然起源很早，可以上溯至汉唐时代，宋代也是岭南文学一个关键性的积蓄、过渡时期，但不能不承认，只有到了明清以后，中国文学最为活跃的区域、产生广泛影响的中心区域才从中原地区、江南地区逐渐再度南移而至于五岭以南，岭南文学方真正迎来了全面发展的时期，岭南诗歌的气象面貌才逐渐形成，并逐渐为其他文化区域的人士所认可。而到了晚清民国时期，由于岭南独特的地理环境、文化生态特点，岭南诗歌乃至多个文学领域才出现了繁荣兴盛、盛况空前的局面，岭南文学与文化也迎来了辉煌的黄金时代。因此，《读岭南人诗绝句》采取的重古人而不薄近人、重诗人而不弃其他人士的方式，是符合岭南诗歌、文学和文化的实际情况的;或者说,这样的处理方式,更能有效体现岭南诗歌、文学与文化发展变化的特点。

咏屈大均诗凡四首,第一首云:"儒素缁蓝托意深,诗人气骨自森森。从来燕赵称豪杰,舍却沙亭何处寻?"第四首云:"九世深仇虽可复,千年正统未能存。诗亡义有春秋在,可读先生宋武篇。"表达了对屈大均道德文章、人品诗作的由衷钦敬,作者的深挚感情溢于言表。在诗注中,陈融首先引用胡汉民(展堂)关于梁佩兰、屈大均、陈恭尹这"岭南三家"诗之联系与区别、取径与高下的论述:"窃谓翁山之诗,以气骨胜;元孝之诗,以情韵胜;药亭之诗,以格律胜。翁山如燕赵豪杰,元孝为湘沅才人,药亭乃馆阁名士也。"之后提出自己的见解道:"展堂之说如是,可以序翁山之诗矣。翁山诗学太白,曾自言之,见于《覆大汕和尚书》。第是书言之有物,非总括自评其生平所学也。翁山诗何止专学太白?读者当知如展堂所云云,知其得于杜者尤深。竹垞所评,似未尽允当。"①认为屈大均诗歌创作风格取径多受李白影响,自有其道理;但是从整体创作风格的角度来看,陈融所强调的屈大均在深受李白启发的同时,也颇受杜甫诗风的影响,无疑更为通达显豁。咏黄遵宪诗四首,第一首云:"定庵濡染从何说?晞发观摩亦偶然。左列涛笺右端砚,古人何事位拘牵?"注云:"人境庐诗,或以为濡染定庵,陈石遗则以为宗仰《晞发集》。而诗中《杂感》有句云:'即今忽已古,断自何代前?明窗敞琉璃,高炉爇香烟。左陈端溪砚,右列薛涛笺。我手写我口,古岂能拘牵?'"第二首云:"松阴寰海尽工夫,并力方成人境庐。想象平生知己语,我诗亦许霸才无?"注云:"人境庐《李肃毅侯挽诗》句:'人哭感恩我知己,

---

① 陈融:《读岭南人诗绝句》,第166—169页。按:胡汉民论岭南三家之语,又见于陈融《颙园诗话》。

廿年已慨霸才难。'自注云：'光绪丙午，余初谒公，公语郑玉轩星使，许以霸才。'"①清末以降，论人境庐诗并予以高度评价者不计其数。通观陈融所论，仍有其独到之处：一是注重黄遵宪博采众长、追求独创的创作观念与实践经验，并非只受一家一派之影响，这也恰与黄遵宪的创作主张相合；一是将李鸿章称黄遵宪为"霸才"之事引入对人境庐诗歌的评价，揭示了认识黄遵宪及其人境庐诗的一个重要角度，可见推重，这也恰与钱锺书评价人境诗的思路略有相通之处②。

《读岭南人诗绝句》具有相当明确的价值判断标准和诗学评骘尺度，表现出对道德正义、烈士情怀、真情实感、自然澄明、晓畅平易等思想观念或风格特征的尊重甚至崇敬，对岭南诗人诗作体现出来的某些核心价值的深度认可或期待。评黎遂球诗四首，第一首云："偶为名花写妙词，金罍锦服渡桥时。才人落魄扬州梦，聊慰邯郸午后饥。"第二首云："笔为砥柱墨翻波，磨剑从军花下歌。此是英雄真本色，任教长庆又元和。"第四首云："阁上须眉万古尊，诗人魂亦画人魂。舆图只有林峦补，字字应思碧血痕。"注有云："《广东诗语》：美周五古最佳，如《古侠士磨剑歌》《结客少年场》诸作，与困守虔州，临危时击剑扣弦，高吟绝命有云：'壮夫血如漆，气热吞九边。大地吹黄沙，白骨为尘烟。鬼伯舐复厌，心苦肉不甜。'一时将士闻之，皆袒裼争先，淋漓饮血，壮气腾涌，视死如归。以视李都尉兵尽矢穷，委身降敌，韦鞲椎结对子卿，泣下沾襟，相去何啻天壤？又有《花下口号》，人争传

---

① 陈融：《读岭南人诗绝句》，第609页。
② 钱锺书云："余于晚清诗家，推江弢叔与公度如使君与操。弢叔或失之剽野，公度或失之甜俗，皆无妨二人之为霸才健笔。"见《谈艺录（补订本）》，中华书局1984年版，第347页。

诵，皆不失去英雄本色。"①通过对黎遂球在世变之际、临危之时不失"英雄本色"之行为与诗作的记载与表彰，表现了对英雄人格与烈士情怀的敬仰之情。咏邝露及其子邝鸿诗四首，第一首云："五色肝肠绝世姿，一生不重取师资。自然晚有惊人笔，更益崟嶜海雪诗。"第二首云："桃叶端阳放浪吟，荒原广武发悲音。是真豪士纵横笔，酒热穷途涕泪深。"注云："邝露，湛若。南海。工篆隶诸体。为诸生时，学使校士，露以真、行、篆、隶、八分五体书于试卷，为学使所黜，大笑弃去。游吴楚燕赵间，赋诗数百章，才名大起；又游广西，寻鬼门铜柱旧迹，遂入岑蓝胡侯槃五土司境，归撰《赤雅》一书，纪其山川风土。旋以荐擢中书舍人还广州。清兵至，与诸将戮力死守，凡十阅月。辛卯城陷，幅巾抱琴出，骑白刃拟之，湛若笑曰：'此何物，可相戏耶？'骑亦失笑。徐还所居海雪堂，列古器图书于左右，抱所宝古琴，不食死（或曰为清兵所杀）。所著有《赤雅》三卷，《峤雅》四卷。"②这段文字虽不多，活画出邝露极其刚烈鲜明的性格，特别值得注意的是他在清顺治八年辛卯（1651）清军攻破广州城时镇定自若、视死如归的英雄气概。非常明显，字里行间，也表现了作者对邝露人格操守的钦敬之情。

《读岭南人诗绝句》以通达的眼光和明确的诗史意识，对各派

---

① 陈融：《读岭南人诗绝句》，第138—139页。
② 陈融：《读岭南人诗绝句》，第150—151页。按：屈大均《广东新语》卷12《诗语》"邝湛若诗"条云："湛若南海人，名露，少工诸体书。督学使者以恭宽信敏惠题校士。湛若五比为文，以真、行、篆、隶、八分五体书之。使者黜五等，湛若大笑弃去。纵游吴楚燕赵之间，赋诗数百章，才名大起。岁戊子，以荐得擢中书舍人。庚寅，奉使还广州，会敌兵至，与诸将戮心死守。凡十阅月城陷。幅巾抱琴将出，骑以白刃拟之，湛若笑曰：'此何物可相戏耶？'骑亦失笑。徐还所居海雪堂，环列古奇器图书于左右，啸歌以待骑入，竟为所害。"《广东新语》，中华书局1985年版，第350—351页。

诗人与各种人物采取兼收并蓄的态度，注意兼顾突出重点与照顾全面的关系，尤其是对某些下层人士、有争议人物或负面人物也采取了宽容的态度，以存人事与史事之真实，表现出明晰的历史感。咏招子庸诗三首，第一首云："书生戎马萍蓬客，画壁旗亭远上词。试问风流贤令尹，可能深结上峰知？"第三首云："薄命天涯啼泪多，酒阑灯炧一枝歌。新声合授琵琶和，人说江湖薄倖何。"注有云："招子庸，原名为功，字铭山，又号明珊居士。南海。嘉庆举人，性跅弛不羁，善骑射，能挽强弓，善画兰竹及蟹，复精琵琶，与徐铁孙荣同游张南山之门……铭山精晓音律，寻常邪许，入于耳即会于心，蹋地能知其节拍。故所辑《粤讴》，虽巴人下里之曲，而饶有情韵，拟之子夜读曲之遗，俪以诗余残月晓风之裔，一时平康北里，谱以声歌，虽羌笛春风，渭城朝雨，未能或先也。铭山有《九松山房诗钞》，不可见，诗选见《海岳诗群》。"①值得注意的是，陈融对招子庸的多方面才华和他编辑整理的《粤讴》给予高度评价，并介绍有关情况，特别对广东的民歌俗曲表现出极大的热情，为全面了解招子庸及其文学成就提供了重要的文献线索。咏周子祥诗二首云："不知浮世复何物，高咏风花敲唾壶。流水高山几时近，余怀渺渺问樵夫。""不自然中非易学，二樵生硬却能神。功成刻意轧新响，未易心香属九真。"注有云："周子祥，九真。南海布衣。诗学黎二樵……李子虎云：'二樵学山谷多不自然，九真学二樵却能自然。'此评恐于两方均有未到处。胡展堂有云：'山谷力求生新，以砭东坡之熟巧。二樵句云谷拙实竞巧，非薄山谷，但笑不善学山谷者耳。故二樵生峭处亦时近山谷也。九真适得自然，多于近体得老熟之境界而遂止，学二樵尚未能生峭也。此处可参看第六帙黎二樵绝句诗注所录胡展堂论二

---

① 陈融：《读岭南人诗绝句》，第444—446页。

樵、与升父论诗及二樵饮酒诗第五首。'"[1]由陈融对布衣诗人周子祥的重视和高度评价，可见他论诗并非仅仅是以仕宦通达者为标准，对于平民诗人的关注颇能体现《读岭南人诗绝句》以诗歌创作成就为去取标准的文学批评意识。而将周子祥与黎简联系比较，则既有助于认识周子祥的诗歌取径与创作水平，又有助于认识其独创之处，彰显其诗的思想艺术价值。而诗注中的"参看"云云，则体现了陈融撰写《读岭南人诗绝句》的严谨的学术态度与实证精神。咏梁士诒诗二首云："骊歌残泪滴离觞，落月萧萧绕屋梁。晚岁小诗随意得，不消台阁有文章。""前席如何借箸谋，南归无语入诗讴。簪裾知己龙门感，交道殊非居下流。"注云："梁士诒，燕孙。三水。光绪进士，授编修。虽出身翰苑，而不尚文艺。晚岁间为小诗。民国十一年因胶济路案，去职赴日，鱼琦送友归国有诗云：'壮怀伏剑说非难，绿水青山俯仰间。又唱骊歌索残泪，驿亭忍使酒杯干。'二十年得张学良电，知国府取消通缉，有诗云：'闭门学易寻常事，雪满寒江一草庐。起视屋梁绕落月，五更清梦入莎车。'二十二年卒于上海。叶裕甫为作神道碑云：'筹安议起，已出公府；洪宪事败，某方聒当局以之负其责，而南归侍亲，终不一辩，素性然也。'"[2]对于并不擅长文学的政治人物梁士诒的评论，虽于文学上价值不大，但对其在几次重大事变中的立场和处境进行描述介绍，有助于更加全面地认识梁士诒其人及相关事件，自有其文学批评史、文学史以外的政治史、文化史价值。

《读岭南人诗绝句》将浓郁的乡邦情怀与通达的文化观念结合起来，将岭南诗人诗作置于中国诗歌发展的历史过程中考察，既

---

[1] 陈融：《读岭南人诗绝句》，第583—584页。按：陈融此处所云"第六帙"不确，查原书，论黎简绝句在第七帙中。
[2] 陈融：《读岭南人诗绝句》，第691—692页。

表现出对乡邦人物与文学的理解之同情,又有意识地避免乡曲声气和偏狭之见。品评陈献章之诗凡五首,以五首诗论一人的情况在《读岭南人诗绝句》中并不多见,可见推重。其第一首云:"诗亦端倪出静中,儒宗毕竟异禅宗。桴亭自有平生论,狂者天机到处逢。"第二首云:"得意柴桑栗里间,篱花日夕鸟飞还。先生尚有撝谦语,千炼不如庄定山。"注有"朱锡鬯云":"白沙诗与定山齐称,号陈庄体。然白沙虽宗击壤,源出柴桑。其言曰:'论诗当论性情,当论风韵;无性情风韵,则无诗矣。'故所作犹未堕恶道,非定山比也。其云'百炼不如',盖谦词耳。"①概括陈献章诗歌特点并与江苏江浦诗人庄昶(1473—1499)之诗联系比较,且引朱彝尊之语以为证明,既使持论更显通达,益发可靠可信,又避免了单纯乡曲之论的局限性。咏黄佐诗二首云:"春宵大醉有深怀,信笔扶拷韵绝佳。天下知音惟有酒,归山心事已安排。""不居陆贾终军下,功在章缝变粤风。等是弥纶天壤事,江南差让岭南雄。"②对黄佐在岭南诗风振衰起弱的历史转变过程中所发挥的关键性作用、所当拥有的在岭南诗派中之"领袖"地位、所发生的广泛影响予以高度评价。诗注中更征引屠文升、张崇象、陈师孔、王士禛、顾玄言、陈子龙、朱彝尊、钱谦益、屈大均诸人之品评以为证明,其中不仅有岭南人,而且有非岭南人,且均具有相当强的权威性,遂使立论更加质实可信。论顺德梁有誉诗三首,第一首云:"唐律齐驱谢茂秦,古风平揖李于麟。紫英石畔奇花好,未尽英华迹已陈。"注有云:"诸人多少年,才高气锐,互相标榜,视当世若无人,于是七子才名播天下,后摈先芳,维岳不与……时严嵩柄国,子世蕃欲亲有誉,有誉耻为亵狎,谢病归,筑拙清

---

① 陈融:《读岭南人诗绝句》,第48—49页。
② 陈融:《读岭南人诗绝句》,第64—65页。

楼，杜门读书，学者称兰汀先生，为南园后五子之一。朱锡鬯云：'兰汀学诗于泰泉，又与同人结社，所得于师友者深。虽入王、李之林，习染未甚。诵其古诗，犹循选体，七五律亦无叫嚣之状。四溟以下，庶几此人；度越徐、吴，何啻十倍！'"①将梁有誉置于前后七子、南园后五子两个具体语境中进行联系比较，置于全国诗坛和岭南诗坛两个维度上进行评价，特别是将梁有誉与当时的诗坛领袖人物谢榛、李攀龙相参照，征引朱彝尊的言论，既展现了梁有誉的文学贡献，突出其诗歌特点与处世态度，又反映了当时的诗坛风尚，增强了品评的针对性和可靠性。咏温汝能诗三首，第二首云："张吴洪赵（船山、谷人、稚存、味新）道相亲，一点何曾扑俗尘。聊付闲评北江语，高峰终望岭头云。"注有云："温汝能，希禹，谦山。顺德。乾隆顺天举人，官内阁中书。有《谦山诗文钞》。谦山辑粤东诗文为《诗文海》，自汉迄清凡千有余家，为书近二百卷，蔚然巨观。平生以诗才最捷称于时。洪稚存称其：'一见如旧相识，每剧谈终日，脱略形骸，论古今天下事，娓娓不倦。予并奇其人，遂与之订交焉。因尽览其诗古文词，无体不备，盖出入于唐宋诸大家，而深臻其奥者。其所与游，则吴谷人侍讲、陈古华太守、张船山检讨、赵味新中翰诸子，皆予宿契，退食之暇，诗酒招邀，互相酬唱，世俗贵游之习，声气趋竞之场，概不能染。然后知谦山之诗与其人所以高出流品者，固别有在也。'"②引洪亮吉之语，述温汝能所交往的诗坛人物，将其置于具体的诗坛风气之中，以见其文学地位与影响，对当时全国的诗坛风气和文学状况也有所反映，充分体现了陈融持论允当恰切的特点和丰富的学术内涵。

---

① 陈融：《读岭南人诗绝句》，第85—86页。
② 陈融：《读岭南人诗绝句》，第359—360页。

四、《读岭南人诗绝句》的集成与生新

论诗诗是中国文学批评的一种重要形式，也是中国古典诗歌中值得重视的创作体式之一。历代论诗诗不仅数量众多，而且体式多样，古近体皆有，比较常见的有五言古体、七言律诗等，而最多者当推七言绝句，其中特别值得注意的是组诗式的七绝，这种体式是中国文学批评和诗歌创作中论诗绝句的主导形态。这种情形当与七绝短小灵活、便于运用的体式特点密切相关，特别是与这种体式便于组织连缀而形成具有总体性特征、便于系以小注、充分发挥论人品诗的文体功能相关。

钱仲联尝在《万首论诗绝句·前言》中说过："用诗来说诗，是我国古代诗歌理论常见形式之一。在大量的论诗诗中，论诗绝句，占有较多的比重。这一体裁，滥觞于杜甫的《戏为六绝句》，后人踵事增华，作者不下七、八百家。"[1]又指出："评论作家作品的大型组诗，涉及面广，自成系统，可以作为诗学批评史读……论某一个地区的，如论湖北诗，论四川诗，论广东诗，都可以作为地方文学史的重要参考资料。"[2]可见对论诗绝句的重视，特别是对其中的大型组诗、地域性诗歌专论的推重。郭绍虞也曾在《元遗山论诗绝句》一文中指出："自从杜少陵的《戏为六绝句》，开了论诗绝句之端，于是作者纷起。其最早者，在南宋有戴石屏的《论诗十绝》，在金有元遗山的《论诗三十首》。此二者都是源本少陵，但是各得其一体，戴氏所作，重在阐说原理；元氏所作，重在衡量作家。这却开了后来论诗绝句的两大支派。到清代，王渔洋规仿元氏之作，于是论诗绝句，遂多偏于论量方面，或就一时代的

---

[1] 郭绍虞、钱仲联、王遽常编：《万首论诗绝句》卷首，第1页。
[2] 郭绍虞、钱仲联、王遽常编：《万首论诗绝句》卷首，第4—5页。

作家论之，或就一地方的作家论之；其甚者，摭拾琐事以资点缀，阐说本事以为考据，而论诗绝句之作，遂亦不易看出作者的疏凿微旨了。"①概括了论诗绝句或重在阐说诗歌创作原理，或重在品评衡量作家的两种不同写法，也指出自清代王士禛之后，论诗绝句有偏于数量的增加，或重于某一时代的诗人，或重于某一地域的诗人的趋势，特别是对"摭拾琐事以资点缀，阐说本事以为考据"，以至于"不易看出作者的疏凿微旨"的现象提出了针砭。其实，从文学批评观念与方法、诗歌体式与作法的角度来看，论诗绝句的这种变化趋势，反映了清代以降论诗绝句寻求内容拓展和形式更新的愿望，丰富了论诗绝句的数量，强化了论诗绝句的地域特色，也未始不是一种有益的探索和尝试。

从论诗绝句发展历程的角度来看，陈融历时前后四十年终于完成的《读岭南人诗绝句》，对于论诗绝句这种古老的论诗形式、作诗体制进行了集成式的发展与生新，具有明显的综合、总结、终结论诗诗的意味，这是它特殊价值的核心之所在。这种价值至少从以下诸方面得到了充分的彰显，从而体现出其独特的批评史、文体史和文学史地位。

第一，明晰的地域文化意识。地域文化意识的兴起并逐渐明晰，特别是相对于中原地区而言的偏远地区自我文化意识的渐盛，是明清以降中国文学创作与批评的重要趋势之一。这种趋势在论诗绝句这种诗歌批评形式和诗歌创作体式方面的体现，就是具有明晰的地域文化意识的论诗绝句的出现。从岭南文学批评史的角度来看，岭南人还是第一次像《读岭南人诗绝句》这样表现出如此明确的岭南文化意识与文化自信。周益中曾指出："有清一代，论

---

① 郭绍虞：《元遗山论诗绝句》，《照隅室古典文学论集》上编，上海：上海古籍出版社1983年版，第243—244页。

诗绝句可谓郁郁乎盛矣哉！词客方家非但用以阐说诗理，品骘作家，进而以之论词、论曲、论画、论印，等等，不一而足。钱大昕《养新录》曰：'元遗山论诗绝句：王贻上仿其体，一时争效之。厥后宋牧仲、朱锡鬯之论画，厉太鸿之论词、论印递相祖述，而七绝中又别启一户牖矣！'"①这段文字中涉及的其他方面姑置之不论，仅就清代论诗绝句的兴盛一点而言，可以认为，陈融《读岭南人诗绝句》的出现，不仅印证了清初以降论诗绝句渐兴并延续到民国初年的事实，而且充分地表现出岭南地域性论诗绝句的非凡成绩；同时也终结了岭南乃至全国论诗绝句的流风余韵，从而获得了总结性的价值。假如说屈大均《广东新语》的出现标志着明清鼎革之际岭南人自我文化意识和民族意识的一次全面觉醒，是岭南文化精神的一次着力张扬和集中表现，那么，就可以认为，当三百年后的又一次世变之际，陈融《读岭南人诗绝句》的出现，则是岭南人自我文化意识的又一次弘扬，表明岭南论诗绝句创作达到了最高水平，具有空前绝后的标志性意义。

第二，明确的纪史存人意识。郭绍虞尝将"重在阐说原理"和"重在衡量作家"视为"论诗绝句的两大支派"②。假如以此为参照进行具体考察，则可以发现陈融的《读岭南人诗绝句》的重点并不在于阐说诗歌创作原理，而在于衡量历代诗歌作者，而且对以往的论诗绝句的成法和内容进行了大幅度的开拓，从而显示出明显的创新价值。在此需要特别注意并辨析的是，陈融所论并非历代"岭南诗人"，而是古今"岭南人诗"。后者的指称范围显然大于前者，而且这种处理方式也应当是作者的有意为之。《读岭南人诗绝句》的创作，并非出自作者的一时之兴，而是以系统研究清诗并计

---

① 周益中：《论诗绝句的馀流衍派》，周益中编：《论诗绝句》附录三，第280页。
② 郭绍虞：《元遗山论诗绝句》，《照隅室古典文学论集》上编，第243—244页。

划编撰《清诗纪事》的学术基础与多方准备为基础的①。这一点，从《读岭南人诗绝句》中引用的大量文献史料、涉及的众多人物事件、披露的多种珍贵故实中均可以深切地感受到；而全书由岭南古今人物和事件构成的相当完整的诗歌史序列，则从整体上显示了普通论诗绝句所无法具备的文献价值和史料价值。因此，就陈融《读岭南人诗绝句》的创作动机和主旨而论，与其说这是一部专论岭南诗道诗艺、显示自己诗歌才华的著作，不如说这是一部具有明确的学术意识和诗史意识、以论诗绝句的形式传达岭南人物与历史的学术性著作更为恰当。这种情形与有清一代诗学大盛、传统学术进入总结阶段的总体文化环境也是密切相关的；或者说，这是清代以降诗歌创作观念、诗歌批评观念变迁的一种可堪注意的表现方式。

第三，细密的诗注相成意识。论诗绝句之下加以注文，当与论诗者诗史意识和诗歌叙事功能的强化密切相关，或者说就是这种创作观念逐渐加强的结果；当然也与中国诗歌创作观念与诗歌体式的演变、诗注的出现和渐盛密切相关。张伯伟尝将"诗加注文"视为"清人对论诗诗的形式"所作的"两项补充"和形成的"两项颇为突出的特点"之一②，可见对这种创作现象的关注。周益中也说过："论诗绝句虽然为诗人及谭家所喜爱，但也因为受到绝句这一诗体自身的限制，而形成了诸多特色，如组诗的形成、诗中的自注等等，此即是以绝句论诗者的补救之道。"③又说："论诗绝句之发展，至有清可谓登峰造极矣。词、曲、画、印、古泉、藏书等等支流衍派，莫不可以绝句论之也。或缘有清乃'文艺复兴时

---

① 参考程中山：《清诗纪事成犹未，谁识兵尘在眼前——陈融〈清诗纪事〉初探》，《汉学研究》，第263—289页。
② 见张伯伟：《中国古代文学批评方法研究》第4章《论诗诗论》，第434—436页。
③ 周益中为所编《论诗绝句》撰写的《导读》"六、论诗绝句的缺点"，第30页。

代'所致。学术发达，史实考据兴，为诗者因得旁征博引、分派漫衍、无所不至，是以于议论之外，大量夹注，详其本末、无虞困窘。一则用以存真，再则表章才学，好之者既乐此不疲，所为所论，乃至不可胜数也。"[1]陈融《读岭南人诗绝句》不仅集中反映了这种创作趋势和演变轨迹，而且有意识地将诗与注的功能有所区分：诗主要司抒情、品鉴之责，注主要尽叙史、纪事之用，二者相互补充，彼此发明，从而构成一个颇为完整、相当自然的整体，共同实现作者的创作目标。从论诗绝句的发展过程来看，诗注从无到有，从短到长，经历了复杂的发展过程，总体趋势是作者的思考日益细密周详，诗注的作用逐渐被强化。论诗绝句文体形态的演进，作者创作习惯的变迁，反映了论诗绝句创作观念和诗歌批评观念的变化。从这一点来看，可以认为，陈融的《读岭南人诗绝句》具有代表论诗绝句最终形态的典型意义。

第四，执着的巨型组诗意识。杜甫《戏为六绝句》作为论诗绝句的开创之作，实际上已具有组诗的性质。其后的论诗绝句也经常以组诗的形式出现，如元好问《论诗三十首》、王士禛《戏仿元遗山论诗绝句三十二首》、舒位《论诗绝句二十八首》、姚莹《论诗绝句六十首》、李希圣《论诗绝句四十首》、陈衍《戏用上下平韵作论诗绝句三十首》，等等，均可称代表。论诗绝句的总体演变趋势是作者的组诗意识逐渐加强，组诗的规模逐渐扩大。但是，如《读岭南人诗绝句》这样以二千七百多首七绝构成的组诗，无论在岭南文学批评史、诗歌史和文学史上，还是在整个中国文学批评史、诗歌史和文学史上，都可以说是"前不见古人，后不见来者"。冒广生在《〈读岭南人诗绝句〉序》中曾评价说："若专为一都一邑网罗文献，托之长言，蔚成巨制，以吾浅陋，今始得于番禺陈君协

---

[1] 周益中：《论诗绝句的馀流衍派》，周益中编：《论诗绝句》附录三，第298页。

之《读岭南人诗绝句》见之。夫岭南固诗国也,世之溯岭南诗者,至张曲江而止矣。协之此作,乃从《汉书》托始杨孚,下逮平生交游,若胡展堂、熊瞶然,咸有论列,楚庭耆旧,于是乎因诗以存。美矣富矣,蔑以加矣!"①其中虽含有出于师友之谊的褒扬之词,但从论诗绝句的创作过程和学术价值的角度来看,此论还是道出了陈融《读岭南人诗绝句》的独特贡献。苏文擢也在《筹印陈颙菴先生〈读岭南人诗绝句〉募捐启事》中说:"自汉迄清,延绵并世;旁搜远绍,暝唱晨书。时阅卅年,稿经数易;著录者二千余氏,品题者三十万言。属辞比事,载以好音;望古可侪,于今独步。"②也是从内容之广博、创作之勤勉、内容之丰赡的角度高度评价《读岭南人诗绝句》的独特价值。从论诗诗创作的角度来看,在如此广阔的时空背景下,用二千七百多首七绝歌咏岭南二千一百多位古今诗人,并一一系以小注以为进一步说明阐发,可以想见,假如不是具有过人的诗歌才华和深厚的学术根底,特别是对岭南古今诗坛的熟稔,加之执着坚韧的精神,断难完成这样的鸿篇巨制。这表明陈融在四十年的创作与研究过程中,具有非常明晰的将数量如此众多的论诗绝句构造为巨型组诗的意识和能力。

可以认为,杜甫《戏为六绝句》开创的论诗绝句传统虽代有传人,但是在论诗绝句这种传统体制走向终结的近现代时期,陈融《读岭南人诗绝句》的横空出世,确可谓超迈前贤,后无来者。因此可以将《读岭南人诗绝句》视为中国文学批评史上论诗绝句传统的一个精彩有力的总结,同时也是中国诗歌史、文学史上论诗诗创作成就的最后一次全面重要的体现,也是对中国文学批评文献的一项重要贡献。

---

① 陈融:《读岭南人诗绝句》卷末。
② 陈融:《读岭南人诗绝句》卷末。

综上所述，陈融的《读岭南人诗绝句》不仅表现出明晰的乡邦情怀、过人的诗性精神，而且具有鲜明的学术意识和历史意识。作者自觉将这些因素结合起来，从而形成了独特的创作风貌，取得了杰出的创作成就。无论是从岭南文学批评史、文体史与文学史的角度来看，还是从中国文学批评史、文体史和文学史的角度来看，都可以认为《读岭南人诗绝句》是具有独特价值的诗歌批评文献，是论诗诗、论诗绝句的杰构，是陈融以半生精力为岭南文学乃至整个中国文学做出的一项重要贡献。因此，可以认为，《读岭南人诗绝句》不仅是岭南文学批评史和文学史上的标志性成就，而且是整个中国文学批评史和文学史上的标志性成就，是中国历代论诗绝句的一个集成式的总结，也是一曲悠远的绝唱。

最后还需说明，《读岭南人诗绝句》虽然是陈融最重要的岭南诗论著作，但尚非其论诗之作的全部。陈融的《颙园诗话》《秋梦庐诗话》中也多有关于岭南诗人诗作的记录与品评，其诗集《黄梅花屋诗稿》《竹长春馆诗》中也有若干关于岭南时人时事的诗篇，所编选的《越秀集》中也体现了陈融文学观念与文化观念的某些侧面。凡此皆可与《读岭南人诗绝句》相参证，亦可由此更加全面深入地认识和评价陈融的诗论与诗作。不过那已经是另外一个论题，或可俟诸他日再进行讨论。

(《中山大学学报》2011年第4期)

中外文化交流与岭南近代散文风格之嬗变

谢飘云

中国文学在由古代向近现代的转型过程中，外来文化的大量涌入，对其影响是巨大的，这是外来文化第二次大规模地撞击中国传统文化与文学的时期（按：第一次是在汉末魏晋时期）。同时，也是中国文学从古典走向现代的过渡期。

岭南近代文学是中国近代文学的重要组成部分。它的生长、发育、成熟与中外文化交流这股"东风"关系极为密切；换言之，岭南近代文学在欧风美雨的沐浴下才具有了异于古代、面向现代的"近代味"。与此同时，作为岭南近代文学的重要表征——风格——也深深地烙上了外来文化的印痕，这导致岭南近代文学风格出现了与古代文学风格相异的旨趣。

近代中外文化交流不仅是导致岭南近代诗歌、小说风格嬗变的最重要条件，而且也是引发岭南近代散文风格变迁的首要因素。随着近代中外文化交流深度与广度的扩展，岭南近代散文的整体风格日趋平易缜密、雄深闳肆，而且显现出岭南近代散文风格嬗变的轨迹。

一、岭南近代前期散文风格的嬗变：融会新理，朴实自然

鸦片战争前后至19世纪70年代前后是岭南近代散文风格嬗变的前期。在这一时期的散文作家中，受中外文化交流影响较大

的代表人物有洪秀全、罗森、何如璋、刘锡鸿。他们的眼光逐渐从墓志寿序、山水登临、亲朋酬酢、谈性论理中挪移开来，转而越来越多地关注海外世界、现实人生，初步体现了近代散文家强烈的开放意识与政治意识。在他们的笔下，新事物、新名词、新理致时有所现，岭南近代散文出现了"山雨欲来风满楼"的崭新气象。

这一时期散文的嬗变中，洪秀全的散文是不可忽视的。洪秀全，广东花县人。曾师从外国传教士学习西学，对基督教义有所领会；后来创办"拜上帝教"并发起太平天国农民革命运动。散文作为最易于用作宣传的文学体裁，成为洪秀全得心应手的理论武器。他的离经叛道思想、工具理性精神、新旧杂糅的知识体系、豪迈的斗争意识为其散文涂抹了一层前无古人的光彩。在《原道觉世训》中，他以生花妙笔深入浅出反反复复地阐述着"皇上帝，天下凡间大共之父也"的主题思想，抛开这一思想的科学性不论，单看文章字里行间，就显示出散文的论说气势和文学特色：

> 而于今历考中国番国各前圣所论及，且笔于书以传后世者，只说天生天降皇上帝，生养保佑人，未尝说及阎罗妖也。只说死生有命，亦是命于皇上帝已耳，毫无关于阎罗妖。只说皇上帝审判世人阴骘下民，临下有赫，又毫无关于阎罗妖也。而世人之读死书者，不信古今远近通行各经典，而信怪人无端突起之怪书，不亦惑哉！此无他，好生恶死，慕福惧祸，恒情也。以恒情而中人心，则其入之也必易。是也邪说一倡，而天下多靡然信之，从之。信从久则见闻熟，见闻熟而胶固深，胶固深则难寻其罅漏，难寻其罅漏，则难出其范围。皇上帝纵历生聪明圣智于其间，亦莫不随风而靡矣。此近代所以

多惘然不识人之好怪也！

这番"说教"有理有据，有直有曲；对于时人而言，它是前无古人的言论，也是明晰易懂的言论，因此，它的说服力不言而喻。

罗森的散文也极具代表性。罗森，字向乔，广东人。他曾参加过美国东印度舰队司令马登·柏利所率舰队的第二次日本之行，承担汉英翻译的任务。他"将所见所闻，日逐详记，编成一帙"。这一年（1854年），香港"英华书院"发行的中文月刊——《遐迩贯珍》——从第11号起连续3期刊发了罗森的《日本日记》。"罗森可能和林针一样，是一个略通翰墨的由学入商的人物，也可以算是近代中国资产阶级最早的活动分子之一吧。"[①]罗森的笔触简约实用，轻松随意，这是与日本人对他的优渥有礼、美日谈判的圆满成功分不开的。他写道：

> 次日，亚国（笔者按：指美国）以火轮车、浮浪艇、电理机、日影像、耕农具等物赠其大君。即于横滨之郊筑一圆路，烧试火车，旋转极快，人多称奇。电理机是以铜线通于远处，能以此之音信立刻传达于彼，其应如响。日影像以镜向日绘照成像，毋庸笔描，历久不变。浮浪艇内有风箱，或风坏船，即以此能浮生保命。耕农具是亚国奇巧耕具，未劳而获者。大君得收各物，亦以漆器、瓷器、绸绉等物还礼。

这段文字的文学价值首先在于它的"说明"意味，而且它共时性地"说明"了近代美式火车、照相机、电话机、救生艇、农用机械五

---

① 钟叔河：《日本开国的见证》，《走向世界丛书·I·3》，钟叔河主编，岳麓书社1985年版，第22页。

种物事，体现出"格物致知"的科学精神和简括实用的文字风味，这是古代散文所缺乏的。又如：

> 其处山岭，杜鹃花甚盛，而各花亦复不少。卫廉士曾采名花数百种，压干以备考览，所谓多识鸟兽草木之名欤！

亦与上论相合。

何如璋的散文亦值得关注。何如璋，字子峨，广东大埔人。他的《使东述略》，自叙"自（光绪三年）八月五日出都……十月杪乘轮东渡，历日本内海、外海，冬至前五日乃至横滨；又迟之一月，始移寓东京行馆"这一段时间内"海陆之所经，耳目之所接，风土政俗"的情况。全文约1400字，是罗森以后中国关于日本的第一篇正式报告。在《使东述略》中，何如璋认为，日本的变化源于"风会所趋"（即历史的必然规律），这种思想无疑高于传统的"天命论"。同时，作为中国士大夫，他的行文并不艰涩，未死死抓住"桐城义法"不放，而多了几分鲜活、几分畅达，以及一层薄薄的忧虑与焦灼。下引一例：

> 窃以欧西大势，有如战国：俄犹秦也；奥与德其燕赵也；法与意其韩魏也；英则今日之齐楚也；若土耳其、波斯、丹、瑞、荷、比之伦，直宋、卫耳，滕、薛耳。比年来，会盟干戈，殆无虚日。故各国讲武设防，治攻守之具，制电信以速文报，造轮路以通馈运，并心争赴，唯恐后时。而又虑国用难继也，上下一心，同力合作，开矿制器，通商惠工，不惮远涉重洋以趋利。夫以我土地之广、人民之众、物产之饶，有可为之资，值不可不为之日，若必拘成见、务苟安，谓海外之争无与我事，

> 不及此时求自强，养士储才，整饬军备，肃吏治，固人心，务为虚骄，失其事机，殆非所以安海内、制四方之术也。子曰："足食足兵，民信之矣。"又曰："人无远虑，必有近忧。"可勿念乎！

可见，足不涉日本之地，必无此等见识；涉日本之地而走马观花、敷衍塞责，也必无上述撼人心魄的言辞。然而，"知音少，弦断有谁听？"

刘锡鸿散文的特色也是明显的。刘锡鸿，字云生，广东番禺（今广州市）人。他的《英轺私记》是其出使英国的私人日记，主要记述了他在1877年1月至11月居留于英国期间的见闻与心绪。《英轺私记》对自然科学方面的见闻多有笔录，先后记载了观实学士演光学、观电学、观化学演试等场面，描写细致而逼真，令人有身临其境之感；语言耐用朴实，符合说明文的审美要求。在总论英国政俗时，刘锡鸿不自觉地采取了西方惯用的演绎法：先提出一个总的论点——"此外则无闲官，无游民，无上下隔阂之情，无残暴不仁之政，无虚文相应之事。"而后用五个独立的段落分而论之，在每个段落的最后均以"是谓……"句式作结。兹举第五分段为例：

> 有职役则终其事而不惰，有约会则守其法而不渝。欺诳失信，等诸大辱。事之是非利害，推求务尽委折，辩论务期明晰，不肯稍有含糊。辞受取与，亦径情直行，不伪为殷勤，不姑作谦让。男女尽人皆然，成为风俗：是谓无虚文相应之事。

这一段又成功地运用了归纳法。其他四分段的架构皆与此同。这样一来，大的"演绎"格局中包裹着小的"归纳"格局，使文章显得严密而紧凑，是谓缜密。后来，刘锡鸿在德国又羁留了不到一年的时间，于 1878 年 8 月 25 日被召回。这段经历记录于他的《日耳曼纪事》。其中，有这样两段朴实畅达的文字：

> 公历十二月二十四日，为克来斯麦司衣符（即耶稣降生之前一日），西洋各国以此为令节。先期十余日，饴糖果饵、玩物器具，纷罗街市。家家筐筐相遗，如中国之贺新岁。至期，官学给假，佣雇停工，商贾百艺，咸各休息。或游猎，或宴会，或结队诵经礼拜堂，熙熙如也。
>
> 席散，有扮老人自内出者，须发蓬蓬，被彩衣，肩囊，手持树枝，向众宣言曰："今夕之会，其来匪今。比户幼孩，莫不欢欣，庆我辈蒙天麻之赐，嬉游鼓腹，无异儿童。愿各开怀，娱此良夜。"宣毕，探手囊中，出筹码若象棋子者，人各畀一，皆书以数。旋入内，环案而立。案头罗列诸物，亦以数揭之。视其所分筹码之数，与所揭之数相符，则贻以其物。有得箫管者，有得篮盒者，有得佩帨者，有得香者，有将果饵者，种种不能尽名。

以上所录，只是刘锡鸿描绘圣诞节前后热闹情状文字中的节选，篇幅总量不及原文的一半，但已足以见出一个中国人对西方圣诞节的体认与感知；其文字无矫揉造作之嫌，形式自由解放，受过童蒙教育的近代中国人皆可读之而后快，这大概是连身为封建士大夫的原作者也始料未及的吧？！其中的"克来斯麦司衣符"，英文原文应为"Christmas Eve"；这种直译、音译的技法，在后来得以大行其道。看来，这种译法很适合近代中国人的审美心理与阅读习惯。近代中外文化交流的旺盛生命力与巨大影响力由此可见一斑。

需说明的是，受到中外文化交流影响的岭南近代前期散文作家不只上述几人，只不过他们更具代表性、更需重点论述而已。

二、岭南近代中期散文风格嬗变：激情洋溢，平易畅达

19世纪70年代前后至20世纪初年是岭南近代散文风格的嬗变的中期。在中国近代散文史上，散文作家们走的创作道路主要有两条：一条是由龚自珍、魏源开创的经世类散文创作道路；一条是由曾国藩开创的复古类散文创作道路。岭南近代散文作家们绝大多数走向了前一条道路。这在岭南近代前期散文中已有所体现。时代的剧变、社会的动荡、西学的东渐使岭南近代中期的一批具有改良思想的散文作家意识到了"穷则变，变则通，通则久"（《易经》），也意识到了唤醒国民、再铸国魂的必要性与紧迫性，于是他们开阔眼界、广泛取材、深入议论，自觉地以散文创作说服最高统治者、唤醒沉睡的心灵。这种创作心态使岭南近代中期散文家们从更广的维度、更深的意义上去理解、介入、推动中外文化交流；反过来，中外文化交流为岭南近代散文作家提供了更为广阔的创作空间、更为自由的创作形式、更为深邃的创作思想。这一时期散文的发展主要表现为新文体的萌芽、诞生、发展、壮大。在此期间，受中外文化交流影响较大、为新文体的产生与发展做出过贡献的代表作家主要有郑观应、黄遵宪、康有为、梁启超。

郑观应年轻时跟随英国传教士傅兰雅学过英语，后来做过英商买办；入资得道衔，历任上海机器织布局主办、轮船招商局帮办、汉阳铁厂和粤汉铁路公司总办等职。在上述活动期间，他对中外政治、经济、外交、军事诸方面加以稽考，以辨得失，这对他的散文创作起到了至关重要的作用。1893年刊印《盛世危言》，鼓吹改良变法。郑观应的散文善用对比；特别是中外对比论证方法的成功运用，使文章显得厚重有力。如其《考试》一文论道：

> 闻西国设有数科，量材取士。虽王子、国戚欲当水师将帅者，无不兼习天舆、地球、格致、测量诸学。初编行伍，以资练习。文案则自理，枪炮则自燃，即至贱至粗之事，皆不惮辛勤而毕试之。……至矿师、医士，无不精于格物，通于化学。讼师亦须深明律例，考有文凭，方准行世。无论何学，总期实事求是，坐而言者可起而行焉。
>
> 中国之士，专尚制艺。上以此求，下以此应。将一生有用之精神，尽销磨于八股五言之中，舍是不遑涉猎。……拔真才，以资实用，不愈于空言无补于贴括乎？
>
> 至武科设于武后之时，专以骑射技勇见长，与文科并重。……即使射穿七札，力举百钧，要亦匹夫之勇耳。……迩来荡平小丑，建立大功，皆非武科中人所成。所习非所用也明矣！……其能集众长者，不次超迁，以示鼓励；专工一艺者，量材受事，以广旁求。不愈于仅娴技勇骑射者乎？

两相比较，优劣自明，高下立见，看似朴实无华，实则缜密透辟。郑观应的散文又以主旨鲜明、层层推演见长，如《吏治上》末段论曰：

> 夫天下虽大，其州县不过千余属，牧令不过千余人。为上者，合枢垣、疆帅之才力精神，以慎选之，以严核之，敷奏以言，明试以功，赏必当功，罚必当罪，循名责实，至正大公，则吏治日清，民生日遂，国本日固，国势日强，而何畏乎英、俄，何忧乎船炮，何患乎各国之协以谋我哉？故曰：国以民为本。而致治之道，莫切

> 于亲民之官；生乱之原，莫急于病民之政。所谓天下得人，则天下治者，此之谓也。

与首段的"一县得人，则一县治；……天下得人，则天下治"相呼应，突出了"国以民为本"的主题，在闳肆的表象下隐显出缜密的意志。由上可见，中外文化交流对郑观应散文的影响主要在于：为它的议论风发提供了广阔的题材，为它的新兴气锐积聚了丰厚的理据——概而言之，使它具有了新内容、新思想、新理趣，而这些是它的风格赖以滋生的温床。因而，可以说，中外文化交流为郑观应的散文创作提供了一个巨大的"语义场"。

黄遵宪在散文创作上，他主张革新，而不赞同复古；他有感于英法两国废拉丁语而用本国语使文学兴盛的事实，提出言文合一的设想，并预言："余又乌知夫他日者不更变一文体为适用于今、通行于俗者乎？"(《日本国志·学术志二·文学》)从光绪三年(1877)十二月起，黄遵宪在日本度过了四年多时间。后来，他在19世纪80年代后期出了一本《日本国志》。该书凡40卷，都二百余万言，是中国人所著的第一部日本通志，对于日本的"明治维新"更给予了特别的关注。接着，他在1902年写的《致严复书》中就"变文体"一事列举了具体的三个要求——"最数"(即以数目字标清论点)、"倒装语"、"附表附图"。(《严复集》第5册，中华书局1986年版，第1573页)除去第三点要求外，前两点要求确实有助于文学形式的革新，他的散文可资证明。试摘录《敬告同乡诸君子》中的一段如下：

> 东西各国小学校中，普通应有之学……。综其大纲，曰德育，曰智育，曰体育……而今则事事有图，明白易晓，使儿童欢喜，其益一也；所学皆切实有用之事；无用非所习、习非所用之弊，其益二也；既略知已国历史，

> 又兼通五洲之今事,无不达时宜、不识时务之患,其益三也;……无智与愚,无过与不及,自就学逮于毕业,人人均能有成,无学者牛毛、成者麟角之忧,其益六也。……鄙人深知东西洋各国小学校学务之重,学制之善,用敢竭其平日之所知所能,披肝沥胆,——陈献于我同乡、我同胞诸君子之前,愿诸君子同心协力,亟起而图之也。

整段文字条分缕析、通俗易懂。其中,"其益×也"的句式与所处位置带有中外句法与语法混合生成的味道——外国语法中常使用"倒装语",而"其……也"的句式明显是古代汉语的句法。又如,《日本国志·食货志一》中如是说:

> 综其政要,大别有六:国多游民,则多旷土,农一食败,国胡以富?群工众商皆利之府。欲问地利,先问业户,是在审户口。惟正之供,天经地义,洒血报国,名曰血税。以天下财治天下事,虽操利权,取之有制,是在核租税。……是在筹国计。……是在考国债。……是在权货币。输出输入,以关为口,利来利往,以市为薮,漏卮不塞,势且倾踣,虽有善者,何法能救?是在稽商务。六者兼得,则理财之道得而国富矣;六者交失,则理财之道失,而国贫矣。

甫一开头,便以数目字标清论点有"六",有提纲挈领的作用;该段中共享了46个四字句,但并无窒碍不通之弊,也无藻饰雕琢之气,因为它们不但具有内在的逻辑性,而且均是浅近直白的文言。由上可见,黄遵宪的经世类散文条理明晰、层次清楚、语汇博杂、意趣新奇。

由上述这些可以看出，郑观应、黄遵宪的经世类散文在思想内容上均阐述了拯救民心、发展教育的重要性，这是早期维新派作家新民、启蒙思想在其作品中的艺术体现；它们在不同程度上崭露出平易缜密、条分缕析的风格，这是早期维新派散文作家务实创新、贴近民众的创作观念的生动体现。这说明：岭南近代散文社会化、大众化的走势越来越强，距古代散文案头化、雅驯化的传统越来越远。不难看出，郑观应、黄遵宪两位早期维新派作家的散文是近代散文向新文体过渡时期的代表作品，而在近代岭南散文变革中具有领军作用的是康有为与梁启超师徒的散文。

康有为早年曾有意识地收集了一批日本的教育学及语言文字学书籍，并在《日本书目志》中指出："因喉腭唇齿舌之开合，以点撇波磔之长短大小阔窄，代以成极简之字，纬以字母，而童子之作字易矣"；进而提出：要改变中国言文分离、"为学极难"的现状，"宜多制小学书，多采俗字以便民"。更强调道，"变法自治，此为第一事矣。"① 在上述理念的影响下，康有为的散文基本克服了传统散文佶屈聱牙的常见病。比如，他在1888年应顺天乡试不第后第一次上书光绪帝，认为："马江败后，国势日蹙，中国发愤，只有此数年闲暇"，"过此不治，后欲为之，外患日逼，势无及矣。"简明扼要，言浅忧深，颇有先见之明。通过阅读"江南制造局译书所"出版的各种域外书籍，康有为在思想方法上接受了西方资产阶级民主、变政的观念。他的历次上皇帝书与《日本明治变政考》《俄大彼得变政考》《突厥削弱记》《波兰分灭记》《法国革命记》《德国变政考》《英国变政考》等著作，虽然采用半文半白的语言形式，但观念与材料多为古之所无，两相结合，自成风格。

---

① 参见夏晓虹：《觉世与传世——梁启超的文学道路》，上海人民出版社1991年版，第239页。

现摘录《上清帝第五书》中文字于下：

> 论者谓病入膏肓，虽和、缓，扁鹊不能救；火烧眉睫，虽焦头烂额不为功。天运至此，何可挽回？……职窃以为不然。少康以一成一旅而光复旧物，华盛顿无一民尺土而保全美国。况以中国二万里之地，四万万之民哉！……职犹有三策以待皇上抉择焉。
>
> 第一策曰：采法、俄、日以定国事，愿皇上以俄国大彼得之心为心法，以日本明治之政为政法而已。其第二策曰：大集群才而谋变政，六部九卿诸司百执，自有才贤，咸可咨问。……
>
> 其第三策曰：听任疆臣各自变法。……
>
> 凡此三策，能行其上，则可以强，能行其中，则犹可以弱，仅行其下，则不至于尽亡，惟皇上择而行之。宗社存亡之机，在于今日；皇上发愤与否，在于此时。……若皇上少采其言，发奋维新，或可图存，宗社幸甚，天下幸甚！职虽以狂言获罪，虽死之日，犹生之年也。否则沼吴之祸立见，裂晋之事即来，职诚不忍见煤山前事也……谨呈。

且不论康有为的忠君与爱国观念孰重孰浅，单就其文风而论：上引文字既闳肆，又缜密，行于所当行，止于所当止；既激昂，又冷峻，笔调起伏不定一如内心的冷热交替，与传统散文四平八稳、温文尔雅的常态相去甚远。在康有为的散文中，受中外文化交流影响最为显著的就是上述这类带有议论、说理倾向的文字。他在《请禁妇女裹足折》中这样写道：

> ……吾中国蓬荜比户，蓝缕相望，加复鸦片熏缠，

乞丐接道，外人拍影传笑，讥为野蛮久矣，而最骇笑取辱者，莫如妇女裹足一事，臣窃深耻心。

……试观欧美之人，体直气壮，为其母不裹足，传种易强也；回观吾国之民，尪弱纤偻，为其母裹足，故传种易弱也。今当举国征兵之世，与万国竞，而留此弱种，尤可忧危矣。

夫父母之仁爱，岂乐施此无道之虐刑于其小儿女哉？徒以恶俗流传，非此不贵，苟不缠足，则良家不娶，妾婢是轻。……

……以国之政法论，则滥无辜之非刑；以家之慈恩论，则伤父母之仁爱；以人之卫生论，则折骨无用之致疾，以兵之竞强论，则弱种辗转之谬传；以俗之美观论，则野蛮贻谓于邻国。是可忍也，孰不可忍！

上述文字中最短的句子有4个字，最长的句子有15个字，其余句子字数不一；这种长短句参差错落相组合的章法适于议论，确切地说，与康有为动辄说理的创作个性相谐合，因此，它成为康有为散文的常用笔法。因而，上引文字给人的视觉与心理效果是舒卷自如、张弛有度的。其他颇具代表性的散文虽各具面目，亦文风相近，如：豪放跌宕、雄深雅健的《强学会序》《公车上书》；笔无藏锋、理称于辞的《诸天讲》《日本书目志》；忧思难忘、啸傲林泉的域外游记；等等。可见，在岭南近代中期的散文世界里，康有为的散文以其激昂与冷峻相交织、宏肆与缜密相表里、雄深与平易相依倚的风格卓然独立；它熔民族精神、科学精神、民主精神、理性精神于一炉，融新语词、新事物、新手法、新笔调于一体，催生着从古代散文中解放开来的新文体。因而，康有为的散文是新文体萌芽期的代表作品。①

梁启超在中国近代文学史上的最突出的创作实绩是他确立了新文体的文化品位与文学风格。新文体之所以能在岭南近代中期出现于文坛，既是近代散文自身演变的结果，也是时代大势、文化交流使然。关于两者，上文均有所论及。下面，拟通过论述新文体与日本明治散文的关系，揭示梁启超散文风格与中外文化交流的关系。首先，让我们来看梁启超本人在《清代学术概论》中对新文体特点的总结：

> 平易畅达，时杂以俚语、韵语及外国语法，纵笔所至不检束，学者竞效之，号新文体。老辈则痛恨，诋为野狐，然其文条理明晰，笔锋常带情感，对于读者，别有一种魔力焉。

这一总结是梁启超对自己从1896年至1904年间所作散文进行自我认识与评价的核心论点。

1896年8月，《时务报》在上海创刊，梁启超出任主编。他在《时务报》上发表的文章进一步强化了王韬"报章文体"平易畅达、情感充沛的特色。1899年12月28日，梁启超在日记《夏威夷游记》中提出"文界革命"的口号，他写道："读德富苏峰所著《将来之日本》及'国民丛书'数种。德富氏为日本三大新闻主笔之一，其文雄放隽快，善以欧西文思入日本文，实为文界别开一生面者，余甚爱之。中国若有文界革命，当亦不可不起点于是也。苏峰在日本鼓吹平民主义甚有功，又不仅以文豪者。"显然，梁启超偏爱德富苏峰雄放的文风，此其一；他又很欣赏德富氏将欧西文思糅入日本文学的笔法，并有意仿而效之，为中国所用，此其二；他

---

① 参见拙作《中国近代散文史》，中国文联出版公司1997年版，第189页。

感佩德富氏鼓吹平民主义的做法，此其三。这些认识对其以后的散文创作助益良多。1899年至1902年四年间，他在《清议报》和《新民丛报》上发表了大量文章。大量运用新名词，活用外国语法，介绍欧美新文化，明显地受到德富苏峰等日本启蒙文学家的影响。这种影响主要包括：其一，福泽谕吉用"通俗文体"写作的方式使其崇拜者梁启超将"俗语文体"列为"文界革命"的要素；其二，偏爱"欧文直译体"的矢野龙溪对梁启超"文界革命"论和"新文体"的形成起到推波助澜的作用；其三，德富苏峰汉文调、欧文脉的文体成为梁启超借助"新名词"创造"新文体"的最佳范本。上述从理论层面印证了梁启超对新文体特点所作自我评价的科学性，那么文体层面的新文体的"庐山真面目"究竟如何呢？试举1902年4月发表于《新民丛报》第5号的《新民说》《论进步》一章中的一段文字为例：

> 自今以往，十数国之饥鹰饿虎，张牙舞爪，呐喊蹴踏，以入我闼而择我肉，数年数十年后，能使我将口中未下咽之饭，挖而献之，犹不足以偿债主，能使我日日行三跪九叩首礼于他族之膝下，乃仅得半腹之饱。不知爱惜民命者，何以待之！何以救之！我国民一念及此，当能信吾所谓"破坏亦破坏，不破坏亦破坏"者之非过言矣。而二者吉凶去从之间，我国民其何择焉？其何择焉？昔日本维新主动力之第一人曰吉田松阴者，尝语其徒曰："今之号称正义人，观望持重者，比比皆是，是为最大下策。何如轻快拙速，打破局面，然后徐图占地布石之为愈乎！"日本之所以有今日，皆恃此精神也，皆遵此方略也。今日中国之敝，视四十年前之日本又数倍焉；而国中号称有志之士，舍松阴所谓最大下策者，无敢思之，无敢道之，无

敢行之。吾又乌知其前途之所终极也!

这段文字在冰一般的冷嘲下包裹着火一般的忧愤,在严峻和清醒的叙议中渗透着焦灼与悲凉;中间引述日人言语,明快硬朗,为文章染了些许的暖色调,结尾一记重槌,足以惊醒梦中人!再举《论自尊》中的语段为例:

> 日本大教育家福泽谕吉之训学者也,标提"独立自尊"一语以为德育最大纲领。夫自尊何以谓之德?自也者,国民之一分子也,自尊,所以尊国民故。自也者,人道之一阿屯也,自尊,所以尊人道故。
>
> ……吾敢申言之曰,凡不自爱,不自治,不自立,不自牧,不自任者,决非能自尊之人也。……而此四百兆人者,且自以奴隶牛马为受生于天之分内事,而此种自屈辱以倚赖他人之劣根性,今日施诸甲,明日可以施诸乙,今日施诸室内,明日即可以施诸路人,施诸仇敌。呜呼!吾每接见夫客之自燕来者,问以吾国民近日对外之情状,未尝不泪涔涔下也。呜呼!吾又安能已于言哉!

以域外之人、域外之事开篇,新奇感扑面而至;以域内之人物、域内之情状终篇,沉重感令人窒息。此乃"情动于中而形于言"的至诚文字。又如他的《论毅力》末段中写道:

> 守旧者吾无责焉,伪维新者吾无责焉。吾请正告吾党之真有有志于天下事者曰:公等勿恃客气也,勿徒悚动于一时之高论,以为吾知此,吾言此,而吾事毕也。西哲有恒言:"知责任者,大丈夫之始;行责任者,大丈夫之终。"……当知古今天下无有无阻力之事。苟其畏阻力也,则勿如勿办,竟放弃其责任以与齐民伍。而不然者,

则种种烦恼皆为我练心之助,种种危险皆为我练胆之助,种种艰大皆为我练智练力之助,随处皆我之学校也,我何畏焉!我何馁焉!我愿无尽,我学无尽,我知无尽,我行无尽。孔子曰:"望其圹,皋如也,皋如也,君子息焉,小人休焉。"毅之至也,圣之至也。

在这段文字中,有并列句,有对偶句,更不乏排比句,可谓文采灿然;有祈使句,有假设句,有感叹句,当称情蓄笔端。可见,梁启超的散文文本足以支撑他对新文体特点的自我评价。因而,我们认为,梁启超在岭南近代中期创作的散文是新文体成熟期的代表作品。

由是观之,随着中外文化交流的日益拓展,外来思想与原有语言不协调的矛盾日趋尖锐;在探索解决这一矛盾的过程中,岭南近代中期的散文作家逐渐采用了一种介乎文、白之间的语体——新文体。它堪称把以"俗语文体"写"欧西文思"作为宗旨的"文界革命"的试验品。通过新文体的创立,"文界革命"为晚清白话文向现代白话文过渡做了重要的铺垫。

三、岭南近代后期散文风格的嬗变:雄深闳肆,由雅趋俗

20世纪初年至五四运动前后是岭南近代散文风格的嬗变的后期。在近代中外文化交流的进程中,岭南近代前期的散文作家们在由龚自珍、魏源肇绪的近代经世类散文创作方面有所斩获,而岭南近代中期的散文作家们再接再厉,取得了巨大的创获。由于岭南近代散文担荷着唤醒民众、启蒙思想、再铸国魂的"经世"使命,它告别了传统散文远离民间哀乐、高居庙堂之上的旧姿态,开辟了由雅趋俗、传播域外文化的新道路。于是,岭南近代散文逐渐形成着慷慨激昂、雄深闳肆的风格,这种倾向性在岭南近代

后期的散文中得以彰显。孙中山、胡汉民、苏曼殊、朱执信这四位近代革命派散文作家便是代表。

孙中山,名文,字逸仙。广东香山(今中山市)人。1879年,孙中山随母亲一道赴檀香山投奔其胞兄孙眉。怀着"慕西学之心,穷天地之想"(《孙中山全集》)的抱负,孙中山开始了长达10余年的新型学校生活。在13岁到26岁的学习生活中,孙中山具备了大别于中国传统文人和旧式知识分子的知识素养。自1895年广州起义失败起,直至武昌首役成功的17年间,孙中山绝大多数时间里漂泊于海外,这为他领略、研究资本主义文明提供了有利的客观条件。积极思辨的个性,追求真理的心态,以及长期寄迹海外的经历,使他能敏锐地察觉出传统文化与中国现状的弊端所在,并能高瞻远瞩地指出向西方寻找救国救民真理的方向。这在他的经世类散文中时有体现。请看1905年11月写的《民报发刊词》中的一段:

> 余维欧美之进化,凡以三大主义:曰民族,曰民权,曰民生。罗马之亡,民族主义兴,而欧洲各国以独立。洎自帝其国,威行专制,在下者不堪其苦,则民权主义起。十八世纪之末,十九世纪之初,专制仆而立宪政体殖焉。世界开化,人智益蒸,物质发舒,百年锐于千载,经济问题继政治问题之后,则民生主义跃跃然动,二十世纪不得不为民生主义之擅场时代也。是三大主义皆基本于民,递嬗变易,而欧美之人种胥冶化焉。其他旋维于小己大群之间而成为故说者,皆此三者之充满发挥而旁及者耳。

这段文字从容而睿智地阐述了"三民主义"的历史内涵与现实价值,环环相扣,密不透风,精理微言,新兴气锐。再如《中国同盟会意见书》中的部分文字：

> ……俟民国成立，全局大定之后，再订开全体大会，改为最闳大之政党，仍其主义，别草新制，公布天下。吁戏！昆仑之山，为黄河之源，浑浑万里，东入于海，中有伟大民族，代产英杰，以维其邦国；吾党义烈之士，对兹山河，雄心勃郁，其亦力任艰巨，以光吾国而发挥其种性乎！铜像巍巍，高出云际，令德声闻，流于无穷，吾党共勉之哉！

文中激昂的笔调反映了作者意图改变现实、建功立业的焦灼感，古语与新词的杂糅笔法使文章雅，俗共赏，既耐读，又易读。类似的文章还有《黄花岗七十二烈士墓碑序》等。可见，孙中山是一位兼采中外、博通古今的政治宣传家，他在岭南近代后期散文的创作中，较成功地处理了近代散文工具性与艺术性之间的关系。

胡汉民，字展堂。广东番禺人。他曾是孙中山的亲密战友与得力助手，多次与孙中山避难国外，开阔了眼界，增长了见识。这在他的经世类散文中多有体现。如他在《民报》第3期上发表了《民报之六大主义》，其末段云：

> 以上六主义，得分之为二：曰颠覆现今之恶劣政府，曰建设共和政体，曰土地国有，所以对内也；曰维持世界之真正平和，曰主张中国、日本两国之国民的连合，曰要求世界列国赞成中国之革新事业，所以对外也。而又得合为一大主义，则革命也。……孙逸仙先生之叙《民报》也，曰：非常革新之学说，输灌于人心，而化为常识，则其去实行也近。然则能诵《民报》，知《民报》之主义，则革命可能。然哉！然哉！

逻辑性如此之强，笔头功夫如此老练，文意如此精深，足见胡汉民学贯中外、博古通今的一面。

苏曼殊，原名戬，字子谷，后改名玄瑛，法号曼殊。广东香山（今中山市）人。他曾译过英国诗、印度诗、苏格兰诗、德国诗、法国小说等外国文学作品，并在日本居住过多时。其中，他酷爱英国诗人拜伦的作品，特别是那些追求自由与独立、反抗强权与暴政的诗篇。这对他的散文创作产生了不小的影响。如《女杰郭耳缦》中的一段：

> 斯时也，女杰拘留狱中，意气轩昂，毫无挫折。遥见铁窗之外，哀悼大统领之半旗飘然高竖于街头，女杰冷然叹曰："大统领死，是奚足怪？人皆有必死之运命，王侯贵族劳动者，何所区别耶？麦坚尼之死也，市民皆为之惜，为之悲。何为乎？特以其为大统领故而追悼之耶？吾宁深悼夫市井间可怜劳动者之死也！"其卓见如此。

曼殊在写域外的无政府主义者郭耳缦，也是在写他自己。作为"行云流水一孤僧"的曼殊终身不娶，交结形形色色的朋友，可谓并无固定的信仰。因此，说他是具有无政府主义思想的人，并非全无根据。如此一来，他在写女无政府主义者郭耳缦时流露出赞佩的语气，也就不足为奇了。基于此，上述引文显得自然熨帖、真挚深沉，是作家内心思想感情与表达方式较完美结合的神来之笔。特别是他于1913年发表的《讨袁宣言》，洋溢着忧国忧民、憎恨邪恶的思想感情，兹摘录片段：

> 呜呼！衲等临瞻故国，可胜怆恻！自民国创造，独夫袁氏，作孽作恶，迄今一年，擅操屠刀，杀人如草，

> 幽蓟冤鬼，无帝可诉。……独夫祸心愈固，天道愈晦，雷霆之成，震震斯发，普国以内，同起讨伐之师。衲等虽托身世外，然宗国兴亡，岂无责耶？今直告尔，甘为元凶，不恤兵连祸结，涂炭生灵，即衲等虽以言善习静为怀，亦将禠尔之魂，尔谛听之！

这一番正义的宣言凛然不可侵犯；切齿之恨，随文字的延伸而延伸，澎湃激荡，可谓雄深闳肆。

朱执信，原名大符。原籍浙江萧山，生于广东番禺。从1902年起，他便喜读新学书籍。1904年赴日留学，1905年加入同盟会。孙中山的亲密战友和得力助手。他的散文思想深邃，见解独到，论证缜密，语言厚重有力。他的长文《论满洲虽欲立宪而不能》就包容了上述特点。而其短文《死者已矣》也极富感染力：

> 今日为民国国庆日，吾辈不敢谓民国全无可庆之事，然甚惜引以为庆之人不可多觏也。民国之生七年，不但于未生之先，费若干人之生命以浇培灌溉之；且于既生以后，犹日以至高贵清纯之血供其养育；此殆亦无可奈何之事耶。而乐为民国死者，虽其既死以后，犹不敢信民国这果能生也。民国之罪欤？死者之罪欤？抑未死者之罪欤？然而，死者已矣！

> 间尝与友论人生死之际，以为形体之死一事也，而人之所以能称其形体之生存者又是一事。……彼其揕胸断胆而不悔者，非徒以一瞑为足，以为此之不成，将有他人起为我继，犹之乎其成之自我也。然则吾虽无所能，安能不进而求友，使我死且复生乎？来者有作，死者固未尝已也。是所以望于知民国国庆之可庆者也。

以悲壮郁勃的笔调娓娓地道出自己的理想与渴望,从"死者已矣"到"死者固未尝已也"的跨越,是欲扬先抑手法的成功运用。整篇文字具有一种巨大的张力,给人以联想的空间,比直接阐述"死者已矣,来者有作"的主题更具说服力与震撼力。又如,《神圣不可侵与偶像打破》中直陈己见:

> 最近于神圣不可侵,宜莫如科学。科学之效用,可以垂之久远,可以普适于现所知之世界。然而谓为绝对的、永久的,不可也。吾人能安心以信科学,而不能安心以信宗教信条。何以故?以信条不容人讨议,而科学随时容人讨议,故也。

以上的认识是深刻的,但表达方式是通俗晓畅的,可谓深入浅出,醒人耳目。

总之,岭南近代后期的散文作家们在60多年近代中外文化交流积淀下的丰厚思想文化资源的基础上,从自身的小运命与民族的大命运出发,在意识形态领域大胆突破前人,科学而理性地萃取域外文化精华,高扬民主主义革命精神,从而引发散文向近代白话体迈进,奏响了岭南近代散文向现代白话散文转变的乐章。

(《华南师范大学学报》2006年第5期)

再论文化生态变迁与近代中国散文的新变

谢飘云

近代中国，文化生态环境在社会的剧变和多元文化的相互激荡中处于不断解构和建构的变迁状态。文化生态变迁既是近代社会变革的结果，又是时代发展的驱动力。文学与文化生态变迁有着密切的关系。文化生态变迁对近代文学所起的作用则更为突出，实际上已成为近现代文学变革的一种重要推动力。因此，在这种文化背景下应运而生的近代中国散文不可避免地留存着近代文化的深刻印记。在这一意义上，文化生态就不应再被视为一种文学的外部影响因素。其与文字之间实际上存在三大关系，即因果关系、依存关系和互动关系。文化生态话语权对文学形态和文学生态的影响主要体现为它改变了文学诸要素的存在方式及其相互关系，从而使得文学的生产和消费形式也相应发生了变化。从文化生态变迁的视角来看，在种种新锐文化思潮的推动下，近代散文已演化成为一种深具近代意味的文学形态。笔者曾撰文论述西方文化、城市文化和平面媒体文化对中国近代散文产生新变的影响[1]，甚觉言犹未尽，其实近代文化的诸多因素对近代散文的影响也很值得我们高度重视。本文拟在科技出版文化、翻译文化、地

---

[1] 拙作《文化生态变迁与近代中国散文的新变》，载《华南师范大学学报（社会科学版）》2011年第2期。

理文化等方面做些探讨，就教诸方家。

一、科技出版文化与近代散文科学意识的形成

在每一个历史时期，总有一些自觉或不自觉的文化精神特征代表着这一时代的基本行为方式和社会发展水平，这就是与科学技术发展相对应的文化精神特征。科学技术每一次突飞猛进的变革都扩大了人们的知识场景和思想界域，使人们对文化的理解递进一层，也使文化从内容到形式再度更新。科学技术日新月异的发展，在给近代文化增添新意、注入活力的同时，也打上了鲜明的时代烙印。在科技文化的影响下，近代文化类型变得纷繁芜杂，文化价值取向日渐多元化，人们的文化意识也逐步得以强化。就中国近代科技出版文化而言，它的产生是中国历史发展的必然，反映了中国近代社会对先进科学技术的客观要求。它的产生与发展，对近代中国社会、政治、经济、文化、教育的发展和科学技术进步产生了深刻影响，在中国的近代化进程中发挥了重要作用。1840年鸦片战争的爆发，既是中国近代历史的开端，也是中国人学习西方先进科学技术的开始，近代科技出版也随之产生。近代印刷技术的日臻成熟为近代科技出版物大量复制与传播准备了技术条件。科技出版的诞生以科技出版物及其出版机构的出现为标志。具体来说，最早的近代科技图书出版问世，标志着近代科技出版的诞生；而后来的科技期刊的诞生与开拓则是近代科技出版丰富和发展的标志，从而给近代散文变革注入了新元素。

中国人对科技文化的认识是有一个过程的。由最初"师夷长技以制夷"到接受"西学""变法""维新"而求"自强"，人们的着眼点已从单纯的"尊夏攘夷"转向对丧权辱国的自身原因的思考与探索，转向对"富国强兵""复兴民族"的追求。中西文化冲突融会的发展演进，达到了一个新的更高的历史层面。这一重要的文化变

动,对于近代民族精神和爱国主义文学创作有深远的意义。由"攘夷"到"自强"的重大转折,对于中国近代文化的演变和中华民族的近代觉醒,意义巨大。当时大量的爱国主义文学作品,正可提供上述重大文化嬗变的鲜活生动的文学佐证。

受近代科技出版文化的影响,近代散文家如林则徐、魏源、冯桂芬、谭嗣同、严复、康有为、梁启超等人对国家富强与科学技术的关系,也极为关注。主张学习西方先进的科学技术文化,成为近代散文中一个突出的内容。林则徐是近代睁眼看世界的第一人。我国最早的近代科技出版物当属林则徐组织人员翻译的《四洲志》。该书是最早记述世界各国历史、地理、政治的专书,虽然该书不是严格意义上的科学技术图书,但在近代史上具有开风气的作用。林则徐组织翻译西报、西书的活动,介绍西方资本主义国家的实况,探求海外科学,在闭关自守的清代中叶确是破天荒的创举,对近代思想起了开拓性的启蒙作用,给了19世纪末的维新运动以重大影响。

近代散文家们从这些近代科技出版物中吸取营养,促进了散文的发展。魏源根据《四洲志》一书与林则徐的其他译稿汇编为《海国图志》(50卷本),其中所主张的"师夷"的具体办法,就是在科技文化的影响下形成的。该书于1842年刊印,书后附有《西洋器艺述考》,介绍西方火炮及其使用方法等知识。也就是说,《海国图志》已经包含科学技术的内容。此后,冯桂芬于19世纪60年代初在《校邠庐抗议》中提出了学习西方科技文化的具体方略,主张"以中国之伦常名教为原本,辅以诸国富强之术""采西学""制洋器"。后来,沈毓桂将冯桂芬的这一思想首次概括为"中学为体,西学为用"或"中体西用"。1895年4月,他在《万国公报》第75期上发表的《匡时策》一文中提出"中西学问,互有得失",华人"宜以中学为体,西学为用"。继而由洋务派代表人物之一张之洞在其《劝学篇》中对"中体西用"论进行了系统阐述，实际上是提倡在维护封建统治制度的前提下，学习西方的自然科学技术。所谓"中学为体，西学为用"，就是把中国文化或中国的学问作为"体"（根本），把西方的学问为我所用，且不动摇中学这个根本。"洋务运动"就是在这一思潮的指导下开展起来的。在洋务运动期间，洋务派旗帜鲜明地以多种途径、多种方式对西方的先进科学技术学习和引进，不仅聘用国外人员指导技术研发生产，而且把翻译西方科技图书作为科技引进的重要手段。因此，中国近代早期有识之士自觉学习西方先进科学技术是中国近代科技出版文化产生的原初动力。近代科技出版文化的热潮，引起思想界的极大震动，也对近代散文的发展产生了重要影响。

近代科技出版文化的影响还体现在近代散文宣传近代科学知识、弘扬科学精神上。王韬的散文有很浓厚的科学意识。他不仅自己对格致之学饶有兴趣，而且还不遗余力地在散文中介绍西方自然科学家和科技方面的著作。如《英人倍根》[1]、《英人侯失勒》[2]、《英国才女法克斯》[3]，王韬对英国自然科学家和哲学家的介绍，使中国思想界、科学文化界乃至整个社会眼界大开。通过介绍这些英国科学家，不仅使人们认识了西方的自然科学，而且也了解了各种事物互相关联即"理本相因"的科学方法。不仅如此，王韬还撰写介绍科学知识的文章，以扫除封建愚昧与迷信。他写有《西国造纸法》《英国硝皮法》《西历缘起说》《造自来火说》《汉口雨钱》《星陨说》等，运用其广博的科学知识解释一些自然现象和奇异现象。王韬不仅介绍了归纳、分析、比较、观察等科学

---

[1] 王韬：《瓮牖余谈》卷二，岳麓书社1988年版，第44页。
[2] 王韬：《瓮牖余谈》卷二，岳麓书社1988年版，第48页。
[3] 王韬：《瓮牖余谈》卷二，岳麓书社1988年版，第50页。

方法，而且还朦胧地意识到"不造理以合物""必考物以合理"的唯物观点。王韬第一次把现代科学的实验方法介绍到中国，在他经世致用的传统思想中注入了新的因素。虽然在今天看来，某些解释不尽合理，但他力图用当代先进科学来解释，这在当时是难能可贵的。

康有为是近代中国最早向西方寻求真理的主要代表人物之一。科学文化恰恰是康氏进行思想宣传和文化变革的内在动因与标志之一。康有为拿起了西方科学这一锐利武器，力图成其"经营天下"之志。康有为的科学散文《诸天讲》就是比较有代表性的著作。这部散文集以律历星相参验西方天文科学，是康有为研读了当时大量的西方译著、对科技文明有了堪称深入了解后的力作。他在散文里讲自然科学知识，意在寓政治于科学之中，对过去某些宗教唯心主义天道观进行批判。由此可见康有为对科学的尊崇，也可以看到他在传统古文形式中的新追求。康有为还在其著名散文著作《实理公法全书》中对科技文化进行了全面阐述和运用。他的散文《显微》[①]，大发想象，科学威力无穷的观念随着康氏思想之深入而逐渐形成。此后，康有为又撰《康子内外篇》，文中说："内篇言天地人物之理，外篇言政教艺乐之事，又作公理书，依几何为之者。"此公理书就是《实理公法全书》，几何公理是康氏写作此书并阐发整体思想之基础。他在《夫妇门》中认为，男女"倘有分毫不相悦，而无庸相聚"也是按"几何公理所出之法"；在《刑罚门》中说"无故杀人者偿其命，有所困者重则加罪，轻则减罪。按此几何公理所出之法"。由此可见，科学在康有为那里早已越出了原来的范围，溶入他的思想之中而幻化成一种无所不能、无所不及的权威。这对近代散文的科学意识的形成起到了重要作用。

[①] 康有为：《显微》，见《康有为全集》，上海古籍出版社1987年版，第275页。

梁启超的散文也一直对科技方面的题材多有涉及，如《科学精神与东西方文化》《人生与科学》《改用太阳历法议》，等等。在《科学精神与东西方文化》[①]一文中，概括中国传统文化存在的毛病即笼统、武断、虚伪、因袭、散失五个方面；要救治这病，除了提倡科学精神外，没有第二剂良药了，表现出梁启超对现代科学的期望。在梁启超的时代，西方科学文化潮水般地涌入中国，逐渐浸润了国人的心智。然而，由于传统文化的深刻影响，士大夫阶层虽然对于中国的落后、挨打感到震惊与痛心，虽然也发出向西方学习的哀鸣，但就总体而言，还是瞧不起西方的思想文化、科学技术，以为那不过是奇技淫巧、雕虫小技。梁启超则不然。他在1898年后流亡国外的散文作品中，有相当一部分是介绍欧美近代科学家的学术思想与学术成就的。像卢梭、培根、笛卡儿、达尔文、康德、亚当·斯密、孟德斯鸠以及亚里士多德、柏拉图、苏格拉底、休谟、瓦特、牛顿、斯宾塞、富兰克林等，梁启超都有长短不一的文章予以介绍。他的《格致学沿革考略》分上古、中古及近古三个时期，简明扼要地评述了化学、物理学、生物学、医学、地质学、数学、天文学、机械学等学科的演变历史。这对于促进国人的科学认识与科学精神的发展，无疑起到了重要作用。梁启超成为西方科学文化在近代中国最重要的传播者之一。诚然，梁启超不是职业科学家，他对科学的兴趣也只是局限于科学文化方面；而且一旦条件成熟，梁启超的政治热情远远大于其对科学文化的热情，所以科学以及科学文化都成了他在参政之余的雅兴。基于这种认识，欧游归来的梁启超一反常态，反对将科学凌驾于一切事物之上，主张重新认识中国传统文化的价值，向西方推广

[①] 梁启超：《科学精神与东西文化》，见《饮冰室合集·文集之三十九》，第14册，中华书局1936版，第1页。

重视精神生活的东方文化。他在《欧游心影录》中指出,当时讴歌科学万能的人,渴望着科学成功,黄金世界便指日出现。然而,我们人类不仅没有得到幸福,反而面临着许多灾难,好像沙漠中失路的旅人,远远望见个大黑影,拼命向前赶,以为可以靠它向导;哪知赶上几程,影子却不见了,因此无限凄凉失望。影子是谁?就是这位科学先生。欧洲人做了一场科学万能的大梦,到如今却叫起科学破产来。对包括科学在内的一切保持适度怀疑原本是一种科学的态度,然而笃信科学的梁启超后期却犯了科学的大忌,走向对科学的失望。

近代科技出版文化的影响也表现在近代散文对科技文化作用的认识上。在科技文化的影响下,谭嗣同能够正视国民的劣根性,严于解剖自己,寻找先进与落后的差距之因,提出一系列有积极意义的维新主张,类如"广兴学校""大开议会""尽开中国所有矿产"。[1] 尽管谭嗣同对西方科技文化的认识还深深打上了时代与阶级的烙印,但从《治言》到《仁学》的散文写作,却反映了谭嗣同对西方科技文化由顺向认同到逆向认同的过程,也表现了谭嗣同认识科技文化过程中勇敢激进的特色。这在日常书简中便有体现。例如他写给贝元征的信中,表现出对于办洋务有独到、深刻的见解:一方面是严厉批评"士君子徒尚空谈,清流养望,以办洋务为降志辱身,攻击不遗余力"[2];另一方面的潜台词是办洋务不仅仅是开办制造局而已,更重要的是完善"法度",能够研究不同器物的使用,能够制造枪炮,还要懂得它的炮界、昂低度等的误差;能够制造汽轮,则还要懂得它的功率、马力、涨力、压力等各种

---

[1] 谭嗣同:《兴算学议·上欧阳中鹄书》,见《谭嗣同全集》,中华书局1981年版,第162页。
[2] 谭嗣同:《报贝元征》,见《谭嗣同全集》,第204页。

条件。这些都反映了他的远见卓识。谭嗣同所作《试行印花税条说》《论电灯之益》《论湘粤铁路之益》《论中国情势危急》《论今日西学与中国古学》等散文,大体属于报章政论文的范畴,它们或宣传变法、兴利除弊,或提倡新学、介绍西方科技文化知识,文中充满着强烈的爱国思想和民主精神。这些文章大都气势充沛、笔锋犀利、条理清晰、语言畅达,在长短不齐的句子中又杂以俗语、俚语和外国语词,使作品显得清新活泼,富有生命力,从内容到形式都突破了桐城派"义法"的束缚。

同时,近代科技期刊的诞生与拓展,对近代散文的发展也产生了深刻的影响。在洋务运动至辛亥革命期间,科技出版的重要突破便是科技期刊的诞生。对科技出版来说,这是开拓期的又一个重要标志。1875年,在徐寿等中国知识分子的支持帮助下,傅兰雅(John Fryer)在格致书院筹备科技期刊《格致汇编》的创刊事宜,并于1876年2月9日(光绪二年正月十五)在上海正式出版创刊号。这是中外知识分子协力创办的中国第一个中文版科技期刊,标志着中国近代科技期刊的诞生。《格致汇编》的创刊,是中国近代科技出版史上的重要进展,开辟了中国近代科技出版新境界。在《格致汇编》之后,又陆续有若干科技期刊创刊问世,包括《农学报》《亚泉杂志》《算学报》《格致新报》《上海医学报》等。可以肯定地说,《格致汇编》对科技期刊的出版起到了带动作用。科技期刊的诞生,无疑为近代科技出版的发展开辟了新领域、增添了新动力,极大地推进了不断开拓的科技出版业的发展,使科技出版进入图书和期刊双翼发展的阶段。由于近代科技期刊的诞生,科技散文形成了繁荣的局面,丰富了近代散文的种类与内涵,拓宽了近代散文写作的题材范围,促进了近代散文科学意识的形成。

总之,近代科技出版文化及其对文学的影响是一个非常复杂的过程。只有对其做细致的梳理和探究,才能描绘它的发展脉络。

这对厘清中国近代科学精神乃至现代科学精神的源流关系具有重大意义。

二、翻译文化与近代译述散文的兴盛

美籍意大利学者劳伦斯·韦努蒂(Lawrence Venuti)曾说:"翻译能够有助于本土文学话语的建构,它就不可避免地被用来支持雄心勃勃的文化建设,特别是本土语言与文化的发展。而这些项目总是导致了与特定社会集团、阶级与民族相一致的文化身份的塑造。"①也就是说,伴随着文学史上的重要事件与发展进程,近代翻译文学是革新力量不可或缺的一部分,成为再现民族文化身份、建构中国近代文化的理想选择。

近代翻译文化肇始于中国近代科技翻译。鸦片战争失败以后,救亡图存成为中华民族的中心议题,中国的士大夫和官绅阶层都意识到学习西方科学技术的迫切性,兴起了学习西方近代科学技术的热潮。在此背景下,翻译出版西方近代科技图书和创办传播西方近代科学期刊便成为学习西方近代科技的重要手段和途径。中国近代科技出版就是为适应学习西方先进科学技术的需要而产生的,或者说中国近代科技出版的发生始于对西方近代科学技术的学习。而这种学习首先要跨越语言障碍,其唯一途径就是翻译。这就是中国近代早期的科技出版物主要是译著的缘故。因此,在中国近代早期,所有科技出版活动均与科技翻译密切联系。翻译对中国近代科技出版功不可没,是中国近代科技出版发生的必由路径。

在近代翻译实践中,翻译文化大致经历了以下的变化过程:

---

① [美]劳伦斯·韦努蒂:《翻译与文化身份的塑造》,见许宝强、袁伟选编:《语言与翻译的政治》,中央编译出版社2001年版,第372页。

从洋务派翻译自然科学到严复翻译社会科学再到梁启超翻译政治小说以及林纾译述西洋文学。这一系列翻译实践以历时的角度清晰展现了中国社会现代性萌芽的发展脉络：由浅层次急功近利的自然科学现代性到深层次的社会科学现代性即思想启蒙再到更深入的上层建筑即政治体制的改良革新。尽管这些翻译在实践上存在诸多不足，但促成了中国文化本体论意义上的现代性生成，也促进了近代译述散文的兴盛。

系统地介绍科技文化、倡导学习科技文化，是近代译述散文的重要内容之一。严复在他的散文中大声疾呼，要国人大力学习"格致"之学（即科学）；他在《救亡决论》一文中对"谓格致无益事功，抑事功不俟格致"[1]之说进行了驳斥；认为"西学格致……其绝大妙用，在于有以炼智虑而操心思，使习于沉者不至于浮，习于诚者不能为妄。是故一理来前，当机立剖，昭昭白黑，莫使听荧。凡夫恫疑虚猲，荒渺浮夸，举无所施其伎焉者"[2]。严复提倡格致之学的目的，就是要用科学精神救中国人蒙昧无知之病，矫正中国学者的虚骄浮夸之习。当然，科学本身不能正确地解决现实中各方面的问题；但研治科学，对人们思想和品质的锻炼与修养有着不可估量的作用。严复大力提倡科学，宣传民主自由，并把它作为救国方略，对当时衰颓的中国社会无疑起到了振聋发聩的作用。

散文翻译是文学的一种再创作。严复在甲午战争前后到辛亥革命这一段时间里，先后翻译了近十部西学著作。通过《天演论》《原富》《法意》《社会通诠》《穆勒名学》等翻译，把进化论、唯物

---

[1] 严复：《救亡决论》，见王栻编：《严复集》，第一册，中华书局1986年版，第44页。

[2] 严复：《救亡决论》，见王栻编：《严复集》，第一册，中华书局1986年版，第45页。

论的经验论、资产阶级古典经济学和政治理论,全面系统地输入中国,使广大的爱国者打开了眼界,从中找到了新的思想武器,因而及时满足了当时人们向西方寻找真理、改变中国落后面貌的要求。特别是他所翻译的英国科学家与散文家赫胥黎的《天演论》的出版,从自然科学的许多事实论证了生物界物竞天择、进化不已的客观规律,以达尔文理论的科学性和说服力给了当时的中国人以振聋发聩的启蒙影响和难于忘怀的深刻印象,激起了他们救亡图存的爱国热情。严复是将西方资产阶级古典政治经济学说和自然科学、哲学的理论知识介绍到中国来的第一人。严复在他的散文《天演论序》中介绍了逻辑学、自然科学和达尔文进化论等西方科学,并阐述了译书的目的是打开人们的眼界,使国人真正认识"西学"的精华,并以它为鉴。《天演论》标志着中国近代先进的知识分子向西方寻求真理的行程已踏进了一个崭新的深入的阶段,同时也标志着近代翻译散文的新成就。可见,近代翻译文化促进了中国近代散文的发展,也反映出中国人民革旧鼎新、勇于进取的民族精神。

严复翻译的散文文笔非常流畅,颇有先秦诸子散文的风味,吴汝纶称其为"骎骎与晚周诸子相上下"[1]。如《群学肄言》第五章中的一段:"望舒东睇,一碧无烟,独立湖塘,延赏水月,见自彼月之下,至于目前,一道光芒,荡漾闪烁,谛而察之,皆细浪涟漪,受月光映发而为此也。徘徊数武,是光景者乃若随人。颇有明理士夫,谓是光景为实有物,故能相随,且亦有时以此自诧。不悟是光景者,从人而有,使无见者,则亦无光,更无光景,与人相逐。盖全湖水面,受月映发,一切平等,特人目与水对待不

---

[1] 吴汝纶:《天演论·序言》,见王栻编:《严复集》,第五册,第1318页。

同，明暗遂别。"①这样的例子在严译中数不胜数。有人据此批评严复的翻译散文"失科学家字义明确之精神"，但也不得不承认其文字之优美。②如果说《天演论》中的文字尚有"刻意求其雅"的意味的话，那么这段文字则是未经雕琢，颇有"报章文字"的风味了。严复的翻译散文和他在译文后面的"按语"，尽管有可议之处，但这也正是他译作内容和文笔的特色。

作为小说翻译家的林纾，其译述散文是借为小说作序来抒摅自己的报国胸臆。他要唤起同胞奋发图强，以御外侮。从作者序文中的肺腑之言可以看出，林纾继承了自魏源以来"师夷之长技以制夷"的思想传统，提出要"求备盗之言""学盗之所学，不为盗而但备盗"③的主张，爱国之情，溢于言表。这在当时的中国，是非常值得珍视的一种思想情感。因此，林纾在他睁大探索的眼睛从事翻译活动之时，也强烈地感受到西方近世文明较之中国的进步所在。他赞许洋务运动，在其散文中也多处反映出"实业救国"的思想。如在《〈黑奴吁天录〉序》中，他关注资源开发与华工问题："国蓄地产而不发，民贫薄不可自聊，始以工食于美洲。"在《泰陵松柏》中，则谈到森林资源的保护和利用问题："吾国山多，果能以官中之力，护持如泰陵者，则森林之利未可言也。"虽然在当时来说，实业救国是行不通的，但他希望国家富强起来的愿望是应该给予肯定的。

林纾作为一个具有爱国思想的封建时代的知识分子，既承认

---

① 严复译：《群学肄言》，上海文明编译局1903年版，第73页。
② 张君劢：《严氏复输入之四大哲学家学说及西洋哲学界最近之变迁》，见《最近之五十年(1872—1922)》，上海申报馆1923年，第1页。
③ 林纾：《雾中人·序》，见《林纾译著说部丛书——〈雾中人〉》(全3册)，商务印书馆1906年版。

自己"嗜古如命"①，又不讳言"笃嗜西籍"②。这是中西文化猛烈撞击、新旧文化交替时代由传统文化塑造起来而具有爱国思想的近代文人所特有的文化心态。林纾以翻译西方文化为武器，对中国的旧习俗、旧观念展开了日益全面的审视和批判。因而在他的译述散文中，对倡女权、兴女学这一有识之士所普遍关注的问题，也给予高度重视。如在《红礁画桨录·译序》中他指出："倡女权，大纲也，轶出之事间有，今救国之计，亦惟急图其大者尔；若挈取细微之数，指为政体之癥痏，而力窒其开化之源，则为不知政体者矣。余恐此书出，人将指为西俗之淫乱，而遏绝女学之不讲，仍以女子无才为德者，则非畏庐之夙心矣！不可不表而出之。"③在这里，林纾把妇女的解放摆到了救国之大计的地位上。他在其他译作序文中又一再揭示了自己提倡兴办女学的主张："畏庐一心思倡女学，谓女子有学，且勿论其他，但母教一节，已足匡迪其子，其他有益于社会者，何可胜数？"④平心而论，林纾在妇女问题上的主张，颇有维新派思想家的思想特征。尽管林纾所倡导的"女学""女权"，说到底还是要妇女真正懂得如何恪守封建道德的"礼防"⑤，与西方资产阶级所追求和宣传的天赋人权、个性自由，相差不止千百里。但他的这些主张对于传统的男尊女卑、"女子无

---

① 林纾：《斐洲烟水愁城录》，译序，见《林纾译著说部丛书——〈斐洲烟水愁城录〉》，商务印书馆1905年版。
② 林纾：《伊索寓言》，译序，见《林纾译著说部丛书——〈伊索寓言〉》，商务印书馆1903年版。
③ 林纾：《红礁画桨录》，译序，见阿英：《晚清文学丛钞·小说戏曲研究卷》，中华书局1960年版，第226页。
④ 林纾：《蛇女士传》，译序，见《林纾译著说部丛书——〈蛇女士传〉》，商务印书馆1908年版。
⑤ 林纾：《读列女传》，见《畏庐文集·诗存·文论》，（台北）文海出版社1973年版，第489页。

才便是德"的陈腐观念无疑有所突破，表现出一定的男女平等思想。不仅如此，林纾更是通过其杂合的"二元文学语言观"①，创造性地融古文和白话于一炉。在他的翻译中，"好些字法、句法简直不像不懂外文的古文家的'笔达'，倒像懂得外文而不甚通中文的人的狠翻蛮译"②，由此也可以看出翻译文化对林纾译述散文的影响，在中国文学的近代化进程中写下了浓墨重彩的一笔。可以毫不夸张地说，林纾是开创中国文学翻译事业的先行者和奠基人。尽管在古文理论上林纾散文始终未能摆脱桐城派的羁绊，但在创作实践上与其理论所产生的不相一致的事实，已昭示着林纾散文的微妙变化。他的散文在近代散文史上的地位是不容忽视的，它曾与"新文体"及其他散文体式一起，为近代中国文坛协奏出动听的乐章。

近代知识分子生活在封建统治风雨飘摇的时代。一方面，作为半殖民地半封建国家的进步知识分子，不能不首先是一个民族主义者，强烈地感受着西方政治、经济、文化侵略所造成的痛苦，又向西方寻求争取民族独立解放的道路；另一方面，作为东方封建大国的进步知识分子，又强烈地感受着几千年封建专制所造成的精神痛苦，渴望从西方寻找个性解放的道路。正是这两个方面的历史要求，成了他们接受西方文化的最初动力，并决定着其对西方文化的选择和吸收方向。因此，无论是科学技术与自然科学方面的翻译，还是社会科学、文学作品方面的翻译，都为近代进步知识分子接受西方文化的启蒙打开了一扇大门，给人们在现实生活中直接体验到民族的危机感提供了自然科学的理论根据，而

---

① 王秉钦、王颉：《20世纪中国翻译思想史》，南开大学出版社2004年版，第82页。
② 钱锺书：《林纾的翻译》，见刘靖之：《翻译论集》，（香港）三联书店1981年版，第302页。

且提供了一个与中国传统哲学截然对立的自强自立、自立自主的进取、奋斗的人生哲学。近代知识分子的觉醒正是从这里开始的。这是自我意识的觉醒，也是民族意识的觉醒。近代翻译文化的热潮，引起思想界的极大震动。人们注意研究西学来救亡图存，号召人们奋发起来以"自强保种"，表现出强烈的爱国情怀。这种"变"的思想，不仅成为近代先进中国人变革现实的重要思想理论武器，同时也反映了整个民族开始摒弃那种自满自足自大的病态，吸取了革新进取的精神。近代知识分子要求思想变、政治变、文章变，因此，在散文创作上也发生了极大的变化。

在近代散文史上，以严复、林纾等人为代表的译述散文具有重要的革新意义。

三、地理文化与近代使外、记游散文的繁荣

在近代，文学与地理文化有着密切的关系。地理与文化关系的论题，几乎涉及社会科学和自然科学的各个领域。由于人类与自然环境的关系（人地关系）历来是地学关注的中心议题之一，中国近代"地理与文化"的问题也一直是人们最为关注的焦点。

从地理文化的视角切入近代散文，我们会发现，地理环境决定论是最早为中国学者所了解并被广泛接受的人地关系理论。一些学者试图证明地理环境对人类的精神和社会制度具有决定作用。他们试图通过分析中西地理环境的差异以及世界历史上的一些社会、文化发展的具体事例来证明他们理论的正确性，并以此归纳出西方文化具有交流精神，而东方文化缺乏交流精神。他们一方面用优越的地理环境来解释中国的历史与文化，另一方面又在同样的地理环境上寻找中国落后的原因。这意味着在一定程度上，地理文化的兴起推动了近代散文的变革。

一是地理文化促进了史地散文世界意识的萌生。徐继畬、何

秋涛、姚莹等人与近代史地散文关系非常密切。道光咸丰年间边疆史地学研究中呈现出的世界意识，是中国史学思想空前的重大变化，已显示出某种近代意义的史学发展新趋势。表现在散文上，则是此时反映边疆史地散文与反映外国史地散文的紧密结合。

　　自嘉庆中期以后，清王朝的统治就已经从强盛的巅峰跌落下来，社会危机全面凸显，政治腐败、民生凋敝、国库空虚、社会动荡，而且外国殖民势力"东来"，整个社会呈现出一片衰乱景象，清王朝的统治处于风雨飘摇之中。历史条件的变化，致使边疆史地研究也面临着前所未有的问题，道咸年间的边疆史地研究发生了有别于以往的新变化。边疆史地研究者们开始注意世界形势的变化，加强对外国史地的研究，自觉地将边疆史地研究与外国史地研究相结合。何秋涛的《朔方备乘》一书堪称清代西北边疆史地学的集大成之作，也是开中俄关系史研究先河的著作。该书不但详细考察了中国东北、北方、西北的边疆沿革、攻守形势，而且还系统考察与介绍了相对完整的俄国历史、地理、政区、户口、文化、宗教、民族、习俗和物产等概况，以及清前期的中俄关系等。如书中所撰写的《俄罗斯亚美里加属地考》《俄罗斯互市始末》《俄罗斯学考》《俄罗斯馆考》《俄罗斯进呈书籍记》《俄罗斯丛考》《俄罗斯境内分布表》《雅克萨城考》《尼布楚城考》《波罗的等路疆域考》《锡伯利等路疆域考》《艮维窝集考》《北徼山脉考》《艮维诸水考》《乌孙部族考》等诸多篇目都是关于俄罗斯史地以及中俄关系的记载。何秋涛依据大量的史料阐述了中俄互市的发生、发展过程，以及对"俄罗斯"的由来、机构、定例、礼节及活动进行了系统研究。何秋涛通过对一百多年中俄关系的研究，希望清政府从中吸取经验教训，警惕沙俄侵略，能像其圣祖康熙帝一样有所作为。何秋涛用心之良苦，不言而喻。因此，《朔方备乘》不单纯是一部边疆史地著作，而且还包括很大部分俄国史地的内容。

其目的就是为了防备"俄患""以昭边禁""以固封圉"。即为了防备"俄患",巩固边防,就必须研究"夷务",将"夷情"作为"边情"的重要组成部分来考察,这是一种世界意识的重要体现。他认识到边疆问题已不再是一国的问题,而是一种两国间的国际关系。

二是地理文化促使地理思辨散文得到迅速发展。所谓地理思辨,就是以地理资源为基础所进行的思考,是关于地理本身的思考,是关于地理与政治、民生、历史、民族等各方面的辩证关系的思考,从而也是对地理进行去文化的思考。这种思考真正触及地理的真相和本质。地理思辨散文的资源基本上都来自山水大地,这一资源也是游记散文共用的一种资源。悠悠岁月的累积,自然留下了不少脍炙人口的游记散文经典,但也形成了游记散文写作的基本套路和思维定式。也就是说,作者将主观情感投射到客观的山水风景之中,所有的山水风景都幻化成了作者主体的呈现物。在以往的以游记散文为代表的文学写作中,我们几乎看不到地理的真相和本质,看到的只是附着在地理上的文化内涵。地理思辨散文与游记散文的根本区别在于:同样是使用山水地理资源,游记散文是将山水地理作为自我主体的延伸,借景抒情;而地理思辨散文则以山水地理为叙述的主体,揭示山水地理的意义、价值和精神;山水地理是永远的沉默者,而作者自觉担当起它们的代言人。

姚莹文集中那些山川游记、风俗随笔等散文就可以看作地理思辨散文。如《游榄山记》,随着他的行踪足迹,把榄山附近农田屋舍、芭蕉牡蛎、龙眼荔枝等写得郁郁葱葱、生机勃勃,表现出作者热爱祖国河山、向往欣欣向荣的安宁生活的思想感情。《粤东学使后园记》也是一篇地理思辨散文。文中写自己得此幽静美丽的园林,正好"倚栏而坐,高咏短章,闲谈名理,清风满襟,不觉羁愁之如失也"的乐趣,并且说:"世徒想其繁华,有今昔之感,而不知余今之乐，实有胜于昔人者也"。作者以乐景写哀抒愤，采用含蓄的表现手法，在得此园林的乐趣中包含着对统治者奢侈享乐的不满。日记体记游散文《康輶纪行》是姚莹"冀雪中国之耻"的"喋血饮恨"之作。① 文中记录了自己在颠沛流离的环境中，"往返万里冰山雪窖中"②的所见所闻所感所思。作者不仅把介绍敌情外事看作"徐筹制夷之策"和御敌雪耻的必要前提，而且把它与中国"免胥沦于鬼蜮"③、避免亡国灭种联系起来。这一思想贯穿于整个《康輶纪行》，表现出姚莹对民族危机的严重性有较早认识，反映了鸦片战争后时代变动的脉搏，体现了作者饱满的爱国热情与开拓新领域、开创新风气的精神。不仅如此，姚莹更是自觉地将边疆史地研究与外国史地研究相结合的典范。如《英俄二夷交兵》《俄罗斯方域》《英吉利》《佛兰西》《英吉利幅员不过中国一省》诸篇，都反映出作者关注世界史地的意识。姚莹在《外夷留心中国文字》中，强调了解外国、认识世界的极端重要性。他列举英、法、普、俄以至日本、安南、缅甸、暹罗等国，无不关注外国"情事"；他怒斥许多士大夫固守传统的华夷观，"骄傲自足，轻慢各种蛮夷，不加考究"，乃是一种"坐井观天，视四夷如魑魅""勤于小而望其大"的狭隘偏见。他清醒地认识到："是彼外夷者方孜孜勤求世务，而中华反茫昧自安，无怪为彼所讪笑轻玩，致启戎心也！"因此，姚莹力陈必须改变"儒者习于所见，皆以侈谈异域为戒"的风气。姚莹的这些话语，正反映了当时"开眼看世界"的时代要求。

---

① 姚莹：《东溟文后集》卷八，"复光律原书"，（台北）文海出版社 1975 年版，第 770 页。
② 姚莹：《中复堂全集》附录，"姚莹年谱"，同治六年桐城姚氏刻本。
③ 姚莹：《东溟文后集》卷八，"复光律原书"，（台北）文海出版社 1975 年版，第 770 页。

在梅曾亮的散文中，一些记游写景的文章也颇具特色。《钵山馀霞阁记》是一篇描写山水的好文章。馀霞阁建筑在山上，而这山又可算是城中之山，具体说来是南京城西的一座山。作者不费多少文字就把这些特点极精确地通过视觉表现了出来，然后再写居高临下的观感。作者从高到下、从远到近、从寥廓的印象到集中的观察；通过视线的扫描，写阔大的长江、细微的炊烟，甚而写市声，使人有身临其境的真实感觉。如果把这篇散文与姚鼐的《登泰山记》《游媚笔泉记》《游灵岩记》等文中的写景相比照，就可看出，梅曾亮的文章更为清峻生动，富有感情，接近柳宗元的山水小记。所以林纾曾在《慎宜轩文集序》中说："上元梅曾亮，顾其山水游记，则微肖柳州，夫学桐城者必不近柳州，而柏言能之，此非异也。曾子固文近刘更生，而《道山亭记》亦与柳州为近，盖既深于文，固无所不可。"柳宗元的山水小记以融入自己的感情令山水人格化而著称，梅曾亮的描摹山水也有类似之处。他的《小盘谷记》《通河泛舟记》《游瓜步山记》等，都能刻画出景物的特征，描绘出山水的个性。

李大钊的记游散文，在近现代之交的文坛上也是颇具特色的。《五峰游记》[①]记述了作者去河北昌黎县北五峰游览时所见旅途风光和五峰胜境的景物。作为代言人的角色，李大钊最可贵之处就在于发现了五峰山水地理的独特之美。这篇游记发表在1919年8月30日《新生活》第二、三期上，是"五四"前后较早的白话散文。作者在文中表现了他十分关心民生疾苦，重视沿途具有斗争意义的纪念地，热情赞美"旧生活破坏者，新生活创造者"的激进的民主主义思想。这在当时的记游文章中是不多见的。

三是地理文化催生了使外日记与域外记游散文。使外日记与

---

① 李大钊：《五峰游记》，《李大钊诗文选集》，人民文学出版社1981年版，第182页。

域外记游散文的产生，是近代地理文化催熟的两颗果实。薛福成、黎庶昌、郭嵩焘、王韬等为近代散文的发展做了不懈的努力。

薛福成作为从洋务派转变为早期维新派的散文家，在《出使四国日记·跋》中写道："智创巧述，日异月新。火船则铁胁钢甲，远胜于木轮；铁路则穿洞造桥，较难于平地……以传邮则万里瞬通，以制用则百万咸备。"[1]他对近代科学技术上的新发现、新发明、新事物、新技术，都津津乐道地加以详细记载。如在《出使四国日记》（光绪十六年八月初二日）中便介绍了神奇的炼铁轧钢过程[2]；在《制器宜精》[3]《筹洋刍议》[4]等文中十分深刻地指出，中国必须开放，必须向西方学习。他在《出使四国日记·自序》中开宗明义地指出："大抵今古之事百变，应之者无有穷时。平天下者，平其心以絜矩天下，知我之短，知人之长，尽心于交际之间。"[5]面对世界变化，消极地闭关自守无法遏阻侵略和渗透，不积极采取对策谋求国家安全，只能说是在粉饰太平、自欺欺人；因此，唯一的办法只有实行开放。这些看法在当时是有独到之处的。薛福成还写下了不少记游散文，如《观巴黎油画记》《白雷登海口避暑记》《后乐园记》《登泰山记》等。这些散文，描写了海内外的历史文化、山川形势、社会风貌、美丽风光及民情风俗，既开阔了人们的眼界，又给人们美的享受。

在黎庶昌的散文中，富有特色的是他那反映异国风貌的记游散文。他的记游散文分别收入《拙尊园丛稿》及《西洋杂志》中。这些散文，或描写国外胜景，或叙写异国民俗风情，写得情趣盎然。

---

[1] 薛福成：《出使四国日记》，湖南人民出版社1981年版，第283页。
[2] 薛福成：《出使四国日记》，湖南人民出版社1981年版，第142页。
[3] 薛福成：《庸庵全集十种·庸庵文编》卷一，清光绪十四年(1888)刻本，第22页。
[4] 薛福成：《庸庵全集十种·筹洋刍议》，清光绪十四年(1888)刻本，第46页。
[5] 薛福成：《出使四国日记》，湖南人民出版社1981年版，第1页。

如作者在旅欧期间所写的描绘英国海滨胜景的《卜来敦记》、描写西欧风俗民情的篇章《斗牛之戏》、描绘日本山区景色的《游盐原记》等，使读者如临其境。用中国古文去描写异国的社会风俗、山川河流，难度是不小的。黎庶昌却能挥洒自如，文笔简练流畅，典雅清新，不论叙事状物、设色敷彩，均能逼真传神，富有风神韵致，真不愧是散文好手。他的散文虽然师法桐城派和曾国藩，但不固守一格。有人称他"人奇遇奇，故文特有奇气"[1]；连曾国藩也认为"莼斋生长边隅，行文颇得坚强之气，锲而不舍，可成一家之言"[2]。黎庶昌出国前的作品，不免受到桐城派的桎梏；出国之后，他的文章风格明显表现出突破桐城派"雅洁"的藩篱，内容丰富，抒写自如，以华彩富艳、曲折多变的文笔反映时代的精神风貌。他那介绍西欧政治经济、记述异国风物、社会风情的散文，对促进中西文化的交流与融合是不容忽视的。这也昭示着桐城派散文作家的思想与艺术上的某些变异。

　　郭嵩焘的日记体和记游体散文，也是很有特色的。《伦敦与巴黎日记》便是这方面的代表作，它向人们敞开了一个了解世界的窗口。在散文中，他非常注意介绍西方自然科学的新技术新事物。如文中介绍了重三吨的反射望远镜[3]、传真电报[4]；此外，还介绍了制氢气、气球提物、制镜法、彩色照相、电灯、电话机、冷冻器等，向人们展示了一个五彩缤纷的科技世界，开拓了人们的视

---

[1] 罗文彬：《拙尊园丛稿·跋》，见黎庶昌：《拙尊园丛稿》，（台北）文海出版社1967年版，第477页。
[2] 薛福成：《拙尊园丛稿序》，见黎庶昌：《拙尊园丛稿》，第2页。
[3] 郭嵩焘：《伦敦与巴黎日记》，见钟叔河主编：《走向世界丛书》，岳麓书社1984年版，第658页。
[4] 郭嵩焘：《伦敦与巴黎日记》，见钟叔河主编：《走向世界丛书》，岳麓书社1984年版，第848—849页。

野;同时也表现了作者对科学的尊崇。郭嵩焘的散文不仅反映了国外的新事物,而且以生花妙笔,把异国的山川风情、名胜古迹,展现在读者面前。如他的《伦敦与巴黎日记》描写在英国看到燃放焰火时的奇异景象,栩栩如生,颇为壮观,很有特色;他那记述瑞士莱蒙湖胜景的散文,描摹如绘,形象生动。的确,郭嵩焘的记游散文,充满异国情调,濡墨抒写,出以自然。

　　王韬的散文创作是多方面的。代表他散文思想与艺术上最高成就的虽以政论文为主,但他的《漫游随录》和《扶桑游记》游记散文也颇具特色,对近代散文的解放和革新有一定的促进作用。这两部游记散文,以其新的视野和自由灵活的表现形式,显示出中国记游散文发展进入了新的阶段。这些游记以王韬自身的游历和交际,向我们展现了中国文人与各国人民间的纯洁友谊,这使王韬的记游散文成为近代较早描写中外友谊题材的作品。同时,这些游记也扩大了中国古典散文的境界。它们以展现海外独特奇丽的自然风光和先进发达的政治文化、科学技术为主要内容,令人耳目一新。在艺术表现形式上,这两部游记也有其特殊成就。它们突破了桐城古文的"义法",以游踪为线索,自由抒写,而又重点突出对海外政治文化、先进科学技术的介绍。《漫游随录》是王韬根据自己的旅欧见闻写下的游记散文,也是作者在1867年至1868年间思想变化轨迹的记录。作者对西方社会在理性上的认识与分析,目的在于激发国人学习西方科技的热情和创造精神。《漫游随录》中对海内外风物的描绘也是颇具特色的,如《香海羁踪》[1]《穗石纪游》[2]《改罗小驻》[3]等。《漫游随录》以空间顺序来组织材

---

[1] 王韬:《漫游随录》,见钟叔河主编:《走向世界丛书》,第80页。
[2] 王韬:《漫游随录》,见钟叔河主编:《走向世界丛书》,第83页。
[3] 王韬:《漫游随录》,见钟叔河主编:《走向世界丛书》,第88页。

料,分题记述,文字活泼老练,描述生动而有致,反映出作者深厚的文学修养和才华。而作于1879年(光绪五年)的《扶桑游记》则是以日记体的形式来叙述,行文中把记叙、描写、抒情、议论水乳交融成一个整体。这部游记不仅记录了王韬和日本友人的交往,反映了明治维新后日本的变化;同时也记录了作者在访日期间对中外时务发表的许多精辟见解,是中国文人第一次以实地观察所得而写的关于日本社会生活、山川风情的文学作品,为明治时代的中日文化交流留下了绚烂的篇章。王韬以文学家审美的眼光,以优美流畅的笔触,以简洁朴实、富有诗意的语言,向我们展示了异国的山川风物、风俗民情。他的游记散文力图把骈散糅合在一起,写来滔滔如水,铿锵有韵,富有音乐之美。王韬的游记散文是近代散文中的一朵奇葩,它为近代文体解放写下了光辉的一页。

康有为戊戌变法后逃亡海外,漫游北美和欧洲各国,也写下了不少记游散文,如《希腊游记》《布加利亚游记》《意大利游记》《突厥游记》《法兰西游记》《德国游记》等。在这些游记散文中,作者以生花妙笔,把世界各地瑰玮壮丽的山川、秀美诱人的异国风光、名胜古迹以及风土人情,以其独特的美的姿态展现在读者面前,使人有身临其境之感。如在《希腊游记》中便把希腊岛屿和山川胜景状写得摇曳多姿;再如记游历欧洲观看来因古战垒时的所见所感,就很有特色[①],文中描绘古垒建筑,形貌各异、式制奇诡,颇为壮伟;再如在《布加利亚游记》中所记都城胜景、庙画教会、议会政体,颇为详尽,特别是记述民情风俗部分,更充满着赞美之情。康有为的这些记游散文,对开阔人们的视野、了解世

---

① 康有为:《补德国游记·来因观垒记》,见《康南海先生诗文集》(10),卷六,(台北)文海出版社1975年版,第42页。

界各国风情文化,仍有其独特价值。

  综而言之,近代文化生态的变迁对近代散文变革的影响是巨大的。这种变革,使近代散文论述方式具有了现代科学的色彩。这些变革,虽然未能彻底脱掉古文的外壳,因而其文章被胡适称为"倾向欧化的古文",但在散文创新上有了明确的方向与路径。不少作家的作品在价值观、思维方式和文体特性上的努力是不容忽视的,它们对近代散文向现代的转变有着十分重要的意义。

(《华南师范大学学报》2012年第4期)

近代骈文创作特征论

谢飘云

近代骈文创作在近代社会的剧变中多元文化相互激荡而处于不断解构和建构的新变状态，呈现出多方面的特征，使得近代骈文这一传统的文学体式在新旧交替的文学变革大潮中泛起新变的微澜。

一、"骈散之争"与近代骈文理论的探寻

骈文是我国传统文学中的一种体式，其与散体文并行发展构成了古代文章流变的主要内容，在古代文学史上具有重要地位。不过，骈文与散文也存在着争斗。在清代中期，文学界兴起了一场骈、散之间的论争。这一论争是清代汉学与宋学之争在文学领域的投影。以桐城派为首的宋学一派大都是古文名家，桐城文论遂成系统。而乾嘉时期的汉学家，则工于骈文，以此与古文派抗衡。然而直至扬州学派的代表人物阮元出现，溯源六朝，从"文笔"说中汲取理论资源，骈文派才有了较为系统的文论，以此与桐城古文派对峙。在清中至近代骈文的整体复兴中，阮元、梅曾亮、李兆洛、谭宗浚等著名学者，都为近代骈文理论的探寻做出过努力。

阮元是近代骈文创作发展进程中起着重要作用的人物。阮元对学界曾出现的诸说进行了糅合，俨然成为骈文派的领袖。他从

古训入手，标举"文言说"，以争文章正统。其具体步骤学界有论者总结为：正本清源；征圣宗经；阐明文质；严守文统。[①] 由于阮元的特殊地位，他的观点也使骈散之争的格局产生有利于骈文的变化。他体悟到骈文是一种完美的文体，它给人带来韵偶、声音之美的享受。他强调用韵对偶才是"文"，"文"的观念即被作为论争武器与盛行当时的桐城派相抗。阮元在当时大力提倡"文言""文韵"，尊对偶、音韵、辞藻之文为文章的正统，强调骈散的分别，为骈文争地位，主要是着眼于改变古文创作中平直疏浅、音韵失和的习气，也是为了纠正桐城派雅洁有余，文采不足的创作倾向。阮元等人重提文笔之说，推崇骈偶及有韵之文，其目的也是为了与某些古文家的文章相抗衡，客观上对骈文的发展起了推波助澜的作用，也给人们在文学创作中融进艺术精神提供了有益的启示。

梅曾亮曾有过创作骈体文的经历，但他的古文创作遮蔽了他的骈体文创作。他对骈文，经历了由喜爱而创作，到因为师从姚鼐、接受管同建议放弃骈文，再到认识骈文有独特价值而不废骈文的过程。梅曾亮在《柏枧山房文集》卷五《管异之文集书后》云："曾亮少好为骈体文，异之曰：'人有哀乐者，面也。今以玉冠之，虽美，失其面矣。此骈体之失也。'余曰：诚有是，然《哀江南赋》《报杨遵彦书》，其意固不快耶？而贱之也？'异之曰：'彼其意固有限。使有孟、荀、庄周、司马迁之意，来如云兴，聚如车屯，则虽百徐、庾之词，不足以尽其一意。'余遂稍学为古文词。异之不尽谓善也，曰：'子之文病杂，一篇之中数体驳见，武其冠，儒其衣，非全人也。'余自信不如信异之深，得一言为数日忧喜。呜呼！今异之亡矣，吾得失不自知；人知之，不能为吾言之。

[①] 冯乾：《清代文学骈、散之争与阮元"文言"说》《古典文献研究》第十一辑。

异之亡,余虽于学日从事焉,茫乎不自知其可忧而可喜也,故益念异之不能忘也。"①由此可见,梅曾亮认识到了骈文的不足,但他不废骈文。当研究古(散)文的学者大张旗鼓地宣扬唐宋八大家、桐城派及其古(散)文价值的时候,像梅曾亮这样的古文大家还创作了那么长时期、有较高艺术价值的骈体文,这的确是值得我们深思的现象。

谭宗浚对骈文领域的诸多问题也进行了深入的思考,颇具理论创建。他面对骈散之争,指出:"自韩柳振声,欧苏嗣响,哀所自制,名曰古文,偶体一途,遂遭掊击,目梁陈为蝉噪,诋邢魏以驴鸣。"②对文坛崇散抑骈的片面倾向提出了批评。他认为文章由散体变为骈体乃自然之势,骈散同出一源。散文与骈文都有其存在的独立价值,斤斤计较于优劣尊卑并无任何意义。谭宗浚对他所生活的晚清时代,对清末骈文所表现的"伪体繁兴"弊端③大加鞭笞,并自觉以"倡复而振兴"文风自任。因此,他在《后希古堂文会序》中抨击了前人在骈文创作中所形成的种种弊端,从正面对骈文创作提出了明确的要求。

李慈铭关于骈文发展、骈散关系的论述,大多散见其文集与日记中。他有不少对骈文作家独到的点评,且不乏真知灼见,从中可以见出他本人的骈文理念。在文学理论上,也具有十分鲜明的文体意识。李慈铭秉承阮元等人的观点,与同时代大多数对骈散相争持调和态度的文人学者不同,将骈文视为文章正统,重视

---

① 梅曾亮、彭国忠、胡晓明校点:《柏枧山房诗文集》(卷五),上海:上海古籍出版社 2005 年版。
② 谭宗浚:《答门人岑王季辕论骈体文书》《希古堂集》《续修四库全书》,上海:上海古籍出版社 2002 年版,第 397 页。
③ 谭宗浚:《答门人岑王季辕论骈体文书》《希古堂集》《续修四库全书》,上海:上海古籍出版社 2002 年版,第 397 页。

骈文与散文的区别。但相较于前期阮元"今人所便单行之文，极其奥折奔放者，乃古之笔，非古之文也"①的看法，他对散体文的态度已明显宽容很多。在文体上，李慈铭关于骈散之辨，他仍然将两种文体严格区别对待，正如曾之撰所评："继见稿内《与陈昼卿书》自举著述之目，亦以骈文散文分编，乃知先生因不从阮氏之说，屏散文于文外，亦不从李氏之例，置散文于骈体中。"②李慈铭却十分反对李兆洛在《骈体文钞》中收录《报任安书》《出师表》二文的做法，认为"文章自有体裁，既名骈体，则此二篇皆单行之辞，自不得厕之俪偶。且由老、韩推之，则《尚书》《周易》，亦有近骈体者，申耆何不竟取《禹贡》《尧典》等篇，以冠卷首乎？"③显然，这里反映出李慈铭在骈散文体式区分问题上强烈的文体意识。不过，李慈铭推崇骈文，却并不反对散文。他承认散文中同样有许多优秀作品，他对《史记》《汉书》的评价极高："然学者但能蕴畜经训，沉浸《史》《汉》，则所作自高古深厚，不落腔调小技，亦非必自骈体入手也。"④同时，李慈铭对柳宗元、刘禹锡、杜牧的散文推崇备至，⑤并且身体力行，创作了两百多篇散文。⑥这都表现了他相对比较公允的论文态度。李慈铭论文章，虽重文体，但

---

① 阮元：《揅经室续集》，北京：中华书局1985年版，第128页。
② 曾之撰：《越缦堂骈体文叙例》，引自李慈铭著，刘再华校点：《越缦堂诗文集》，上海：上海古籍出版社2008年版，第1551页。
③ 李慈铭著，由云龙辑：《越缦堂读书记》，上海：上海书店出版社2000年版，第1095页。
④ 李慈铭著，由云龙辑：《越缦堂读书记》，上海：上海书店出版社2000年版，第894页。
⑤ 李慈铭著，由云龙辑：《越缦堂读书记》，上海：上海书店出版社2000年版，第898页。
⑥ 见李慈铭：《复陈昼卿观察书》："病中颇料检著述……骈文亦检得百五十首，名曰初编。惟散文分内外篇，约二百首。"李慈铭著，刘再华校点：《越缦堂诗文集》，上海古籍出版社2008年版，第1149页。

更重视的是支撑文章创作的学术根柢以及行文中所体现出来的风骨与识见,这与他的汉学学风取向是一致的。

从上述对近代骈文理论探寻的择要梳理中,我们可以发现,近代作家们对骈散体式或坚守或兼容或调和,但无论理论还是创作都在近代文化转型的大潮推动下隐伏着新的蜕变。

二、近代文学变革与"骈散杂糅"格局的形成

有清一代的文体,有着极大的变化。骈文与散文不但在质的方面有惊人的进步,量的方面更有巨大的收获。而且骈文和散文相互争胜,一时辉映,便造成了千载未有的盛况。到了晚清,近代文学是在苦难与战争中向古代告别,蹒跚地走向近代的背景下产生和发展的,它萌芽于思想启蒙和中西文化的撞击,经过资产阶级维新运动、资产阶级革命运动和辛亥革命运动,接受过大大小小的帝国主义国家的侵略和人民群众奋起反抗的血与火的考验,八十年来产生的作品从正面、侧面或反面映照着时代的变迁。从鸦片战争前后的文学变革到维新运动时期的"文界革命",打破了数千年来通行的文体,使得文学生态发生着前所未有的变化,新的文体观念萌生,近代文体嬗变中"骈散杂糅"格局形成,成为近代新文体发展过程不可忽视的重要一环。龚自珍、梅曾亮、曾国藩、李慈铭、谭嗣同、康有为、梁启超等,在文体创新上做了不懈的努力。

在鸦片战争前后,龚自珍看到清朝危机四伏,他呼吁社会应该"大变"、"速变",在文学理论上也提出了变革的要求。他在《文体箴》中说:"大变忽开,请俟天矣。寿云几何,乐少苦多。

圜乐有规，方乐有矩。文心古，无文体，寄于古。"①发出文体变革的呼声。

曾国藩在文章的骈散问题上，主张骈散结合。在《河南文征序》中论道："若其不俟摹拟，人心各具自然之文，约有二端，曰理，曰情……自群经而外，自一家著述，率有偏胜。以理胜者，多阐幽造极之语，而其弊或激宕失中；以情胜者，多悱恻感人之言，而其弊常丰缛而寡实。自东汉至隋，文人秀士，大抵义不孤行，辞多俪语。即议大政，考大礼，亦每缀以排比之句，间以婀娜之声。历唐代而不改，虽韩、李锐志复古，而不能革举世骈体之风。此皆习于情韵之类也。"②曾国藩从梳理古文与骈文各自的特点出发，指出应沟通骈散，使作品能反映人心之本然。诚然，曾国藩以主"情"与主"理"来概括骈文和古文，尽管有偏颇之嫌，但其将骈散特点并论，即把骈文放在总的文章背景下加以观照，这种方法倒是可取的。同时，曾国藩还试图对骈散历史作统一的描述，其《送周荇农南归序》云："天地之数以奇而生，以偶而成，一则生两，两则还归于一，一奇一偶，互为其用……文字之道，何独不然？六籍尚已，自汉以来，为文者莫善于司马迁。迁之文，其积句也皆奇，而义必相辅，气不孤伸，彼有偶焉者存焉。其他善者，班固则毗于用偶，韩愈则毗于用奇。"③但为了强调沟通骈散是文章的本性，他以司马迁的史传文字为例，虽甚牵强，不过，他兼顾骈散文的思路却是有见地的。

在近代文学的变革中，谭嗣同、严复、康有为、梁启超等人在文学实践上打破骈散之别，推动着"骈散杂糅"格局的形成。

---

① 龚自珍：《定庵八箴·文体箴》，王佩诤校：《龚自珍全集》，上海：上海古籍出版社1975年版，第418页。
② 曾国藩：《曾文正公文集(卷一)》，四部丛刊本。
③ 曾国藩：《曾文正公文集(卷一)》，四部丛刊本。

谭嗣同作为革新派的代表人物之一，他对文章的骈散问题提出了非常重要的观点。如在《三十纪》中提出："所谓骈文，非四六排偶之谓，体例气息之谓也，则存乎深观者。"[1]谭嗣同的文章融合了散文的笔法和骈文的体例气息，他并不拘束于狭隘的骈散概念，认为骈散的区别在于体例气息。谭嗣同的散文熔各家思想于一炉，取其精华为我所用的论辩方法，则使文章呈现出长于雄辩、汪洋恣肆的特点。行文则时骈时散，时古时今，长短结合，不拘程式，力求文意表达通畅。如他的散文《〈仁学〉自序》中一段，以见文章风格之一斑："以吾之遭，置之婆娑世界中，犹海一涓滴耳，其苦何可胜道。窃揣历劫之下，度尽诸苦厄，或更语以今日此土之愚之弱之贫之一切苦，将笑为诳语而不复信，则何可不千一述之，为流涕哀号，强聒不舍，以速其冲决网罗，留作券剂耶？网罗重重，与虚空而无极。初当冲决利禄之网罗，次冲决俗学若考据、若词章之网罗，次冲决全球群学之网罗，次冲决君主之网罗，次冲决伦常之网罗，次冲决天之网罗，次冲决全球群教之网罗，终将冲决佛法之网罗。然真能冲决，亦自无网罗；真无网罗，乃可言冲决。……吾惭吾书未餍观听，则将来之知解为谁，或有无洞抉幽隐之人，非所敢患矣。"[2]文章以感情之笔说理，情因理发，理因情显，情理相得益彰。谭嗣同本其冲决一切网罗的勇猛精神，为散文的发展在理论和实践上作了有益的探索，也为散文在荆榛丛集中开拓了一条大路。

严复的散文骈散结合长短并用。他的文章既有洋洋洒洒上万言的长文（如《拟上皇帝书》《救亡决论》等），也有一些几百字的短

---

[1] 蔡尚思，方行编：《谭嗣同全集·增订本（上册）》，北京：中华书局1981年版，第55页。
[2] 蔡尚思，方行编：《谭嗣同全集·增订本（上册）》，北京：中华书局1981年版，第290页。

文（如《西湖游记序》《也是集序》以及一些按语）。从他的早期散文来看，以散体为主，而在散体之中，杂以偶丽，因而加强了作品的感染力。如《天演论自序》中，作者在批判顽固派的抱残守缺和妄自尊大的错误，说明翻译《天演论》的目的时指出："大抵古书难读，中国为尤。二千年来，士徇利禄，守阙残，无独辟之虑。是以生今日者，乃转于西学，得识古之用焉。此可为知者道，难与不知者言也。风气渐通，士知拿陋为耻。西学之事，问涂日多。然亦有一二巨子，诡然谓彼之所精，不外象数形下之末；彼之所务，不越功利之间。逞臆为谈，不咨其实。讨论国闻，审敌自镜之道，又断断乎不如是也。赫胥黎氏此书之恉，本以救斯宾塞任天为治之末流，其中所论，与吾古人有甚合者。且于自强保种之事，反复三致意焉。夏日如年，聊为迻译。有以多符空言，无裨实政相稽者，则固不佞所不恤也。"①这段骈散结合的文字，层层推进，加强了批判的力度，显示出文章的气势。

康有为的散文，不仅在内容上表现出饱满的政治热情，而且在艺术上追求毫无拘束，感情尽情倾泻的艺术境地，从而形成了自己独特的风格。在表现手法上，康有为的散文不拘传统古文的程式，熔时代精神与科学精神于传统的古文形式之中。康有为的散文虽然不同于梁启超的新文体，仍然用传统的古文形式，但他的散文却没有传统散文的温文尔雅和词是理违之弊，也没有按"桐城"格局去讲求"义法"。它既不像桐城派散文的迂拘，又不像文选派散文的偶丽，更不像考据学者散文的朴拙，而是一种新旧结合的散文，或者说是新文体的雏形。在语言运用上，或骈或散，骈散杂糅，信笔所之，无一定格。如《朱九江先生佚文序》，便在全文散体中间有排偶。有时在他的散文中又喜欢用一连串的排句

---

① 王栻主编：《严复集》（第五册），北京：中华书局1986年版，第1320—1321页。

和偶句，连类引发，并且在散体中忽杂韵语。如《诗集自序》便体现这一特色。因此，康有为的散文给我们的美学感受，是一种总体性的混成效果——思想、感情、色彩、节奏、各种艺术技巧等都是相互渗透、紧密交织的。他那阔大壮观、气势雄伟的文章风格得到梁启超的继承和发扬，形成了风靡一时的新的散文体式。康有为用他那别具一格的散文，为近代散文向新文体过渡铺平了道路。

梁启超的《少年中国说》《呵旁观者文》等文章，在跳动着爱国之心的字里行间，既可看到一脱八股文的陈词滥调，又看到染上了一层经过"维新"了的骈体文色彩。如："昨日割五城，明日割五城，处处雀鼠尽，夜夜鸡犬惊。十八省之土地财产，已为人怀中之肉；四百兆之父兄子弟，已为人注籍之奴。岂所谓'老大嫁作商人妇'者耶？呜呼，凭君莫话当年事，憔悴韶光不忍看！楚囚相对，岌岌顾影，人命危浅，朝不虑夕。国为待死之国，一国之民为待死之民。万事付之奈何，一切凭人作弄"。① 文章变化万千，铮然有声。作者壮怀激烈，在呼吁、提醒读者，瓜分之祸迫在眉睫。梁启超不仅善于利用句子形式上的错综变化制造文章的波澜，而且常常巧用譬喻、对比、排比、对偶、反复、重叠等修辞手法形成文章的波澜，描摹世态，表情达意。这些修辞手法的运用，往往是根据内容的需要而变化的。有时破奇为偶，用一连串的排偶句来增强笔力气势，使人感到文章的一种内在的旋律，有时又奇偶互用，使文章显得跌宕起伏，摇曳多姿。如在《说希望》中便巧妙运用对偶、譬喻和排比句式："不为李后主之眼泪洗面，即为信陵君之醇酒妇人。"② 这是用对偶句描绘出绝望之人的形态和归

---

① 梁启超：《饮冰室合集》，中华书局1989年版。
② 梁启超：《饮冰室合集》，中华书局1989年版。

宿，寓意深刻！作者满腔的爱国之情更集中突现在最后的排比句中："旭日方东，曙光熊熊。吾其叱咤曦轮，放大光明以赫耀寰中乎？河出伏流，牵涛怒吼。吾其乘风扬帆，破万里浪以横绝五洲乎！穆王八骏，今方发轫。吾其扬鞭绝尘，与骅骝竞进乎！四百余州，河山重重。四亿万人，泱泱大风。任我飞跃，海阔天空。美哉前途，郁郁葱葱。谁为人豪，谁为国雄？我国民其有希望乎？其各立于欲所立之地，又安能郁郁以终也。"①这整齐清新又流畅的排比句式，读起来韵律悠扬，听起来也令人精神为之一振。明快的节奏似庄子论文的雄奇奔放，气度恢宏，汪洋恣肆和浩浩莽莽，有排山倒海之势，富有浪漫主义色彩。精粹謷辟，闪光的语言及浸润在文字里的感情融为一体，展示了作者深刻的识见和惊人的笔力。用这样的文笔，提出了时代的命题，就更能抓住读者，更能在读者群中引起强烈的反响。又如在《少年中国说》的一段中，作者调用了二十多组排比句来论证老年与少年性格不同之大略："欲言国之老少，请先言人之老少。老年人常思既往，少年人常思将来。……老年人常多忧虑，少年人常好行乐。……老年人常厌事，少年人常喜事。……老年人如夕照，少年人为朝阳。老年人如瘠牛，少年人为乳虎。老年人如僧，少年人如侠。老年人如字典，少年人如戏文。老年人如鸦片烟，少年人如泼兰地酒。老年人如别行星之陨石，少年人如大洋海之珊瑚岛。老年人如埃及沙漠之金字塔，少年人如西伯利亚之铁路。老年人如秋后之柳，少年人如春前之草。老年人如死海之潴为泽，少年人如长江之初发源。此老年与少年性格不同之大略也。任公曰：人固有之，国亦宜然。"②文中这一长串的排偶不仅鲜明形象地突出了老年人与少年

---

① 梁启超：《饮冰室合集》，中华书局1989年版。
② 梁启超：《饮冰室合集》，中华书局1989年版。

人的差异，而且利用有明暗、忧乐、高低、缓急、强弱等明显对比度的语言构成两种截然不同的情绪与意境，且前后句句相接、环环紧扣、逐层深入，使文章声色兼备，增强了文章的艺术感染力。

辛亥革命至五四运动前后，章太炎在文体观念上主张骈散不分。他说："夫有韵为文，无韵为笔，是则骈散诸体，一切是笔非文，藉此订成，适足自陷。"①"由是言之，文辞之分，反覆自陷，可谓大惑不解者矣"②。虽然章太炎不是"骈散合一"的始作俑者，但是从文学史的角度来看，章太炎也是这场持久的骈散之争的实践者。除此之外，相关的媒体为近代文体变革以及骈散合并的趋势大声疾呼，如《广益丛报》（辛亥革命党人在重庆的机关刊物）刊登《论近代文体之变迁及近今骈散文合并之趋势》（1908 年第 176 号）、《论近时著述之怪相与文体之卑劣》（1911 年第 258 号）等文章，对文坛复古之风进行全面审视，并关注着文体变革的走向。在此期间，散文观念出现了新的发展，如陈独秀在《文学革命论》中倡文学革命，反对骈文，也反对古文："所谓'桐城派'者，八家与八股之混合体也；所谓骈体文者，思绮堂与随园之四六也；……此等国民应用之文学丑陋，皆阿谀的虚伪的铺张的贵族古典文学阶之厉耳。"③陈独秀认为，骈文与古文都应该被彻底打倒。又如钱玄同以"桐城谬种"，指称桐城古文；以"选学妖孽"指称骈文；另外他还提出："一文之中，有骈有散，悉由自然。"④这种"自然"观念正合当时追求自由、自然的时代气氛，把散文观念提升到了新的高度。

---

① 章太炎：《文学总略·国故论衡》，上海：上海古籍出版社 2003 年版，第 51 页。
② 章太炎：《文学总略·国故论衡》，上海：上海古籍出版社 2003 年版，第 52 页。
③ 陈独秀：《文学革命论》，《新青年》1917 年第 2 卷第 6 期。
④ 钱玄同：《寄陈独秀》，《新青年》1917 年第 4 卷第 1 期。

从骈文与散文体式的变革来看，近代作家们在自己的创作实践中所出现的"骈散杂糅"的行文格局，成为近代骈文发展进程中的颇有文化意味的一种现象。

三、文化转型与近代骈文创作题材取向的渐变

中国文学在由古代向近现代的转型过程中，外来文化的大量涌入，对其影响是巨大的，这是外来文化第二次大规模地撞击中国传统文化与文学的时期。同时，也是中国文学从古典走向现代的过渡期。近代骈文的创作与中外文化交流这股"东风"关系极为密切；换言之，近代骈文在欧风美雨的沐浴下具有了异于古代、面向现代的"近代味"；其创作题材的取向也有明显的特征。

一是抒身世之感。如李慈铭有一篇《梦故庐记》，便是这方面的代表作。文章写道："余自幼即隘陋之，以为不足居也。……先一日，宿味水楼，将寝灭灯，始潜然以悲，谓斯楼斯灯不知何日复见？濒行，先妣送之堂，步步回顾，始觉门庭枕闼之可乐，花树鸡犬之相安，而游子之可悲也。……每过西郭，未尝一履视之，盖不忍重伤其心也。然比夕辄梦，梦辄在故居。"[①]作者以梦为依托，以感情变化为线索，将对故园的款款情思细细叙出，毫无造作之感，看似寻常家话，简淡无华，实则哀痛悲切，催人泪下。文章时夹有散体句法，骈散整合无间，浑然一体。文辞平实自然，感情真挚，于状物之际寄托身世情怀，质朴感人。另一篇如《六十一岁小像自赞》，亦是这方面的佳作，其全文如下："是翁也，无团团之面，乏姁姁之容。形骸落落兮谨畏匑匑，须眉招帐兮天怀畅通。故其貌溪刻兮，而心犹五尺之童；其言謇呐兮，而辩为一

---

① 李慈铭著，刘再华校点：《越缦堂诗文集》，上海：上海古籍出版社2008年版，第1209页。

世之雄。不知者以为法官之裔,如削瓜而少和气兮;其知者以为柱下之胄,能守雌而以无欲为宗。乌乎!儒林邪?文苑邪?听后世之我同。独行邪?隐侠邪?止足邪?是三者,吾能信之于我躬。雨潇风晦,霜落吐红;悠然独笑,形行景从。待观河之将皱兮,拊桑海而曲终。故俗士疾之,要人扼之,而杖履所至,常有千载之清风。"①文中述怀言志,反映了作者行为处事的秉性,亦表现出作者逆境中不失真我的品格。还有一篇《息荼庵记》则是借物来抒写自身身世与性情:"寓之前庭,忽产三瓜,盖有似乎君子生不得其地,逼仄托处,不能自达,有随寓而安,虽困而不失其性者。又阶前生红蓼数枝,蓼性苦而幽隐处下,其容忧伤蕉萃,又以肖予之生也。予名其庭之宇曰'苦瓜馆',其轩曰'卧蓼轩',而总之曰'息荼庵'。荼者,舒也。息者,休也。终天之恨,虽百稔而奚舒?君子之生,无一日之可息。"②李慈铭在文中以贴切自然的比喻,用富有哲理的话语,描写自身的艰难处境,抒发怀才不遇之感,激愤之情,溢于言表。

二是述心志之高。心志,是指人的意志;志气;心性;性情。中国古代知识分子往往在作品中寄寓自己的心志,这也成为近代骈文中一个重要题材。如李慈铭的《答仆诮文》一文写道:"官穷至此,官文是祟。谁使官幼,识字不成?哦诗上口,听经能背。谁使官长,作文无害?镂膺周秦,胝手汉魏。不今是逢,而古为媚。思涩若痴,意迷若醉。官今已壮,所得者累。官之西家,佻兮崽子。颠倒枚仗,乳臭青紫。官之东邻,乌献家儿,丹豉布算,猗赢垺赀。官有薄田,岁丰以寡。三载不治,责税荒草。官应诏科,字

---

① 李慈铭著,刘再华校点:《越缦堂诗文集》,上海:上海古籍出版社 2008 年版,第 1010—1012 页。
② 李慈铭著,刘再华校点:《越缦堂诗文集》,上海:上海古籍出版社 2008 年版,第 1205 页。

必俗矫。六上不收,三十发皓。……而犹文为?文将奚适?"①此文作于咸丰九年除夕之夜,从仆人口中写出先生行为性情,述说了自己的性情志向。文章用四字一顿的语言结构,以叙述的方式,用声韵铿锵的音调,似抑实扬的手法,使一位文识渊博、胸怀坦荡、个性磊落、清高耿介,不以钻营为业,但以寄情山水、陶冶性情为乐的先生形象跃然纸上。

三是叙风物之美。如李慈铭在其《西陵赋》中,描绘了西陵胜景:"突兀赤岸,下临浙江。嶷巩余暨,瓴压钱唐。襟远势于太末,衮支流于乌伤。控海门以东委,郁云树而四苍。潮声沸空,风力卷石,万怪惑皇,千里震胁。黔宇宙以莽堁,激晦明而一碧。惟兹陵之屹然,斗拄颐而扼嗌。纷胥旗而西靡,转涌洞以奔迭。带长堤而亘虹,粲云开而壁立。尔其戍旗西指,估舶东来,帆樯齿列,堠馆鳞排。市声汹于澎湃,炊烟缭以阓开。红楼霞畫,白沙雪皑。擢便娟以兰楫,照红妆而徘徊。筝琵四凑,歌声曼催。拥烟水于洞房,杂鹓鹬以传杯。渔火星灿,严城角哀。仡濒江之都会,吊无余之霸才。至若烟敛日暄,天高雾霁,余杭逶迤,万山若洗。凤岭纾而朗眉,鹜峰峭而耸髻。塔影金摇,湖光练曳。辨盐官之竈火,数富春之树荠。洄泽都之天险,界中流而屏蔽。"②此赋作于同治四年(1865),描写西陵之景,辞采瑰玮,意象雄伟,气势宏大,境界壮阔;写景状物,充盈勃发之气,用语刚健,气势奔腾,体现出李慈铭骈文中所具有的阳刚之美。作者运用今昔对比手法,以古讽今,以积极心态,阐发政见,忧国之情,充溢其间。

又如李凤翩的《乌江赋》,述说乌江的发源,描摹乌江的形

---

① 李慈铭著,刘再华校点:《越缦堂诗文集》,上海:上海古籍出版社2008年版,第1077—1078页。
② 李慈铭著,刘再华校点:《越缦堂诗文集》,上海:上海古籍出版社,2008年版,第1050—1051页。

胜,考察了地理位置,叙写了乌江物产,描写峡江悬壁与激流险滩,并引瞿塘峡、龙门峡做比衬,畅想乌江未来远景。文中写道:"原夫乌江者,滥觞南广,经乎蔺地;流安顺之西堡,与谷龙而相会,始不过厉揭之微,继则恣作舟之利,波摇六广,渐大其流;浪涌九庄,遂弸其势;尔其绕团仓而滢偎,抵螺蛳而澎濞。石牛喷瀑以来趋,养龙孕精而献瑞。上则黄沙衔其派,下则乌拉夹其裔。南界修文之旧卫,北堑播州之遵义,乃名乌江,爰设关隘。自时厥后,水落岩悬。断壁千寻而削列,迅湍一线以长穿。左则大鱼和小鱼以奔注,右则三岔下三角而洄漩。鹿平之金钟晚翠,猴洞之珠光夜然。洋水小河,长流灌乎其内,大塘衰草,古渡废于何年?瓮蛰则山苗傍崖而处,茶山则前明凿险而关。遂乃会合口,下石阡,过湄潭,经思南;标水德而入武彭,会岷江而趋赭龛;走三省以绵亘,纳众谷而流谦。此乌江之原委,曾禹步所未探。"这篇赋辞藻华丽而古奥,情彩飞扬。作者通过"铺陈"达到"体悟写志"这种表现情感的方式,把乌江源、流、峡、滩、险、峭的特点描摹得人心魄。

再如龙绍纳骈文也颇有特色,从刊行的龙绍纳《亮川赋稿》18篇作品来看,多描绘山川风物以及咏物之作,代表作品有:《甲绣楼赋》《亮川赋》《南泉山赋》《蕨粉赋》《铜鼓赋》等。他的《甲秀楼赋》有两篇,前一篇写楼的形貌及周围景观,兼及历史人物与遗迹;后一篇写登楼所见景色及观赏情趣。其后一篇云:"尔乃天气清明,人情欢畅,日丽风和,心怡神旷。携得惊人句到,背李贺之奚囊;认将真面写来,开徐熙之画幛。高瞻远瞩,无限低徊;密咏恬吟,几番佣怅。欲举头而近日,连步同升;思引手而摘星,缘梯共上,于是驻锦鞴,停华盖;侈盛游,联嘉会;披翠烟,拂苍霭;览渔汀,听石濑。卧元龙百尺,寄情山水之间;看黄河千寻,骋目在云霄之外。词臣贵客,写尺素而缠绵;逸士骚人,吐寸心而滂沛。留雪泥之鸿爪，小住为佳；纵月夜之鸡谈，斯游称最。……"文章写得想象奇瑰，情景交融，如诗如画气象万千。将游人登楼的心情描摹得极致，把登楼时心惬意爽，或远观胜景，或俯瞰寰宇，或吟诗作画，或听天籁之音，或与朋侪纵谈，或寄情山水之间的情境，栩栩如生地展现在人们面前。

四是发兴亡之感。清政府日益衰败，国已不国的现状使得近代作家深感忧患。如李慈铭的作品就蒙上了一层凄凉的色彩，他感到空有满腔抱负却无处施展，对日益衰微的国事充满无力感。他创作的《篱豆花赋》《紫薇花赋》《水仙花赋》[1]等作品，托物抒怀，借花言志，反映出作者复杂的内心世界，抒发着兴亡之感，寄寓作者切身体验或追求志向。这些咏物赋作，文辞婉丽，描写细腻，无不华美而内敛，呈现出凄艳哀切的之情。

而南社文人也以赋体文学的形式，撰写了不少韵散相间、铺陈有序、对仗工稳、沉博绝丽的篇章。如：陈去病所作的《南社叙》，便是骈四俪六的作品。文中写道："盖闻隆中促膝，犹传梁父之吟；庑下赁舂，未忘五噫之句。投清流于白马，诗品终存；极迁谪于哀牢，雄文独健。自古羁人贬宦，寡妇逋臣，才子狂生，遗民逸士，苟其遭逢坎坷，侘傺穷途，志屈难伸，身存若殁，莫不寄托毫素，抒写心情。对香草以含愁；怀佳人其未远。凄馨哀艳，纷纶兰蕙之篇；悱恻缠绵，曲尽温麈之志。入么弦而欲绝，弹不成腔；未终卷而悲来，涕先沾臆。……湘水沉吟，比三闾兮自溺；江南愁叹，等贾傅而烦冤，此不得已者一也。抑或揽髦丘之葛，重慨式微；采首山之薇，将归曷适。竹石俱碎，凄凄朱鸟之咮；陵阙何依，黯黯冬青之树。吊故家于乔木，厦屋山丘；寻浩

---

[1] 李慈铭著，刘再华校点：《越缦堂诗文集》，上海：上海古籍出版社2008年版，第1063—1066页。

劫于残灰,铜驼荆棘。此不得已者,又其一也。而且乘车戴笠,交重金兰;异苔同岑,谊托肺腑。携手作河梁之别,苏李情殷;聚星应奎斗之芒,荀陈契合。或月明千里,引两地之相思;或邻笛山阳,怅九京之永逝,此不得已者,又其一也。"①文章充分表达了当时南社文人的忧国忧时之情与易代兴亡之感。陈去病的另一篇文章《南社雅集小启》,也是以四字句式为文,其间杂以六四对偶句,使得文章形式生动。其文曰:"孟冬十月,朔日丁丑,天气肃清,春意微动,詹尹来告曰:重阴下坠,一阳不斩,芙蓉弄妍,岭梅吐萼,微乎微乎,彼南枝乎,殆生机其来复乎?爰集鸥侣,觞于虎丘。踵东坡之遗韵,载展重阳;萃南国之名流,来寻胜会。登高能赋,文采彬矣;兹乐无穷,神仙几矣。凡我俦侣,幸毋忽诸。敬洁芳樽,恭迟芳躅。"这篇《小启》,发表于《民吁日报》1909年11月6日,曲折地表述了首次雅集成立南社的目的意义、政治意识、心理期待。如果从近代文化转型这一历史性进程来看,则南社赋体文学已汇入了近代文化变革的大潮之中,反映了时代的进取精神。如果从南社赋体文学创作目的来说,其情感的抒发,是一种"江山黯淡,爱国泪多"的悲愤呜咽,表现出一种批判现实、召唤未来、勃发向上的资产阶级革命精神。作家们摒弃了风花雪月与缠绵悱恻的描写,反映出南社文人强调文学"尤贵因时立吾言于此而不可移易"的时代特征②。于是在他们的文章中充分体现出发扬风雅,鼓吹反清,希望"今此社之结,因文学而导其保种爱类之心,以端其本"③,拯救祖国于危难之中时代的精神。

可以看出,如果说在"抒身世之感""述心志之高""叙景物之

---

① 陈去病:《南社叙》,《南社丛刻(第一集)》,南京:江苏广陵出版社影印本1996年。
② 周实:《无尽庵诗话叙》,《南社丛刻(第一集)》,南京:江苏广陵出版社影印本1996年。
③ 姚光:《淮南社序》,《南社丛刻(第五集)》,南京:江苏广陵出版社影印本1996年。

美"这些方面还是与古代题材的延续，近代意识还不甚明显的话，那么，在"发兴亡之感"的作品中的"近代味"就更浓烈些了。这也许是文体特点制约的缘故吧，不过文化转型推动着近代骈文创作题材取向的渐变却是显而易见的。

四、传媒文化与近代骈体小说的繁荣

文化的形成和发展离不开传播活动，近代文化传播中传媒作为文化载体的功能极大地影响着近代文学的发展，促进传统文化现代意蕴的开掘与创新。近代出现的骈体小说便是与传媒文化结合的产物。

近代骈体小说热潮的出现，从某种程度来说，这是近代骈文发展的一个重要的特征；骈体小说的盛行其实也是对清末不彻底的小说界革命的某种回应；民初文人以骈文形式创作小说，追求小说自身的审美与趣味，使骈体小说的创作走上了充分发掘人性、表现人生的"为文学"之路。不过，这一过程并不太长。从1912年8月3日《民权报》连载徐枕亚的《玉梨魂》开始，直至《民权素》《小说丛报》《小说新报》《小说旬报》等民初期刊相继刊发借助骈文创作的小说，后被命名为"骈体小说"（或称"骈文小说"），至1919年五四新文学兴起之时，民初骈体小说热潮也便渐次退出了人们的视野。

骈体小说的产生，原因是复杂的。但从骈文文体自身的发展来看，清代骈文创作热潮一直延续到民初，这也为民初骈体小说热的出现提供了潜在的读者群。作为骈体小说的主要创作者和传播者，旧式文人自身拥有庞大的辐射力，在清末民初市民读者队伍的不断壮大下，创造了一个开放性的群体接受环境。伴随着都市化而成长起来的市民读者群体不断壮大，各种文学期刊特别是小说期刊迎合了市民读者的阅读趣味。从另一方面来说，在抒发文人的愤懑、失望、积郁等情感方面，骈体小说的语言体式有助于深入他们混乱的精神世界，满足其释放压抑的情感需求。同时，骈体语言体式本身也具有审美优势，骈文擅于描写抒情，散体承担叙事功能，运用骈文创作小说，骈散结合，形成一种徐舒迂缓的叙事节奏以及极具张力的语言体式。骈体小说虽不长于写实、记叙，但在意境的营造方面颇具优势，以致小说呈现出一种"诗化"的气质。骈体小说自身独特的美学风格满足了当时众多读者的审美需求，这是读者接受骈体小说的审美心理基础。《小说丛报》便是有代表性的期刊之一。

《小说丛报》是近代骈体小说的刊发阵地之一，创刊于1914年4月，1919年8月停刊。其所刊骈体小说中，最为特殊的是，出现了少量改作与拟作。如小说《拟〈燕山外史〉》《血鸳鸯》是对清代陈球所著骈体小说《燕山外史》[1]的拟写，《琴堂婚判》改写的底本则是清代青城子所作的《南海王大儒》[2]。《血鸳鸯》刊发于1914年5月《小说丛报》第1期，署名刘铁冷，虽标明"哀情小说"，但篇末道明"记者传神绘影，愧无班宋之才。俪白骈黄，聊拟燕山之史"。该小说仿《燕山外史》，用典颇多，对仗工整，承袭六朝骈文风格，除祭文外，几乎通体皆骈文。《血鸳鸯》叙述了女子傅蕙为俞生殉情的故事，该篇小说以自然景物描写铺陈："龙华道上，车水鞭丝。实室门前，红愁惨绿。苍松涛涌，遍地风波，白打灰飞，漫天蛱蝶。"紧接着插入故事情节："楚歌四面，灵均埋沉泪之冤。麦饭一盂，杞妇动崩城之哭。若断若续，媲孤雁而益哀。不疾不徐，与悲笳二相和。谁家少女，底事幢怀，村妪牵衣，频拭桃花之面。牧童弄笛，谱成恭薤露之歌。"最后倒叙"艳情侠史"："原

---

[1]《燕山外史》为清代陈球（蕴斋式）著，全书三万一千余言，通篇皆骈。
[2]《南海王大儒》为清代青城子的笔记小说集《亦复如是》中的一篇小说。

夫俞生屏北，籍粤东，越棘吴钩……"而标明"别体小说"的《拟〈燕山外史〉》，发表于《小说丛报》第十九期，署名人则。清代陈球的骈体小说《燕山外史》"成书于嘉庆四年（1799）或稍前""始刻则是在嘉庆十六年（1811）或稍后"[①]，几乎通体皆骈，讲究铺排用典、辞采雅致，且骈文句式多样，除四四、四六、六四、六六句式外，还有四七句、三三八句、七六句、七七句、九九句等多变的句式。这也影响了《拟〈燕山外史〉》的写作；该小说由两个小故事《错遇》和《情死》组成；《错遇》叙述的是来自山左的男子与一位"妙妓"秘密幽会，男子走错房间，孰料另一妓女最终与该男子情定的乌龙趣事。《情死》同样写的是沪北某妓与清河某男子情定却未能如愿的故事，阿母（老鸨）发现妓支助钱财给男子来妓院幽会，妓"服生烟以终"，男子闻后以身同殉。两则小故事短小精悍，叙述方式不一，但都长于描写铺陈，如《错遇》开篇以"旖旎风情，不卜画而卜夜。朦胧星眼，欲迎旧而迎新"引出妓院的生活情境，营造故事的背景；《情死》同样以"怒鸦逐凤，谁怜潘溷之花。野鸭随鸳，拼折章台之柳"这样的骈句铺陈，紧接着加以议论"短缘适合，恍绸缪乎栀子通信，好事多磨，空惆怅夫桃花人面。恨天下之有情人，黄金无屋。为世间缺憾事，紫玉成烟。"然后才进入故事情节。

从文学语言的角度看，近代骈体小说热潮的出现，实际上是与近代文学语言的变革密不可分的。处于清末民初语言体式转变时期的民初文人以骈体入小说，这无疑是在探索新的文学语言模式。骈体小说中将骈文、古文、白话文和新名词、诗词都杂糅在其中，充分发挥了骈文擅描写抒情、散文善叙事的文体特点。以

[①] 陈球（蕴斋式）著：《渭滨笠夫编次》，褚家伟校点：《孤山再梦·燕山外史》，沈阳：春风文艺出版社1987年版，第154页。

骈文铺排渲染，或描写或抒情或议论，以散文推进故事情节的发展，采用动静结合的叙述方式，显得灵动而不呆滞。因此小说家将骈文的描写抒情和古文的叙述融合起来，交替使用，因而显得张力十足。不同文体共同推动着故事的进展，从近代骈体小说的开山之作《玉梨魂》以及《小说丛报》刊发的诸多骈体小说中可窥见一二。这些骈体小说开篇一般使用骈文来进行描写或抒情，如《不堪回首》以"秋风萧瑟，淡日稀微。燕去垒以哀鸣，雁行天而独影。章台杨柳，风流非复当年，金井梧桐，零落空伤迟暮"开篇，以"秋风、淡日、燕、雁、杨柳、梧桐"等意象的描写，渲染出苍凉、伤感的情感基调。《月明林下美人来》以对仗工整的骈句"梅影横斜，暗香逗月。松枝傲岸，同调添霜；寒鸦盘旋以绕枝，孤鸿哀唳而摩空"描写冬夜清冷之境。意象描写的同时也抒发了作者的思想感情。也有不少篇目以议论开篇，"嗟嗟！月老糊涂，乱注鸳鸯之谱。昙花飘忽，遽离蝴蝶之梦"（《泣颜回》），借助"月老""昙花""鸳鸯""蝴蝶"等意象来发表议论。一般采用散体来叙事，如《拟〈燕山外史〉》"错遇"篇以"则有人来山左，迹寄浦滨，月夕花晨，小结嬉游伴侣"引出故事人物，"情死"篇亦以"沪北某妓者，家住金隆之里，妆催玉镜之台……时有清河某者，华毂寿芳，金钱买笑，逐烟花之队，赏识可人"之类的散体语言推进故事情节的发展。叙事与抒情、议论交替行进，骈体小说叙事节奏灵动，富于变化。这种叙述方式富有诗意，虽节奏迟缓，但颇具韵味。骈体小说延宕叙事，形成徐舒迂缓的叙事节奏，且在描写中重视情感的渗入。除少量篇目通篇皆骈外，多采取韵散相间的语言体式，颇具张力。另外，骈体小说运用典故、辞藻绮丽，较容易插入历史语境，营造出深厚的意蕴。

总而言之，骈文创作在近代部分作家的力撑下，有一段时间呈现出复兴局面；但随着近代文学变革的深入发展，骈文这一传统的体式就随之式微了。然而，作为文学体式是没有高下之分的，各种体式都有其存在的价值；不过，文学体式又是受时代的推动与制约，或继承，或创新，随时代而变。一个时代往往有其主流文体或主导性文体，这都不影响其他文体样式的存在，它们共存在一个文化与文学生态圈中，有时会此消彼长，但这只是暂时的弱化，也许经过一段时间淘洗，隐退的体式又会出现强化的机遇。骈文体式的命运就是如此。文学界这种有趣的现象，值得人们进一步探索。[1]

（《中国韵文学刊》2014年第2期）

---

[1] 转引自黄万机：《黔中骈文评介》，《贵州文史丛刊》2007年第4期。

从张园助赈会看《自由谈》谐文和新闻的互文与对话

杜新艳

新闻在中国兴起以来，便与文学有千丝万缕的关系。鲁迅有"上海过去的文艺，开始的是《申报》"[①]的概括。《申报》1872年创刊之初，就表现出新闻对文学的倚重，形成了报纸刊登文艺作品的局面。辛亥革命之际，新闻与文学的互动加强。文学创作反映现实的及时性因受新闻的刺激而加强，随着新闻报道的不断追踪与文学文本的多元化处理，新闻与文学文本之间的次第关系也渐渐模糊了。一个重要的事实是大型日报文艺副刊应运而生，并且在吟风弄月之外，更强调紧扣时事。这与时事的刺激及报刊的阶段性发展有关。[②] 大规模报刊文艺作品出现后，新闻文本与文学文本之间的界限或模糊或清晰，两者的共生、共现现象便值得深入探讨。

与新闻相关、涉及时事的文学作品往往自觉或不自觉地具有批评功能，当文艺手法运用于对新闻事件进行关注、描述、讨论时，它的干预与批评功能会很明显。文学与新闻的互文与互动是

[①] 鲁迅：《上海文艺之一瞥》，《鲁迅全集》4，北京：人民文学出版社1981年版，第292页。
[②] 辛亥之际大型日报副刊的兴起与新特色，杜新艳的《论民初报刊谐趣化现象》已论及，《南京师范大学文学院学报》2009年第2期。

实现这种批评功能的重要途径。考察清末民初文学的批评功能，《自由谈》较受关注。[①] 1911年8月24日，《申报·自由谈》创刊，以游戏文章为大宗，用谐谑讽刺手法，借文学观照时事，"变其术以求伸言论之自由"[②]。大量报刊谐文、兼有文学与新闻特征作品的出现，在彰显文学批评功能的同时，也演绎着新闻与文学的互文关系。其中慈善一业，更联结着社会民心的诸多方面，最易成为正邪善恶汇集争议之焦点，本文即以《自由谈》初创期由张园助赈会引发的谐文及新闻报道中对华洋义赈会的批评为中心，来展现新闻与文学间相对集中的互文性与对话关系。

小说与新闻的互文：《助娠会》与助赈会

《自由谈》副刊的开篇之作是小说《助娠会》。直接讽刺的对象是新式会党及个中人物，借办"助娠会"乱搞"男女"关系，误人害己。李欧梵在《批评空间的开创》一文中曾视其为"科幻小说"，是由"子嗣之艰难，国种之衰弱"而引发的"强国强种"、"如何制造新国民"、创造新的民族国家的思考。[③] 但细细查究，宏大叙事并非这部小说的宗旨，恰恰相反，它有着玩世不恭的特质。解读这部进行了大量陌生化处理、颇具怪诞色彩的文本，必须回到历史语境及相关的互文本组成的语境网络中。

且看小说的开篇：

却说下流地方有一个夜花园，园内有个助娠会。那

[①] 如李欧梵《批评空间的开创——从〈申报·自由谈〉谈起》(《李欧梵自选集》，上海：上海教育出版社2002年版)，陈建华《〈申报·自由谈话会〉：民初政治与文学批评功能》，(《二十一世纪》2004年2月号)。
[②] 王钝根：《〈自由杂志〉序》，《自由杂志》第1期，1913年9月。
[③] 李欧梵：《批评空间的开创——从〈申报·自由谈〉谈起》，《李欧梵自选集》，上海：上海教育出版社2002年版，第143、144页。

> 助娠会的总办名叫巾趋绿。人很能干，而且热心。他鉴于子嗣之艰难，国种之衰弱，所以创办这个助娠会，专劝少年男女入会，缴费一元，便可享受许多利益……①

小说形式上沿袭了宋元话本小说的套路，内容却是近代随着"合群"等理念的传播而新兴的会党，而"助娠会"这样的怪思异想只能存在于虚构之中，这就给作品带来了游戏、奇幻与不羁意味，也使得它在历史线索上的前文本难以探寻。至于横向的时代语境的介入却很容易被发现。小说对各种外来因素，或者说西化色彩的处理很引人注目。如小说中男子卜耀明（谐音"不要命"）吃的是"迷魂汤""冷狗肉""鸡排大馒头"，女子讨司（谐音"讨死"）要了"人尾汤""卷筒人肉""大香肠"，两人"随后又各吃了一杯揩腓、一瓶屈死"。这些显然是对西餐的调谑描写，如冷狗影射热狗，人尾汤之于牛尾汤，揩腓之为咖啡，屈死对应果汁。作者用生硬骇人的字面，给人一种恐怖之感。这种丑化的确表现了作者对西餐、西学以及洋务时尚的讽刺和否定态度。但是否因此就可将小说主旨归结为对"维新的时尚"的讽刺呢？② 还是它另有企图？

把文本置入当时的语境，会有新发现。当天报纸上有则《海上闲谈》便说到"某人瞰某会一席，月薪数百金"，记者对"某会"与"某人"的反感与《助娠会》对会党及会长的讽刺对应，似有互文关系。这则短文没有明示具体对象，却留下了相关线索："无论何处之水旱灾，皆以上海为筹捐之所，由来已久矣。"③ 往前追溯，有

---

① 钝根：《助娠会》，《申报·自由谈》1911年8月24日。
② 李欧梵认为这篇小说"只不过用小说叙事的模式来讽刺富国'强种'的价值系统。作者的立场也许有点保守，然而'亡国灭种'也的确是晚清民族思想萌芽时所感受到的危机。我想此文所讽刺的不是维新，而是维新的时尚——它竟然可以蔚为一种商业风气"。
③《海上闲谈》，《申报》1911年8月24日、1911年8月21日。

则《海上闲谈》:"张园之开助振会,好事也,而其间少数之办事人,则非尽实心办事之人,是又该会之缺憾。"[1]以上三种文本都表现出对某人与某会的不满,"助振会"(表达救济之意时"赈""振"为假借字)与"筹捐"相关联,又与"助娠会"有字形变幻的线索。三个文本的比对让人怀疑《助娠会》并不单纯是凿空虚构的游戏奇幻之作,而可能是矛头明确的讽刺影射小说。

关于《助娠会》确实是讽刺张园助赈会的证据,仍需借助相关新闻报道及文本。查《申报》几则《慈善助振大会》广告,可知地址设在静安寺路张家花园的这次慈善助赈发起者是华洋义赈会。[2]它形式别致、时尚新潮,有音乐会、烟火会、乞巧会、金石书画会等精心设计的会场,更有各种名目的售卖活动,包括彩票券、助赈品、医药、菜肴、酒水、鲜花等。而从8月11日初议到8月19日开幕,这次游园会的组织时间更不足10天。如此高效率令人咂舌之余,也体现了它作为非常时期特别行动的特点。

游园与赈灾的奇妙结合,调动了尽可能多的民众。会场的情景是游人如织、琳琅满目、新奇刺激。如此空前盛况必然会出现差池,甚至有可能惹来物议沸腾。开幕第二天,《申报》有则新闻报道记录了开会盛况,基本是正面信息。报道开头明言"会期匆促",延至下午三点钟开始,之后是会长沈仲礼及灾区代表演说,并简要描述了会场情况,包括诱人的彩票奖品、音乐烟火、安垲第对联等。[3] 第二天的报道,记录的是同一天的事情,内容与态度却相差千里,大唱反调:

二十五日下午,慈善会开幕。首由沈仲礼君演说。

---

[1]《海上闲谈》,《申报》1911年8月24日、1911年8月21日。
[2]《慈善助振大会》,《申报》1911年8月14日。
[3]《慈善助赈会会场纪事》,《申报》1911年8月20日。

> 语未及半，有吉林官银号陈君大声疾呼曰："开会为赈济，固系善事，然伤风败俗之事，究不能堪。今日会中招集无数轻荡少年，于场中兜售鲜花，肆意调戏妇女，实属有伤风化。"①

在开幕演讲中出现了一个戏剧性的场面，有人对会场中"伤风败俗"的行为大加批判。张园主人也认识到了问题的严重性，以"停会"相逼。华洋义赈会会长沈仲礼当场停止演说，清除了"调戏妇女""有伤风化"的卖花人。细心的记者还报道了几个具有说服力的场面，如某药店要进会场送清醒丸，却"因系中国药，不许入会"；会场内发现一"无券小孩"，会务人员便要强行"执送巡捕"，最后"经人代纳而止"。这些貌似客观的报道中，流露出明显的批评态度。②

以上几则新闻报道及广告，呈现了张园助赈会开办的情况，相对客观。8月22日新闻评论中《海上闲谈》则出现了主观声音，为解读《助赈会》提供了直接的文字密钥：

> 上海向有夜花园，人皆目为藏垢纳污、制造时疫之所。……日来张园特开慈善助赈会，游人络绎，入夜尤盛，又俨然一夜花园也。……暗陬旷地，时有翩翩者相偶而行，细语不可辨，想必商酌慈善助赈之事……③

此文明确地将"张园慈善助赈会"比拟为上海人鄙夷的"夜花园"，而张园助赈会开至深夜3点，在"夜"字的链接下，"藏垢纳污"之

---

① 《补纪张园义赈会情形》，《申报》1911年8月21日。
② 这两则材料的矛盾，也证明上一则报道的确应该是主办方的宣传稿，回避了矛盾。而第二天的报道是记者精心访查的结果。
③ 《海上闲谈》，《申报》1911年8月22日。

类的负面联想也得以暗度陈仓。在描写了许多不堪的细节后，作者忍不住揣测或有"商酌慈善助赈之事"发生。①将张园助赈会直接与"助赈"联系在一起，这篇《海上闲谈》已别开生面，《助娠会》乃有例可援，这两篇文本具有明显的互文关系。

如此再看《助娠会》，其与张园助赈会之间的对应关系便十分明显。"下流"对应"上海"，"夜花园"对应"张园"，"助娠会"对应"助赈会"，"巾趋绿"对应"沈仲礼"，"专劝少年男女入会"的宗旨是对其间有碍男女大防的讽刺，"缴费一元，便可享受许多利益"，是对其广告"入场券每位一元，附赠巨彩"的转述，西式餐饮是对"洋酒洋菜"增价的回应。②至于文本中最难索解的人物服饰也找到了解码的方向。《海上闲谈》提到夜花园为"制造时疫之所"，其有意放大"时疫"误导读者的做法，是想暗示读者"助赈"（"助娠"）与"时疫"存在明显的联系。"时疫"于辛亥之际正是上海最大的社会公共卫生问题，人们谈疫色变。其中最凶险的是瘪螺痧，因病人手指螺纹下陷而得名，又以其半日辄死而名六时痧、子午痧。《助娠会》中卜耀明所穿"瘪螺纱长衫"，字面上是瘪螺痧的谐音，观念上则意味着那些不要命的年轻人到会场上去，是携带时疫、传播时疫的做法。有了"时疫"的思路，文中其他衣饰的解读就容易了。如卜耀明内衬"绞肠纱短衫，吊脚衫裤子"，谐音的是"绞肠痧"和"吊脚痧"两种时疫。至于文本中对"子嗣之艰难，国种之衰弱""制造新国民"的嘲讽，既补充了"助娠"之意，也呼应了时代的主题：种族危机与"新国民"。

以《助娠会》为中心的文本解读表明，文学文本与时事新闻文本间存在非常重要的互文关系，文学文本对新闻文本的依赖性更

---

① 《海上闲谈》，《申报》1911年8月22日。
② 《慈善助振会》广告，《申报》1911年8月19日。

为突出,前者以后者为潜在语境和前文本。这种互文关系也依赖于作者与读者间就时事、风尚等语境等达成的共识。《自由谈》的谐文与报刊正文之间互相指涉的互文关系,是解读文学文本的重要参考系,必须借助相关的新闻文本及相关信息才能真正呈现文本的面貌。

反向建构的舆论形象：" 沈仲礼"与"沈敦和"

小说《助娠会》让"巾趋绿"自道心曲："人家好好的助娠会,都被他们说坏了,倒显得我是于中取利呢。"①上文论及的谐文与新闻报道批评讽刺的矛头指向了此次张园助赈会的组织者华洋义赈会(Central China Famine Relief),特别是负责人沈仲礼。沈仲礼,名敦和(1866—1920),曾游学海外,以善办洋务著称,在官场颇有名望,后专心经商,在官、洋、绅、商各界游刃有余,因长于沟通各方力量而成为上海绅商代表,时任华洋义赈会会长。在张园助赈会事件前后,公共舆论有关他的报道与描述呈现出截然相反的双面形象。

在正面形象建构中,《沈敦和》一书最有代表性,故本文以"沈敦和"代指正面形象。虽具有明显的主观色彩,该书目前仍是研究沈敦和生平的最重要文献。作者对传主的喜爱与崇敬溢于言表,并断言"今日中国五十岁以上之人物,三四品以上之职官,诚无有能与颉颃者",结尾则称"沈敦和之为当今伟人,确然无可疑者"。②这部传记应该说使"沈敦和"的正面形象达到前所未有的高度。另一方面,他的大名在《申报》上无日不见,且往往一日数

---

① 钝根:《助娠会》,《申报·自由谈》1911 年 8 月 24 日。
② 南苕外史:《沈敦和》,宣统三年四月图书集成公司出版。孙善根:《中国红十字运动奠基人沈敦和年谱长编》附录全文,杭州:浙江大学出版社 2014 年版。

见。除新闻报道外，他在当时还具有广告代言人的性质，报纸上出现大量他参与的推广医药、卫生、学堂等的广告宣传。这些情况在一定程度上也反映了沈氏此时的社会名望较好，个人影响力与民众信服度较高。

《沈敦和》较全面地概括了沈氏的社会贡献，涉及洋务、军事、外交、慈善、教育和商业。其中，社会影响最大的当推慈善事业。他的贡献突出表现在三个方面：防时疫、办红十字会与华洋义赈会。早在1904年，沈敦和联络各界成立"上海万国红十字支会"，被认为是中国红十字会诞生的标志，"慈善事业遂开亘古未有之局"。1908年，他用红十字会剩余资金创设了上海时疫医院（China Infectious Diseases Hospital），因专治时疫而成绩显著。1910年10月底，上海闸北因染鼠疫连死两人，引起租界当局惊恐，酿成"检疫大风潮"。① 沈敦和挺身而出，议定自设公众医院，以免被西人操刀，工部局限期四天让他创办医院。中国公立大清红十字会分医院迅速建成并投入使用。1911年8月初，闸北再现鼠疫，连日内死人甚多。中国公立大清红十字会分医院闻讯即派数名医士前往检验，积极医治。8月12日，上海道特设中国巡警卫生处，请沈敦和任总办。因此，1911年8月间，沈敦和一直在积极参与检疫、防疫、治疫，并且不断向民众及华洋两界报道防疫治疫情况。在1911年8月20日有关张园助赈会报道同一版面上，另外大半的篇幅则是有关鼠疫情况的通报，一则以报道的方式记消毒防疫之认真，一则是沈敦和有关鼠疫的最新调查报告——《公立医院续查鼠疫之报告》。正因为沈敦和在时疫治理方面卓有成绩，小说《助赈会》才特地将时疫元素纳入文本，以引起

---

① 《租界查验鼠疫之大风潮》《再志租界查验鼠疫之大风潮》《三志租界查验鼠疫之大风潮》，《申报》1910年11月12、13、14日。

读者的联想,将小说讽刺的对象更明确地指向沈敦和。

舆论中的沈敦和形象如此正面伟岸,类似情况在晚清并不多见。同时,反向建构的形象也渐渐出现在人们的视野中。《沈敦和》一书也提到在庚子事变前后,舆论界曾抨击沈氏,因其精通洋务、熟悉外情而被视为汉奸。本文特以"沈仲礼"指代其负面形象,以作有意区分。

沈仲礼作为商人,往往给人留下以营利为本、唯利是图的刻板印象。1911年8月6日《申报》出现一则痛斥华安人寿公司及沈仲礼的启事,以湖州寡妇王潘氏的口吻讲述了其夫生前通过捐客投保寿险三千两白银,但在其夫丧亡后,申请赔款时,捐客索要三成回佣,索赔未成,因而进行追控。客观看来,这则启事对于事实的交代并不十分清楚,捐客讹诈寡妇的钱,固然有错,但如果收据系个人骗钱的行为,并非华安公司的合法收据,且华安公司并未收到险银,那么华安公司责任有限。但王潘氏并未就事论事,而认为华安公司与捐客合伙串赖,不追究捐客,而指责华安公司利令智昏,并进而把抨击沈仲礼的人格,谓其"本非端人,舞弊营私","欲此辈公正,有如望盗贼慈悲"。显然,这则启事会损坏沈仲礼及华安人寿保险公司的名誉,并将唯利是图、舞弊营私的刻板形象附着于沈仲礼。

张园助赈会出现的种种"异端"则成为导火线,点燃了舆论的火药筒,沈仲礼瞬间被抹黑,甚至妖魔化。特别是《自由谈》副刊,对沈仲礼的抨击层出不穷。如《张园慈善助赈会竹枝词十首》讽刺他"岂知尽饱私囊去,辜负名场一世豪。"[1]有人用《孟子》的句式讽刺他,"某君尝为会长矣,曰:一百五十圆而已矣。……假公

---

[1] 岭南阆风樵者:《张园慈善助赈会竹枝词十首》,《申报·自由谈》1911年8月27日。

而济私图，罪也"。①

一篇名为《鲥鳝会败事长致江皖哀鸿书》的讽刺谐文，就利用"慈善"与"鲥鳝"的谐音，将"慈善会会长"谋取私利的行径尽情丑化。该文借用了传统书信体样式，借其人口吻自我暴露：

> 弟忝列狻猊（缙绅），龟（官）运未通，蜊（利）心不足，此次为诸公特创鲥鳝（慈善）会。自谓区区蚁（义）诚，当为獒獒（嗷嗷）诸公所欢赞，即弟之升龟（官）发财，亦是平赖。乃有狂妄之徒，辄以蜚语相加，未免鳖（逼）人太甚。彼谓弟借端敛钱，伤风败俗。其实，敛钱为当世所崇，风俗非自我而坏。在彼狂蜂浪蝶、吊螃（膀）心虔，何惜一枚鹰饼？而吾与诸公乘虮（机）囊括，可供几日鲸吞，不亦蟮（善）乎？至谓弟之狐群狗党，罗致妇女，任情调谑，此系上门买卖，非可仅责弟等之鬼蜮也。彼又谓弟在蚁争（义赈）会中恣情酒食，虚靡公款。然则，必使弟䴗（枵）腹从公，为诸公之续而后快乎？方今蝗（王）公大鹍（臣），经手外债，尚有扣头，则弟于鹃（捐）款，何妨染指？杀人不见血腥气，弟之本性则然。诸公不以为嫌，而彼反哓哓焉，不平孰甚？用敢剖陈狗肺，敬布狼心。顺请僵安，诸维冷鉴。②

这篇文章批判的锋芒毕露无遗，仅披着一层文字游戏的外衣。将关键字词用谐音的方式转换为动物词汇，这种方式虽称"曲笔"，其实没有多少隐蔽性。短短三百余言，竟有近三十个动物名称，俨然一幅"禽兽"图。引文中括号内的文字，为笔者试图还原的作

---

① 梦：《新孟子》，《申报·自由谈》1911年8月29日。
② 钝根：《鲥鳝会败事长致江皖哀鸿书》，《申报·自由谈》1911年8月26日。

者本义。文章将该会长描写为恬不知耻、借端敛钱、伤风败俗之辈，并突出其升官发财的利心，贪得无厌的欲念，及恣情酒食、虚糜公款等恶习。而且江皖、义赈这些信息明显将矛头直指沈仲礼。且此文暴露的内情与有关沈仲礼的批评吻合，语境当中的读者对此了然于心。在对有关张园义赈会的新闻报道进行附和、回应与发挥、想象的同时，此文将"沈仲礼"形象的本性界定为极其险恶的"杀人不见血腥气"的魔王。

就"沈仲礼"或"沈敦和"的个人形象而言，无论"鲥鳝"与"慈善"的异趣，或者"魔王"与"伟人"的对立，本文强调的是舆论在形象建构过程当中的权力与张力。考虑到这一时期沈敦和正面形象的整体语境，那么，因张园义赈会而骤起的突发性集中污名化现象，一定程度上就存在一种反向建构的潜意识。

众声喧哗与不对等的对话

张园助赈会开办的缘起是辛亥年江苏、安徽两地水患灾情严重，华洋义赈会临时发起赈灾救济工作；夏秋之际，江皖水患再度告急，华洋义赈会为唤起民众参与意识而在张园开办游园慈善助赈会。由于张园助赈会引发了舆论对华洋义赈会的批评，华洋义赈会立即做出了调整。在8月19日开场时，沈仲礼中断演讲、清理会场之举就反映了他的积极对话姿态。9月9日，华洋义赈会发出《续募急赈》，继续张园慈善助赈会的初衷为江皖灾民募捐，却并未提及此前精心策划的张园义赈会，而且措辞极为谦卑："明知强弩已末、冯妇难为，祇以势处至迫，不能坐视，不得不为再三之渎"[①]，传达出困难重重及退意萌生的意思。联系到张园助赈会遭受的种种批评，可以发现，舆论导向已经影响到了华洋义

[①]《续募急赈》，《申报》1911年9月9日。

赈会的形象与决策。

按理，华洋义赈会面对新灾情应再接再厉，继张园助赈会后争取更多捐款。但情况却出现了逆转。张园助赈会后不久，华洋义赈会在外部的不信任及内部的分歧中危机加重，一度走向停办的边缘。1911年9月19日，华洋义赈会召开规模空前的报告大会，也即总结大会，报告了10个月来募捐、放赈、医救情况，用数字与事实证明了他们的工作卓有成效。同时，两位会长提请辞职。会长隐退后的华洋义赈会何去何从，引发了大会的争议。停办？续办？还是另立同类性质的新会？由于江皖新灾情十分严重，此时停办，坐视不管，不合情理，因而"劝立新会及延长旧会问题"被提上议程。也有人出面肯定原会长的成绩，并挽留两会长继续办理。两天后，部分董事重开会议决定另组新的委员会，并邀请沈仲礼与福开森继续担任会长，二人未允，而以"华洋义振会议长"之名将原董事会余款移交新干事部。[①]

沈仲礼与福开森离开华洋义赈会的原因，新会称是"有事离沪，振务不能兼顾"[②]，学界也多认两人是为办理中国红十字会万国董事会而离开。但"不能兼顾"，显系托词。在很长一段时间里，二人曾同时经办红十字会与华洋义赈会等慈善事务，并卓有成效。[③]因此，更合理的解释是，张园慈善助赈会因"伤风败俗"、手法大胆而引起了舆论批评，进而加深了人们对华洋义赈会特别是会长沈仲礼的误会，"牟取私利"的传闻一定程度上挫伤了沈仲礼的社会信誉、积极性与自信心，导致了原董事会的解体与重组。由于华洋义赈会是短时效组织，而红十字会是长时效组织，沈仲

---

① 《存款移交新干事部广告》，《申报》1911年10月23日。
② 《沪道为义赈会名誉董事》，《申报》1911年10月28日。
③ 《辛亥革命时期中国红十字会暨各分会活动成绩》，《中国红十字会历史资料选编》（1904—1949），南京：南京大学出版社1993年版。

285

礼选择了舍卒保车,是可以理解的。

对张园义赈会造成的信誉危机而言,华洋义赈会开报告大会、进行重组是积极应对,而沈仲礼并未进行反击或辩护,黯然退出应属消极应对。推其原因,《申报》对沈仲礼的攻击最有力的文字多是副刊"游戏文字",面对暗器伤人,只能明枪防卫。面对各种指责沈仲礼"牟取私利"的说法,唯一有效的做法就是公开财务。实际上,沈仲礼汲取了西方社会组织管理中的法治与信用精神,华洋义赈会的财务制度比较周密,总会事务所的司库按时归纳总会和各分会资产、收支、负债、积存、赈款用途等情况,一一造册列明。并定期编印《华洋义赈会年度赈务报告书》(即"征信录"),以中英文公之于众。9月19日报告大会显示,1910年12月成立到1911年9月,该会总共募集捐款合英洋1526012元,支放赈银、赈粮等款共计1448485元。[①] 数据确凿,铁证如山,事实面前,各种批评沈氏及华洋义赈会牟取私利的声音不攻自破。

如此,关于沈仲礼的舆论中伤与谐文笑骂也渐渐止步。《助娠会》及《鲗鳝会败事长致江皖哀鸿书》的作者王钝根也转变了态度:

> 吾观华洋义赈会之收支报告,于是叹中外人士之好善,而尤感办事诸公之热心。灾民何幸得诸公,既捐资财,复劳心力,郑重振款,不事虚靡,遍地哀鸿,咸沾实惠。……设使在黑暗时代,经理者不得其人,或会长虽以饥溺为怀,而左右视为渔利之薮,酒食征逐,月支夫马费数百金,暗中亏蚀以数万计,则嗷嗷者虽受巨害,亦无如之何耳。[②]

---

① 《华洋义振会报告大会志盛》,《申报》1911年9月21日。
② 钝根:《海上闲谈》,《申报》1911年9月22日。

文章看起来好像对华洋义赈会充满了赞誉和敬佩，但结合此前种种舆论，这段话就有了两个读法：其一是正读，肯定华洋义赈会办事人员对灾民的贡献；其二是反读，不相信华洋义赈会办事人员能公而无私，尽管数据上看不出明显破绽，却很可能暗地里有盘挪吞噬、虚縻公款的勾当。实际上，从其措辞的闪烁看，反读的做法应该是作者的本意。但"会长虽以饥溺为怀，而左右视为渔利之薮"这句话却传达出重新审视沈仲礼的坦诚。与游戏文章的偏激化不同，这则《海上闲谈》对华洋义赈会的态度，起码表面上是公平冷静的。面对类似阳奉阴违的做法，华洋义赈会与沈仲礼也无如之何。

沈仲礼离开、重组后的华洋义赈会继续在辛亥革命之际发挥着重要作用，但却明显加强了官方色彩。而在沈仲礼主持华洋义赈会时，则与官方力量保持了相对独立。在江皖水灾严重时，盛宣怀奉命设立了江皖筹振公所，到辛亥革命前各种收捐款银合计"一百四十六万两"[1]。但盛宣怀代表官方以给捐款的人仕途或名誉上的优奖为报，相比之下华洋义赈会的筹款更为难得，也更少追求利益回报。盛宣怀还提到美国红十字会派詹美生（C. D. Jameson）来华的经费，"初拟由华洋义赈会担任，臣以事关内政，已与美使及该会妥商，仍由筹振项下开支，以顾大体"[2]，涉及两家助赈机构的公私性质与效力范围，说明早期的华洋义赈会与后期相比更加独立自主，民间性与中立性更突出。

另一方面，沈仲礼全力维持的红十字会也面临着与官方力量的角力。一直以来，吕海寰、盛宣怀等官方力量都希望中国红十

---

[1] 盛宣怀：《遵旨酌拨永定河振需并陈筹款情形折》，《愚斋存稿》卷18，台北：文海出版社1975年影印本。
[2] 盛宣怀：《各省官绅报效振款仍请援案优奖折》，《愚斋存稿》卷18。

字会官方化。红十字会的成立，清政府的确起了重要的推动作用，吕海寰、盛宣怀、吴重熹、杨士琦等官员受清廷之命，曾多方协助上海万国红十字会的工作。并于1907年始，多次向朝廷请奏筹办中国红十字会，1910年2月27日，清廷终于颁旨，任命盛宣怀为中国红十字会会长。对于清政府将红十字会实行官办的做法，以沈仲礼为首的原红十字会董事持不同意见，并有所抵制。10月10日，武昌起义爆发后，朝廷将盛宣怀推为"误国首恶"，10月25日，改由吕海寰接任红十字会会长职。吕海寰立即向沈仲礼求助，但沈仲礼很不客气地予以拒绝，强调红十字会的性质与归属问题不能含糊。照沈仲礼的回复，"大清红十字会"与万国红十字会曾并行不悖。前者归属于清政府，为其军事力量服务；而后者则属于民间组织，保持中立，本着人道主义精神，服务于任何需要帮助的人群。可见，从大清红十字会奉旨开办，到武昌起义爆发这段时间，沈仲礼一直抵制将红十字会合并入大清红十字会而官办的做法。到吕海寰出任会长、事态紧急时，沈仍然坚持己见，毫不留情地拒绝与吕海寰合作。

直到武昌起义爆发，沈仲礼才做出了积极应对。10月24日，中外人士七百多人会聚一堂，召开了中国红十字会万国董事会成立大会，推举沈仲礼为总董兼理事长，并决定立即奔赴前线救治伤员，且本着人道主义精神，"不分革军、官军"[①]。中国红十字会万国董事会的成立表明，沈仲礼欲借新董事会成立之机，结束在清政府与华洋绅商间的夹缝生存。在两会共存分庭抗礼的过程中，沈仲礼对官办"大清红十字会"的抵制，在控制与反控制之争中表现出独立的思想观念与社会立场。

沈仲礼在红十字会问题上还受到了同类组织的抨击。武昌起

---

① 《红十字会大会志盛》，《申报》1911年10月25日。

义一爆发,上海医院的"女杰"医生张竹君在海上绅商等力量的支持下发起成立了"中国赤十字会",并亲赴前线救援伤员,一时人气大涨。《申报》也积极宣传,在 10 月 18 日刊登了张竹君的《发起中国赤十字会广告》,24 日又在显要位置刊登了"赤十字会会长张竹君之影"。得知 10 月 24 日沈仲礼重组中国红十字会万国董事会,张竹君立即登报予以攻击:

> 公之罪尚可数乎?日俄一役,公异想天开,以万国红十字会搜刮资财;未几而万国红十字会变为大清红十字会;及川鄂事起……公又将大清红十字会变为绅办红十字会。始之变也,殆欲掩外人之资也;继之变也,又欲掩全国官民之资。……公窃慈善二字,欺世盗名利久矣。今又欲将牛头马面之红十字会,以混世人耳目。①

张竹君对沈仲礼的攻击可谓不遗余力,视其为欺世盗名、恶贯满盈之徒。批判的重心是红十字会的改旗易帜,这被认为是私吞善款的贪赃行为,而红十字会的性质也备受质疑,"牛头马面",令人不明究竟。

针对张竹君咄咄逼人的问难,沈仲礼立即作出妥善的回复。10 月 28 日,《申报》登出《沈仲礼驳张竹君女士书》,文章对了解红十字会的发展过程及沈仲礼的形象较有帮助,故实录如下:

> 阅九月初五日《民立报》登有张竹君女士致鄙人书,所以教督鄙人者,用意甚厚,惜乎其言之无征也。鄙人之办红十字会,始于光绪二十九年冬间俄日之战。其时战地华人遭池鱼之殃,企足以待援救,而中国尚未同瑞

---

① 《张竹君致沈仲礼书》,《民立报》1911 年 10 月 26 日。

士红十字总会缔盟,照《日来弗条约》所载,未能悬挂红十字旗以施战地救护之方法。不得已商之旅沪西人,公同办理,创设上海万国红十字会,推举中西董事十二人,鄙人与其列,皆绅也。光绪三十年,中国政府允鄙人与各绅士之请,遣使臣张德彝至瑞士缔盟入会,由是中国得援用《日来弗条约》,设立正式之红十字会,为总董者,鄙人与任逢辛、施子英两观察,皆绅也。中国之有红十字会,于今八年,国家承认,全球承认,而始终不离乎绅办,本无所掩,更何所谓变乎?武汉事起,部人搜集物品、添聘人员、劝募捐款,未尝有一日之息。初三开会,初五成行,自问可告无罪。以女士之宏亮,当知此事非咄嗟可办。而顾言之轻易若是,岂以数十女生、数千经费,即可尽战地救护之能事乎?……鄙人办理慈善事业,虽募款三百余万,未尝经理银钱。红十字会财政,历由会计总董施子英观察主持,逐年帐目具在。所以不即造报销者,因辽沈救护之后,即以余款建筑会所及医院学堂。……红十字会之规模于今粗具,而用款亦始有结束。施观察正在赶造报销,以副中外捐户乐观厥成之意。造竣后,自当刊册宣布,女士拭目俟之可矣。鄙人才短竭蹶,女士若以办事迟缓责鄙人,鄙人当悚息听命。今以报销责鄙人,是教鄙人以越俎也,鄙人不敢也。鄙人之于红十字会,薪水夫马,丝毫无所取。本非图利而来,硁硁之愚,且不能见信于女士,更何足以欺世盗名乎?承女士教督,在鄙人非不乐受其言,但既布之报章,恐阅者不察,有伤中外慈善家饥溺之怀。故敬布区区,以求谅于女士者,求谅于天下。三光在上,实鉴此心,非好为无意识之争辩也。

沈仲礼坦诚相见，一一回应了张竹君的诘难。在反应迟钝问题上，他反戈一击，指张竹君的做法如孤胆英雄，几千元、十几个人，对战争救助远远不够。私吞善款的指责无理无据，公开财务开支势在必行，但那不是他的职责，并且他自称志愿参与红十字会的工作，未拿过薪水，也未用过车马费。对改旗易帜、牛头马面的质疑，他强调红十字会自始至终为"绅办"性质，且因得到政府及瑞士《日内瓦公约》的承认而享有合法性，且八年一贯，并未曾变。此信一出，张竹君便无心恋战，1912年4月，她的"赤十字会"也宣告完成使命。实际上，她对沈仲礼的批判中夹杂着立场冲突、地域区别和意气用事。将沈仲礼的回信与张竹君的信放在一起阅读，两者的气量顿见高下。

在沈仲礼积极促成中国红十字会万国董事会的成立、准备奔赴前线拯救伤员时，英国传教士李提摩太（Timothy Richard）称沈仲礼作为慈善事业的巨擘，是众望所归，赞他为"救苦救难之大元帅，救命军之大教主，组织此会必能完全无缺"①。然西人的言论在此并不具有"旁观者清"的优势，沈仲礼的身份当中西方背景是一突出的特征。他曾支持夫人章兰参与开办上海天足会女学堂并任校长。他家中女子放足、读报、参与社会事务等，开放心态很明显。

张园助赈会备受诟病之处，即因开放、西化而被斥为伤风败俗，小说《助娠会》浓笔丑化西餐的意图的确在批判其西化色彩与洋务时尚。组诗《张园慈善助赈会竹枝词十首》也提到了可与新闻及滑稽小说互相印证的"伤风败俗"之细节。如验票处，兜售鲜花的少年轻薄妇女，男女交涉，"絮语"声声，"笑脸"盈盈；"红男

---

① 《红十字会大会志盛》，《申报》1911年10月25日。

绿女，美目流盼，启齿嫣然"；"会员办事旁设女子坐""男子就女宾席"；在女子休憩所有"伧父非礼"等"污浊"情事。① 这些情景如果放在西方公共场合并无大碍，但对讲究男女之大防的晚清中国就显得超前了。《张园慈善助赈会竹枝词十首》还提到一个有趣的细节"：风头最异两名姝，称体衣裳映玉肤。肌理脂凝纱里现，恍如浴罢太真图。"作者在自注中补充道，会场上有"无裤之女"，穿着比较暴露的外国纱裙，有人说她没穿裤子，有人说穿了肉色裤。② 这个描写可补新闻之缺，也揭示了晚清男性知识分子在猎奇猎艳之余对"外国纱裙"所代表的西洋风尚又爱又恨的矛盾心态。

在张园义赈会事件发酵后的众声喧哗中，一边是舆论界对沈仲礼及华洋义赈会的多棱镜式观照，一边是沈仲礼与华洋义赈会针对各种批评做出的解释、调整、回应、辩护，其间存在多声复杂的对话关系。这组对话关系不仅限于舆论主体与客体之间，还涉及官方与民间，公与私，革命与中立，男权与女权，中国文化与西方文化等等各种力量的角逐。

需要指出的是，种种声音的主体之间关系并不对等，而且，对话本身往往也不完全对应。就舆论主体与客体而言，舆论的主导地位、优越感与武断甚或暴力特征相对于批评对象较为明显。特别是掌握媒介的权力主体，以第四权力或第四阶级自居，一方面认为无论真理或谬论都应自由表达出来，通过自由竞争使某种意见得到大多数人的支持，不自觉会滥用权力；另一方面为吸引眼球，迎合民众的好奇，偏好煽动性新闻，以刺激新闻消费，尤其喜好揭丑，也是一种流弊。近代中国的舆论由于特殊的历史语

---

① 《海上闲谈》，《申报》1911 年 8 月 22 日。
② 岭南阆风樵者：《张园慈善助赈会竹枝词十首》，《申报·自由谈》1911 年 8 月 27 日。

境及政治立场的问题也往往自觉或不自觉地染上政治论争话语的语义基因，简单粗暴、不容置喙，一棍子打死。特别是报刊谐文的加入，披着优言无邮的外衣，更加肆无忌惮、嬉笑怒骂、谑而趋虐。既为"游戏文章"，更可不顾事实，不考虑批评的依据，捕风捉影，行横议、讥弹、谩骂、侮蔑等能事。如《鲥鳝会败事长致江皖哀鸿书》"杀人不见血腥气"之说，即是此类。而文中大量的动物，暗喻"禽兽"群丑，实乃有意将对象贬低、降格。将对象变为非人的低等动物或者妖魔鬼怪也是谐文常见的语法逻辑。其他舆论则或挟私仇，或争利益，或激于意气，这样的语境是不理性的，也不可能产生对等或对应的对话。相对来说，作为舆论中的被动角色，沈仲礼的声音相对冷静理性，在众声喧哗、浮躁的环境、不明朗的前景中，仍可以保持清醒的头脑，最为难得。

小 结

上文以1911年八九月间由张园助赈会引发的与沈仲礼、华洋义赈会及红十字会相关的文学文本及新闻文本为材料，希望通过文本分析及相关历史背景的梳理来展现文学与新闻间的互文与对话关系。从文学与新闻的合作看，重复强调的话题能够更好地吸收读者的注意力，副刊文字中具有新闻因素的作品，如时事谐文成为新闻文学的新秀。随着新闻与文学的亲密接触，从新闻事件的报道到文学作品的创作，二者在时间上的跨度缩短了。当同一报刊就同一话题分别进行新闻与文学的处理时，二者之间的互文及对话关系必然会加强。《自由谈》的游戏文章，有暗合新闻时事而不加说明的，有透露信息暗示关联新闻时事的，也有明确指向新闻时事的。新闻时事及相关文本会夹杂在话题中，直接用于游戏文章。此类游戏文章的特色是应时应景，具有"人人争传"的短时传播效应，而缺乏"藏之名山"的延时价值。1913年《自由谈》副刊早期文章结集为《自由杂志》时曾认识到："有切指当日时事者，今日读之，或嫌其陈。"①在对此类切指时事的游戏文章之短处有清醒认识的同时，也要承认这些文体体现出新闻与文学的互文与合作、互动，有符合日报副刊性质的特殊性。

从新闻与文学的差异看，文学文本、特别是副刊谐文的加入，使得时事争论复杂化、多元化了。辛亥革命前后，沈仲礼及华洋义赈会的舆论形象，通过相关的谐文、传记文学作品与新闻评论、报道、广告等信息投射出正反对立的两面。以相关或相同的话题为内核，不同的文本或相互补充、印证，或互相冲突、对峙、呼应、互动，既有互文，更形成众声喧哗的复杂对话关系。不同声音、不同立场、不同角度、不同焦点，以及不同表达方式的出现，将有关沈仲礼与华洋义赈会的批评充实起来，形成了一颇具规模的"批评空间"。这个具体的"批评空间"内出现了不同主体，通过不同的文本形式及视角，基于各自不同的立场，负担不同的功能，呈现出较好的结构性。换句话说，文本之间的互文性特征及对话关系能够使"批评空间"更加具体化、更加充实，是实现文学批评功能的重要途径。

(《学术月刊》2015 年第 9 期)

---

① 《自由谈话会》，《申报·自由谈》1913 年 9 月 17 日。

小说与笑话的联姻:以吴趼人的小说为例

杜新艳

鲁迅先生在《中国小说史略》中评价吴趼人的《二十年目睹之怪现状》时说:"惜描写失之张皇,时或伤于溢恶,言违真实,则感人之力顿微,终不过连篇'话柄',仅足供闲散者谈笑之资而已。"[①]这个描述至今仍是我们理解吴趼人的《二十年目睹之怪现状》等谴责小说的一把钥匙。他一针见血地批评了吴趼人这部著名的"谴责小说"艺术上的缺点,同时也指出了它作为"话柄",提供"供闲散者谈笑之资"的特色。这对吴趼人虽是一种苛责,但也并非无中生有。本文在此基础上强调"谈笑之资"的定位,凸显吴趼人的小说与笑话等谐语文学作品之间的内在联系。

吴趼人"笑话小说"的建构

吴趼人的"小说"观念是典型的近代杂糅式小说观,显在地表现为文体泛化的倾向。所以,他将大多作品归入小说文体后,此外的文字就不多了。总体来看,他的小说可分为长篇和短篇两类。长篇章回均用白话,按当时所标类型,主要有历史小说、写情小说和社会小说三种,后者也被视为谴责小说、讽刺小说或暴露小说。短篇文言与白话并存,其中承继传统的笔记小说(包括志怪传

[①] 鲁迅:《鲁迅全集》第九卷,北京:人民文学出版社1981年版,第286—287页。

奇和杂录等)多用文言,而具有开拓创新意义的社会短篇(包括记事体和滑稽体等)多用白话。不论小说艺术,仅从文体的角度看,吴趼人的小说观念以传统为本,也受到了外来冲击。首先表现在小说与"杂录"等其他小品文字的混合交叉。譬如吴趼人创造性地称《新笑史》《新笑林广记》等为"笑话小说",却存身于《新小说》杂志的"杂录"栏目下而未能独立。《月月小说》连载《俏皮话》(一般认为是寓言,实应归入"笑话小说")也置于"杂录"栏。相反,标"札记小说"的《趼廛剩墨》十七则,其中《对联》一文只记录了"斯文扫地,大雅扶轮"这一谐对,而《集四书句》则保留了一篇"谐文"《俗吏篇》。总之,在吴趼人那里,小说仍然具有"丛残小语"的特性,而与现代意义上的小说有距离。其次,在泛化的小说观念基础上,吴趼人也试图为小说营造一个内核。在《舆论时事报》刊登《我佛山人札记小说》时,有则《刽子手》无事可言,吴趼人解释道:"羌无故实,意有所触,随笔写来,遂成此篇。虽非小说体裁,要亦不失讽刺之意,言者无罪,或当见谅于世之君子。"①虽然,宽泛地讲有意而为、有感而发的杂文也可列为小说,但他还是以有"故实"者为小说正体。当然,这里"故实"的范围近于故事(shì),别处或可斟酌于故事(shì)与故事(shi)之间。

在这样的观念背景下来看吴趼人的"笑话小说",就不难理解其建构的意图实际上是着力提升笑话文体了。1904年吴趼人所撰《新笑林广记自序》,其实颇具开创意义。这段小序提出"笑话小说"的概念并力图改良:

> 迩来学者,深悟小说具改良社会之能力,于是竞言小说。窃谓文字一道,其所以入人者,壮词不如谐语,

---

① 吴趼人:《我佛山人文集》第七卷,广州:花城出版社1988年版,第263页。

故笑话小说尚焉。吾国笑话小说，亦颇不鲜；然类皆陈陈相因，无甚新意识，新趣味。内中尤以《笑林广记》为妇孺皆知之本，惜其内容鄙俚不文，皆下流社会之恶谑，非独无益于阅者，且适足为导淫之渐。思有以改良之，作《新笑林广记》。①

"笑话小说"这种说法，表面上看是赶近代小说类型化的潮流而创造的新词语，但不同处在于它试图将两种有关联的文体勾连起来。其创获有三：其一，在新语境下把笑话与小说结合起来；其二，在庄谐对照中拨高笑话小说的意义；其三，在批判旧笑话后提出笑话改良的主张。这三点放在近代文学革新的大潮中，是很可书写一笔的。可惜，吴趼人的号召力不如梁启超，这种夹缝中的卓识只落得昙花一现。吴趼人"笑话小说"的概念，提倡有功，却没有得到呼应。比较而言，吴趼人稍后提出的"滑稽小说"概念与此近似却获得了成功，引起一时风潮。究其原因，值得关注的有三个层面：一是笑话与小说在当时的文体观念中各有其规定性，并且有差距，所以"笑话小说"的说法多少显得有些生拉硬扯；二是当时的小说类型多就内容和风格而言；三是笑话文体地位不高，"本体不雅"的观念在作祟。

事实上，刘勰在《文心雕龙》中早已提供了一个值得注意的思路："然文辞之有谐隐，譬九流之有小说，盖稗官所采，以广视听。"②他敏锐地指出了小说与谐隐文之间的一致性：它们都有为"稗官所采"的出身，有"以广视听"的用途，而且外延比较模糊。这种相似使它们天生有种亲和力。当然，在刘勰做类比时，"小

---

① 吴趼人：《新笑林广记自序》，《新小说》，1907年第十号。
② 刘勰：《文心雕龙注》，范文澜注，北京：人民文学出版社1998年版，第272页。

说"还没有作为一种文体与谐隐对应起来。此后,"小说"慢慢被理解为一种文类,而谐隐这种文类却渐渐分裂了。其中,最突显的一种体裁是"笑话",宋代张端义的《贵耳集》云:"东坡《艾子》有曰:禽大禽大,无事早下山去。托此为谈谑之助,世人相传笑话。"[1]但这里的"笑话"究竟是文体还是作动词用仍存在争议。至明代陈眉公辑有《时兴笑话》行世。冯梦龙的《笑府序》更以宏大的理论概括力提升了笑话文体的价值:"《笑府》集笑话也……不话不成人,不笑不成话,不笑不话不成世界。"其实,"笑话"本身是口语词,作动词时意为说笑,而作名词指引人发笑的言辞或举止,近于"笑柄",由此,延伸指"引人发笑的谈话或故事"及以此为题材的一种文体。[2]但在近代,"笑话"作为一种文体名称的地位仍不高,1908 年所订反映当时人们概念体系的大型辞书《辞源》就没有收录该词条。在近代小说与笑话这两种文类都具有突出的模糊性,并且同属从边缘向中心逼近的文类概念。进而言之,在内容上二者也有交叉,所谓"话柄"以及"谈笑之资",的确既与传统小说观念一致,也与笑话谐谈相通,是二者共同的特点。所以,"笑话小说"的概念实际仍有其合理性。并且,它非常真实地透露出了吴趼人个人关注小说与笑话两种文体之间的内在关联性,并且试图打通二者的努力。从这个意义上说,鲁迅先生总结的"终不过连篇'话柄',仅足供闲散者谈笑之资而已"正中其的。

在吴趼人的小说中,笑话谐谈因素表现得最明显的当属他自称为"笑话小说"的《新笑史》《新笑林广记》《俏皮话》《滑稽谈》等。吴趼人努力提升这一文体,为之争取一席之地的结果是这批笑话

---

[1] 张端义:《贵耳集(卷下)》,上海:商务印书馆 1937 年版,第 62 页。
[2] 《汉语大词典》,第 8 卷,北京:汉语大词典出版社 1991 年版,第 1112 页。

小说比同时代人的同类作品更为人们重视。关于吴趼人的笑话小说，拙文《吴趼人的笑话小说》已述及，本文要论述的是他"笑话小说"之外的小说中的笑话谐谈因素，主要集中在长篇章回中的社会小说及短篇中的滑稽体和杂录，下面将分而论之。

吴趼人短篇小说中的笑话因素

从谐语的角度来看，首先应该提到吴趼人的"杂录"小说。因为笑话及其他谐谈文字常与其发生交涉。仍有少量"笑话小说"夹杂在那些杂录文中，如《月月小说》所刊《主笔房之字纸篓》各文，就可以说是广义的谐谈类讽刺谐语作品，即吴趼人所谓"笑话小说"。重辑之笔记小说《趼廛剩墨》《我佛山人札记小说》中也有谐作。如《谜讧》一则写人们因猜谜而打骂起来，传统笑话中常有类似故事。又如《龙》本为笔记体，但作者"按语"却由"驱蛇龙而放之菹"引发开去，发挥出"以蛇龙为小菜"的笑话。① 这段笑话同时还见于《俏皮话》，题名《腌龙》。另外有则《小儿语》很有趣，专记录天真烂漫的童言：

某小儿踞矮脚几而戏，偶置糖其上，飞蝇集吮，儿遽啼，问何故？对曰："许多苍蝇，坐了我的凳子也。"②

其次，明显与谐语文学相杂的还有后期诸种短篇小说。第一，作者自称为"笑柄"的《平步青云》近于笑话小说。这篇小说篇幅很短，只讲"我"看见朋友在紫檀龛里供着的东西，总忍不住笑。而结尾才揭开谜底：

---

① 吴趼人：《龙》，《月月小说》1907 年，第七号。
② 吴趼人：《我佛山人文集》第七卷，广州：花城出版社 1988 年版，第 229 页。

原来是外国人撒尿的一个洋瓷溺器。你想溺器是何等龌龊，何等下贱的东西，平手地捧到桌子上，藏在紫檀龛里，香花灯烛供养起来，还说见了它犹如见了上司一般，这溺器可不是平步青云了么！它便平步青云了，我的肚子可笑破了。①

第二，出现短篇"滑稽小说"，而且"滑稽"体成为一种常见体式。《立宪万岁》在短篇小说下标"滑稽"二字（《月月小说》第五号），又有标"滑稽小说"的《无理取闹之西游记》（《月月小说》第十二号），标"理想、科学、寓言、讽刺、诙谐小说"的《光绪万年》（《月月小说》第十三号）。

第三，在未明显标注"滑稽体"的短篇中，作者也常抱游戏玩世的态度。如《预备立宪》小引曰："恒见译本小说，以吾国文字，务吻合西国文字，其词句之触于眼目者，觉别具一种姿态……偶戏为此篇，欲令读者疑我为译本也。呵呵！"可见这实际是一种戏仿译本之作，属于谐作。所以，在结尾作者又加按语："此虽诙诡之设词，吾言之欲哭矣！"②又如周桂笙（新）评《大改革》时也感慨："恢诡之文耶？忧时之作也。"③

第四，作者常自觉或不自觉地使用诙谐笔法。上面这些称为"滑稽"小说和"恢诡"之文的作品，其中自然少不了滑稽诙谐笔法，而未明示此意的短篇中，也常使用诙谐笔法。如《黑籍冤魂》本来讲述一个鸦片烟鬼的遭遇，却要"学着样儿，先诌一个引子，以博诸公一笑"④。作者透露出戏仿话本小说的味道，而且有"博

---

① 吴趼人：《平步青云》，《月月小说》1907年，第五号。
② 吴趼人：《预备立宪》，《月月小说》1906年，第二号。
③ 周桂笙：《大改革评语》，《月月小说》1906年，第三号。
④ 吴趼人：《黑籍冤魂》，《月月小说》1907年，第四号。

诸公一笑"的意图。这就借用了谐语作品的"戏仿"笔法和笑话作品之"启颜"意图。而所谓的小引是虚构的一个故事。由年羹尧铸"罗汉钱"的传说,生发出罗汉化身为罂粟花来讨债这样荒诞的鸦片起源故事。这对神魔小说也是一种戏仿。而荒诞,更是制造讽刺幽默的一种重要手段。

总之,在吴趼人的短篇小说中,滑稽的成分非常突出。这也影响了《月月小说》其他短篇小说作者,喜用滑稽笔法成为一时风尚。

吴趼人滑稽小说的代表作当推《立宪万岁》和《无理取闹之西游记》,可算作拟神魔小说。《立宪万岁》以调侃五大臣出洋考察的历史事件为线索,假托孙悟空、猪八戒等人们熟悉的神话和史书人物,拿这些虚构人物演绎的一幕幕闹剧来影射当时预备立宪的虚伪。情节荒诞夸张而又紧凑入理,语言干净利落而又诙谐风趣。如临行被炸一段:

> 却把一个八戒掼下地来,莲蓬嘴上着了一点火星儿,便捧着嘴嚷痛。……八戒捧着嘴嚷曰:"是哪个放炸弹?"行者曰:"你还馋嘴,要吃炸鸽蛋呢!"①

利用了情景的滑稽和语言的歪解制造幽默。其实这部小说中有许多人物和动物形象都与他的笑话小说中的形象相呼应。如一再重复蛇之"钻"的特性。又如开篇"朝房集议"就是一段滑稽谈。而嘲谑文昌帝君冷了血食,魁星停了朱笔,在《新笑史》之《神号鬼哭》中已出现。《无理取闹之西游记》讲通臂猿为了财,阻止庄生救鲋鱼,却帮麻鹰移山倒海。语言和情节更洗练精简,但寓意比较隐晦,题旨也不十分清晰。大致是讽刺助纣为虐、卖国求荣的买办

---

① 吴趼人:《我佛山人文集》第七卷,广州:花城出版社1988年版,第44页。

走狗。从章回的回目和"再表出来"之说，形式上它是搭了一个长篇章回的架子，但作者又不确定该如何续下去。这部小说与《新石头记》同属于经典的续作，但此篇形式不完整。从破缺不完的角度看，它更像《滑稽谈》中的《破碎不完之〈西游〉》《破缺不完之〈水浒〉》等借经典之题随意发挥。但后者形式虽短，却有一定之主题。总的看起来，这一类作品的戏拟性非常明显，而且是一种有意的假借和转换。模仿和转换本是文学繁衍的一种重要手段，如果加上游戏的态度和调侃的方法，便衍生出传统文章体系中较为另类的俳谐文学。而对小说文体和小说经典文本的戏仿，吴趼人无疑是一个自觉的先锋试验者。

总之，吴趼人这些"代表了晚清短篇小说创作的最高成就"[①]的作品中，滑稽的因素特别突出。大概因为在晚清近代化的"短篇小说"概念初起时，自然会借鉴各种文体，尤其是篇幅短小、灵活自由的小品文字，而其中人们喜闻乐见的笑话就为吴趼人的创作带来了众多灵感。吴趼人性本诙谐，对这些短篇小说的写作本不必拘泥，如写章回那般严肃。实验的冲动和游戏的色彩在此得到了自然发挥。当然，因强烈的社会关怀意识，作者常忍不住要表达自己那"积而愈深"的"愤世嫉俗之念"。这些滑稽趣味的小说，也是比较典型的以嬉笑为表，以怒骂为里的文章，与他的"笑话小说"实有异曲同工之妙。

吴趼人长篇小说的谐趣风格

在吴趼人的长篇章回小说中，《新石头记》是一部很特别的作品。它最明显的文体特征，阿英称为"拟旧小说"，而本文倾向称

[①] 陈平原：《二十世纪中国小说史》第一卷，北京：北京大学出版社1997年版，第175页。

为"戏仿小说"。这部小说情节蹈空虚构，造成强烈的时空错位感，这与语言的拟旧形成对照，如此带来的迷离恍惚，让人在历史、现实、理想以及文本、生活、梦境中穿梭。特别是进入文明境界之前的二十一回，游戏性质很明显。所以，张冥飞读出了"游戏之作"的味道，并苛刻地认为，"何必借红楼中之宝玉以为之主人"①呢？当时人们对仿作有很大成见，吴趼人对此很清楚。但他强调"自家的怀抱"②，借用又何妨？所谓"自家的怀抱"，不仅与他诙谐的本性相关，也与他对文章的理解有关。将此理解为吴趼人"旧瓶装新酒"的小说实验冲动，比把它当作普通"取悦流俗"的红楼续书更贴切。事实证明，吴趼人这次实验是成功的，此后出现大量以"新"为题目的经典戏仿小说，如《新三国》《新水浒》《新镜花缘》等作，形成近代小说界一股值得关注的戏仿风。

  吴趼人最负盛名的"谴责小说"《二十年目睹之怪现状》，"怒骂"谴责的笔调很突出，而"嘻笑"诙谐的成分也很明显。"它们就事物的千姿百态予以嘲讽，留下那种将玩世不恭与粗俗幽默融为一体的回味。"③这也与《二十年目睹之怪现状》作为自传性小说的特点有关系。因为"我"带有吴趼人自己的影子，就保留了作者的诙谐风趣，并多有渲染。

  首先，从语言层面上看，俏皮话贯穿全篇。作品借主人公九死一生即"我"之口带出了许多谐谈。"我"以作者为原型，也是个诙谐人物，谈锋很健，而且幽默诙谐。总之"舌灿莲花"，举不

---

① 张冥飞：《古今小说评林》，转引自魏绍昌《吴趼人研究资料》，上海古籍出版社1980年版，第120页。
② 吴趼人：《我佛山人文集》第四卷，广州：花城出版社1988年版，第223页。
③ ［美］韩南：《中国近代小说的兴起》，徐侠译，上海：上海教育出版社2004年版，第177页。

胜举。

其次，因为描述的是"怪现状"，其中不免有许多爆笑故事。第六回"穷形极相画出旗人"把旗人摆架子着实调侃了一番，成了大"笑话"。又如第十八回那个伯父：

> 不知在哪里吃酒吃得满脸通红，反背着双手，蹩蹩着进来，向前走三步，往后退两步的，在那里矒眬着一双眼睛。一见了我，便道："你……你回来了么？几……几时到的？"我道："方才到的。"子英道："请你吃……"说时迟那时快……忽然举起那反背的手来，拿着明晃晃的一把大刀，劈头便砍。……不料他立脚不稳訇的一声，跌倒在地，叮当一响，那把刀已经跌在二尺之外。我心中又好气，又好恼。只见他躺在地上，乱嚷起来道："反了，反了！侄儿打伯父了！"①

这又是一幕绘声绘色的滑稽剧。又如第三十五回写海上"斗方名士"丑态毕露，令人喷饭。一个"竹汤饼会"的名目已很好笑。唐玉生说："五月十三是竹生日，到了六月十三，不是竹满月了么？俗例小孩满月要请客，叫作'汤饼宴'；我们商量到了那天，代竹开汤饼宴，嫌那'宴'字太俗，所以改了个'会'字？这还不是高会么？"② 附庸风雅到了荒谬的地步。接下来一段描写非常刻薄，久为人们传笑：一人把李商隐之号玉溪生送给杜甫，又一人指出错了，却戴在杜牧头上，又把杜牧的号樊川加于杜甫。不知杜少陵为谁，便说是杜甫的老子。这样说来已觉得尽是笑柄，何况在惟妙惟肖的描绘中，愚人的形象更加突出，让人笑不噎口。

---

① 吴趼人：《我佛山人文集》第一卷，广州：花城出版社1988年版，第144—145页。
② 吴趼人：《我佛山人文集》第一卷，广州：花城出版社1988年版，第300页。

第三，小说点评中着意突显笑话意味。在行文中遇到这些可笑的言谈举止时，点评者的眉批常常能起画龙点睛的作用。如上例"竹汤饼会"之说，眉批曰："竹醉日误作竹生日，是醉生不是梦死也，一笑。"讽刺此等人之醉生梦死，比嘲笑其不学无术更深刻。评点道出了作品中无法或不便于表达的深意。吴趼人诸作中常出现点评、眉批，这些文字普遍认为是吴趼人自作。点评基本上以反映阅读者的客观感受为主。所以，点评其实比作品更贴近读者，也更容易为读者接受。吴趼人很重视点评，常借此来传达自己藏在纸后、压在心头、不吐不快的话。而这些评语如果用两个字来形容，就是"冷"和"笑"。"冷"是无处不在的冷嘲，而笑，有时是作者对其作品得意自信之笑，更是冷嘲的表达方式。在百回评语中便有数十次如"一笑""可笑"的"笑"字眼。如第三回评语中就出现三次"笑"。

第四，直接穿插笑话。《二十年目睹之怪现状》以"九死一生"的行迹和见闻为线索，在小说中起过渡作用的有关九死一生和朋友间的宴会酒筹，经常直接借用笑话谐谈而被描绘为一派谈笑场景。如第二十六回，吴继之夫人为了哄"我"母亲，一改往常，大说大笑，还"倒在伯娘怀里撒娇"，等到见了一个南瓜，马上讲了两个有关南瓜的笑话。这样的笑话，不太符合吴继之夫人的性格，因此，不是塑造人物形象所需，实乃作者写作喜好使然。又如第六十六回《妙转圜行贿买蜚言 猜哑谜当筵宣谑语》中间穿插了许多哑谜和笑话。如下面一则标准的笑话，借主人公之口说出：

> 我道："观音菩萨到玉皇大帝处告状，说'我本来是西竺国公主，好好一双大脚，被下界中国人搬了我去，无端裹成一双小脚，闹的筋枯骨烂，痛彻心脾，求请做

主！'玉皇攒眉道：'我此刻自顾不暇，焉能和你做主呢？'观音诧问何故。玉皇道：'我要下凡去嫁老公了。'观音大惊道：'陛下是个男身，如何好嫁人？'玉皇道：'你如果不信，只要到凡间去打听那一班惧内的朋友，没有一个不叫老婆做玉皇大帝的。'"①

第五，对"笑话"一词的强调。"笑话"这一词语在《二十年目睹之怪现状》中共出现了 90 次之多，差不多合每回一次了。当然，有许多"笑话"并不具有文体意义，但仍有作为一种文化现象的意义。如果按引人发笑的谈话或故事的广义来理解"笑话"，"二十年目睹之怪现状"就是"二十年之笑话"或"二十年之笑柄"。

吴趼人的其他几种社会小说中，也不免会透露出一些滑稽诙谐的成分来。社会小说多是暴露式的表达，一幕幕滑稽可笑的闹剧很常见。如《发财秘诀》第二回写区丙的妻子：

> 拿了酒壶，走到灶下，把酒壶放在炭炉上，取出那十元洋银，翻来覆去看了又看，不住的痴笑。又喃喃呐呐的自言自语道："千万不要是做梦才好！"一头说，一头又看。不提防把酒烫滚了，沸了出来。那酒烘的一声烧着了，慌得他连忙去抢酒壶，把洋银撒了一地。②

又如《最近社会龌龊史》第十四回写陈蕙裳逃出去私会妓女，被田仰方遇到。田就闹了一个晚上，以"祓除不祥"，掩盖内心的恐慌。这也是一幕滑稽剧。而作者还调侃田仰方"平生忌讳的事最多，大凡同寅中没有一个不知道他肚子里有一部《婆经大纂》的"。

---

① 吴趼人：《我佛山人文集》第二卷，广州：花城出版社 1988 年版，第 113 页。
② 吴趼人：《我佛山人文集》第四卷，广州：花城出版社 1988 年版，第 176 页。

《糊涂世界》卷六形容余念祖的语言也很风趣："自己提了一个包袱，包着靴子、外褂子、帽盒在街上走，这样办法，人家就起他名儿，叫作'提画眉笼子'。"① 又如《上海游骖录》第七回李若愚论妓女一段也堪称滑稽谈了："上海四马路的妓女真是大清皇帝的功臣，我若当了政府，一定要奏明朝廷，一个个都给他封典。他们死了，还要另外给他盖一座女功臣祠祭他呢。"②

比较起来，吴趼人其他几部社会小说不如《二十年目睹之怪现状》中的诙谐因素突出。究其原因，应该是笔法不同造成了这种明显的差异。在《〈近十年之怪现状〉自叙》中，他点出了其作品"变易笔法"现象的存在，即一为自记体，一为传体。虽然这一叙言是针对《二十年目睹之怪现状》与《最近社会龌龊史》的，但除《二十年目睹之怪现状》外，其他中长篇小说整体上都是"传体"，可以为我们解释《二十年目睹之怪现状》与众不同的艺术特色。更重要的是它不仅是"自记体"小说，同时还是自传性的小说。因为是自传性"自记体"小说，吴趼人自己的诙谐本性得以显露，才是其诙谐因素突出的根本原因。而其他社会小说的主人公，多是作者批判的对象，作者常无暇去顾及他们的性情喜好，"每欲有所描摹，则怒眦为之先裂"③。也可以说作者经营其他几部社会小说已不如《二十年目睹之怪现状》之用心。

"谴责"小说不能完全解释吴趼人小说的特色，尤其对滑稽诙谐因素有所遮蔽。所以，王德威曾建议我们"持见怪不怪的态度来阅读种种荒唐可耻的场景或人物"，并以"'闹剧'模式来重加定义晚清'谴责'小说的范畴"。④ 但"闹剧"的灵感，来自西方中世纪以

---

① 吴趼人：《我佛山人文集》第三卷，广州：花城出版社1988年版，第286页。
② 吴趼人：《我佛山人文集》第三卷，广州：花城出版社1988年版，第497页。
③ 吴趼人：《我佛山人文集》第四卷，广州：花城出版社1988年版，第77页。
④ 王德威：《想像中国的方法》，北京：三联书店1998年版，第77页。

来的"嘉年华"式的喧笑,不免与吴趼人那个时代及其文化背景有些隔。因此,不如直接用"诙谐"传统,来为这段文学史重新着色。"诙谐"传统在中国有着几千年的历史,而且吴趼人等人的诙谐讽刺,自成一格,与"嘉年华"式的诙谐不同,似乎更接近巴赫金对"近代讽刺性诙谐"的定义①。本文无意争论这种诙谐讽刺的文化意义,只想从文体的角度提出,在吴趼人的小说中有着突出的诙谐调笑的风格,这一点可以说也与笑话文体有内在的相通性。

结　语

吴趼人是顺应时代潮流而崛起于文坛的一员幽默健将。谴责小说的大胆暴露精神、笔无藏锋的尖锐及投众所好的黠慧,与吴氏所受近代报章的熏染有关。而实际上,近代报章中大众所喜闻乐见的插科打诨、油腔滑调、戏谑诙谐等世俗趣味倍受欢迎也引起了他的注意,并且深刻地影响到了他内在的文学风格。在考虑到"诙谐易入"这样一种受众心理的前提下,他加入了上海的游戏小报如《消闲报》《寓言报》等做编辑或主编,之前也有不少谐趣小品散见上海、广东各报。顺应时代潮流的根源在于他的幽默性格。他性喜"诙诡",好为"嬉笑怒骂"的游戏文章。这一点为同时人所津津乐道,被一再重复。其至交周桂笙更多次提到:

>予友南海吴君趼人,性好滑稽,雅善词令,议论风生,滔滔不倦,每一发声,辄惊四座,往往以片辞只义,令人忍俊不禁,盖今之东方曼倩也。②

---

① 巴赫金:《拉伯雷研究》,李兆林、夏忠宪译,石家庄:河北教育出版社1998年版,第13页。
② 周桂笙(新广):《说小说·恨海》,《月月小说》第三号。

因此，对吴趼人本人这种明显的诙谐面向，一般不会产生疑议。关于吴趼人的诙谐文字，雷瑨1915年在整理出版《滑稽谈》时也有总结：

> 南海吴趼人先生，擅长诗古文词，固不专以小说家言腾誉于社会。顾偶尔游戏，皆奇思俊语，不落恒蹊。犹忆曩岁卖文沪渎，得订交于先生，承时以逸事谐文见示，载登报牍，遐迩欢迎，良由先生蕴蓄者深，故纵笔所至，麟毛凤羽，神采固自不凡也。①

称此类谐文"载登报牍，遐迩欢迎"，在读过吴趼人的诙谐之作后，也可知并非虚誉。

总之，从时代风潮，从报刊写作的背景，从吴趼人的性格，从吴趼人谐文写作的经验等多方面来考虑，吴趼人小说中的笑话因素或者说诙谐滑稽的风格都不难理解。而本文又实实在在地从吴趼人的小说观念、吴趼人短篇小说中的笑话因素及吴趼人长篇小说中的谐趣风格三个层面对此进行了论证。至于近代小说与"谈资笑柄"的亲缘关系，则有鲁迅先生的论断在先，并非本文所创造，只是这层意思容易被"谴责"所遮蔽。本文要强调的是作为一种文体的"谈资笑柄"，即在小说中挖掘具有笑话特征及其他谐语因素的明显印迹。通过对鲁迅所理解的吴趼人进行再理解，力图恢复吴趼人小说的原本风貌，并提供一种理解近代小说的新视角。

(《济南大学学报》2011年第2期)

---

① 雷瑨：《滑稽谈序》，《魏绍昌——吴趼人研究资料》，上海：上海古籍出版社1980年版，第288页。

探索王国维词学体系的另一个维度

——《词录》与王国维"为学三变"的文献学取向

闵定庆

一

长期以来,公私书目多未给词集以一席之地,《四库全书总目》设"词曲类"作为集部的一个组成部分,对词学研究产生了一定的影响,但距专科目录的独立地位甚远。就目前所能考知的词学目录而言,吴昌绶著《宋金元词集见存书卷目编》,即王国维《词录序例》提及的《宋金元现存词目》,可能是中国词史上的第一部独立的专科目录,《词录》则是受到《宋金元现存词目》的直接启发而作的,仅稍晚于《宋金元现存词目》。因此,初步认定《词录》为我国第一批词学专科目录,当不为过。

《词录》,王国维撰于光绪三十四年戊申(1908)七月,稿本原藏罗振常处,框高17公分,宽12.3公分。罗氏手批补正,颇多增益,后分别由罗振常次女罗静及长外孙女郑辟疆珍藏,现经徐德明整理后正式出版。[①] 关于此书的写作动机,王国维在《序例》中有这样的交代:

[①] 王国维:《词录》,徐德明整理,北京:学苑出版社2003年版。拙文引《词录》语,不另注。

> 长夏苦热，不耐深沉之思，偶得仁和吴昌绶伯宛所作《宋金元现存词目》，叹其搜罗之勤，因思仿朱竹垞《经义考》之例，存佚并录，勒为一书。搜录考订，月余而成，聊用消夏，不足云著述也。

表面看来，不过是出于消遣的动机，不必把这本小书当作真正意义上的"著述"来看。但是，这一撰述行为的深层动机应从他酷嗜词曲的性情和谙熟词曲文献的学术积累中去探讨。他在《曲录自序》中说："国维雅好声诗，粗谙流别，痛往籍之日丧，惧来者之无征，是用博稽故简，撰为总目。存佚未见，未敢颂言。"[1]显然，《词录》在很大程度上总结了他从事词曲研究数年来在版本、目录、辑佚、校勘、辨误、年谱等方面的研究心得和成果，是王国维词曲之学研究过程中一系列"探本"活动的重要一环和阶段性成果，对于其国学研究范式的建构具有开拓性的意义。作为词学专科目录，《词录》在目录体制上继承了《四库全书总目》"词曲类"和朱彝尊《经义考》的优长，同时也充分吸收了公私目录的成果，在著录体式上承袭四库旧式，而又有所补充。

首先，《词录》模仿《四库全书总目》先别集、后总集这两大模块的结构模式进行写作。从时序来看，《词录序例》明言"以元人为断"，即著录的词别集部分始于唐温庭筠《金荃词》，止于元冯华《乐府》，总集部分始于后蜀赵崇祚《花间集》，止于明杨慎《词林万选》，时间起迄非常明确，即仅著录唐宋元三代的别集和总集，明清两代均付诸阙如。

《词录》著录唐五代宋元词集，舍弃明清词集，究其原因，在

---

[1] 王国维：《王国维遗书》第三册，上海书店出版社1983年版，第223页。以下凡引此书，只在文中夹注篇名。

于"明人及国朝人词多散在别集,既鲜总汇之编,亦罕单行之本,一人见闻既惭狭隘,诸家著录亦一毫芒",容易挂一漏万,反而不足以反映词史全貌。这一论述深刻反映了晚清词学尊词体崇唐宋的倾向。当然,他对某些具有跨时段性质的著作,并未采取"一刀切"的简单方法。例如,对明陈耀文《花草粹编》和杨慎《词林万选》,他就特别拈出进行解释,"此二种系明人编,多存宋元旧词,故附录于此",明显寓有因词存史的意图。通览《词录》全书,可以发现,无论是别集还是总集,王国维都是严格按照词人生年的先后次序进行编排的,即在直线型的时间序列上依次展开词人词作,因此,《词录》基本上可以视为一部独特的"自然呈现"的词史。

其次,《词录》的具体词目一般由四个著录项构成:第一项是书名,标示卷帙,凡已佚、未见而文献不可征者,标示"不知卷数";第二项是版本,同时借鉴了《经义考》的体例,凡已佚或未见者皆注,以标示其词史存在;第三项是作者,由于他对著名词人的生平和著作非常了解,不必在知名词人方面多费笔墨,凡知名作者的生平、籍贯一概从略,而对无通行本者和不甚知名的作者,略述其姓氏、籍贯及行谊大概;第四项则仅限于部分词目,重点辨析书名异同、词作构成的来源、辑佚方法和范围,等等,偶加评论,体现了书目"辨章学术,考镜源流"的功能,有着"搜讨之助"的学术价值。

第三,《词录》在文献著录范围上进行了有益的探索。王国维的《静庵藏书目》,显示他藏有词总集、别集40余种,包括毛晋《宋六十名家词》《御选历代诗余》、朱彝尊《词综》和王鹏运《四印斋所刻词》等。此外,他还充分利用各藏书家的珍藏进行研究,如他称赞"近惟钱塘丁氏、归安陆氏藏词最富"①，就曾在陆氏处校《竹友词》《赤城词》《宁极斋乐府》《鸥梦词》《梅苑》等，均有跋语，陆氏藏书后售与日本岩崎氏，归东洋文库，王国维手抄手校词集仍存其间。公私书目也是《词录》的重要文献来源。因此，《词录》的文献著录范围非常明确，从收目范围来看，《词录》仿朱彝尊《经义考》之例，"存佚并录"，即不囿于个人收藏和目验所及，凡可征引文献者皆予著录，借以窥见词史原貌及流变；从版本来看，依照四库之例先著录单行本，附总集目，同时，以单独成集的刻本为主，"有刻本者著刻本，无刻本者著抄本"，对于刻本则"有以词单行者著单行本，无者著全集本"，对于"前人集中附词"而"不能成书"的不予著录；从词集流播情形来看，参照《经义考》之例，于书名下或注佚，或注未见。但是，他认为"注未见者非无已佚，注佚者亦或能发现，顾不能定精密之界限也"，如汪元亨《小隐余音》和冯华《乐府》三种系从钱大昕《元史文艺志》及卢文弨《补辽金元三史艺文志》词曲类中录出，皆未见，"是词是曲疑不能明也"，标注出来以志存疑，就充分反映了实事求是的治学态度。

　　在撰作《词录》前后，王国维从事了一系列的词学工作，如1907年辑《人间词》乙稿，次年5月校《片玉词》，7月辑《唐五代二十一家词辑》等，这些具体成果都不同程度地反映在《词录》的撰作中。因此，他在词集目录的著录过程中，充分利用既有的学术成果进行一系列版本、辑佚、校勘、辨伪的考证工作，如"《金荃词》"条疑《新唐书·艺文志》所载《金荃集》是文集之名，引顾嗣立《跋闻飞卿诗集后》云："今所见宋本止《金荃集》七卷、《别集》一卷、《金荃词》一卷。"知宋时温庭筠词只有一卷，其词集名

---

① 转引自周一平：《王国维手抄手校词曲书二十五种书后》，《华东师范大学学报》1986年第4期。

应改为《金荃词》，以免产生不必要的混淆；又如，"《琴趣外篇》"条驳《御选历代诗余》"《琴趣外篇》六卷则俗人赝托者"之说，指出宋代《乐府雅词》《花庵词选》"所选尽在此中"，即便是《历代诗余》所选也不出此范围，书名、卷数虽有异，但绝非赝托；"《东堂词》一卷"条驳毛晋之谬，云："集中《破子》即《调笑令》，《遣队》则乐终散队之辞，乃七言绝句，非词也。子晋所刻目中乃云'《破子》二调，《遣队》一调'，若为词调名者，殊失考也"，从词调的角度指出毛晋的错误；"《尊前集》"条驳《四库全书总目提要》对《尊前集》的怀疑，更可见出他的理论勇气和考据功夫。《四库全书总目提要》的主要依据有两点：一是引张炎《乐府指迷》说唐代有《花间》《尊前》二集，但是此书是否为张作，一直存疑；二是宋代文献学家陈振孙《直斋书录解题》仅著录《花间集》，说《花间集》是"近世倚声填词之祖"，并无《尊前》之名，"不应是张炎见之而陈振孙不见"。王国维直接找到《直斋书录解题》"《阳春集》"条下引用崔公度"《尊前》《花间》，往往谬其姓氏"一语，足以攻破《提要》的说法，同时，他指出北宋时已有《尊前集》的流传，不过是陈振孙未见此书罢了，在这一考证成果的基础上自然得出了"《提要》之言殊为未允"的结论。

必须承认，《词录》的写作，远不如《曲录》沉潜从容，体例不够精纯，诚如《曲录自序》所言的"粗为排比""粗为条理"，必然遭遇到专科目录草创时的一些尴尬，舛误在所难免，如《词录》将花间词人张泌与南唐作家张泌混为一人，误认李后主的生年，责怪《花间集》未收南唐君臣之词；[①] 又如，他误信前人之说，在《词

[①] 对此，罗振常特地在稿本扉页写了一则辨证，略云："《人间词话》谓《花间集》不登二主及冯词，乃因与花间派不合。按：赵《集》欧阳炯序为蜀广政三年，当南唐升元四年，唐初有国，距南唐亡尚卅五年，时南唐词风尚未振起，赵安得预为选之，时中主未立，后主初生，冯延巳年卅余。"

录》中误认北宋孔方平编《兰畹集》为"不知何人编",轻率认定这不过是"唐人词曲集"。这类失考之例在一定程度上影响了王国维的词学研究的有效展开。

二

从文献学的层面看,词学文献的"征信"程度,是以词学文献的存佚、真伪、传播和接受等客观要素的依次再现来体现的。这些词学资料的真实度,建构了其理论探索的切入角度和视野,往往决定着文学感悟的准确性和研究成果的纵深度,不至于无的放矢或坠入无根游谈。

《词录》屡屡论及词体演进与发展的内在流变,对于"词"的起源进行了颇具参考价值的拟测。由于王国维写作《词录》时未及见敦煌写本《云谣集杂曲子》[①],笃信宋元词话所持"词"起于隋唐而盛于宋的成说,所以,每每谈及词的起源问题时,他总是从诗词之间文体转换的角度进行探讨。他在《人间词话》中就说:"四言敝而有《楚辞》,《楚辞》敝而有五言,五言敝而有七言,古诗敝而有律绝,律绝敝而有词。盖文体通行既久,染指遂多,自成习套,豪杰之士亦难于其中自出新意,故遁而作他体,以自解脱。一切文体所以始盛终衰者,皆由于此。"《宋元戏曲考》则有更为经典的表述:"凡一代有一代之文学,楚之骚,汉之赋,六朝之骈语,唐之诗,宋之词,元之曲,皆所谓一代之文学,而后世莫能继焉者也"。《词录》有关词的起源和文体转换生成的看法,也与《人间词

---

① 如《唐写本春秋后语背记跋》作于癸丑五月,即在作《词录》之后五年,有"末有词三阕,前二阕不著调名,观其句法,知为《望江南》,后一阕则《菩萨蛮》"之言;《云谣集杂曲子跋》记曰:"癸亥冬,罗叔言参事寄巴黎写本至,存十八首,惟《倾杯乐》有目而佚其词,三十首中但佚十二首耳。"则在《词录》后15年。参见《观堂集林》卷二一,《王国维遗书》第二册,第441页。

话》《宋元戏曲考》的这一词曲史"通观"是完全一致的，如"《香奁词》"条谈到了韩偓"忆眠时"一调，"本沈约创调，隋炀帝继之，升庵视为词之滥觞，惟致光词少一韵耳"，他在《唐五代二十一家词辑》"韩偓《香奁词》辑本跋"中有更明确的论说："'忆眠时'，本沈隐侯创调，隋炀帝继之，升庵视为词祖，惟致光少二句也。"此处援引了明朝杨慎《词品序》对词体起源的论述说："在六朝，陶弘景之《寒夜怨》、梁武帝之《江南弄》、陆琼之《饮酒乐》、隋炀帝之《望江南》，填词之体具矣。"杨慎把沈约、隋炀帝的作品视为词体的成熟标志，清人田同之《西圃词说》也说："诗词风气正自相循。贞观、开元之诗多尚淡远，大历、元和后，温、李、韦、杜渐入《香奁》，遂启词端。"这一诗词相循转换的看法影响很大，王国维自然沿流扬波，但是，他并没有停留在引申杨说的层面，而是敏锐地发现韩偓"香奁体"在诗词转换中的"中介质"作用。"香奁体"极其重视内心世界的描摹，细致入微地揭示了恋爱中的男女的情感微澜，从而营造了一个与词体特征几乎完全一致的"诗世界"，实现了诗词之间的完美转型。王国维又充分考虑到唐代诗词分界未明的情况，指出："唐人诗词尚未分界，故《调笑》《三台》《忆江南》诸词皆入诗集，不独《竹枝》《杨柳》《浪淘沙》诸词，本七言绝句也。"据此，他在著录韩偓创调的《玉合》《金陵》二首时，于题下各加"子"字，"以别之于诗"。也正是基于这一体认，他在"《东堂词》"条中说："集中《破子》即《调笑令》，《遣队》则乐终散队之辞，乃七言绝句，非词也。子晋所刻目中乃云《破子》二调、《遣对》一调，若为词调名者，殊失考也。"即从宋代唱诗的实际出发，严分诗、词之别，指出毛晋失考之处。

在上溯词的起源的同时，他又下探词曲的转换与过渡。由于《词录》作于王国维专研词曲之学的"文学时代"，自然会关注词曲的内在联系。他在《人间词话》中说:"诗至唐中叶以后,殆为羔雁之具矣。故五代北宋之诗,佳者绝少,而词则为其极盛时代。即诗词兼善如永叔、少游者,词胜于诗远甚。以其写之于诗者,不若写之于词者之真也。至南宋以后,词亦为羔雁之具,而词亦替矣。"从这一点出发进行观察,《词录》也发掘出了词学文献中的戏曲史料,"《聊复集》"条特别提到赵与时咏《会真记》事《蝶恋花》十二阕,说:"《西河词话》谓此词为戏曲之祖,则尤可贵也。"这里仅是承袭毛奇龄的成说,但他所持的肯定态度就从文体层次点出了词曲的血脉关联。这样一来,《词录》在王国维词曲之学研究体系中的意义显得更加清晰了,《词录》之作为《曲录》的撰写进行了有益的探索,确定了《曲录》目录体制的基本方向。① 从更深的层次看,《人间词话》限于批评对象的特殊性,这些意见都未明确阐述出来,但对于我们理解和领会"一代有一代之文学"之说的精髓却极有裨益。

由此可见,《词录》著录唐五代宋元词集,已是对明前词史进行了总体观照,不难推测出他对于明清词史的把握也是非常清晰的,因此,对词史整体观照和词人风格有了比较充分的准确把握。从微观层面看,《词录》对一些词作的审美解悟和评判也颇耐人寻味,主要是从以下两个方面表达出来的。

---

① 王国维《曲录自序》云:"余作《词录》竟因思古人所作戏曲,何虑万本,而传世者寥寥。正史艺文志及《四库全书提要》,于戏曲一门,既未著录;海内藏书家,亦罕有搜罗者。其传世总集,除臧懋循之《元曲选》,毛晋之《六十种曲》外,若《古名家杂剧》等,今日皆绝不可睹,余亦仅寄之伶人之手,且颇遭改窜,以就其唇吻。今昆曲且废,则此区区之寄于伶人之手者,恐亦不可问矣。""余乃参考诸书并各种曲谱及藏书家目录,共得二千二百二十本,视黄氏之日增逾一倍。又就曲家姓名可考者考之,可补考补之,粗为排比,成书二卷。黄氏所见之书,今日存者恐不及十之三四,何况百种外之元曲、曲谱中之原本岂可问哉!岂可问哉!则兹录之作,又乌可以已也。光绪戊申八月。"参见王国维:《观堂别集》卷四,《王国维遗书》第三册,第220页。

首先，在前人已有的记载和评论基础上，引申其说，表达自己的意见。如"《顺庵乐府》"条评康与之词，先引陈振孙《直斋书录解题》"世传伯可词鄙亵之甚，此集颇多佳语"，后引黄升《花庵词选》"书市刊本皆假托其名，今得官本，篇篇精妙"，判断在宋朝就有数本康与之词流传，各个本子针对不同接受对象而编辑某一风格的词作，因此，淫词一本多流传于市井，雅词一本则盛行于士大夫之间。从现存词作来看，康与之词"学耆卿而失者"，即批评康词模仿柳永，必然等而下之；又如，"《广风变》"条言黄大舆词："其乐府号《广风变》，王灼《碧鸡漫志》称其与唐名辈相角云。"这里沿用了王灼《碧鸡漫志》卷二中的评论："吾友黄载万歌词，号乐府广变风，学富才赡，意深思远，直与唐名辈相角逐，又辅以高明之韵，未易求也。吾每对之叹息，诵东坡先生语曰：彼尝从事于此，然后知其难，不知者以为苟然而已。"[①]黄大舆的词作存世不多，最具特色的部分也无从得睹，王国维认为应该遵从王灼的看法，并没有做进一步的发挥。在他看来，王灼的这一看法也许是最接近黄词风格面貌的，毋须另作评判，因此在某种程度上也代表了王国维本人的基本看法；又如，"《冠柳词》"条评王观云："官翰林学士，以赋应制，词近亵，为宣和仁太后所谪，自号逐客。"之所以言其词"近亵"，有王灼《碧鸡漫志》的评价为依据："王逐客才豪，其新丽处与轻狂处，皆足惊人。"显而易见，王观不珍视羽毛，滥用才华，与其政治身份极不合适，因而被逐出朝廷也是必然的，这就将人品与词品联系在一起进行论述了。

其次，对前人的评价进行辨析，表明自己的态度。如"《檀栾

---

① 王灼：《碧鸡漫志》，唐圭璋编：《词话丛编》第一册，北京：中华书局1988年版，第86页。

子词》"条引《花庵词选》论皇甫松云"松以《天仙子》著名,不若《摘得新》二首为有达观之见",王国维表示不同意这一评价,说:"余谓不若《忆江南》二阕情味深长,在乐天、梦得上也。"这里,将皇甫松《天仙子》《摘得新》与《忆江南》三组词进行横向比较,论说高低,其意图在于彰显词体的"本色"即"女性化"的文体特征。《天仙子》二首不过是借仙人暌违诉说离愁,如"刘郎此日别天仙,登绮席。泪珠滴。十二晚峰高历历","行人经岁始归来,千万里。错相倚。懊恼天仙应有以"之类的句子,始终觉得隔了一层,而《摘得新》则以男女欢爱来"稀释"相思之苦,深感"繁红一夜经风雨,是空枝",更觉得重逢的欢欣和爱怜比什么都来得重要,"酌一卮,须教玉笛吹,锦筵红蜡烛莫来迟","管弦兼美酒,最关人,平生那得几十度,展香茵",用当下的欢娱抒写了刻骨铭心的爱。这一描写突出了词体"女性化""香艳性"的文体特点。王国维认为,《花庵词选》的比较虽然突出了词体的文体特征,但做得不够"到位",《忆江南》二阕情味深长,有着更为雅致的审美趣味,更能体现词的文体特征,甚至比白居易、刘禹锡的词作更好。这一"以今观之,殊不然也"的"不以为然"的态度,就彰显了他与前人不同的评判眼光。

《词录》的上述评论,严格遵循传统目录学"辨章学术,考据源流"的批评方法,在前人既有的评论成果上进一步辨析,正确的自然应该遵从,错误的则予以纠正,充分反映最新的研究进展和成果,他在多篇序跋中也采用了这一书例。这一论说方式的方法论意义,乃在于直接催生了《人间词话》的言说范式。王国维在"哲学时代"多作形而上学的玄想,运用康德、叔本华的美学观进行"普泛性"解说,进入"文学时代"后则改用传统词话形式撰写《人间词话》,完全立足于词作文本细读和作家事迹的考证,把词学批评推到了美学、艺术哲学的学理层次进行理论探讨。因此,

《人间词话》将传统方法与西方理论熔于一炉，使得西方现代学术体系及其术语的运用，已如盐入水，无迹可求。而其理论体系严缜、论说雄辩、言语优美，达到了一个新的理论高度和美学高度，体现了"真善美"的"新境界"，成为词学现代化过程中的"开山之作"。

三

《词录》是王国维迈入"文学时代"、顺利实现学术转型的第一批具体成果，真实反映了他对于"可爱"且"可信"的学术境界的追求与构拟，蕴含着相当丰富而复杂的文化心态。王国维于光绪三十三年九月发表《三十自序》及《三十自序二》自述心态的调整和志向的转变，此后五年的学术活动便清晰地呈现了这一学术转型的流程。

王国维早年酷嗜的康德、叔本华哲学，在很大程度上是基于情感的闷遁和智慧的探求，主要依赖于个体生命的性灵和顿悟。他在《论近年之学术界》中认为近代社会功利思想的流行是极不正常的，"夫同治及光绪初年之留学欧美者，皆以海军制造为主，其次法律而已，而纯粹科学专其家者，独无所闻"，而"数年之留学界或抱政治之野心，或怀实利之目的，其肯研究冷淡干燥无益于世之思想问题哉！即有其人，然现在之思想界，未受其戈戈之影响，则又可不言而决也"。外在的政治、实业行为不能解决人生形而上学的问题，便选择了哲学作为自己的安身立命之本。然而，在经过了多年的心路历程之后，他对自己的信仰进行了根本否定，《自序二》说："余疲于哲学有日矣。哲学上之说，大都可爱者不可信，可信者不可爱"，"伟大之形而上学、高严之伦理学与纯粹之美学，此吾人所嗜也，然求其可信者则宁在知识论上之实证论、伦理学上之快乐论与美学上之经验论。知其可信而不能爱，觉其可爱而不能信，此近二、三年中最大之烦闷，而近日之嗜好所以渐由哲学而移于文学，而欲于其中寻求直接之慰藉者也"。他怀疑康德意志自由论的真实感和实存性，指出"自由二字，意志之本体，果有此性质否？吾不能知，然其在经验世界中不过一空虚之概念，终不能有实在之内容也"，这种"虚无"的认知使得他陷入了更深的忧郁之中。"人生者，如钟表之摆，实往复于痛苦与倦厌之间者也"，这一生命体认始终挥之不去。他也认识到，叔本华把生命意志当作世界的本源，认为生命意志创造了万物，把拒绝生活之欲的强弱程度作为善恶区别之所在，那么，生命意志就容易成为"万恶之源"。在他看来，叔本华的意志论不过是由"自己之经验与性质出，非其哲学演绎，亦非由历史上归纳而得之者也"，因此，由当年"立脚地之坚固确实""用语之精审明晰""观察之精锐""议论之犀利""自有哲学以来殆未有及叔氏者也"的赞誉一变而为"徒引据经典，非有理论的根据也""出于主观的气质，而无关于客观的知识"的质疑。显然，康德、叔本华的哲学与中国传统哲学的"生命之喻"有着本质的差异，更缺乏传统国学的实证精神和西方实证主义哲学的真实感，无法解决哲学层面的和现实生活层面的难题，让他感觉不到"慰藉"的真实可爱。

"理性"与"情感"的搏斗，直接促使他萌生了"生一百政治家，不如生一大文学家"的憧憬，宣称由哲学转向文学。他一直在有意识地结束"决从事于哲学"，兼攻西方伦理学、心理学、美学、逻辑学、教育学等以"兼通世界之学术"的"独学之时代"，有条不紊地转向"文学时代"。对此，他充满了信心，《三十自序二》就有一个明确的表述："近年嗜好之移于文学，亦有由焉，则填词之成功是也。余之于词，虽所作尚不及百阕，然自南宋以后，除一二人外，尚未有能及余者，则平日之所自信也。虽比之五代、北宋之大词人，余愧有所不如，然此等词人亦未始无不及余之处。

因词之成功，而有志于戏曲，此亦近日之奢愿也。"

他在"文学时代"热衷于诗词创作，撰写《人间词话》。这些创作与理论探讨成为王国维研究的焦点。长期以来，学术界对王国维词学研究乃至整个学术研究，往往聚焦在《人间词话》及其美学范畴体系上，以至于有"二十世纪大陆王学史，大体上是对《人间词话》的探讨史"[1]的说法。这一错觉的产生，固然说明了《人间词话》的重要性，但又与其学术体系全方位呈现和体认的缺失有着莫大的关系。其实，王国维在进行诗词创作和理论探讨的同时，还进行了一系列"探本"活动，向着国学范畴内的词曲领域拓进，从事着与此前哲学冥想迥然不同的文献学工作。必须承认，他在"文学时代"的词曲研究，主要是借助传统国学"体制内"的方式即传统考据学方法进行的，《词录》的撰作反映了他的心灵和认知向着传统国学范型的回归，从而与《唐五代二十一家词辑》《人间词》《人间词话》等书相辅相成，形成了一个创作—理论—文献"三维一体"的词学体系，其学术价值集中体现在与《人间词》的词创作、《人间词话》的词学理论建构之间的互补上。今天，我们至少可将其"文学时代"的探本活动胪列出来，借以窥见其转型的大致轨迹和词学体系的建构：1907 年辑《人间词》乙稿；次年 5 月校《片玉词》，7 月辑《唐五代二十一家词辑》，8 月撰《词录》及《〈词林万选〉跋》，9 月辑《曲录》初稿二卷，11 月在《国粹学报》刊出《人间词话》前 21 则，提出"境界"说；1909 年 1 月，《国粹学报》第 49 期刊《人间词话》第 23 至 39 则，2 月《国粹学报》第 50 期刊登《人间词话》第 40 至 64 则，3 月作《〈雍熙乐府〉跋》，三四月间辑校《聊复集》，作《〈梅苑〉跋》《〈碧鸡漫志〉跋》《〈蜕岩词〉跋》，四五月间作《〈赤城词〉跋》《南唐二主词补遗及校勘记》《〈宁极斋

---

[1] 转引自刘锋杰：《〈人间词话〉百年解评》前言，合肥：黄山书社 2002 年版。

乐府〉跋》《〈鸥梦词〉跋》《〈花溪志〉跋》，6月辑《后村别词补遗》，校《后村别词》，作《校记》，又作《〈乐章集〉跋》，修订《曲录》成六卷，成《戏曲考源》一卷，7月校《寿域词》，9月校《石林词》，补《漱玉词》及《易安居士事辑》，10月校补《放翁词》《片玉集》，可见其研究涉及面之广、成果之丰硕。这二三年间，他也在此前学术惯性的推动下，写了一些教育论文，如《教育小言十三则》《人间嗜好之研究》《论小学校唱歌科之材料》等，但这类专题的探讨越来越少，很快就收手不作了。

　　《词录》的文献学范式，奠定了他此后国学研究的基本样态。从更深的层次看，这一治学方式充分证明了他所体认到的学术研究中"纸上之文献"的决定性作用，从而勾勒出了他"为学三变"向着史料学方向推进的内在理路，由此构筑了"二重证据法"的"雏形"。如果说"哲学时代"的治学方法多凭冥想、神解与妙悟，那么，"文学时代"则需要真实可靠的第一手文献作为研究的起点和凭据。人们多将王国维于1913年与罗振玉共撰的《流沙坠简》至1917年发表的《毛公鼎考释》，视为其"二重证据法"形成的标志，[①]自有其合理性，但忽略了"二重证据法"形成的内在理路和转型基础。其实，在王国维看来，学术研究的起点应定位在"纸上之文献""固有之材料"上，所有来自"地下"的"新发现"，是在"纸上之文献""固有之材料"的"协同"作用下产生巨大效用的。他在《最近二三十年中中国新发现之学问》一文中对材料的重要性做了极其精辟的阐述："古来新学问起，大都由于新发现"，"然则中国纸上之学问，赖于地下之学问者，固不自今日始矣。自汉以来，中国学问上之最大发现有三：一为孔子壁中书，二为汲冢书，

[①] 如陈其泰：《王国维"二重证据法"的形成及其意义》(《北京行政学院学报》2005年第4期)就认为"二重证据法"的代表性成果撰定于1917年，可参考。

三则今之殷墟甲骨文字、敦煌、塞上及西域各处之汉晋木简、敦煌千佛洞之六朝及唐人写本书卷、内阁大库之元明以来书籍档册。此四者之一已足当孔壁、汲冢所出。而各地零星发现之金石、书籍，于学术有大关系者，尚不与焉。故今日之时代，可谓之'发现时代'，自来未有能比者也。"他从中国学术发展的实绩中，看到了"新发现"之于"纸上之文献"创造性研究的关键作用。陈寅恪在《王静安先生遗书序》中也对其学术内容及治学方法做了精当的概括：一曰取地下之实物与纸上之异文互相释证；二曰取异族之故书与吾国之旧籍互相补证；三曰取外来之观念与固有之材料互相参证，强调了王国维治学重视"纸上之文献"与"地下之实物""异族之旧籍""外来之观念"的多重"参证"。[①] 由此可见，他们是从同一个角度思考史料学问题的，即把"地下之实物""异族之旧籍""外来之观念"看作是"纸上之文献""固有之材料"的自然延伸物，两者之间是互证互释的辩证关系，既可以验证陈说，更可以力创新见，并没有将学问的创新完全寄托在"地下"或是"域外"的意思。

从王国维"为学三变"的内在理路看，这一学术观念的建立又与其反思康德、叔本华哲学的具体成果有着非常紧密的关系。他在《释理》中认为，感性、悟性、理性这三种认知形式"为吾人之知力之最普遍之形式"，"世界各事物无不入此形式"，但是，像黑格尔那样过于理性的研究，远离了人的真实感知，与人生及其解脱无涉，因此，他偏向于把诉诸人的感官的直觉认知，作为知识的起点和人生哲学的起点，"直观的知识，自吾人之感性及悟性得之"，"真正之新知识，必不可不由直观之知识，即经验之知识

---

① 参见陈寅恪：《王静安先生遗书序》，《陈寅恪集·金明馆丛稿二编》，北京：三联书店2001年版，第247页。

中得之"。而在此基础上建立起来的"直觉之知识，乃最确实之知识"，他甚至宣称："直观者乃一切真理之根本"，"而去直观愈近者，其理愈真。"但是，"哲学时代"的直觉认知在内涵与取向上与"文学时代"有着本质的差异，直觉的认知在"哲学时代"多为人生的冥想和神悟，直指心源，而在"文学时代"却因扬弃康德、叔本华哲学而折向了外在的客观物质的实存性抉剔。这一知识论的阐发，就决定了他在具体的词曲研究中必然转向史料"优先论"和"决定论"的道路。通过文学史的考察，他发觉，在具体的文学史和学术史研究中，唯有史料可能呈现出真实可信的面貌，能够直接或间接地彰显文学现象的"真理性"存在，而研究主体往往因着某种主观动机而"遮蔽"乃至"歪曲"史实，只有尽可能地凸现客观史实的实存性，主体因素的负面影响才会大大降低。从现代科学观的角度看，无论是"纸上之文献"，还是"地下之材料"，在体现物质的实存性这一点上是高度一致的，完全符合现代学术客观性、实证性的科学精神。① 这也为他自己此后转入"体制内"的传统国学提供了充分的学理依据。在王国维"三维一体"的词学研究体系中，词曲考据工作是与其创作活动、理论探讨而一起发展的，相较而言，他在"探本"上倾注了更多的激情与精力，因而在成果的呈现上占据了更为主导的地位。这一求真求实的考信工作具有

---

① 王国维从宏观的角度比较了中西学术的差异："国民之性质，各有所特长，其思想所造之处各异"，"我国人之特质，实际的也，通俗的也；西洋人之特质，思辨的也，科学的也，长于抽象而精于分类，对世界一切有形无形之事物无往而不用综括 Generalization 及分析 Specification 之二法，故言语之多自然之理也。吾国人之所长，宁在于实践之方面，而于理论之方面则以具体的知识为满足，至分类之事，则除迫于实际之需要外，殆不欲穷究之也"，"故我国有辩论而无名学，有文学而无文法，足以见抽象与分类二者，皆我国之人所不长，而我国学术尚未达自觉 Selfconsciousness 之地位也。"因此，要大力引进归纳、分析、分类等西方方法加以应用。参见《论新学语之输入》，《静庵文集》，《王国维遗书》第三册，第 528 页。

相当重要的学术意义,一方面是尽可能复原词曲文献的原貌,恢复词曲发展史的"原生态",另一方面,为词曲评论与词曲史研究奠定了坚实的史料基础,使得研究能够在真实性的前提下健康地展开,"非徒为考镜之资,亦欲作搜讨之助",将传统国学的求真品格与他所追求的"可爱"且"可信"学术理想变得冥合无间了。毋庸置疑,《词录》是王国维治学兴趣由西学转向传统国学的重要一环,体现了对于传统国学"体制内"观念及方法的确认和回归。李泽厚在《梁启超王国维简论》中断言王国维"自己清醒地看到了'可爱者不可信,可信者不可爱'的尖锐矛盾",知道其所爱的哲学并不可信,"从而把自己的主要力量献给了可信的历史科学"。[①] 这一结论是符合王国维"为学三变"实际的。

(《清华大学学报》2007年第2期)

[①] 李泽厚:《中国近代思想史论》,天津:天津社会科学出版社2004年版,第399页。

后 记

　　第一辑《编余后记》曾经说过："这本集子是一本近代文学研究的论文集，收集的大多是我们研究室近几年的研究成果，其中大部分已在国内报刊发表过。"这次的结集，我们仍一本初衷。即，本辑收录的是自第七辑至今的部分研究成果。

　　在这几年中，我们研究室引进了若干名年轻的博士，形成了完整的"老中青"三代相结合的研究队伍，研究视野进一步拓展，研究课题进一步延伸，研究方法进一步多元，研究成果得到极大的丰富。因此，在论文收录上，就不可能如以往那样"放开手脚"了，只能是撷取最具代表性的论文了。

　　最令人哀痛的是，前辈学者陈永标教授不幸病逝，我们收录其遗作一篇，寄托深切的哀思。

　　近年来，随着高科技的狂飙突进，"中国知网"等学术网络资源得到了迅疾发展，文献检索不再成为学术研究的"拦路虎"，因此，本辑不拟附录"近年来中国近代文学研究论文索引"，读者谅之。

　　本辑编印，得到了文学院领导的大力支持，段吉方院长、马茂军副院长亲自做出部署；责任编辑关宁女士，统筹规划，悉心编校，感人至深；研究生张业明同学、黄安琦同学全力协助，高效完成编校工作，一并深致谢忱！

华南师范大学文学院中国近代文学研究室
2020 年教师节于广州大学城